正史 영웅 三國志

강영원

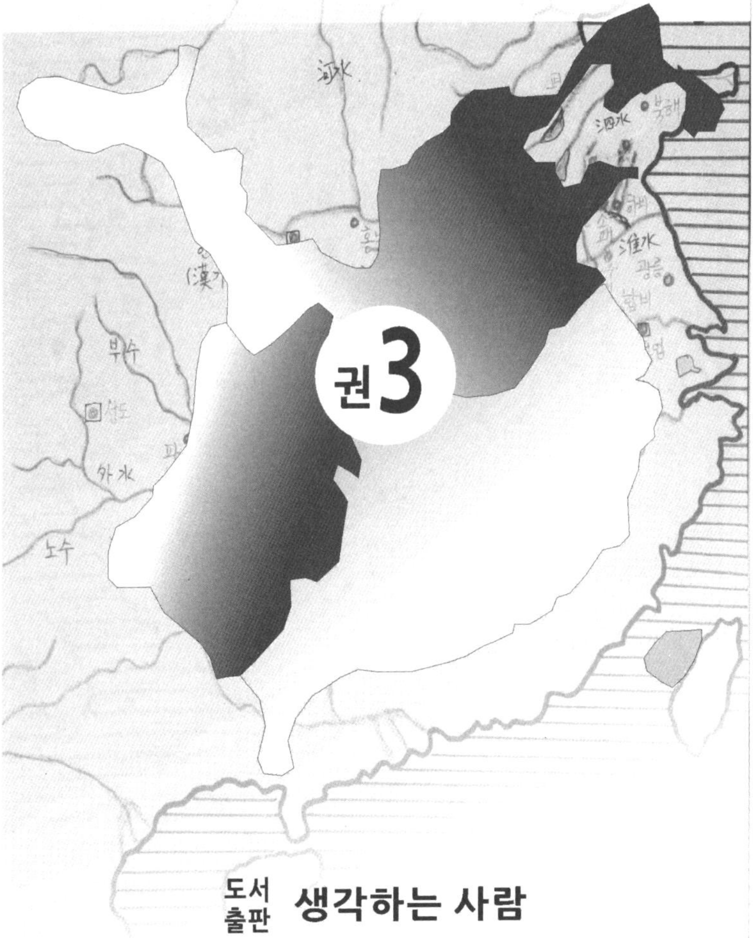

권3

도서출판 생각하는 사람

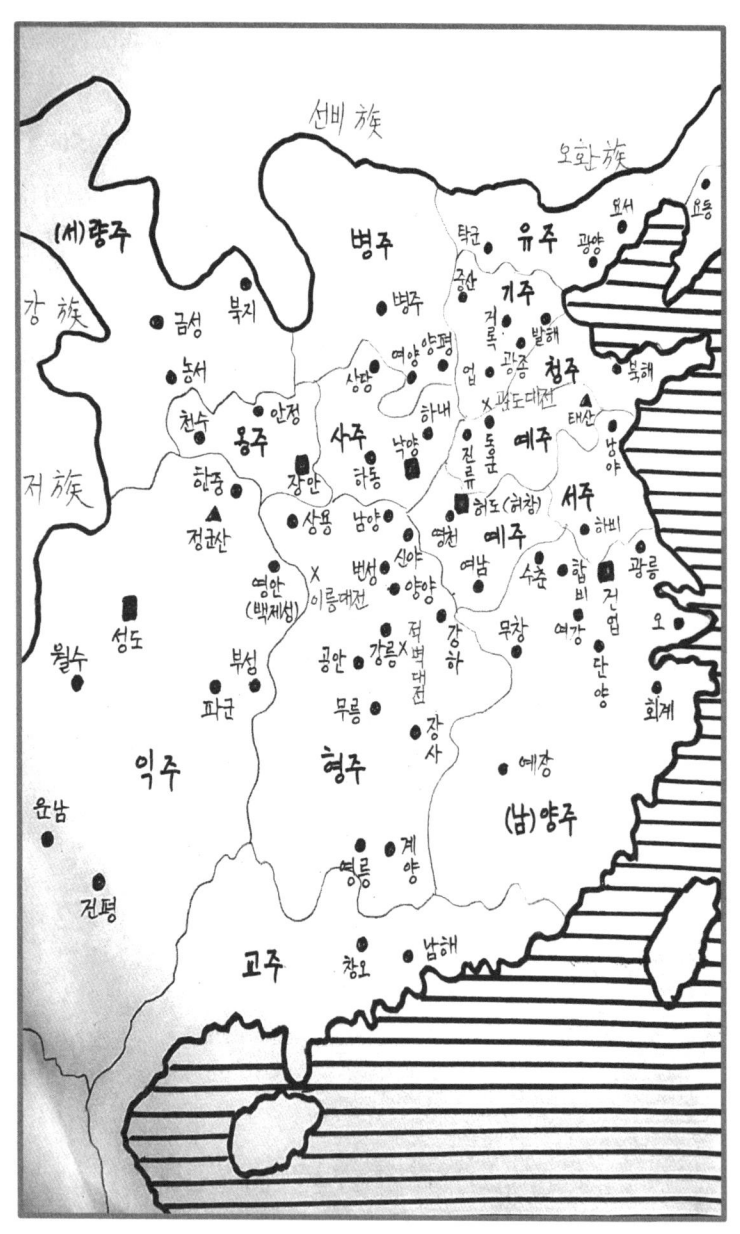

한 제국 13개주 지적도

강 영 원 (姜榮元)
서울 마포 출생

성균관 대학교에서 경제학을 전공하고, 同대학원에서 교통행정학 석사학위를 수여를 받은 후, 서울시립대학교 대학원에서 도시정책학 박사과정을 마치고, 도시의 신생, 성장, 성숙, 쇠퇴. 소멸 등 도시의 생(生)·멸(滅)을 한껏 그렸다가 지우고, 지웠다가 다시 그리기를 거듭하던 어느 날, 전원의 조용한 침묵에 매료되어 아름다운 전원생활을 구가하던 중, 어린 시절 어머니의 사랑을 가슴 깊이 간직하다가 어머니를 추모하고자 어머니의 어린 시절을 착안하여 갈뫼回想을 집필했다.

이후, '갈등의 自畵像' 등을 구상하면서 아버지를 추도하는 습작을 접하다가, 나관중 모태의 기존 삼국지 소설이 보이는 모순을 접하면서, 새로운 시대의 개념에 맞는 正史를 토대로 하여 영웅의 삶을 새로이 조명하고자, 현대사회의 시각과 관점으로 '正史 영웅 三國志'를 집필하기에 이른다.

저 자 소 개

 필자의 전공은 역사학이 아니었지만, 한국 역사와 동양 사학에 깊은 관심을 가지고 전공보다도 역사를 더욱 탐닉했던 적도 있었습니다.

 삼국지와의 인연은 어린 시절에 만화로 출간된 삼국지, 코주부 삼국지 등을 읽으면서 흥미와 재미에 빠져 밤잠을 설쳐가며 책을 읽었고, 중학생 시절에는 박종화 선생님의 삼국지를 몇 번이고 읽으면서, 관우와 장비, 조자룡, 여포 등의 무용담에 흠뻑 빠지기도 했습니다. 그 후, 세월이 흘러 30대에 이르러서 다시 새로이 국내에서 출간된 나관중 本 삼국지 번역본 또는 편역본을 수없이 찾아 읽었는데, 그때에는 어린 시절에 느꼈던 감흥이 일어나기보다는 장수끼리 일기토를 벌이면서 승패가 결정되는 장면에서부터 의문점이 생기고, 여기저기에서 납득하기 어려운 새로운 의구심들이 마구 일어나는 것을 느끼게 되고, 그때부터 소설 삼국지에서 전개되는 의구심을 해소하기 위해 정사를 찾아 진수의 '정사 삼국지', 상지의 '화양국지', 진서, 촉서, 인물전 등을 읽게 되었습니다.

 그렇게 정사를 접하게 되면서, 청대 역사학자 장학성 선생이 말한 "나관중의 삼국지연의는 열 중 일곱이 사실이고, 셋이 허위"라고 평한 자체도 과한 평가라는 사실을 알게 되었습니다.

  그런데도 나관중 本 삼국지 번역본 또는 편역본을 정사로 오인한 일반 독자들이 일상생활에서 이를 마치 역사적 사실인 양 여과가 없이 인용하는 것을 보고, 삼국지연의를 사실로 잘못 인지하고 있는 독자들에게 바로 된 정사를 알리면서도 현대의 감각에 맞는 새로운 개념의 삼국지 소설을 집필해야겠다는 생각을 하게 되었습니다.

  동시에 삼국지를 사랑하는 독자 여러분에게 흥미도 제공하고, 잘못된 역사뿐만 아니라 만들어진 역사적 인물에 대해 바른 정보를 드림으로써, 실제로 있었던 역사를 통해 현실의 세계에서 인간이 행하는 처신과 세상을 사는 지혜를 얻게 하는 데 도움을 드리고자 하는 바람을 가지게 되었습니다.

  2014년 9월부터 6년간 정사를 추적하면서 오랜 집필에 몰입한 결과, 드디어 2020년 3월 31일에 95% 역사적 사실을 근간한 소설의 집필을 끝내고(특히 등장인물에 대해서는 99% 정사에 입각한 인물상을 구현), 그 바탕 위에 작가의 독창성, 창의성을 가미하여 기존 삼국지 소설과는 전혀 다른 관점에서 접근한 신작을 완료하게 됩니다.

차 례

1. 무신불립의 전형, 여포의 최후　　　　　　　9
2. 조조와 원소의 숙명적 대립　　　　　　　　51
3. 독불장군 공손찬의 최후　　　　　　　　　59
4. 헌제의 의대조 혈서 밀조사건　　　　　　　67
5. 조조와 유비의 영웅 담론　　　　　　　　　95
6. 뿌리 없이 가지만 무성한 원술의 비참한 최후　109
7. 유비, 서주로 다시 입성하다　　　　　　　123
8. 군웅들의 융기로 요동치는 해내　　　　　137
9. 관운장의 투항과 세 가지 약조　　　　　　161
10. 관도대전 전야(前夜)　　　　　　　　　189
11. 조조와 원소의 운명을 건
　　　관도대전의 서전- 백마전투　　　　　223
12. 강동 호랑이 손책의 최후　　　　　　　　245
13. 천하 패권의 3대 전장- 관도대전　　　　263
14. 재기를 꿈꾸다가 유명을 달리하는 원소　347
15. 패권을 놓고 요동치는 화북　　　　　　　369
16. 화북 7년 전쟁의 종언　　　　　　　　　413
17. 손권의 복수전- 강하전투　　　　　　　451
18. 천명을 받은 유비- 단계의 기적　　　　　463
19. 인재를 향한 목마름- 삼고초려　　　　　481

1.
무신불립의 전형, 여포의 최후

1. 무신불립의 전형, 여포의 최후

유비가 여포와 사례주 하내에서 군마 3백 필을 놓고 불화를 일으킨 이후, 여포에게 패성을 공격당하는 바람에 위기에 처하게 된 유비는 198년(건안3년) 6월 종사 미축과 식객으로 있는 손건을 사자로 조조에게 보내 긴급지원을 요청했었다.

그러나 조조가 불과 1달 전인 198년(건안3년) 5월, 장수를 정벌하기 위한 원정을 떠나는 바람에 조조로부터 지원을 받기가 어려웠다. 그런 와중에도 유비는 사력을 다해 패국 패현 패성을 사수하며 어렵게 몇 달을 버티지만, 시간이 지날수록 군량이 고갈되어 군사들이 자포자기 일보 직전에 놓여있었.

그런데 다행히도 198년(건안3년) 7월에 이르러, 조조는 원술을 회남으로 쫓아내는 데 성공하고 그를 패망 일보의 직전까지 밀어붙인 후, 이제는 더 이상 이용가치가 없어지게 된 여포를 제거하기 위한 명분을 찾고 있었다.

그때 마침 여포가 유비에게 군마의 탈취를 트집으로 삼아 패성을 공략하여, 유비가 성을 탈취당할 위기에 몰려있다는 보고를 받는다. 이에 조조는 여포에게 자신의 관할지 패국에서 군사를 물리도록 강권한다.

"장군은 고(孤)가 그렇게도 간절히 부탁했는데 어찌하여 현덕 공과의 유대를 깨뜨리려 하시오? 즉시 군사를 물려 유공과의 유대를 다시 회복하고, 천하의 안정을 고(孤)와 함께 화합하시기를 바랄 뿐이오."

"사공의 말씀을 유념하고 금과옥조로 삼아 여태까지 기회주의자 유비를 품어왔으나, 유비는 화의를 맺은 빈틈을 노려 우리에게 필요한 군마 3백 필을 갈취했습니다. 이는 유비가 이 사람을 무시한 처사로써 도저히 용서할 수가 없는 일입니다. 부디 이 사람의 무뢰를 용인해 주시기 바랍니다."

여포가 조조의 권유를 무시하고 계속 유비를 단죄하겠다고 하자, 이때를 기회로 여겨 조조는 하우돈을 선봉장으로 삼아 유비를 지원하도록 패국으로 출정시킨다. 이때 사력을 다해 패성을 수성하는 일에 몰입하고 있던 유비는 하우돈이 지원병을 이끌고 패국으로 들어서자, 하후돈에게 신속하게 전령을 보내 여포를 물리칠 전략과 전술을 교류한다.

"장군이 패성에 당도하여 성안으로 교신을 보내면, 내가 성 밖으로 군사를 몰고 나가서 장군과 함께 여포의 선봉장 고순을 협공하겠습니다."

이 당시에는 고순이 몇 달 동안이나 패성의 공략을 시도했으나 성을 함락시키는 것이 쉽지 않자, 어떻게 하든 간에 유비가 군사를 몰고 패성 밖으로 나오기를 유도할 때이었다는데, 유비가 패국에 당도한 하후돈에게 전령을 보내는 것을 보고, 고순은 유비가 곧 군사를 이끌고 성을 나설 것이라 여겨,

패성의 양쪽 언덕에 매복병을 배치하는 동시에 여포에게 전령을 보내 협공을 청하고, 성을 탈취할 계책을 제시한다.

"하후돈이 구원병을 이끌고 패성에 당도하면, 유비는 반드시 성 밖으로 군사를 이끌고 나올 것입니다. 소장은 유비의 군사를 힘겹게 상대하는 척하고 있으면, 하후돈과 유비는 아군이 협공을 당해 힘이 부치는 것으로 생각하여, 아군에 대한 경계를 풀고 무분별하게 협공을 가할 것입니다. 이때 아군은 미리 복병을 숨긴 언덕으로 하후돈을 유인하여 작살을 내겠습니다. 양측 간에 치열한 전투가 벌어졌을 때, 장군의 지원군이 기습적으로 이들의 후미를 공략하도록 요청합니다. 소장은 하후돈을 격파한 후 장군과 합류하여 적병들과 혈전을 벌이는 사이, 부장 위속에게 기병을 이끌고 전속력으로 패성으로 가서, 전투병이 전무한 패성을 빈집털이 하는 전술을 펼치겠습니다. 유비는 전 병력을 차출하여 전장으로 내보낸 탓에 성안에는 노약자와 아녀자만이 성을 지키고 있을 것입니다."

고순은 여포에게 원군을 요청하고 하후돈이 도착하기 이전에 신속히 군사배치를 마치려고 분주히 움직인다.

얼마 후, 하후돈이 구원병을 이끌고 패국으로 진입하자, 때를 맞추어 유비의 군사들이 성문을 열고 나와서 고순의 선두를 공격한다. 고순이 힘겹게 유비의 군사를 상대하는 것이 눈에 확연하게 드러나자, 하후돈은 순간적으로 고순을 얕잡아 보고 막무가내로 고순의 후미를 세차게 공략한다.

결국 고순은 협공을 당해 힘에 부쳐 패주하는 척하면서, 매복병이 있는 언덕으로 하후돈의 군사들을 유인한다.

　고순의 군사를 추격하는데 신이 난 하후돈의 군사들이 산언덕의 계곡에 이르자, 언덕에 숨어있던 매복병들이 갑자기 함성을 지르며, 북과 징소리를 울리면서 쉴 새 없이 화살을 쏘아댄다. 하후돈 군사들의 대열이 무너지고, 하후돈은 가까스로 군사를 수습하여 고순의 복병을 맞아 치열하게 전투를 벌이지만, 하후돈의 군사들은 사기가 현격히 저하된 탓에 전투다운 전투를 제대로 벌이지 못하자, 하후돈은 수많은 병력을 잃은 채 병사들에게 퇴각을 명하기에 이른다.

　이때 장료는 소패에서 지원군을 이끌고 패성의 길목을 점령하고, 고순을 도와 세차게 유비의 군사들을 몰아붙이자, 고순의 전방에서 고순의 군사들을 여유있게 격파하던 관우와 장비도 수적 열세를 감내하지 못한다. 관우는 지원군 대장 장료를 사로잡아 들이는 것만이 여포 군사의 사기를 떨어뜨리는 관건이라는 생각을 하고, 양측 병사들이 정신없이 난전을 벌이는 와중에 장료를 찾아내어 결투를 청한다.

　"적장 장료는 졸개들을 상대하지 말고, 나와 한판 승부를 겨루어보심이 어떠한가?"

　"운장의 무공을 내가 익히 알고 있은즉 영광이로소이다."

　장료가 관우의 청에 응하여 관우의 병사들과 겨누던 창을 거두고, 말머리를 관우에게로 향한다. 관우가 장료를 거세게 몰아치지만, 장료 또한 여포 제일의 장수이다. 장료는 관우의 공격을 힘겹게 막아내지만, 수십 합을 교차하면서도 관우는 장료를 결정적으로 제압하지 못한다.

이때 하후돈을 추격하여 패성에서 멀리 벌판으로 밀어낸 고순이 부장 송헌을 이끌고 관우를 협공하여 둘러싸기 시작하고, 부장 위속은 전속력으로 기병을 이끌고 패성으로 쳐들어가서 전투병이 부족한 패성을 빈집털이 전술로 함락시킨다.

패성을 지키던 유비는 처자식을 성에 남겨두고 단신으로 도주하여, 유비의 가족은 여포에게 사로잡히고, 관우와 장비도 여포, 장료와 고순의 삼각편대의 집요한 공격을 이겨내지 못하고, 병사들과 함께 패국에서 빠져나와 해주로 도피한다.

조조는 하후돈에게 2만의 병사를 딸려 보내 유비를 지원하게 했음에도 패성을 빼앗기자, 그해 9월, 친히 여포를 도모하기 위한 친정길에 오른다. 여포는 조조가 직접 자신을 도모하는 친정길에 오르자, 세력을 보강하기 위해 원술과 다시 동맹을 맺기로 하고 조조를 상대로 대대적인 방비를 구축한다.

그해 10월이 되어 조조가 예주 양국에 당도하자, 단신으로 양국에 도피해있던 유비는 조조를 찾아가서 합류하고, 조조가 유비와 함께 계속 진격하여 패국 외곽에 이르자, 하후돈이 급히 배웅을 나와 조조를 맞이한다.

"주군께서 친히 원정을 나오시게 하여, 소장 몸둘 바를 모르겠습니다."

"지금 봉선은 어디에서, 무엇을, 어떻게 하고 있는가?"

하후돈은 그동안 정찰했던 결과를 조조에게 보고한다.

"형님께서 친히 원정을 오신다는 소문을 듣고, 급히 원술에게 사신을 보내 새로이 동맹을 맺었다고 합니다. 그리고 적대관계에 있던 장패를 다시 끌어들이는 바람에 장패의 수하장수 손관, 오돈, 윤례, 손강 등이 병사를 이끌고 여포의 진용에 합류했습니다."

"서주로 들어서는 길목인 소패성은 어찌되었는가?"

"여포의 선봉장 장료가 지키고 있습니다."

"조인은 수하 정예병을 선발대로 이끌고 소패로 출발하라. 소패를 먼저 함락시켜 사비성을 위협하고, 허도에서 전장으로 군수품의 보급이 원활히 공급되도록 하는 것이 급선무이다."

조인은 서둘러 소패성에 당도하여 진용을 꾸린다. 소패를 지키던 장료는 여포에게 조조의 군대가 서주에 진입하여 진용을 꾸리기 시작했음을 알린다.

"장군, 조조가 조인을 선발로 삼아 대군을 이끌고 소패에 당도했습니다."

장료가 여포에게 파발을 보냈을 때는 여포가 연주에서 돌아와 잠시의 휴식을 취하고 있을 때였다. 이때 진궁이 여포에게 자문을 올린다.

"소패는 서주의 관문입니다. 소패성이 함락되면, 조조의 군사들이 자의대로 서주를 드나들게 되니, 장군께서는 피곤하시더라도 빨리 소패를 구원하러 출병하십시오. 하비성은 소신이 지키겠습니다."

여포는 소패성의 중요도를 알기 때문에, 휴식도 마다하고 즉각 정예병을 이끌고 소패를 향해 출병한다. 이때 소관에서 급보가 전해진다.

"지금 하후돈이 소관을 포위하여 위기에 처해 있습니다."

여포가 연락병에게 자신의 명을 하달한다.

"성주 장패는 수하장수 손관, 오돈, 윤례, 손강에게 각각 동,서,남,북문의 수문장을 맡겨 끝까지 수성에 임하게 하라. 절대로 병사를 이끌고 출병을 해서는 아니 되고, 내가 구원병을 이끌고 올 때까지 반드시 수성에만 임하기를 바란다."

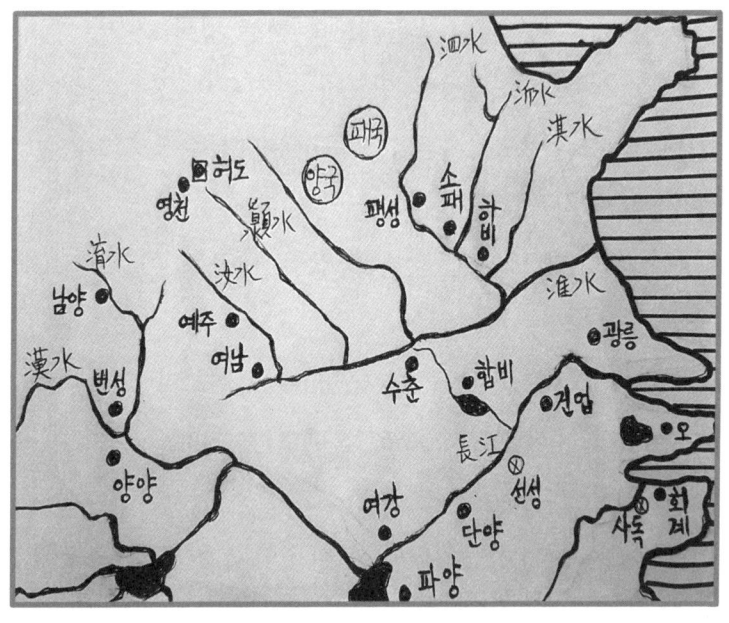

여포는 일단 장패에게 소관의 방비를 맡기고 소패로 향한다. 여포가 소패를 포위한 조인을 공략하자, 소패성 안에서 농성하던 장료가 군사를 이끌고 성 밖으로 나와 협공을 펼치면서, 여포와 장료의 협공으로 소패성의 포위망이 뚫리고, 급기야 조인이 소패의 구릉까지 내몰리며 크게 위기에 처한다.

조인의 군사들이 각자 흩어져 각자도생(各自圖生)해야 할 위기에 처했을 때, 갑자기 구릉에서 일단의 군사들이 고함을 지르며 쏟아져 나온다.

"여포는 지금 당장 사공 어른에게 무릎을 꿇고 죄의 사함을 받아라."

여포는 조조의 복병이 나타난 것으로 생각하여, 추격을 멈추고 급히 군사를 구릉 뒤로 물린다.

"병사들은 추격을 멈추고 대오를 정렬하라."

이때를 틈타 조인은 군사를 수습하여 군대의 대열을 다시 갖춘다. 조인은 복병을 이끌고 온 장수에게 자신을 구해준 감사를 올리려고 구릉을 오르다가, 저만치에서 고슴도치의 수염에 고리눈을 부릅뜨고 있는 장수를 발견한다.

"아니! 장비장군이 아니십니까?"

여포에게 패하여 패성에서 살길을 찾아 각자 흩어졌던 장비는 유비가 조조와 함께 소패성으로 이동하고 있다는 소리를 듣고, 패주한 군사를 수습하여 소패성 근처에서 대기하고 있었던 것이다.

"조인장군, 다시 만나게 되어 반갑소. 우리 형님은 어디 계시오?"

"아마도 사공 어른과 함께 하비성으로 출격 중인 것으로 알고 있습니다."

조인과 장비는 여포가 다시 공격할 것을 대비하면서, 조조와 유비가 속히 하비성으로 진입하기를 기다린다.

이때 소패의 인근에 있는 여포에게 급보가 전해진다.

"장군, 조조는 서주 팽성을 경유하여 서황에게 팽성을 함락시키도록 명령하고, 유비와 함께 하비를 향해 진군하고 있습니다. 그동안 서황은 아군의 장수 조서, 이추를 겁박하여 투항시키고 팽성상 후해를 생포했습니다."

여포는 급보를 받고 깜짝 놀라며 장료에게 지시한다.

"장군은 즉시 소패성으로 돌아가서 철저히 수성에 임하도록 하시오."

장료에게 명을 내린 여포는 급히 하비성으로 되돌아간다.

조조가 유비와 함께 팽성을 떠나 하비성으로 이동하는 도중, 해주 일대에서 패잔병을 수습하여 유비의 소식을 기다리던 관우가 팽성 근처에서 합류한다.

"주군, 이렇게 면목도 없이 뵙게 되어 어찌할 바를 모르겠습니다."

"나는 운장이 이렇게 건재한 것을 보는 것보다 더 기쁠 것이 없소이다. 혹시 익덕에 대한 소문은 들었소?"

"주군과 같이 있을 것으로 생각했습니다."

"아! 익덕도 무고하다면, 이 이상 바랄 것이 없으리라."

유비가 장비의 안위를 걱정하며 관우를 부둥켜안고 눈물을 흘리자, 관우 또한 눈망울이 붉어진다. 이 광경을 지켜보던 조조는 유비와 관우, 장비의 애틋한 형제애와 변함없는 군신 간의 신의를 부러워한다.

이즈음 조조에 대해 깊이 흠모하는 마음을 지니고 있던 진규, 진등 부자는 광릉의 군사를 이끌고, 여포를 도모하기 위해 조조와 합류한다. 진등은 문무지용(文武知勇)을 겸비한 드문 인재이다. 조조의 천거로 광릉태수가 되어 백성들을 인자하게 보살피며 인덕으로 행정을 펼치자, 해적 설귀와 같은 자들이 선정에 감화되어 진등에게 귀부하여 군민들의 삶을 평안하게 이끌고 있었다.

이로써 사대부 사이에서도 진등에 대한 명망이 높아, 유비조차도 유표와 마주한 자리에서 영걸에 대해 논할 때, 진등처럼 문무와 담력, 포부를 두루 갖춘 인재는 쉽게 찾기 어려울 것이라는 평가를 했을 정도였다. 이에 화답하여 진등도 유비에 대해 비록 군세는 미흡하나, 재지가 출중하여 왕패의 재능을 갖추고 있다고 평가할 정도로 두 사람은 서로 간의 지음(知音)이었다. 진등은 특히 조조를 흠모하여 '조조가 천하를 안정시킬 영웅이다'라고 평가하고, 조조에게 귀의하여 이번 전투에 힘을 실어주려고 광릉에서 군사를 일으킨 것이다.

조조가 유비와 함께 하비성을 공략할 계책을 논의하고 있을 때, 정욱이 앞으로 나서며 전반적인 전술을 제시한다.

"여포는 소패와 소관, 하비성을 의지하여, 3개의 성을 통해 견고한 솥발형세를 이루고 있습니다. 이 중에서 가장 큰 문제는 장료가 지키는 소패성이라 여겨집니다. 장료는 용맹할 뿐만 아니라, 용병에도 능하며 인품까지 겸비하여 장수로서의 위상에 손상이 없습니다. 그런 연유로 소패를 가장 먼저 함락시키려고 군사력을 분산시켜 아군을 소패로 보내게 된다면, 소패를 함락시키는 전투에 많은 시간을 소요하면서도 함락시키기가 어려울 것입니다. 그뿐 아니라, 전투의 주력 또한 분산되는 관계로 하비성을 향해 총력을 기울여 공략하기도 쉽지 않습니다. 이런 현실적 형세를 타개하기 위해서는 팽두이숙(烹頭耳熟:중심을 해결하면, 주변은 자연히 해결됨) 전술을 활용해야 할 것입니다. 핵심적 근본사안을 해결하면, 곁가지 문제는 자연히 해결되는 만큼, 주군께서는 무엇보다도 우선적으로 하비성을 공략하는 데 총력을 기울이시지요. 주군께서 하비성을 먼저 함락시키게 되면, 자연히 소패성의 장료는 별도리 없이 투항하게 될 것입니다. 지금까지 해온 전술대로 조인장군을 장료와 대치하게 하여, 소패를 포위하고 장료를 계속 소패에 붙잡아 두게 해야 합니다. 그다음으로는 소관을 경계하여, 여포와 오랜 친분이 있는 하내태수 장양이 하내에서 군사를 이끌고 여포를 지원하러 오는 것을 막아야 합니다. 끝으로 여포와 순망치한(脣亡齒寒)의 관계에 놓여있는 원술을 견제하여, 서주로 통하는 회남의 통로를 봉쇄해야 합니다. 그리고 하비성은 주군께서 친히 대군을 이끌고, 여포와 결전을 벌이시면 최종적으로 승리는 주군의 것이 될 것입니다."

"그렇다면 어떻게 용병을 하면 좋겠소?"

조조가 좌중에 있는 참모와 제장에게 대안을 묻자, 이번에는 곽가가 신중하게 의견을 개진한다.

"조인장군이 장료와 대치하고 있는 소패에는 관우장군을 파견하고, 소관에는 서황장군을 보내어 관문을 통제하고, 회남의 길목은 유공과 장비를 파견하여 원술을 경계하도록 하면 어떻겠습니까?"

조조는 정욱과 곽가의 건의를 받아들여 용병을 완료하고, 자신은 친히 대군을 이끌고 하비성으로 진격한다. 유비는 장비와 간옹, 미축과 함께 회남의 길목에 진용을 세우고 원술의 통로를 봉쇄한다.

오시(午時:낮 12시) 즈음에 이르러, 조조가 대군을 이끌어 하비성 앞 벌판에 본영을 세우자, 이를 눈여겨 지켜보던 진궁이 여포에게 속공을 주문한다.

"조조는 밤낮으로 장거리를 이동하여 피로가 쌓여 있을 것입니다. 저녁 늦게까지 진지를 세운 탓에 병사들이 제대로 쉬지도 못하고 진용이 엉성해 보입니다. 병법에서 이일대로(以逸待勞:휴식을 취한 군사가 지친 적을 공격하면 승리함)라고 했습니다. 이때를 노려 기습한다면, 조조의 군영을 혼란에 몰아넣을 수 있을 것입니다."

여포는 진궁의 건의를 일거에 묵살한다.

"우리 군사들의 사기가 오르지 않아 쉽게 적을 도모하기 어려울 것이오. 우리는 하비성에 충분한 식량을 비축하였기 때문에 지구전을 펼치기만 하면 천연의 요새를 끼고 얼마든지 조조를 물리칠 수 있을 것이오. 우리가 하비성을 제대로 지키기만 한다면, 장료는 소패성을 지키는데 전혀 무리가 없이 수성할 것이고, 적군은 기아와 추위에 떨다가 별도리 없이 퇴각하게 될 것이오. 우리가 수성만 제대로 하면 될 일을 괜히 위험부담이 있는 일을 감수해가면서, 조조에게 쓸데없는 공격의 빌미를 제공할 필요가 없을 것이오."

진궁은 기회를 활용하지 못하는 여포의 생각을 돌리기 위해 거듭 출성을 권하지만, 여포는 진궁의 권유를 끝까지 받아들이지 않는다. 이렇게 무의미하게 며칠이 지나자, 드디어 조조는 성의 주위에 책(柵)을 든든히 두르고 망루를 꼼꼼히 세워 누가 보아도 제대로 된 포위망을 구축하는 데 성공한다. 조조는 포위망을 확고히 구축한 후, 대대적으로 하비성에 대한 공성에 돌입한다.

하비성은 회수(淮水)의 물줄기인 기수(沂水)와 사수(泗水)의 깊은 물길이 하비성을 둘러싸고 깊은 해자를 형성하고 있는 천연적 요새이다. 조조가 총력을 다 기해서 공성에 임하지만 하비성의 천연적 장점을 깨지 못하자, 조조는 획기적인 대책을 마련하기 위해 골몰한다.

이때 소패성을 지키고 있는 장료가 여포에게 긴급히 지원을 요청하는 전서를 보낸다.

"지금 조인과 관우의 연합군이 소패를 거세게 몰아붙여 소패성이 위급한 상황입니다. 긴히 구원을 청합니다."

여포는 책사들과 장수들을 소집하여 대책을 묻는다.

이때 진궁이 여포에게 청한다.

"소패가 붕괴되면 조조의 군수품과 군량이 손쉽게 서주로 공수되어 서주의 미래를 확신할 수 없게 될 것입니다. 장군께서 친히 기병을 이끌고 성 밖으로 나가 조조의 군사를 치는 척하면서, 신속히 기병을 돌려 소패성을 구원하러 가십시오. 하비성은 소신이 장수들과 함께 철저히 수성해 내겠습니다."

여포는 진궁의 청을 받아들여 기병을 이끌고 성 밖으로 나가서 조조의 선봉을 공격한다. 여포의 기병들은 한동안 하비성을 포위한 조조의 군사들과 대적하는 듯하더니, 곧바로 방향을 돌려 소패성을 향해 전속력으로 말을 달린다.

그러나 조조는 풍전등화에 놓여있는 소패성을 구하기 위해 조만간 여포가 기병을 이끌고 출병할 것이라고 미리 예측하여, 소패성 주변의 구릉에 궁노수를 배치하고 여포가 이곳을 지나기를 기다리고 있었다.

여포가 기병의 신속한 기동력으로 조조의 선봉을 격파하고 구릉을 지나치게 될 때, 구릉의 양쪽에서 조조의 궁노수들이 무방비하게 돌진하는 여포의 기병을 향해 화살 공세를 퍼붓자, 여포의 기병들이 맥없이 쓰러지기 시작하고, 살아남은 여포의 기병이 간신히 구릉을 벗어날 즈음, 전방에서 우금의 기병이 여포의 앞을 가로막아서자, 여포의 기병이 우금의 기병을 상대로 대적하려는데, 후방에서 조조의 교위 허저가 여포 기병의 후미를 무차별적으로 공격한다.

앞뒤로 협공을 받게 된 여포는 소패성을 구원하기를 포기하고, 황급히 하비성으로 되돌아간다. 그동안, 조인과 관우는 여포가 소패성을 구원하기 위해 하비성을 출발했다는 보고를 받고, 소패성의 포위망을 둘러싼 군사들을 빼돌려 여포의 기습에 대비하게 하면서 소패성의 포위망이 다소 느슨해진다.

장료는 때를 놓치지 않고 느슨해진 조인의 포위망을 세차게 공략하여 위기를 벗어난 후, 조인이 여포의 공격에 대비하여 병사를 후방으로 뺀 사이에 무너진 성벽과 성문을 보수하고 해자를 다시 깊이 파고 물길을 정비한다. 조인과 관우는 일단 여포가 하비성으로 돌아간 후, 소패성을 다시 포위하여 장료를 소패성에 붙잡아두고 하비성의 동향을 예의주시한다. 이때 조조가 조인에게 새로이 명령을 내린다.

"자효는 전선을 넓히지 말고 소패성의 장료를 봉쇄하여, 장료가 하비성과 연계하는 것만 막도록 하라."

조조의 지시에 따라 조인과 관우는 장료를 포위한 채, 소패성에서 군사를 독려하면서 장기간에 걸친 대치에 몰입한다.

여포는 자체의 군사력만으로는 솥발형세의 연계가 불가능하다는 것을 인지하게 되자, 원술에게 원병을 청해서 이 문제를 해결하지 않고는 재기가 어렵다고 판단한다.

이때 진궁이 여포에게 획기적인 결단을 촉구한다.

"장군께서 지난날 원술과 혼약을 맺기로 한 적이 있으니, 다시 혼인을 약속하여 원술의 협조를 구하도록 하십시오. 원술이 원병을 이끌고 와서 장군과 합세하여 앞뒤로 조조를 공략한다면, 장군은 위기를 쉽게 벗어날 수 있을 것입니다."

여포는 진궁에게 원술과의 동맹에 필요한 사항을 묻는다.

"진공, 사자로 누구를 보내면 좋겠소?"

"허사와 왕해를 천거합니다."

여포는 진궁의 의사를 받아들여, 허사와 왕해에게 원술을 설득하는 사자의 임무를 부여한다.

"위속장군과 송헌장군은 기병 5백기를 이끌고, 두 사람을 호송하여 중나라에 다녀오시오."

여포는 허사와 왕해를 사자로 삼아 수춘성으로 가서 원술에게 전서를 전달케 한다.

당시 원술은 조조가 유표의 장수에게 남양을 빼앗기고 허도가 위태해지면, 수춘을 버리고 본거지를 지키기 위해 허도로 돌아갈 것이라 예상하고 기회를 노리다가, 조조가 수춘을 떠나자 다시 수춘성을 탈환하여 근거지로 삼고 있었다.

조조가 서주정벌을 위한 친정의 장도에 오르고 얼마 후, 위기에 빠진 여포가 이미 오래전에 파기된 자식들의 혼사 문제를 거론하며 구원병을 요청하자, 원술은 죽 끓듯 하는 여포의 배신과 변덕을 극도로 혐오하여, 여포의 사자들에게 지난날 여포의 행태를 반추시키며 짜증스럽다는 듯이 말한다.

"서주자사 여포장군은 정말 신뢰를 줄 수 없는 사람이다. 그동안 남이 어려울 때는 꿈쩍도 하지 않다가, 이제와서는 자신이 위기에 처하니까 이미 물 건너간 자식들의 혼사 문제를 다시 거명하는데, 나는 도대체 서주자사의 진심이 어떤 것인지 도저히 믿을 수가 없노라."

"폐하, 지난 시절 여포장군이 자녀의 혼사를 파기시킨 건은 진규 부자가 여포장군을 궁지에 몰아넣으려고 벌인 일이었고, 게다가 이런 일을 벌이고 결국 이들은 여포장군을 배신하고 이제는 조조에게로 가 있습니다."

허사는 원술에게 최대한 황제의 예를 갖추며 조심스럽게 여포의 입장을 대변하여 말한다.

"폐하와 장군은 순망치한의 관계입니다. 여포장군이 무너지면, 조조의 다음 목표는 폐하가 될 것입니다."

"그대들의 말이 옳기는 하나, 여포장군은 변덕이 심하고 배신을 죽 먹듯이 해서 도무지 믿을 수가 없네. 먼저 짐에게 신뢰를 회복할 만한 행동을 보여주고 그 후, 딸을 수춘성으로 보낸다면, 짐은 그다음에 서주로 출정을 정하겠다고 전하라."

허사와 왕해는 원술의 완강한 반발을 설득하지 못하고 서주로 돌아간다. 그로부터 며칠이 지난 축시(丑時:오전1시~3시) 경, 허사와 왕해는 유비의 군영이 포진한 벌판을 피해 험로를 지나 하비성으로 돌아가다가, 유비의 척후병에게 발각이 되어 유비의 경계병들이 추적해오자, 자신들을 호위하는 호위병 5백에게 유비의 경계병과 교전을 벌이게 하고 간신히 하비성으로 되돌아와서 보고를 올린다.

"중나라 황제는 장군의 따님이 수춘성에 도착한 후에야 출병하겠다고 합니다."

"조조가 우리의 사정을 알게 되어 더욱 철저히 포위망을 강화했을 텐데, 어떻게 철통같은 조조의 포위망을 뚫고 딸을 원술에게 보낼 수 있겠는가?"

이때 진궁이 끼어든다.

"현재의 위기를 타개하기 위해서는 어떤 수단을 써서라도 따님을 중나라 황제에게 보내는 수밖에는 없습니다. 그러나 이 포위망을 뚫고 수춘성을 무사히 빠져나갈 수 있는 사람은 장군 외에는 아무도 없습니다."

여포는 진궁의 의견을 따르기로 하고 길일을 택한 후, 그날 술시(戌時:오후7시~9시)에 떠나기로 하면서 떠나기에 앞서 고순에게 작전명령을 내린다.

"고순장군은 기병 1천을 이끌고 내 뒤를 따르다가, 내가 2백리 지점까지 딸을 안전히 이동시키면, 그 이후는 그대가 중나라 황제에게 나의 딸을 인계하라."

여포는 술시가 되자 딸에게 따뜻한 솜옷을 입히고 그 위에 갑옷을 입힌 후, 자신의 등에 업히고 단단히 잡아 묶는다. 여포는 적토마에 올라타서 방천화극을 치켜세우며, 성문을 열어젖히고 선두에서 내달린다.

차가운 겨울의 칼바람이 여포의 얼굴을 휘감아 싸고도는 한기를 가르며, 여포가 조조의 포위망을 뚫고 회남 근처에 접어드는데, 이때 회남의 길목을 지키는 장비의 군사들이 여포의 앞길을 막아선다.

"멈춰라. 어디로 가는 무리들이냐?"

이때 전장에서 여포를 본 적이 있는 어떤 장수가 여포를 알아차리고 외친다.

"여포가 쳐들어왔다."

한 장수의 외침에 장비의 수하병사들이 일시에 고순의 기병에게 몰려들어, 양측의 군사들 사이에서 혈전이 벌어지게 되고, 여포는 딸을 업고 싸울 수도 없고, 두터운 방어망을 뚫을 수도 없어 어찌할 바를 몰라 하며 혼미 속으로 빠져든다.

"여포를 잡아라."

"여포를 놓치는 자는 군법에 회부하겠노라."

유비가 장비와 함께 1만의 군사들을 풀어 여포의 앞을 철저히 막아서자, 여포는 방어망을 뚫지 못하다가, 자칫 잘못하면 딸에게 위해가 생길 것을 두려워한 나머지 하비성으로 되돌아오게 된다. 여포는 하비성으로 들어와서 진퇴양난에 빠져 침울해진 마음을 달래고자 술에 의존하기 시작한다. 이렇게 두어 달이 흐르고 전황은 더욱 악화되어 가면서 여포는 더욱 초조해진다.

그러나 조조도 초조해지기는 마찬가지였다. 조조가 원정을 떠나온 지 몇 달이 지나고 엄동설한이 되어도 하비성은 끄떡 없이 건재하고, 병사들은 혹한의 야전에서 생활하느라 동상 등으로 고통을 받으면서 전의를 상실해 가는데, 시도 때도 없이 마구 쏟아져 내리는 겨울철의 폭설은 군량의 수송로를 막아 양곡의 수송도 수월치가 않게 되어, 군사와 병마는 추위와 기아로 고통을 받게 되면서 조조의 근심은 깊어만 간다.

이때 설상가상으로 하내에서 온 급보는 조조를 더욱 초조하게 만든다.

"하내태수 장양이 여포와의 친분을 내세우며, 여포를 지원하기 위해 군사를 일으켰습니다. 그러나 다행히도 장양의 부장 양추가 안정에서 하내태수 장양을 주살하고 장양의 목을 사공께 바치러 오던 중, 장양의 측근인 수고가 하내태수 장양의 복수를 한다고 다시 양추를 공격하여 주살하고, 곧바로 장양의 수하를 병합하여 원소에게로 가서 투항한 후, 지금은 하내군 야왕현에 있는 사견에 주둔해 있습니다. 이대로 수고를 방치하게 되면, 향후 하내태수 장양의 유지를 받들고 있는 수고에 의해 사공의 허가 찔릴까 우려됩니다."

조조는 급보를 접한 후, 즉시 악진, 우금, 서황, 사환 등을 불러 자신의 뜻을 전한다.

"고가 피라미와도 같은 수고 하나를 제거하기 위해 그대들과 같은 명장을 무더기로 파병하는 이유는 단숨에 수고를 격파하고, 빨리 하비성으로 돌아오라는 뜻이다. 고의 뜻을 잘 간파해 주기 바란다."

조조는 악진, 우금, 서황, 사환 등을 수고에게 파견한 후, 나머지 책사들과 장수들을 불러 놓고 하비성 공략에 대한 소회를 털어놓는다.

"하비성을 함락시키는데 너무 오랜 시간이 소비되고 있소. 아직 원소, 유표, 장수, 원술 등이 호시탐탐 허도를 노리는데, 허도를 너무 오래 비워둔 관계로 허도가 불안하니, 이만 퇴각하는 것이 어떨까 생각하오."

순유가 조조의 뜻을 급히 막는다.

"여태까지 사공께서 몰입하여 온 정렬과 출혈과 비용은 다른 어떤 것으로도 보상을 받을 수 없습니다. 오직 서주를 정복해야만 여태까지의 고생을 보상받을 수가 있을 것입니다. 지금 하비성 안에 있는 여포의 백성들과 병사들이 겪는 고통은 주공께서 받는 고통보다 심각할 것입니다. 조금만 더 참고 기다리며 여포 군사들의 사기가 급격히 떨어질 때를 기다리면서, 주공께서는 군사들을 쉬지 않고 담금질을 하면 반드시 기회가 올 것입니다. 진화타겁(趁火打劫)의 계책입니다."

조조가 순유의 권유를 인정하면서도 초조함을 계속 나타내자, 잠시 깊은 생각에 잠겨있던 곽가가 조조에게 희망을 주는 계책을 제시한다.

"제가 하비성을 함락시킬 계책을 하나 생각해냈습니다."

조조의 눈이 번쩍 뜨인다.

"한번 말해 보시오."

이때 순유가 웃으며 곽가에게 묻는다.

"수공을 구상하시오?"

"네, 바로 수공입니다. 하비성이 난공불락인 것은 바로 사수(泗水)와 기수(沂水)를 이용한 자연적 이점 때문입니다. 병법에 상대의 장점을 약점으로 만들어 나의 장점으로 바꾸는 것이 능자(能者)라고 했습니다. 사수와 기수의 흐름을 거꾸로 돌린다면, 하비성은 일시에 혼란에 빠지게 될 것입니다."

조조는 곽가와 순유의 계책을 따라 사수와 기수에 두개의 둑을 막아, 두 강의 물줄기를 한군데로 터놓고, 그 물줄기를 돌려 하비성을 물속에 잠기게 한다. 오직 동문만 물에 잠기지 않고 다른 문은 순식간에 물바다가 된다.

하비성의 천연적 장점과 풍부한 군량에 의지하여 나태해 있던 여포는 주변에서 끊임없이 위기의 상황임을 제기하자, 자신 스스로도 느끼는 초조함을 감추려고 오히려 큰소리로 이들을 꾸짖으며 말한다.

"나는 적토마가 있어 수면 위를 평지 걷듯이 할 수 있다.

그대들은 인중 여포, 마중 적토가 있는데 무엇을 그리도 걱정하는가?"

여포는 말을 그렇게 하면서도 위기의식을 느끼고 불안감을 떨치지 못한다. 여포가 느끼는 위기의식을 더욱 가중시키려는 듯 성안에는 시간이 흐를수록 물길이 세차게 터지면서 성안의 바닥은 이동조차 불가할 정도로 엉망진창이 된다. 불안감을 떨치려고 매일 술에 절어있던 여포가 어느 날 문득, 거울에 비친 자기의 얼굴을 보고는 깜짝 놀라더니 거울을 내동댕이친다. 자신에게 엄습해오는 근심과 불안을 떨치려고 술에 의존했으나, 안정을 찾기보다 더욱 불안이 가중되어 한숨으로 시간을 보내면서 초조하여 돌파구를 찾으려다 우연히 들여다본 거울에 비친 참혹한 몰골을 보고 놀란 것이다.

"내 몸과 얼굴 꼴이 말이 아니구나. 이제부터 술을 끊고 몸을 추슬러 본격적으로 조조의 공격을 대비해야겠다."

충격을 받은 여포는 성안에 제장에게 일제히 영을 내린다.

"오늘부터 성안에서는 일체의 술을 삼가라. 만일 군령을 어기는 자는 지위의 고하를 막론하고 참형에 처하노라."

큰 사건이 벌어지는 데에는 작은 계기가 원인이 되는 경우가 다반사이리라.

그로부터 며칠 후, 부장 후성은 자신이 관리하던 말 열다섯 필이 갑자기 사라져서 그 뒤를 캐보니, 말을 관리하던 빈객이 말을 빼돌려 유비의 측근에게 넘기려던 중이었다.

후성은 이를 발견하여 빈객을 잡아 죽이고 말을 되찾아온다. 후성이 말을 되찾게 되자 후성과 가까운 장수들이 찾아와서 축하의 인사를 건넨다.

후성은 이에 대한 감사의 표시로 돼지를 잡고, 집에 담가두었던 술 6말을 꺼내어 말을 되찾은 기념으로 술대접을 하려고 하는데 이때, 장수 한사람이 여포가 금주령을 내린 것을 생각하여 조심스럽게 후성에게 말한다.

"자사께서 금주령을 내렸는데, 먼저 자사에게 내막을 알리고 축하주를 올린 다음, 시식을 하더라도 해야 우리가 무사하지 않겠소?"

후성은 친구의 말이 옳다고 여겨 술을 여섯 병을 챙긴 후, 여포의 부중으로 찾아가서 술을 가져온 내막을 전하고 여포에게 술을 건넨다.

"장군의 위엄에 힘입어 잃었던 말을 되찾게 되자, 가까운 장수들이 소장에게 축하해주려고 집으로 찾아왔습니다. 마침 소장이 이전에 담가 둔 술이 있어서 그 술을 축하연에 풀고자 하나, 감히 장군께 올리기 전에 마음대로 마실 수가 없어 보고하러 왔습니다. 먼저 자사께 술을 올리고 후에 축하연에 돌리려고 합니다."

여포가 버럭 화를 내며 말한다.

"내가 금주령를 내리지 않았느냐? 그대는 나를 곤궁에 빠뜨릴 음모를 꾸미고 있는 것이지."

여포는 후성이 바치는 술병을 발로 걷어찬다. 술병이 깨지면서 후성은 술을 흠뻑 뒤집어쓴다. 술에서 풍기는 강한 냄새는 여포의 감정을 더욱 격렬하게 돋운다.

"내가 금주령을 내렸거늘, 이런 때에 술을 빚어 술자리를 벌이려 하다니, 너를 도저히 용서할 수가 없노라. 당장 이자를 끌어가서 이자의 목을 베라."

이에 깜짝 놀란 여포 주위의 장수들이 여포에게 간곡히 청하여, 후성은 곤장 50대를 맞는 것으로 대체하고 풀려난 후, 억울한 심정에 주변 사람들에게 울분을 토하자, 이런 기막힌 사실을 알게 된 송헌과 위속이 후성을 찾아가 위로한다.

"몸은 좀 어떻소?"

후성이 분노로 치를 떨며 말한다.

"나는 여포가 이렇게까지 무뢰한 인물인 줄은 몰랐소. 자기를 위해 목숨을 바치는 주변의 장수들을 아끼기는커녕, 자신의 부속품으로도 생각하지 않는 어리석은 여포를 따르다가 앞으로 우리에게 찾아올 재앙을 어찌 피할 수 있을까 걱정이 될 뿐이오."

위속도 크게 한탄한다.

"조조가 성을 에워싸고 수공을 펼쳐 사수와 기수의 물이 성안에 가득 차서, 성안의 모든 사람의 생활이 여간 불편한 것이 아니오. 이에 성민들 사이에서는 누가 이기든지 빨리 전쟁을 종결시키기를 바라고 있는데도 자사께서는 군사들의 사기를 올릴 생각은 하지도 않고, 평생 목숨을 걸고 싸우면서 자신을 추종해온 수하를 함부로 대하는 행위를 보고는 미래를 함께할 수 없다는 생각이 드는구려."

오랜 시절 이들과 함께 생사고락을 함께한 송헌도 비로소 자신의 속내를 내비친다.

"그대들 말에 동감이오. 여포를 떠나는 것이 이 위기를 벗어나는 해답인 것 같소."

송헌의 말에 위속이 답한다.

"조조는 인재를 아끼는 영웅으로 소문이 자자하오. 우리끼리만 조 사공에게 투항하는 것보다는 성을 송두리째 조 사공에게 바치면 더욱 효과가 크리라 생각하오."

송헌이 다시 질문을 던진다.

"그렇기는 하지만, 이 거사는 미리 조 사공과 밀약을 맺지 않고는 성공할 수 없을 것이오. 그런데, 여포는 어느 누구도 성문을 빠져나가지 못하도록 엄명을 내렸는데, 누가 어떻게 어떤 방법으로 성문을 빠져나갈 수 있다는 말이오?"

후성이 아픈 몸을 일으키며 대꾸한다.

"내가 적토마를 몰래 훔쳐내어 적토마를 이끌고 조 사공에게 넘어가겠소. 내가 조 사공에게 가서 조조에게 투항하는 이유를 말하고, 우리의 밀약을 확인시키는 증거로 적토마를 바치면, 조 사공도 우리를 믿을 것이오. 문제는 어떤 문으로 도망을 쳐야 무사히 빠져나갈 수 있을지를 찾아야 할 것이오."

위속이 이들을 안심시키며 말한다.

"동문 쪽은 산자락에 이어져 있어 물이 차지 않았소. 내가 그 문을 지키고 있으니, 동쪽 문을 통해 성문을 빠져나가도록 하시오."

후성이 걱정스러운 듯이 묻는다.

"내가 성을 빠져나간 다음, 그대가 인간 같지도 않은 여포에게 문책을 당하면 어쩌려고 그러시오."

위속이 대수롭지 않다는 듯이 대답한다.

"내게 다 생각이 있으니, 그대들은 너무 걱정하지 마시오."

그날 축시(丑時) 무렵이 되자, 후성은 마구간으로 다가가서 적토마를 끌어내어 그 위에 올라타고 동문으로 향한다. 동문을 지키고 있던 위속이 성문을 열어주자 후성이 성문 밖으로 급히 달려 나가고, 성문을 열어준 위속은 문책당할 일에 대비하여 군졸들의 눈을 속이고자 뒤쫓는 척하며 말을 달리다가 되돌아온다.

후성이 하비성을 빠져나가 조조의 본영에 당도했을 때는 조조가 깊은 잠에 빠져 있었다.

"사공 어른, 하비성에서 빠져나온 후성이라는 사람이 사공 어른을 뵙고자 합니다."

조조는 잠결에도 여포의 부장 후성이 찾아왔다는 말에, 정신이 번쩍 들어 잠시도 지체하지 않고 벌떡 일어나 밖으로 뛰쳐나온다.

'이 야심한 밤중에 여포의 부장 후성이 찾아왔다면 예삿일이 아닐 텐데?'

조조는 경호병에게 명하여 후성을 자신의 군막으로 불러들여 묻는다.

"그대는 어인 연유로 이 깊은 밤에 나를 찾아왔는가?"

후성은 자신이 투항에 이르게 된 연유를 밝히고, 위계가 아님을 증명하기 위해 조조에게 적토마를 바친다. 조조에게 후성의 투항은 하늘에서 내린 축복이었다. 게다가 천하의 명마 적토마를 잃은 여포는 날개 잃은 독수리에 지나지 않으리라.

조조는 크게 기뻐하며 후성에게 묻는다.

"지금 성안의 분위기는 어떠한가?"

"성안에서의 성민들 생활은 말 그대로 아비규환입니다. 성안의 성민들은 누가 이기든 빨리 전쟁을 종결시켜주기를 바라고 있습니다. 이런 성민의 뜻을 알고 있는 위속과 송헌, 두 장수는 기회를 노렸다가 때가 되면, 성안에서 내응하여 성문을 열어주기로 했습니다. 사공께서 동문에서 직접 공성전을 펼치신다면, 적당한 때에 성루에 백기를 꽂는 것을 신호로 삼아 성안으로 모실 것입니다."

조조는 몹시 기뻐하며 성민들을 안심시키기 위해, 격문 수천 장을 화살에 달아 즉시 성안으로 쏘아 날리게 한다.

"사공 조조는 천자의 조서를 받아 여포를 도모하러 왔노라. 고는 누누이 여포에게 투항하여 백성들을 편안케 하도록 권유했으나, 사심으로 가득찬 여포는 자신의 욕심을 위해 수많은 백성의 삶을 외면하고 병사들을 사지로 내몰고 있다. 이제 마지막으로 성안의 백성들과 병사들에게 고하노라. 투항하는 자는 과거의 죄를 묻지 않고 용서할 것이다. 끝까지 항거하는 자는 과거에 큰 공로가 있더라도 용서하지 않을 것이다. 동시에 누구든지 여포를 생포하거나, 수급을 따는 자에게는 지위 여하를 가리지 않고 높은 벼슬과 부상을 내리겠노라."

하비성 안에 있는 백성들과 병사들을 위무하기 위한 격문이 성안에 보내지자, 성안에서는 소리없는 동요가 일어나기 시작한다. 오경이 지나고 묘시(卯時:아침 6시)로 넘어가자, 하비성 동쪽에 흐르는 구름 위로 햇빛이 반사되어 붉은빛이 황홀경을 만들어가고 있었다.

때를 맞춰 조조는 격문을 매단 화살을 다시금 하비성 안으로 날려 보내게 한다. 그와 동시에 북과 징을 울리면서 동서남북에서 수만의 병사들이 함성을 지르며 하비성을 공격하기 시작하자, 성안의 백성들과 병사들이 표면적으로도 크게 동요를 일으키기 시작한다.

성민들의 동요에 위기를 느낀 여포는 새벽녘부터 일찍 일어나 군사를 독려하며, 조조의 사방공세에 정신을 차릴 여유도 없이 바삐 움직이고, 고순을 필두로 송헌, 위속, 성렴, 위월 등을 독려하여 4대문에 배치하고 성문을 철저히 방비하도록 명한다. 동시에 4대문을 신속히 돌아다니며 독려하기 위해 적토마를 끌어오도록 명하지만, 마장에 갔던 마군장이 돌아와서 여포에게 급히 보고를 올린다.

"장군, 마장에 적토마가 사라졌습니다."

여포가 깜짝 놀라 눈을 부릅뜨며 말한다.

"적토마가 없어지다니……"

"후성이 적토마를 훔쳐 동문으로 빠져나간 것 같습니다."

여포가 마장의 책임자를 불러들여 내막을 물어보고서야 실상을 알게 되어 동문 수문장 위속을 급히 불러들인다.

"동문을 지키던 수문장 위속을 불러들여라."

여포가 위속을 불러 추궁하는 중, 조조의 병사들이 수많은 뗏목을 타고 탁류를 건너 성벽 위를 기어오른다. 앞의 뗏목에 탄 군사들이 성벽을 기어오르고, 뒤쪽의 뗏목에서는 불화살과 궁노를 날리며 공성을 돕는다. 여포는 위속을 추궁하던 것을 멈추고, 성벽을 기어오르는 조조의 군사들을 방어하기 위해 성루로 오른다. 끈질기게 공성전을 펼치는 조조의 군사를 상대로 여포는 4개의 성문을 이리저리 오가며, 잠시도 쉴 틈이 없이 분주히 움직인다.

해가 서산으로 넘어가고 공격의 효율성이 떨어지고서야 조조는 군사를 뒤로 물린다. 여포는 성민들의 동요로 인해 근심과 걱정으로 밤을 지새우기를 여러 날이 지나고, 잠시도 쉬지 못하고 꼭두새벽부터 병사를 이끌어 지친 탓에 잠시 몸을 문루 벽에 기대다가, 자신도 모르게 깜빡 잠이 든다.

여포가 깜빡 잠이 드는 것을 본 송헌은 급히 동문의 위속에게 신호를 보내 성문에서 백기를 흔들도록 하자, 위속은 동문을 열고 조조의 대군을 받아들인다. 조조의 대군이 동문 안으로 밀려들어오자, 성안의 백성들이 조조에게 동조하기 시작한다.

송헌과 위속은 백성들이 조조에게 동조하는 것을 보고 동요하는 병사들에게 조조에게 투항하는 것만이 서주가 존속하는 길이라고 외친다. 이미 병사들도 백성들도 빨리 전쟁이 끝나기를 기대하고 있었고, 투항하는 자는 지난 과오를 모두 용서한다는 격문을 보고 있었기에 이들은 송헌과 위속의 선동을 따라 투항한다.

송헌과 위속은 성문을 돌면서 군량과 군수품을 배급하던 고간과 진궁을 찾아내어 사로잡고, 여포가 있는 백문루로 조조를 안내하여 군사를 이끌고 함께 몰려온다. 여포는 조조의 대군을 상대로 고군분투하지만, 중과부적으로 백문루까지 밀려가서 저항하더니, 백성들과 군사들까지 모두 등을 돌리자 대세가 이미 끝난 것을 인지하고 방천화극을 접는다.

여포가 저항을 포기하자, 조조의 선봉군이 성루에 올라 백문루에 있는 여포를 결박하여 성루 아래로 끌어내리고, 송헌과 위속은 하비성 병사들에게 여포의 결박을 알리며 모두 투항할 것을 권유하면서, 대부분의 병사들이 무기를 버리고 조조에게 앞 다투어 투항하기 시작한다.

드디어 198년(건안3년) 12월 말, 하비성을 포위한 지 3개월여 만에 하비성을 함락시킨 조조는 기수와 사수에 다시 둑을 쌓고 물줄기를 원상으로 돌려, 하비성에 가득 고여 있는 흙탕물이 빠지도록 조처한다.

이렇게 함으로써 하비성의 시급한 현안을 정비한 조조는 하비성의 주각인 백문루의 누대에 높이 앉아 여포 이하 끝까지 저항한 장수들을 심문하기 시작한다. 조조가 도살수에게 명하여 여포를 끌어내는데, 군사들이 여포의 용맹을 두려워하고 온몸을 빠짝 포박하여 몸을 움직이지 못할 정도로 만든다. 여포가 끌려 나오면서 유비를 보더니 유비에게 청을 넣는다.

"포박이 너무 강해 앉아있기조차 어렵소. 심문하기 전에 우선 묶여있는 포박을 느슨하게 해 주시오."

유비가 조조에게 여포의 포박을 느슨하게 해 주기를 권하자, 조조는 쓴웃음을 지으며 비아냥거린다.

"봉선이라는 호랑이를 잡아매는데, 꽉 조여 매지 않을 수 없지 않소?"

하면서도 여포의 포박을 풀어주도록 지시한다. 유비와 조조의 작은 호의를 느낀 여포는 혹여 자신에 대한 용서를 기대하며 조조에게 사죄를 구한다.

"내가 비록 사공에게 패했으나, 아직 나의 방천화극은 녹슬지 않았습니다. 사공께서 나를 용서하여 받아주신다면, 나는 기병으로 종사하고 사공께서는 보병으로 전군을 지휘하게 되어 순식간에 천하를 평정할 수 있을 것입니다. 사공에게 진심으로 투항을 청하겠습니다."

조조는 다소 흔들리는 듯이 후성, 위속, 송헌을 쳐다보자, 깜짝 놀란 이들은 조조에게 단호하게 여포의 단죄를 청한다.

"여포는 결코 사공 어른의 앞길에 도움이 될 수 없는 인물입니다. 그를 받아들이심은 소탐대실(小貪大失)이 될 것입니다. 여포를 받아들이시면 썩은 장수 하나는 얻게 되겠지만, 그를 받아들이는 즉시 천하의 민심은 사공 어른을 떠날 것입니다."

여포가 이들을 노려보면서 고함을 지른다.

"이 못된 배신자들아. 내가 너희를 후대했거늘, 어찌 너희는 혼자 살겠다고 나를 배반하고 서주를 송두리째 사공에게 팔아넘겼느냐?"

여포의 항변을 들은 조조는 여포의 복심을 읽은 듯, 씁쓸해하며 유비의 뜻을 묻는다.

"유공은 여포를 어떻게 처단해야 한다고 생각하시오?"

유비가 싸늘한 표정으로 여포를 바라보며 응답한다.

"사공께서는 지난 정원과 동탁의 일을 잊으셨습니까?"

여포는 유비의 말에 조조가 자신을 척살할 마음의 준비를 한 듯한 표정을 짓자, 얼굴이 흙빛으로 변하더니 유비를 쳐다보며 큰소리를 지르며 비방을 가한다.

"네가 원술에게 목숨을 잃게 되었을 때, 내가 원문에서 화살을 날려 너의 목숨을 살려준 은혜를 망각하고, 너는 은을 원으로 갚으려 하는가? 사공, 저 귀 큰 놈이 세상에서 가장 못 믿을 놈이오."

이때 진궁이 포박된 채로 조조의 앞에 무릎을 꿇린다.

"공대, 실로 오랜만일세. 내가 공대를 후대했거늘, 어찌 고를 버리고 떠나서 오늘 이 모양, 이 꼴로 고의 앞에 나타나게 되었는가?"

조조가 반가움과 냉소가 뒤섞인 웃음을 지으며 묻자, 진궁은 의연히 대꾸한다.

"사공의 마음이 광폭하여 사공을 버리고 떠난 것인데, 내게 무슨 아쉬움이 있겠습니까?"

"고를 광폭하고 바르지 않다고 하는데 그렇다면, 여포는 어떤 인물이기에 지모가 있다고 큰소리를 치던 그대가 여포와 같은 한심한 인물을 보좌했는가?"

"여포는 우매하고 단순하며 공명심이 있으나, 양민을 학살할 만큼 광폭하지는 않습니다. 사공같이 승전지에서 수십만의 무고한 백성을 생매장하여, 천하에 공분을 사는 일은 하지 않았다는 말입니다. 병법에 일패는 병가지상사라 했습니다. 다만 아쉬운 점은 여포가 나의 말을 잘 듣고, 신속히 실행에 옮기기만 했다면 오늘과 같은 치욕은 없었을 것입니다."

조조는 인재를 만나게 되면, 자신의 역한 감정이나 과거의 원한을 버리고 받아들이는 영걸이다. 조조는 자신을 수도 없이 궁지에 빠뜨렸던 진궁일지라도 그를 아끼는 마음이 있어, 은근히 그를 회유하고자 하는 감정이 가슴에서 깊이 우러나는 것을 느낀다.

"고가 그대를 어찌할 것 같소?"

"내가 사공 어른의 깊은 뜻을 어찌 알겠습니까? 오직 죽음만을 바랄 뿐입니다."

조조는 목숨이 경각에 달린 진궁이 오히려 당당하게 나오자, 인재를 잃을까 조바심으로 오히려 초조해한다.

"그대는 죽음을 청하지만, 그대가 허무하게 형장의 이슬로 사라지게 되면, 그대의 노모와 처자는 어찌 될지를 생각해 보았는가?"

조조가 오히려 진궁에게 투항을 간청하는 우스운 형국으로 전환된다. 진궁은 조조의 말에 잠시 생각에 잠기더니 결연한 어조로 대답한다.

"성현 말씀에 '효로써 천하를 다스리는 사람은 남의 부모를 해치지 않으며, 인으로써 천하를 보살피는 사람은 남의 후사를 끊지 않는다.' 했습니다. 노모와 처자의 생사는 오직 사공의 뜻에 달려 있습니다. 소신은 주군 여포를 제대로 모시지 못한 패장으로서, 그에 대한 책임이 막대한 데도 천하의 신의를 버린 채 평생 불명예를 지니며 살고 싶지는 않습니다."

조조는 죽음을 재촉하는 진궁을 보면서 답답함을 느낀다.

"공대! 다시 신중히 생각해 보시게."

조조의 권유는 주변 사람들이 듣기에는 조조가 진궁에게 투항을 권유하는 것이라기보다는 차라리 애원하는 것같이 들릴 정도였다. 진궁은 조조의 의중을 파악하고, 조조가 빨리 결단을 내리게 하려고 의연히 형장을 향하며 여포의 앞을 지나면서, 무릎을 꿇린 채로 처량하게 쭈그리고 앉아있는 여포에게 싸늘한 눈빛을 보낼 때, 조조가 급히 진궁을 붙잡는다.

"여보게, 공대. 이러지 말고 다시 한번 더 생각해 보시게."

조조는 형장으로 뚜벅뚜벅 걸어가는 진궁을 쫓아가서 그의 팔을 붙잡아 세우며 다급히 말한다.

"도살수, 빨리 갑시다."

진궁은 조조의 팔을 뿌리치고, 대신 환한 웃음으로 조조의 후의에 화답하며 형장의 길을 재촉한다. 조조는 진궁의 뒤를 몇 걸음 뒤따르다가 멈추어 서더니, 안타까움과 아쉬움을 표하며 장수들에게 명한다.

"공대의 노모와 처자는 허도로 정중히 모시고, 장군의 가족에 준하는 예를 철저히 갖추도록 하라. 이를 어기는 자는 참수할 것이다."

진궁은 형장을 향하던 길에서 고개를 돌려 조조를 바라보더니, 목례를 올리는 것으로 조조가 베푼 후의에 화답하고 형장의 이슬로 사라진다. 이후, 조조는 진궁과의 약속을 중시하여 진궁의 노모를 죽을 때까지 보살피고, 아들을 훈육시키는 동시에 딸에게는 좋은 혼처를 맺어 준다.

진궁은 조조가 기반이 아직 미약할 당시, 연주의 백성들을 설득하여 조조에게 자사로 등극하도록 이끈 일등공신이었다. 진궁은 비록 조조가 서주에서 양민을 학살하는 폭정을 용납할 수 없어서 등을 돌렸으나, 조조야말로 영웅의 격을 지닌 인물이라는 것을 인정한 지혜로운 인걸이었다. 성격은 강직하고 기백이 충만하여 뭇 명사들이 교류하기를 청할 정도였다. 다만, 자신의 계책을 여포가 적시에 받아들이지 않은 탓에, 하비성 전투에서 순유로 하여금 지혜는 있으나 결단력이 부족하다는 혹평을 받는 아쉬움을 남긴 모사(謀士)이기도 했다.

소패에서는 관우가 하비성이 함락된 사실을 장료에게 알리며 투항을 권유하자, 처음에는 완강히 버티던 장료는 관우의 간곡한 권유를 받아들여 마침내 수하를 이끌고 투항하기에 이른다. 조인과 관우는 장료를 포승줄에 묶어 하비성으로 데려와서 여포의 옆에 꿇어앉힌다.

진궁을 회유하지 못해 못내 안타까워하던 조조는 다시 여포를 내려다본다. 조조와 눈이 마주친 여포는 다시 조조에게 목숨을 구걸한다.

"사공, 이 여포의 목숨을 담보하여 천하를 얻을 수 있다면, 이 몸에게는 은혜를 베풀어서 좋고, 사공께서는 천하를 얻어 좋지 않습니까? 그야말로 일거양득입니다. 부디 이 몸을 거두어 주시지요. 목숨을 바쳐 종사하겠습니다."

유비는 조조의 마음이 흔들릴까 우려가 되어 강력하게 조조의 결단을 청한다.

"봉선은 결코 사공 어른의 앞길에 도움이 될 수 없는 인물입니다. 지난날을 잊어서는 후회하게 될 것입니다."

조조는 여포의 영웅답지 못함을 아쉬워하며, 여포에게는 눈길도 주지 않은 채 교살을 명한다.

여포가 도부수에게 끌려가서 교살되자, 이번에는 꿇어 앉혀 있는 고순을 향해 심문한다.

"장군은 참으로 여포의 휘하에 두기에는 과분한 장수이외다. 나와 함께 천하를 평정해 보지 않겠는가?"

고순은 조조에게 자신의 결연한 뜻을 밝힌다.

"나는 평생 여포장군을 주군으로 모시고, 그의 휘하에서 다른 사람을 의지해 본 적이 없습니다."

그리고는 조조의 어떤 심문에도 묵묵부답 응대하지 않는다. 조조는 고순이 골수 깊이 여포의 복심임을 알기에 더 이상의 회유를 시도하지 않고, 장군의 명예를 살려 주는 의미에서 그의 뜻을 받아들인다.

고순은 충의와 상명하복을 중시한 중국 삼국시대 가장 모범적인 장수 중의 한 사람으로, 여포 수하의 다른 장수인 장료나 장패 등과는 달리 독립적 군사를 이끌지 않았고, 여포에게 자신의 모든 것을 다 바쳐서 충성해온 뛰어난 명장이다. 영웅기의 기록에서도 주술을 했듯이, 고순은 청렴결백하여 수하를 부릴 때 뇌물에 의존하지 않고 능력을 위주로 발탁했으며, 술을 마시지 않고 늘 근신하여 항상 위엄이 있었다고 한다. 1천명의 정예 군사를 이끌었는데, 군기가 워낙 철저하여 갑옷과 무기는 항상 정련되고 날카롭게 정비되어 있었으며, 싸울 때마다 온 정렬을 바치는 관계로 격파하지 못하는 것이 없다는 의미로 함진영(적을 반드시 함락시키는 부대)이라 불렸다. 여포가 학문이 부족하여 상대의 말에 줏대 없이 흔들리고, 생각도 없이 결정을 내린 후 언행을 자주 번복하는 등 변덕이 심한 여포의 결점을 여포의 곁에서 늘 통제하고 간언하며 바로 잡으려 했다.

여포도 고순의 충성됨을 알고는 있었으나, 자신에게 가시같이 귀찮은 존재로 여겨 평상시에는 크게 중용하지 않았고, 전투가 치열한 시기에만 병사를 내어주어 나가 싸우게 했다. 이렇게 여포가 필요할 때만 이용해 먹었으나, 여포를 원망하는 적이 없이 마지막 순간까지도 여포와 함께한 참 군인이었다. 생전 여포에게 올린 충언은 영웅기에도 기록이 남아 있다.

"무릇 집안이 붕괴되고 나라가 혼탁해지는 것은 충신이나 명사가 없어서가 아니라, 그들이 제대로 발굴되어 쓰이지 못하기 때문입니다. 장군께서는 거병하실 때 치밀하게 생각하여 신중히 움직이지 않고, 일이 진행된 후에야 번번이 후회하시고 잘못되었다고 말씀을 하시니, 이로써 아랫사람들에게 영(令)이 서지 않고 있는 것입니다."

고순은 고금을 통해 진정한 군인으로 기록되어도 무방한 인물이었다.

조조는 진궁, 고순과 같은 인재를 멀리 보내는 아쉬움을 뒤로 하고, 다음으로 장료를 심문하기에 이른다. 조조는 고순 못지않게 장료의 무용을 흠모해서 이미 용서할 의도를 지니고 있었으나, 짐짓 장료의 속내를 떠본다.

"그대는 봉선이 고순과 함께 가장 아끼는 장수가 아닌가? 그대도 고순과 같은 신의가 있어, 여포와 함께 황천길을 동행하고자 하겠지."

그는 당장이라도 장료를 벨 듯이 칼을 장료의 목에 가져다 댄다. 이때 유비가 깜짝 놀라며 조조의 팔을 끌어 잡으며 간청한다.

"사공 어른, 장료는 인품과 충의를 갖춘 명장입니다. 운장도 그 점을 높이 평가하고, 장료에게 투항을 권유하여 사공 앞으로 데려온 것입니다."

관우도 조조에게 무릎을 꿇고 간청한다.

"사공 어른께서 인재를 아끼시는 것을 알기에, 사공께 힘이 되라는 뜻으로 문원을 설득했습니다. 사공께서 문원을 포용하신다면, 향후 행보에 큰 힘이 될 것입니다."

조조가 '껄껄' 웃으며 대답한다.

"고(孤), 문원을 한번 시험해 본 것이오. 나도 문원의 무용과 충정, 기지를 이미 알고 있었소. 문원 또한 고순과 마찬가지로 여포에게는 과분한 장수요. 여포가 고순과 장료를 단순한 무장으로만 쓰지 않고 중용했다면, 오늘의 이런 결과가 어쩌면 달라졌을지도 모르는 일이오."

조조는 친히 장료의 결박을 풀어주고, 중랑장의 새 갑옷을 내어주며 관내후로 봉한다. 소관에서 대치하던 장패는 여포가 교살되고 장료가 조조에게 투항하자, 손관과 오돈, 윤례 등의 무리를 이끌고 투항을 청한다. 조조는 장패를 낭야상에 봉하고, 그를 따르는 무리들에게도 직위를 내려 청주와 서주 일대의 해변을 지키게 한다.

2.
조조와 원소의 숙명적 대립

2. 조조와 원소의 숙명적 대립

1) 조조, 서주를 평정하고 유비와 함께 허도로 돌아오다

198년(건안3년) 12월 조조는 여포를 척결한 후, 개선장군이 되어 유비와 함께 허도를 향해 회군하려고 하비성을 나선다. 이때, 서주의 백성들이 저잣거리로 몰려들어, 향을 피우고 폭죽을 터뜨리면서 조조와 병사들을 대대적으로 환송한다. 조조가 의기양양하게 백성들 앞을 지나는데, 일단의 노인들이 조조에게 다가와서 길가에 무릎을 꿇고 간청을 올린다.

"사공께서 서주를 구해주심에 대해 감사를 드립니다. 애초부터 서주의 주민들은 자애로운 현덕 공이 서주를 다스리기를 원했으나, 여포에게 밀려 어쩔 도리가 없어 마음속으로만 현덕 공을 애처롭게 생각해 왔습니다. 이제 서주자사가 교살되고 서주는 새로운 주인을 맞이해야 하는 형국이 되었는데, 부디 현덕 공을 서주자사로 삼아 서주를 다스리도록 하여 주신다면, 모든 주민이 사공의 은혜를 잊지 않을 것입니다."

"그대들의 뜻은 충분히 알겠소이다. 그러나 유공은 이번 전투에서 세운 공이 많은 관계로 먼저 황제께 알현한 후, 여러분들과 함께해도 늦지 않을 것이오."

하비성 앞의 길가에 부복하여 있던 백성들은 조조의 대답에 화답하여 큰 박수와 함성으로 환영한다. 이때 조조는 서주의 백성들 속에 뿌리 깊이 박혀 있는 유비에 대한 신망을 보고, 어느새 유비에 대해 경계심과 시기심을 갖게 되어, 유비를 자신의 울타리에 가두어 둘 결심을 더욱 강하게 굳힌다.

조조는 거기장군 차주를 서주에 남겨 서주자사 겸 서주목으로 명하여 서주를 다스리게 하고, 자신은 유비 등을 대동하여 허도를 향해 길을 떠난다. 며칠간의 장도를 끝내고 허도에 도착한 조조는 사공부의 근처에 유비가 거할 집을 마련하여 주고, 수시로 정국에 대한 문제를 논의하기 위해 유비를 부르기로 한다.

허도에 도착한 이튿날, 조조는 조복을 입고 황제를 배알하러 가는 길에 유비도 청하여, 유비와 함께 같은 수레를 타고 황제에게로 간다. 유비는 궁궐에 들어가서 황제를 배알하기 위해 전각의 아래 층계에 엎드린 지 얼마 후, 황제가 등청하여 조조의 배알을 받을 때, 조조가 황제에게 유비의 군공을 상주하자, 헌제가 유비에게 묻는다.

"그대의 이름이 무엇이라 했소?"

"소신은 유주 탁군 탁현 출신으로 성은 유이며, 이름은 비라 하옵니다. 아비는 유, 넓을 홍이라 하옵고, 일찍이 중산정왕 유승의 후손으로 선조께서 탁군에 정착하신 이래 탁군 탁현에서 대대로 살아왔습니다."

헌제는 유비의 말을 듣고 반갑게 반문한다.

"그렇다면, 그대는 우리 한실의 일족이 아닌가? 종정경은 황실의 세보를 가져와서 중산정왕의 세보를 읽어보라."

헌제의 명으로 황실의 세보를 들고 온 종정경이 소리높이 세보를 읽는다.

"효경황제께서는 열네 분의 왕자를 두셨으며, 그 7번째 분이 중산정왕 유승입니다. 승은 육성정후 정을 낳고, 정은 패왕 앙을 낳았으며, 앙은 장후 유록을 낳고, 유록은 기수후 유연을 낳았습니다. 유연은 흠양후 유영을 낳았고, 유영은 안국후 유건을 낳았습니다. 유건은 광릉후 유애를 낳고, 유애는 교수후 유헌을 낳았습니다. 유헌은 조읍후 유서를 낳고, 유서는 기양후 유의를 낳고, 유의는 원택후 유필을 낳고, 유필은 영천후 유달을 낳았습니다. 유달은 풍령후 유불의를 낳고, 유불의는 제천후 유혜를 낳았습니다. 유혜는 동군 범령 유웅을 낳고, 유웅은 유홍을 낳았습니다. 유홍은 벼슬길에 오르지 못했습니다. 유비는 유홍의 자식입니다."

"황실의 세보에 따르면, 그대는 바로 짐의 숙부뻘이 되는구려. 짐은 앞으로 그대를 황숙이라 부르겠소."

헌제는 자신이 놓여있는 입지가 워낙 열악하여, 입지를 강화시키고 싶은 마음에 폐족이나 다름없는 유비와의 황실 인연을 새삼 강조한다. 곧이어 헌제는 유비를 편전으로 불러 황숙에 준하는 예를 갖춘 다음, 조조를 불러들여 함께 성대한 주연으로 성원을 베풀고, 이때 헌제의 행위를 옆에서 지켜보고 있던 조조는 헌제의 의중을 꿰뚫어 보고 쓴웃음을 짓는다. 주연이 달아오르자 헌제는 조조에게 상의를 구하더니, 유비를 의성정후에 봉하고 좌장군으로 임명한다.

이후, 조정에서나 백성들 사이에서 유비는 유황숙으로 불린다. 주연이 끝나고 조조가 사공부로 돌아오자, 순욱을 위시한 책사들이 조조에게 긴히 고한다.

"황제께서 유비를 황숙이라 부르며 황실의 연계를 돈독히 하려고 갖은 방법을 동원하는데, 이는 사공을 견제하려는 의도 외에는 달리 해석할 여지가 없습니다."

"고(孤)가 황제의 의중을 간파하지 못했다면, 사전에 미리 대비를 할 수 없었을지도 모르나 이미 황제의 심중이 드러난 이상, 장계취계(將計就計:상대의 계책을 역으로 이용함)로 이를 역으로 활용하면 고에게 오히려 약이 될 것이오. 백성들은 자세한 내막을 모르고 황제가 황숙이라고 부르는 사람을 대단하게 여기겠지만, 그런 사람이 사공의 울타리 안에서 의탁하고 있다고 한다면, 고(孤)의 위상은 더욱 높아질 것이 아니겠소? 다만, 우리가 유의해야 할 점은 유비를 철저히 우리 안에 가둬두고 제대로 길들이는 방법을 강구하는 것이외다."

조조가 전혀 개의치 않는다는 듯 천연덕스레 말하자, 책사들은 다시 한번 조조의 '탁' 트인 지모에 감탄한다.

"고는 유비와 같은 인사를 신경을 쓰느니, 무엇보다도 허도의 심장에 있는 환부를 치료하여 바로잡는 것이 가장 먼저 취해야 할 첫째 과제라고 생각하오."

"심장의 환부라면?"

순욱 등이 의아해하며 반문하자, 조조가 즉각적으로 이들의 말을 받아 답한다.

"그렇소이다. 태위 양표가 원술과 사돈이라는 연계를 활용하여 은밀히 허도를 넘본다면, 허도가 예측하지 못한 위험에 빠질 수도 있소. 태위 양표를 먼저 문책해서 징벌하여 허도의 심장을 보호해야 할 것이오."

원술과 사돈의 관계에 있는 태위 양표는 지난날 헌제가 허도로 천도하려고 할 당시, 원술과 교통한 후 조조의 뜻을 반대하여 허도로 천도하는 대사에 어려움을 겪게 한 인물이다.

"지난 '삼보의 난' 당시 고(孤)가 낙양에서 헌제를 배알했을 때, 고를 맞이하는 양표의 낯빛에서 태위는 고에게 암살을 시도할지도 모른다는 생각을 가지게 할 정도로 양표는 고(孤)에게 최고의 위험인물이외다."

실제로 조조는 허도로 천도한 이후에도 어떤 이유인지 양표에게서 두려움을 느끼는 정도가 상상 그 이상이었다.

조조의 말에 대해 순욱을 위시한 책사들이 우려를 표한다.

"태위의 죄상이 드러난 것이 없는데 그를 문책한다면, 주공께서는 천하의 공분을 사게 될 것입니다."

"그것은 나에게 맡겨두시오."

조조는 태위 양표가 원술과 내통하여 허도를 노리고 있다는 죄명을 씌워 잡아들인 후, 곧바로 만총에게 명해 태위 양표를 문초케 하자, 북해태수 공융 등이 이 소식을 듣고 조조를 찾아와 진언을 올린다.

"태위 양표는 사세(四世)태위로 이름난 명문가의 인망이 있는 인사입니다. 그런 사람을 원술과 사돈의 관계라는 이유로 문책한다면, 세세대대로 사공의 명망에 누가 될 것입니다."

조조는 공융의 주장에 대해 싸늘하게 응대한다.

"아무런 걱정 마시오. 이는 만총이 철저히 밝혀낼 것이오."

공융이 다시 조조에게 강력하게 호소한다.

"사공은 옛 주나라 주공(周公)과 다름이 없는 위상입니다. 만일 성왕이 소공을 주살했다면, 그런데도 주공(周公)이 나는 이 사실에 대해 모른다고 발뺌을 하면, 이것이 과연 이치에 맞는 일이겠습니까?"

조조는 공융의 이치에 딱 들어맞는 항변에 대해 할 말을 잃어 공무를 핑계 대면서 공융을 회피하자, 공융은 조조의 최고 모사 순욱과 함께 직접 만총을 면회하기로 한다.

양표를 문책하던 만총은 예상치 않던 순욱과 공융이 찾아오자, 형국장의 밖으로 나와서 이들을 공손히 맞이한다.

"그대가 알다시피 태위는 드러난 죄가 없소이다. 태위를 문책할 때 다만 죄상에 대해 묻기만 하고 형벌적 고문은 부디 삼가하여 주시오."

만총은 한마디 대꾸도 하지 않고 이들을 배웅한다.

"두 분 어른께서는 하실 말씀을 다 하셨는지요. 하실 말씀이 없다면, 소인은 이만 형국장으로 들어가 보겠습니다."

만총은 이들의 간절한 요청에 단 한마디 대꾸도 하지 않고 형법대로 형벌을 가한다. 며칠간 태위 양표를 문초하던 만총이 조조에게 면담을 청하자 조조가 묻는다.

"태위의 죄상을 밝혔는가?"

"태위를 형법의 절차대로 심문하였지만 전혀 자백이 없었습니다. 사형에 처해야 할 자는 먼저 그 죄상을 명백히 밝혀내야 하는데, 태위는 요지부동 무고를 주장합니다. 태위는 천하에 인망을 얻은 사람으로 사공께서 죄상이 드러나지 않은 사람을 벌하게 되면, 소신은 천하의 민심이 사공으로부터 이탈하게 될 것을 우려하고 있습니다. 소신, 태위에게 억지로 죄상을 씌우는 것이 옳지 않다고 생각합니다."

조조는 밀사를 통해 만총이 형칙대로 양표를 심문한 사실을 보고받아 알고 있었기에, 만총이 양표의 무고를 보고하자마자 즉시 양표를 석방시킨다. 순욱과 공융은 처음에는 만총이 자신들의 간청을 무시하고 형칙 그대로 양표를 심문한다고 만총을 원망했으나, 양표가 무고로 석방된 후 그의 깊은 심지를 확인하고는 만총을 다시 평가하는 계기가 된다.

3.
독불장군 공손찬의 최후

3. 독불장군 공손찬의 최후

198년(건안3년) 북방에서는 원소가 그동안 비축된 힘을 한군데로 모아 대대적으로 공손찬을 도모하기로 한다.

지난 전투에서 원소에게 대패하여 역경에 칩거하고 있는 공손찬은 이런 원소의 움직임을 감지하고 긴급히 대책회의를 열고 아들 공손속에게 급히 명을 내린다.

"즉시 공손속은 흑산 대장에게 찾아가서 구원병을 청하라. 나는 직접 '백마의종'과 '오환돌기'를 이끌고 서산(타이항산맥)으로 적군을 유인하여, 원병으로 전투에 합류한 흑산과 함께 원소의 후방을 유린하겠노라."

이때, 장사 관정이 수심에 쌓여 공손찬에게 조언을 올린다.

"원소가 대대적으로 원정을 공표하였으나, 모든 장수와 병사들이 불안에 떨면서도 여전히 장군과 함께 성을 지키는 것은 가족을 보호하고 싶은 가장의 절절한 마음 때문입니다. 지금 모든 장수와 병사들은 장군을 의지하고 있습니다. 역성은 워낙 견고해서 수비만 해도 원소는 공성에 임하지 못하고 회군하게 될 것입니다. 그런데도 장군께서 굳이 출성을 택하신다면, 성을 주체적으로 지킬 수 있는 요체가 없어져 역경이 위태로워지게 될 것입니다. 역경이라는 철옹성 근거지를 잃게 되면, 장군께서는 어떻게 향후를 도모하실 수가 있겠습니까?"

공손찬은 관정의 말이 옳다 여겨 출성을 포기하고 수성에 집중하기로 한다. 얼마 후, 원소는 줄기차게 역경을 공략하지만, 워낙 견고하게 건축된 철옹성 역경을 함락시키지 못하고 하릴없이 시간을 허비하는 반면, 공손찬은 공손속이 구축해 놓은 흑산적과 연락망을 활용하여 수시로 원소를 괴롭힌다.

그러던 중 199년(건안4년) 3월, 흑산적의 총두목 장연은 공손속의 요청을 받아들여 10만 명의 흑산적을 이끌고 공손찬을 구원하러 출정한다. 흑산적 장연이 역경을 향해 출병하여 역경 30여 리 떨어진 지점에 군영을 세우자, 공손찬은 사자 문칙을 통해 흑산적 장연에게 보내는 전서를 전달한다.

"장연장군이 역경에 도착하여 봉화를 올리면, 이쪽에서도 출전해서 협공을 가하겠습니다. 우리가 힘을 합쳐 원소를 물리치게 되면, 나는 장군과 기주를 분할하여 함께 통치할 것을 약속합니다."

전서를 지닌 공손찬의 사자 문칙은 원소의 포위망을 피해 조심스럽게 장연에게 접선하려다가 원소의 정찰병에게 붙잡힌다. 전서를 입수한 원소는 문칙을 억류하고 제장을 불러들여 대책회의를 개최한다.

"공손찬은 장연이 군사를 이끌고 역경 30여 리에 진을 구축한 것을 확인하고, 장연에게 사자를 보내 봉화를 신호로 양측에서 협공을 가하자는 전서를 보내려 했소. 그러나 다행히도 우리 정찰병이 공손찬의 사자를 생포하여, 이제 우리가 장계취계로 적을 공략할 차례인데 어떤 전술을 쓰는 것이 가장 효과적이겠소?"

저수가 원소의 말을 받아 곧바로 전술을 제시한다.

"우리가 위장으로 봉화를 올리면서 마치 장연이 봉화를 올린 것처럼 가장하면, 장연은 무슨 의미의 봉화인지를 모르고 가만히 있겠지만, 공손찬은 반드시 군사를 이끌고 출성할 것입니다. 그때 우리가 복병을 숨겨두고 적이 출성하기를 기다렸다가 기습을 가하면, 어렵지 않게 적병을 궤멸시킬 수 있을 것입니다. 봉화를 올리는 시각은 적병들이 아군의 군사적 배치를 파악할 수 없는 자시(子時:새벽1시~3시)로 하는 것이 효과적일 것 같습니다."

원소가 저수의 계책을 받아들여 역경 근처의 구릉에 복병을 배치하고 봉화를 올리자, 공손찬은 장연이 올리는 협공의 신호로 오인하여 기병을 이끌고 급히 출성한다. 공손찬은 성을 나와 어둠 속에서 한참을 달리는데, 전방에서는 장연이 호응하는 기미가 전혀 보이지 않자, 장계취계에 빠졌음을 알고 군사들에게 황급히 명한다.

"병사들은 진군을 멈춰라."

공손찬의 외침을 시점으로 사방에서 횃불이 밝혀지고, 불화살과 화살, 쇠뇌가 공손찬의 기병을 향해 비 오듯 쏟아진다.

이때 원소가 역성을 공성하려고 군사를 움직이려 한다는

보고를 받은 공손찬은 역성을 안심하고 맡길 만한 장수가 없었던 탓에 싸우지도 못하고 회군해야 했다.

"함정이다. 병사들은 역성으로 모두 돌아가라."

결국은 독불장군 공손찬의 한계가 자신이 성 바깥으로 나아가서 전투를 벌일 때, 성을 지킬 만한 변변한 장수조차 없다는 점에서 적나라하게 나타난다. 공손찬은 어쩔 수 없이 자신이 다시 역성으로 돌아와서 성을 지켜야 하는 1인 3역을 소화해야만 했다.

공손찬의 퇴각명령으로 공손찬의 병사들은 역성으로 돌아가지만, 이미 많은 공손찬의 병사들이 원소의 군사들이 쏘아대는 궁노에 여지없이 목숨을 잃었다. 공손찬은 어쭙잖게 출성을 행했다가 대패하고 성으로 다시 들어온 후, 얼이 빠진 듯 성에 처박힌 채 꼼짝도 하지 않고 농성에만 치중한다. 원소는 역성이 워낙 견고해서 쉽게 함락되지 않는 것을 알고, 본영으로 책사들과 장수들을 불러들여 역경을 공략하기 위한 효과적 방법을 모색한다.

"역경은 성 주위의 장애물 시설이 완벽하고, 성벽이 높고 견고하며 해자는 깊어 공성이 매우 어렵소이다. 이를 타개할 대책이 있으면 기탄없이 말해 보시오."

"성벽을 공략하는 방법이 어려우면, 땅굴을 파고 은밀히 누각까지 도달해서, 누각 아래에 구멍을 뚫고 화공으로 공격하는 방법을 쓰는 것은 어떨까요? 다행히도 공손찬은 견고한 성벽만을 의지하여 다른 방비책을 세우지 않은 탓에 지하 굴 등에 대한 방책은 전혀 염두에 두지 않는 듯 보입니다."

원소는 심배의 계책을 따라, 공병들에게 은밀히 땅을 파고 누각까지 지하 통로를 뚫도록 지시한다.

수만의 공병들이 10여 일 동안, 누각 아래까지 땅을 파고 침투하는 작업을 펼쳐 마침내 땅굴을 완성하고, 누각 바로 아래에 구멍을 뚫어 나무 기둥을 대고 불을 붙이자, 그토록 견고했던 누각이 붕괴하기 시작한다.

공손찬이 불에 타는 누각을 진화시키려고 군사들을 동원하여 불을 끄기 위해 분주할 때, 지하통로를 통해 성안의 지상을 뚫고 올라온 원소의 군사들은 떼를 지어 공손찬이 있는 본루 앞으로 총진격한다. 본루에서 불을 끄는 작업을 진두지휘하던 공손찬은 개미 떼 같이 몰려드는 원소의 군사들을 보는 순간, 이미 대세가 끝났다고 판단을 하게 된다. 드디어 공손찬은 가족들을 불러 모은 후, 가족들에게 스스로 목숨을 끊어 명예롭게 생을 마감하자는 결연한 의지를 밝힌다.

"이제 백마장사의 종말이 다가왔다. 여기서 원소에게 잡혀 굴욕적인 노예의 생활을 하느니, 스스로 죽음으로써 백마장사 가족의 마지막 가는 길이 명예롭기를 바란다. 나의 뜻에 이의가 있는가?"

공손찬의 결연한 의지를 받아들여 가족 모두가 자진할 뜻을 밝히자, 199년(건안4년) 3월, 당대 화북 최고의 군웅이었던 공손찬은 모든 식솔을 살해하고 스스로는 분신으로 생을 마감한다.

공손찬은 독자적 군웅이 전무했던 시절 한때는 유주를 중심으로 북방에서 최고의 독자적 세력을 구축했고, 기병 2만을 이끌고 북방의 30만 이민족 병사들을 일거에 평정하면서, 백마장사로 불리며 군사적 영웅으로 추앙받은 인물이었다. 그러나 젊은 시절 천한 신분에서 오직 실력 하나만으로 자수성가를 한 탓에, 자신의 경험칙을 다른 어떤 기준보다도 소중하게 생각하고, 타인의 높은 학문적 소양과 삶의 다양성을 받아들이지 않는 편협성이 있었다. 시야의 범위도 좁아 화북 이외에는 돌아보지 못하는 근시안적 안목은 인재의 중요성을 인식하지 못하게 되어, 자신과 척을 지게 되는 자는 아무리 재주가 있어도 이를 활용하기보다는 반목하여 죽이는 등의 한계를 보였다. 한때, 주변에 유비와 조운, 전예 등이 있었으나, 이들을 끌어 담는 포용력이 없이 점쟁이, 장사치와 같은 아부를 잘하는 인물들을 신뢰하고 이들을 중용하는 소인배와도 같은 기행을 자행했다. 즉, 군사적 용맹은 있었으나, 정치적 식견과 장기적 안목이 부족하여 인재의 소중함을 모르고 간과했던 독불장군과도 같은 영걸이다. 공손찬의 유일한 모사라고 할 수 있는 관정조차도 공손찬에 대한 충성심은 있으나, 원대한 계획이 없는 용렬한 인물이라는 점을 본다면 공손찬은 맹장이었을 뿐 변화하는 시대의 지도자로서는 명백한 한계를 지니고 있었다. 작은 승리에 백전백승하여 스스로 도취하였다가, 큰 전투에서 한번 패배하면서 자신감을 잃어버리고, 괴팍한 성품을 드러내어 밀폐된 공간에 칩거하며, 과거의 위풍당당했던 시절을 그리워하는 나약함을 보이는 심리적 분열상태를 나타내기도 했다. 오랜 칩거생활 후에는 괴팍한 성품을 더욱 강하게 드러내면서 백성들을 의심하여 마음에 들지 않으면 포악하게 다루었다. 자신이 나락에 빠지기 시작할 시기에는 자신의 눈을 똑바로 쳐다보면 자신을 능멸한다고 오해하여 죽이는 등 폭군의 모습을 보임으로써, 한동안 쌓아 올린 영웅의 면모를 일순간에 날려 버렸다. 이런저런 많은 요인들이 공손찬을 몰락하게 했지만, 무엇보다도 가장 결정적인 원인은 유주자사 유우와의 불화로 인한 분열이었다. 후한서를 쓴 범엽도 기술했듯이, 정치적 식견과 인재 등용, 학문적 소양, 외교적 능력을 지닌 유우와 타협적 유대를 맺었더라면, 공손찬의 군사적 능력은 아쉬울 것 없이 발휘되어 천하를 평정하는데 한발 다가갈 수도 있었던 인물이었다.

4.
헌제의 의대조 혈서 밀조사건

4. 헌제의 의대조 혈서 밀조사건

1) 조조는 허전의 사냥대회에서 자신의 위세를 과시하다

원소와 공손찬이 역경에서 전투를 벌이기 전에 조조는 원소 몰래 공손찬과 은밀한 협정을 맺고 있었다. 즉, 공손찬이 흑산적 장연과 힘을 합쳐 역경의 포위를 풀고 나오면, 조조가 원소의 업성을 공략하여 함께 원소를 도모하기로 했던 것이었다. 이런 협정을 따라, 조조는 군사를 이끌고 하내로 진출하여 하내태수 수고를 격퇴하고, 기세를 몰아 업성으로 북진할 준비를 갖추고 있었다.

조조가 이런 결심을 하게 된 배경은 지난해 198년(건안3년) 5월, 조조가 유표의 남양을 정벌하려고 출병하여 6개월간 유표, 장수의 연합군과 장기간 남양에서 대치했을 때, 화북의 업성 원소의 진영에서는 전풍이 원소에게 '조조가 유표와의 전투에서 자웅을 가리지 못하고, 6개월간이나 남양에서 장기간 대치하고 있으니, 이런 틈을 타서 허도를 장악하여야 한다'라고 권했었다. 비록 원소가 공손찬과의 일전을 위해 이를 받아들이지 않았다고는 하지만, 조조는 지금 당장은 아닐지라도 형주의 유표와 대치하는 기간이 조금 더 길어지면, 원소가

허도를 공략할 수도 있으리라는 생각을 하고 회군했던 경험이 있었다. 허도로 돌아온 조조는 향후 벌어질 수 있는 원소의 위협을 사전에 봉쇄하자는 의도로 공손찬과 은밀한 협정을 맺고, 공손찬과 함께 협공하기로 동조했던 것이다.

 원소는 공손찬을 완전히 격멸시킨 후, 병사들을 위무하며 역경에서 자축연을 열고 있다가 업성에서 보낸 전령의 급보를 받는다.
 "대장군께서 공손찬과 일전을 겨루는 사이, 조조가 대군을 이끌고 업성을 향해 출병하고 있습니다."
 전서를 받은 원소는 황급히 조조에게 공손찬의 패망을 알리는 사찰을 보낸다.
 "조 사공, 어인 연유로 대군을 이끌고 황하를 넘으려 하시는가? 혹여 백마장사와 어떤 묵계가 있어 이 사람 본초를 치려고 했다면, 이미 때는 늦었다네. 일찍이 백마장사는 자진했고, 역성은 나의 수중에 들어왔다네. 빨리 군사를 이끌고 허도로 돌아가지 않으면, 내 그대의 의도를 의심하여 역경을 무너뜨린 여세를 몰아 그대를 단숨에 격파하겠네."
 공손찬이 분신자살한 지 얼마가 지난 4월, 조조는 공손찬이 패망했다는 풍문은 어렴풋이 들었으나 불확실한 풍문에 의지하지 않고, 대군을 이끌고 업을 향해 출병하던 원정길을 계속하여 황하를 건너다가, 원소가 보낸 전서를 받아들고 깜짝 놀란다. 조조는 원소가 공손찬을 패망시켰다는 내용을 알리고, 동시에 황하를 건너려는 조조의 행보를 추궁하는 내용을 담은 전서를 보내자, 조조는 크게 놀라며 원소를 두려워하는 마음이 생겨 주변에 넋두리 겸 독백을 늘어놓는다.

"설마설마 했지만 공손찬이 이렇게 예상보다 빨리 패망하리라는 생각은 추호도 해보지 못했네."

조조는 원소에게 사자를 보내 출병에 대해 변명을 해댄다.

"대장군 원소의 명망과 재능을 익히 알고 있는 아만이 어찌 대장군을 상대로 무모한 행동을 하겠소? 아만은 어린 시절부터 대장군을 나의 귀감으로 삼아왔다는 것을 잘 아시지 않소? 이번 출정은 하내태수 장양의 부장 수고가 나의 측근인 양추를 살해한 것에 대한 응징이며, 동시에 만일을 대비한 군사훈련의 일환이었을 뿐이오. 만일 대장군께서 이번 출병에 대한 의심을 갖고 있다면, 내 즉시 군사를 돌려 허도로 돌아갈 것이오."

조조는 아연실색하여 곧바로 군사를 돌려서 황하를 건너 허도로 철수하기 시작한다.

그러함에도 원소는 조조의 의도를 의심하여 서둘러 업성으로 돌아와서, 공손찬의 목을 허도에 있는 조조에게 보낸다.

"아만, 그대가 그토록 의지하던 백마장사의 수급이외다."

원소의 비아냥과 함께 보내온 공손찬의 수급을 본 조조는 원소에 대한 두려움에 정신이 아득해짐을 느낀다.

허도로 돌아온 조조는 원소에게 자신의 야욕을 숨기고 안심시키기 위한 위계로 만천과해(瞞天過海)계책을 생각해내고 이를 실행에 옮기고자, 황제와 문무 대신들이 모인 조정회의에서 뜬금없이 사냥대회를 언급한다.

"왕조가 시작된 이래 제왕들은 전쟁이 없는 평상시에는 사냥으로 장수들의 사기를 진작시키고, 무예를 연마시켜왔습니다. 이제는 서주의 여포도 사라지고 황실에 도전하려는 무리들이 특별한 움직임을 보이지 않는 만큼, 대내외적으로 황실의 안정됨을 보이기 위해, 황제께서 평안하게 국정에 임하고 있다는 인식을 보여줄 필요가 있습니다. 황실이 전쟁과는 다소 거리를 두고 평온함을 보여주면, 지방의 군웅이든 이민족이든 함부로 황실을 상대로 도전하지는 않을 것입니다. 역대 제왕들은 이런 이유로 천하가 안정되었을 때는 봄에는 수(蒐), 여름에는 묘(苗), 가을에는 선(獮), 겨울에는 수(狩)라 하여, 계절이 바뀔 때마다 사냥대회 개최함으로써 황실의 평온함과 맹위를 천하에 알려왔습니다."

조조가 한황실의 건재함을 대내외적으로 알리기 위해 사냥대회를 개최하자는 주장에 헌제를 위시한 어떤 누구도 반대하지 못하고 사냥에 임하게 된다. 조조는 길일을 선택하여 황제가 탈 말, 문무대신이 탈 말, 활과 화살, 사냥개 등을 준비시킨 후, 자신도 완전무장을 하고 애마를 대기시킨다.

드디어 사냥하는 날이 당도하여 조조는 자신의 수하를 이끌고 애마에 올라탄다. 헌제도 소요마(逍遙馬)를 타고 보석으로 장식된 궁(弓)과 금촉으로 된 시(矢)를 챙겨 완전무장을 한 뒤에 궁궐을 나선다. 황제가 허도의 성문을 나서 허전으로 향할 때는 수만의 군사들과 명장들이 뒤를 따라 그야말로 진풍경을 이룬다.

조조는 헌제와 겨우 말머리 하나의 거리를 두고 거의 나란히 허전을 향해 나아가는데 그 바로 옆에는 조조의 심복 장수들이 포진하였으며, 그 뒤를 유비, 관우, 장비를 포함한 문무 대신들이 따르고 있었다.

사냥터에서 몰이꾼이 몰아오는 동물들을 향해 활을 쏘던 중, 황제의 주변에 있던 풀숲에서 사슴이 불쑥 튀어나온다. 헌제가 화살을 여러 차례 날렸으나 모두 빗나가자, 헌제가 바로 옆에 있던 조조에게 권한다.

"사공께서 한번 쏘아 보시오."

조조는 헌제의 권유를 받자 자신의 화살을 거두고, 헌제의 활과 금촉으로 만든 화살을 빌리더니, 반대편으로 달아나고 있는 사슴을 향해 재빨리 화살을 날린다. 화살을 맞은 사슴이 가시덤불로 뛰어들어 한참을 달리다가, 신하와 장수들이 사냥을 하는 근처에서 기력이 다해 맥없이 쓰러진다. 이들은 사슴의 등에 박힌 금촉 화살을 보고 헌제가 쏘아 맞춘 사슴으로 여겨, 모두가 함성을 지르며 소리를 지른다.

"만세! 만세! 만만세!"

이때 신하와 장수들이 부르는 만세 합창을 듣자마자, 조조가 앞으로 나서더니 두 팔을 높이 들어 답례를 표한다. 현장에 모여 있던 대신들이 어리둥절하고 있다가, 나중에야 조조가 잡은 것을 알게 되면서 허탈하게 쓴웃음을 짓는다.

내심 조조에게 동조하지 않는 몇몇 대신들이 눈길을 돌리는 가운데, 관우가 눈썹을 치켜세우고 봉의 눈을 부릅뜨고는 칼집의 칼을 빼어들고 당장이라도 달려들 듯이 하자, 유비가 깜짝 놀라 관우를 제지하며 나직이 말한다.

"운장, 참으시게."

말을 마친 유비는 주변의 눈길을 의식하여, 곧바로 조조에게 다가가서 사탕발림으로 칭송한다.

"사공의 솜씨는 어느 신궁도 따라오지 못할 것입니다."

조조는 유비 등 주변의 사탕발림에 여유롭게 대답한다.

"이 모든 것은 황제 폐하께서 고(孤)에게 보석 궁과 금촉 화살을 빌려주신 덕이외다."

조조는 대신들의 칭찬을 헌제에게 돌리는 척하며 사냥을 종료하고 한바탕 잔치를 벌이게 한다. 잔치 도중에도 많은 대신들이 헌제보다 조조에게 더욱 사탕발림을 건네자, 관우와 장비는 시종일관 불쾌한 표정을 지으며 빨리 잔치가 끝나기를 기다린다. 마침내 잔치가 끝나고 헌제를 수행하여 허도로 돌아온 후, 관우가 유비에게 불평을 토로한다.

"조조가 마치 자신이 황제인 양 허세를 부려 내가 그를 제거하려고 했는데, 주군께서는 어찌 나의 행동을 제어하셨소?"

유비는 관우의 불만을 잠재우려고 하나의 고사성어를 인용하며 설득한다.

"성현께서 한로축괴 사자교인(韓獹逐塊 獅子咬人)이라는 말을 하셨소이다. 개에게 흙덩어리를 던지면, 아무리 명견일지라도 구르는 흙덩어리를 뒤쫓아 가는 반면, 사자에게 흙덩어리를 던지면 사자는 구르는 흙덩어리를 뒤쫓아 가는 대신, 사람을 쫓아가서 공격한다는 말이오. 조조는 사냥대회를 빌미로 하여 향후 자신에게 해가 될 세력을 찾아내려고 시험을 한 것이니, 이런 수에 넘어가서는 우리의 계획과 미래는 물거품으로 사라지게 될 것이오."

2) 헌제는 의대조에 혈서를 써서 황권의 회복을 기도하다

사냥에서 돌아온 헌제는 돌아오자마자 분함을 참지 못하고 복황후에게 자신의 처지를 호소한다.

"짐이 제위에 오르고 성년이 되었으나, 국가의 대소사는 아직도 조 사공이 모두 처리하고, 나는 사공이 가져온 문서에 옥새를 찍는 것뿐이오. 관직 임명부터 각 제후에게 보내는 황명까지 모두 사공의 손을 거치고, 군웅들에게 보내지는 칙서도 모두 사공의 뜻대로 되어, 짐은 이미 허수아비로 전락했소. 짐은 사공을 볼 때마다 가시방석에 앉아있는 느낌을 피할 수 없소. 오늘 허전의 사냥터에서는 대신들 앞에서 나를 능멸하여, 황제의 권위는 이미 무너진 지 오래전이고, 이렇게 해서 내가 진정한 황제로서 역할을 언제쯤이나 할 수 있을지 암울할 뿐이오."

헌제의 애끓는 호소에 복황후도 안타까워하며 묻는다.

"만조의 백관들이 모두 국록을 받고 있는데, 이 무질서를 잡으려는 사람이 아무도 없다는 말씀인가요?"

이때 복황후의 부친 복완이 황제의 침전을 들어오다가 우연히 황제의 대화를 듣게 된다.

"황제 폐하, 크게 상심치 마십시오. 소신이 믿을 만한 인물을 천거하겠습니다."

헌제는 복황후와 복완을 바라보다가 복완에게 질문한다.

"황장(皇丈), 그런 인물이 진정 있습니까?"

복완이 대답한다.

"지금 조정에는 모두 조조의 친척이거나 측근의 세력밖에는 없는 듯하나, 찾아보면 간혹 황제 폐하의 측근도 있습니다. 신은 이미 늙어 힘이 되지 못하지만, 국구 거기장군 동승과는 깊은 교류를 하셔도 될 것입니다."

헌제는 매우 기뻐하며 복완에게 동승을 불러들이도록 청한다. 이에 복완은 급히 서두르는 헌제가 못 미더워 조용히 조언을 올린다.

"황상께서는 너무 서두르지 마십시오. 지금 폐하 주변은 온통 조조의 눈과 귀뿐입니다. 이 일은 신중히 하지 않으시면, 오히려 큰 화가 미치게 될 것입니다."

"황장, 짐이 어찌하면 되겠습니까?"

"폐하께서는 관복을 하나 새로이 만들고, 옥대를 곁들여 동승에게 하사하십시오. 그 옥대의 안쪽 비단을 뜯고 그 안에 밀조를 넣은 후, 표가 나지 않게 꿰매시면 어느 누구도 모를 것입니다. 폐하께서 직접 동승을 불러 그 옥대 속에 밀조가 있음을 넌지시 알리고, 자택으로 돌아가서 읽어보게 유도하십시오. 그렇게 되면 동승은 밀조를 따라 조조 암살계획을 실행하게 될 것입니다."

헌제는 복완의 계책을 받아들여 손가락을 깨물어 흰 비단에 피로써 조서를 쓴다. 복황후는 손수 옥대 속받침에 조서를 넣고 꿰맨다. 이튿날, 헌제는 칙명을 내려 동승을 부른다. 동승은 지난 사냥터에서 관우가 행했던 분기를 우연히 보고 마음속으로 동조하고 있었는데, 헌제의 호출이 있자 궁금증을 가지고 헌제를 배알한다.

"국구께서는 요즈음 어떻게 지내시는지요?"

헌제는 동승에게 일상적인 인사를 나눈다. 헌제의 주위에 포진되어 있는 조조의 눈과 귀를 피하기 위한 행위이다.

"폐하의 성은을 입어 늘 건강하게 지내고 있습니다."

"아! 참으로 고마운 일입니다. 국구를 모신 이유는 어젯밤 복황후와 이야기를 나누던 중, 동탁과 이각, 곽사에게 핍박을 받다가, 오늘날 이렇게 허도에서 편안하게 지내게 된 것은 국구께서 올바른 판단을 한 덕분이라는 복황후의 말에 새삼 국구의 공이 생각나서 치하하려고 모셨습니다. 짐과 어원을 거닐면서 허심탄회하게 지난날을 회상해 보시지요."

헌제는 동승과 함께 전각을 나와 어원을 거닐며, 낙양과 장안에서의 지난 일과 허도에서의 오늘에 관한 이야기들을 나누다가, 전각에서 멀리 떨어져 주변에 심복 시중만이 있는 자리에 이르러서야 동승을 치하하며 현재의 심정을 토로한다.

"지난날 많은 위기가 있었으나, 이를 무사히 넘길 수 있었던 것은 국구와 같은 충성스런 신하가 있었기 때문입니다. 그런데 지금은 내 처지가 왜 이리도 답답한지 모르겠습니다."

동승은 헌제의 침울한 용안을 보고 어찌할 바를 몰라 머리를 떨구며 응대한다.

"폐하를 제대로 보필하지 못해 황송하옵니다."

"국구께서는 한고조 유방 선조께서 어떻게 뜻을 세우고, 한실 창업의 기틀을 마련했는지 아시나요?"

동승은 헌제의 의중을 알기에 기어들어 가는 목소리로 나직이 대답한다.

"알기만 하겠습니까? 한고조께서는 사상의 하찮은 정장에서 출발하시어, 그 웅대한 포부와 기상으로 '삼척의 검' 하나로 망탕산에 있는 백사를 베시고, 천하의 기운을 받아 몇 백의 의병으로 천하를 공략하시기 시작하셨습니다. 기병하신 지 3년 만에 진나라를 멸망시키시고, 5년 만에 초패왕 항우를 십면매복(十面埋伏)으로 해하(垓下)에서 멸망시켜 천하의 평정을 이루었습니다. 이후, 각고의 결단으로 4백년 대한 황실의 만세를 이루셨습니다."

헌제는 동승의 말을 듣고 눈물을 흘리며 말한다.

"그렇다면, 한고조 황제께서 거병할 때와 지금을 비교하면, 어느 때가 더욱 열악했습니까?"

"고조께서 거병하실 당시에는 지금 폐하의 상황과 비교할 수 없을 정도로 열악했습니다. 당장 군사를 먹일 양곡도 부족했고, 군사도 오합지졸로 당장 전투에 나설 수도 없는 상황이었습니다."

"경의 말대로 종묘사직의 선조들은 그토록 기백이 웅대했건만, 후손인 짐은 어찌 이다지도 나약할까 하는 생각에 너무도 큰 자괴심을 느낍니다."

헌제가 눈물을 글썽이며 자신의 신세를 한탄하자, 동승은 헌제의 뜻이 어디에 있는지를 간파하고 몸 둘 바를 몰라 하며 안타까워한다. 어느덧, 태묘(역대 황제의 위패를 모신 곳) 앞에 이르자 헌제는 태묘의 돌계단을 오른 후, 공신각으로 들어 향을 피우고 3번 절을 올린다. 곧이어 헌제는 동승에게 공신각에 들게 한 후, 한고조 유방의 좌우에 있는 초상을 가리키며 다시 질문을 하기 시작한다.

"고조 황제의 좌우에 있는 분들에 대해서도 알려주시오."

"한분은 장자방이라 불리는 장량이고, 또 한분은 재상 소하이옵니다. 문성공 유후 장량은 군막에서 1천여 리를 굽어보고 계략 하나로 적병 수십만을 물리쳤습니다. 재상 소하는 국법을 엄중히 세워 치안을 잘 갖춰 백성들을 평안하게 하였으며, 외부로는 성벽을 굳건히 하고 제방을 잘 다스려 나라의 국부를 확고히 했습니다."

"나에게도 저런 참다운 사직지신(社稷之臣)이 있을까요?"

"........."

"국구께서 짐에게 장량과 소하와 같은 신하가 되어줄 수 있겠습니까?"

"황공할 따름입니다. 소신, 폐하의 은총을 받아 오늘까지 왔습니다. 목숨을 바쳐 폐하를 위해 보필하겠습니다."

"짐은 항상 국구에 의지해 왔습니다. 짐이 이 황포와 옥대를 하사할 테니, 항상 짐을 생각해 주시오."

헌제는 자신이 입고 있던 황포와 옥대를 벗어 동승에게 건넨다. 동승이 황은에 감복하여 고개를 들지 못하고 있을 때, 헌제는 동승에게 나직이 귓속말을 건넨다.

"국구께서는 돌아가서 옥대를 상세히 살피시어, 짐의 뜻을 저버리지 말아 주시오."

동승은 황포와 옥대를 받아들고 정신이 번쩍 든다. 헌제가 내린 황포와 옥대가 예사의 것이 아니라는 생각에 미치자, 등줄기에서는 식은땀이 흐르기 시작한다. 동승이 황포와 옥대를 받은 후, 공신각을 물러 나와서 궁문을 막 나서려는데 조조가 홀연히 궁문으로 들어선다. 갑자기 조조를 접한 동승은 깜짝 놀라 얼굴색이 새파랗게 변한다.

동승은 궁문 한쪽으로 비켜서며 조조에게 허리를 굽혀 예를 표한다. 조조가 동승을 매섭게 노려보면서 말한다.

"국구께서 어인 일로 황제를 알현하셨소?"

동승은 직감적으로 황제 주변에 있는 조조의 시종이 조조에게 모든 일을 고해바친 것을 직감하고 변명거리를 찾으려고 머리를 굴리다가 엉겁결에 엉뚱한 말을 한다.

"폐하께서 신을 불러 지난날의 일을 회상하시면서, 오늘날 허도의 일상에서 누리는 평안에 관해 대화를 나누었습니다."

현재까지의 이야기는 조조가 이미 밀정을 통해 들은 바이기 때문에 관심이 없었고, 조조는 어원을 거닐면서 행한 대화와 공신각에서의 대화를 더욱 궁금해 한다.

"공신각에서는 무슨 대화를 그리도 진지하게 하셨습니까?"

"지난날의 고통스러웠던 회상과 허도에서의 태평한 삶에 관한 대화로 일관했습니다. 대화가 끝난 후 폐하께서 신에게 황포와 옥대를 하사하셨습니다."

"황포와 옥대를? 어떤 큰 공이 있었기에 그와 같은 큰 영광을 얻게 되었소? 그것은 폐하께서 자신의 지체를 맡긴다는 뜻이 아니오?"

동승은 속으로는 정신이 아늑해지지만, 태연을 가장한 채 순발력이 있게 위기를 빠져나간다.

"지난날 장안에서부터 낙양을 거쳐 허도에서 정착할 때까지의 일을 회상하시더니, 갑자기 소신에게 입고 계시던 황포를 벗어 주시더이다."

"지난날의 공로를 인정하여 오랜 세월이 지난 후에 은상을 내리는 일은 전례가 없는 일인데....."

동승은 등줄기에서 진땀이 줄줄 흘러내리는 것을 느끼며, 정신이 아늑해지는 것을 의식하는데 그럴수록 정신을 바짝 차리려고 안간힘을 쓴다.

"미천한 신에게 이런 광영을 내리시어 감격할 뿐입니다."

"폐하께서 하사하신 황포와 옥대를 좀 봅시다."

동승은 정신이 아늑해지는 가운데 마지막 힘을 다해 조조에게 말한다.

"사공께 황포와 옥대를 바치겠습니다. 소신은 황포와 옥대를 받을 공로도 없고, 자격도 없어 황은에 죄스러움을 느끼고 있었는데, 오늘 주인을 제대로 만났다는 생각이 듭니다."

헌제의 말에 조조는 '껄껄' 웃더니, 동승에게 황포와 옥대를 다시 건네며 말한다.

"내가 농을 좀 했소이다. 어찌 황제께서 하사하신 황포와 옥대를 내가 빼앗겠소."

국구 동승은 조조의 말을 듣는 순간 안도의 한숨을 내쉰다. 자신이 마지막 기지를 발휘하여 승부수를 던진 연유로 조조의 의심에서 벗어난 듯하자, 동승은 정신을 가다듬으며 더욱 침착해지려고 애를 쓴다. 조조에게 황포와 옥대를 돌려받은 동승은 국문을 당한 듯한 상황에서 벗어나자마자, '걸음아 나 살려라' 하는 심정으로 서둘러 자택으로 돌아온다.

자라를 보고 놀란 가슴 솥뚜껑을 보고 놀란다는 속담처럼 자택으로 돌아온 동승은 뇌리에서 조조의 영상이 계속 떠올라 오랫동안 황포와 옥대를 아무렇게나 방치한다. 한동안 자택에서 정신적 안정을 취한 동승은 문득 헌제의 말이 생각나서, 황포와 옥대를 꺼내 자세히 살펴보기 시작한다.

'황제께서 황포와 옥대를 잘 살펴보라고 한 것은 분명 여기에 무슨 큰 뜻이 담겨 있으리라.'

동승은 하루 온종일 황포와 옥대를 이리저리 살펴보았지만, 아무것도 발견할 수 없었다. 어느새 밤이 깊어 가고, 때마침 창틈으로 바람이 불어오기 시작한다.

 탁자 위에 놓인 촛불이 바람에 흔들리더니, 타들어 가던 심지에서 불똥이 떨어져 옥대를 태우기 시작하자, 동승은 깜짝 놀라 불똥을 손으로 눌러 껐으나, 옥대에는 이미 조그만 구멍이 생겼다.

 동승이 놀란 눈으로 뚫어진 구멍을 응시했을 때, 옥대 속에 숨겨진 흰 천이 눈에 확연히 들어오자, 동승은 이상한 영감을 받아 옥대를 뜯고, 드디어 옥대 속에 감추어진 흰 천에 비친 붉은 색감을 발견한다. 흰 천에는 손가락을 깨물어 쓴 헌제의 혈서가 있었다. 동승은 헌제의 뜻을 찾았다는 사명감에 서둘러 밀조를 읽어 내려간다.

 "성현 말씀에 인륜에서 으뜸은 부자의 도리이며, 사회적 지위나 신분에서 으뜸 되는 것은 군신의 도리라 했소. 이러함에도 근래에 이르러 사공 조조는 나라의 종사를 마음대로 행하며, 사사로이 무리를 만들어 천자를 허수아비로 만들고 조정의 기강을 무너뜨리고 있소. 짐은 그가 어떤 인물을 기용하고, 어떻게 국무를 집행하는지조차 알지 못해, 사공이 이끌어 가고자 하는 천하의 행방을 전혀 알 수가 없소이다. 국구는 짐의 장인이며, 한황실의 대신이니, 한고조 황제께서 여섯 명으로 기병하여 한을 창업했을 당시의 고난을 잊지 말도록 하시오. 부디 충의열사를 규합하여 사공 조조의 무리를 멸하고, 한황실의 위기를 극복해 주시기를 바라오. 짐은 오직 국구와 충의열사의 거사만을 고대하고 기다리겠소이다."

동승은 헌제의 혈서 밀조를 읽은 후, 못난 신하의 처지를 한탄하며 눈물을 흘린다. 동승은 헌제가 그동안 당했을 심적 고통을 생각하여 밤새 잠을 이루지 못하다가, 아침이 되어 다시 조서를 펼쳐놓고 헌제의 뜻을 되뇌며 방법을 찾으려 한다.

그러나 묘책이 떠오르지 않아 며칠간 깊이 생각에 잠기고 있던 어느 날, 편장군 왕자복이 아무 기별도 없이 동승의 자택을 방문한다. 왕자복은 동승의 절친으로 평소에도 동승의 집을 자기 집처럼 자주 드나들었는데, 이날도 왕자복은 예고 없이 동승의 자택을 방문하여 하인의 안내로 서재에 들어서는데 이때, 왕자복이 깊은 생각에 잠겨있는 동승을 발견한다.

"국구, 어찌 내가 오는 것도 모른 채 깊은 생각에 빠져 계시는가?"

동승이 깜짝 놀라 일어나며 밀서를 황급히 뒤로 감춘다.

"국구는 무슨 비밀이 있기에 급히 천을 뒤로 숨기시오?"

동승이 정신을 차리고 바라보니, 둘도 없는 친구 왕자복이 아닌가? 동승은 머리 속으로 섬광이 스치듯 조조를 제거할 방법이 떠오른다.

"자유가 웬일인가?"

"웬일은 무슨 웬일? 내가 언제는 국구의 자택을 연락하고 왔는가? 국구를 찾다가 서재에 있다고 해서 이리로 온 것이네. 그러나저러나 뒤에 숨기고 있는 것은 무엇인가? 나에게도 숨기는 것이 있는가?"

그때에야 무의식적으로 뒤로 숨긴 혈서 밀조를 왕자복의 앞으로 내밀며 말한다.

"내가 자네를 믿지 못하면, 누구와 함께 벗하겠는가? 이것은 황제 폐하의 혈서일세. 한번 읽어보시게."

동승이 내미는 밀서를 읽던 왕자복은 신하로서 황제의 뜻을 읽지 못하고, 불충의 길을 걸었다는 자책에 빠져 자신을 한없이 탓한다.

"국구, 이 문제는 말로써 할 문제가 아니고, 뜻이 맞는 사람들과 상세히 논의해야 할 사항이네. 주변의 눈이 있으니 밀실로 들어가서 깊이 논의하세."

두 사람은 밀실에 들어가서 조조를 암살하는 모의를 기획하고, 의맹을 다짐하는 약조를 비단에 쓴 후 혈서로 서명한다. 먼저 동승이 손가락을 깨물어 혈서로 서명을 하고, 곧이어 왕자복이 혈서로 서명한다.

왕자복이 서명을 마치고 단호하게 자신의 의중을 밝힌다.

"조조를 암살하는 것은 간단한 일이 아닐세. 동지 규합이 절대 필요하네. 특히 무신의 협조가 없이는 탁상공론에 불과할 것일세."

"그렇다면 추천할 만한 좋은 동지가 있는가?"

"장수교위 충집은 나와 막역한 사이이자, 황제께서 최고로 신임하는 무장으로 전장을 같이 누빈 동지일세."

"나는 의랑 오석과 평소 교류를 많이 해왔는데, 사공에 대한 비판적 시각을 가지고 있는 인물일세. 암살계획 등을 세우는 데 도움이 될 것이네."

의기가 투합한 두 사람은 밤늦게까지 술잔을 기울이고, 각자 장수교위 충집과 의랑 오석을 만나 동승의 밀실에 데려오기로 하고 헤어진다. 사흘이 지나던 날, 왕자복은 충집과 함께 동승의 밀실로 찾아온다. 밀실에서는 이미 동승이 의랑 오석을 불러들여 술잔을 기울이고 있었다. 왕자복과 충집이 합석한 후, 4인은 서로 간에 여러 차례 술잔을 부딪치더니 어느 정도 취기가 오르자, 의랑 오석이 사냥터에서 벌인 조조의 행위를 슬그머니 거론한다.

"지난날, 황제께서 허전에서 사냥하실 때, 국구께서는 조조의 행태를 보시고 어떤 생각이 드셨습니까?"

동승은 조조의 불충을 거론하려고 하는데, 오석이 먼저 이를 거명하자 귀가 번쩍 뜨인다. 그러나 동승은 내색하지 않고 태연하게 대꾸한다.

"허전에서의 사냥은 근래 드문 유쾌한 행사였소. 공무에 시달리던 신료들이 오랜만에 일상을 떠나, 공무로 인한 중압감을 산야에 버리고 왔으니 얼마나 보람이 있는 행사였소?"

동승이 천연덕스레 대꾸하자, 충집이 불만스럽게 되묻는다.

"보람이 있었다는 말씀이 국구의 본심입니까? 소신은 황제를 호위하는 입장에서 가슴이 찢어질 듯했습니다. 그날 사공의 행위는 황실에 대한 도전이자, 한실의 치욕입니다."

"어찌 황실에 대한 도전이자, 한실의 치욕이라 하시오?"

동승이 짐짓 의아하다는 듯이 되묻는다. 의랑 오석이 언성을 높이며 되묻는다.

"한실의 중심이 되어야 할 국구께서 그날 사공의 행위를 보고도 아무런 적개심이 불타오르지 않았다는 말이오?"

의랑 오석의 언성이 높아지자, 왕자복이 이들을 타이르듯이 조용히 말할 것을 주문한다.

"언성을 낮추시게. 조조는 대장군 원소와 비견되는 최고의 군웅이요. 그의 주변에는 수도 없이 많은 측근들이 있고, 그들은 도처에 밀정을 심어두고 있소이다. 낮말은 새가 듣고, 밤말은 쥐가 듣는다고 하오. 모두 신중히 대화합시다."

이때 충집이 대화에 끼어든다. 술기운인지는 모르나, 충집은 조조의 실명을 거명하며 집중적으로 성토한다.

"조조가 비록 협천자의 위세로 천하를 호령하나, 이는 천자의 위엄에 의존하는 것입니다. 소신이 미력하나 충을 본으로 삼으며, 한실로부터 녹을 받는 조정의 신하입니다. 허전에서의 조조의 행위는 역도의 행위입니다."

조용히 듣고 있던 왕자복이 충집과 오석의 마음을 떠본다.

"그대들은 지금 진심에서 하는 말이오?"

오석과 충집은 왕자복의 질문에 대해 이구동성으로 말한다.

"어찌 사내대장부가 술 몇 잔에 정신을 잃어 마음에도 없는 말을 하겠습니까?"

"지금 이런 사실을 조조가 알게 되면, 삼족이 멸하게 되는 무시무시한 일이오."

"그런 것을 두려워했다면, 오늘 조용히 술잔을 기울이고 돌아갔을 것입니다."

동승이 오석과 충집의 손을 넌지시 잡으며 말한다.

"두 분의 뜻은 가상하나, 어떻게 막강한 세력을 가진 조조를 도모할 수 있다는 말입니까?"

"충의를 받들면 하늘의 가호를 받게 될 것이고, 의기가 투합하는 사람들을 규합하면 반드시 기회가 있을 것입니다. 아무리 뿌리가 깊은 나무일지라도 거세게 부는 정의로운 바람 앞에는 버티지 못합니다."

왕자복은 이들의 충의를 듣고 감격하여 눈물을 흘린다. 단순한 술기운에 복받친 눈물이 아니고 목숨까지도 버릴 각오를 굳힌 두 사람에 대한 감격의 눈물이다. 동승도 따라서 눈물을 흘리자, 오석과 충집 또한 울면서 밀실은 울음바다로 변한다. 한참이 지나고, 동승은 두 사람 앞에 조심스럽게 헌제의 밀조를 내어놓는다.

헌제의 답답한 심정을 담은 혈서를 접하게 되자, 충집과 오석은 감격하여 또다시 오열한다. 동승과 왕자복이 이들에게 밀조(密詔)에 서명을 하도록 권하자, 두 사람은 망설임이 없이 손가락을 깨물어 서명하고, 서명을 마친 충집은 동승에게 소신장군 오자란을 천거한다.
"국구께서는 소신장군 오자란을 알고 계십니까?"
"알고는 있지만 친밀한 교분은 없었소이다."
"소장이 소신장군과 깊은 유대가 있어, 일전에 허전에서의 조조의 행위를 함께 규탄한 적이 있었습니다. 이번 거사에 오자란을 끌어들인다면 큰 도움이 될 것입니다."
동승과 왕자복이 기뻐하며 충집에게 청한다.
"이번 기회에 오자란을 참여시키도록 합시다. 그러면 언제 오자란을 볼 수 있겠소?"
장수교위 충집이 자신만만하게 대답한다.
"지금 당장 이곳으로 불러들이겠습니다. 하인을 시켜 국구의 자택에서 제가 기다리고 있다고 전해주면 곧바로 달려올 것입니다."
"그렇게 합시다."
동승은 하인을 오자란에게 보내, 자신의 자택으로 불러들인다. 오자란도 4인의 분위기에 동화되어 함께 의기를 다진 후, 헌제의 혈서 밀조에 피로써 서명한다. 서명을 마친 오자란은 이들에게 유비를 추천한다.
"허전에서의 일을 누구보다 고깝게 여긴 사람이 있습니다."
밀실에 있는 사람들이 이구동성으로 묻는다.

"그 사람이 누구요?"

"좌장군 유비입니다. 허전 사냥터에서 방약무인한 행위를 하는 조조를 보고 옆에 있던 관운장이 칼을 뽑으려 하자, 유현덕이 얼굴을 찡그리며 눈빛으로 행위를 막았습니다. 유현덕이 막은 이유는 관우를 위한 것이라기보다, 주변에 포진해 조조를 지키는 심복과 그들이 거느린 군사들로 인해, 조조를 척살하지도 못하고 개죽음만을 당할 것을 우려한 유비의 반응인 것으로 생각합니다. 소신은 유비가 신중하게 때를 기다리는 것이리라 생각해 왔습니다. 그는 우리의 거사에 합류할 가능성이 상당히 높습니다."

동승이 우려를 표명한다.

"유비는 조조의 식객으로서, 조조의 천거로 좌장군이 되지 않았소? 그런 사람이 조조 암살에 동의할까요?"

이때 의랑 오석이 끼어든다.

"이 거사는 신중히 행해야 합니다. 경솔히 행하다가 거사도 성공하지 못하고, 모두가 아무런 의미도 없는 죽임을 당할 수 있습니다."

모두 의랑 오석의 말에 동의한다. 해시(亥時)까지 술잔을 기울이며 맹약을 맺은 이들은 차후 좌장군 유비를 만나서, 신중하게 의사를 타진하기로 하고 뜻있는 연회를 파한다. 혈맹의 동지들이 돌아간 후, 동승은 황제의 밀조를 가슴에 감추고 유비의 집을 직접 방문할까를 생각하다가, 분실의 우려가 있을뿐더러 신변의 안전을 위해서는 유비를 자신의 자택으로 초치하는 것이 최선이라는 생각을 하게 된다.

이튿날, 동승은 하인을 보내 유비를 자택으로 초청한다. 저녁 유시(酉時)경에 동승의 자택에 도착한 유비를 반갑게 맞이한 동승은 유비를 밀실 연회장으로 이끈다. 한참을 대작하여 분위가 무르익을 즈음, 동승이 한숨을 내쉬며 자신의 신세를 한탄한다.

"오늘 이 좋은 자리에서 왜 이다지도 서글픈 생각만 드는지 나도 모르겠습니다. 조정은 방향을 제대로 잡지 못해 아쉽고, 나는 힘이 없어 아쉽고, 모든 것이 아쉬울 뿐입니다."

유비는 동승의 하소연을 들으며 의아하다는 듯이 묻는다.

"지금 조정은 조 사공께서 천하를 안정시킨 덕에 무탈하게 잘 운용되고, 국구께서는 황제 폐하의 무한신뢰를 받으시어 폐하께서 모든 것을 의지하고 있는데, 무슨 걱정이 있으시다는 말씀이십니까? 게다가 백성들은 태평성대를 구가하고 있지 않습니까?"

"좌장군께서는 진심으로 하시는 말씀이십니까?"

"진심이 아니면, 소신이 어찌 국구께 망령되이 헛된 말을 올리겠습니까?"

유비의 말을 듣고 동승은 정색하며 유비를 곤궁에 빠뜨리는 말을 꺼낸다.

"그렇다면 왜 지난 허전의 사냥터에서 운장이 칼을 빼어들고 조 사공을 치려고 했습니까?"

유비는 얼굴빛이 흑색으로 변하며 대답한다.

"국구는 어찌 그 짧은 찰나에 일어난 일을 보셨습니까?"

"나는 늘 좌장군의 일거수일투족에 관심이 많았습니다. 허전의 사냥터에서도 주의 깊게 좌장군의 움직임에 관심을 기울이고 보다가, 조조의 행태에 격분하는 운장의 분노를 제대로 읽을 수 있었습니다."

유비는 동승을 가만히 살펴본다. 여태까지의 대화 내용이나 분위기가 자신을 위해하려고 하는 것 같지는 않았으나, 잘못 대응했다가는 모든 것이 끝나는 사안이라 신중히 대답한다.

"운장이 워낙 충의밖에는 모르는 대쪽과 같은 성품이라 순간의 감정을 조절하지 못했던 것 같습니다. 소신이 곧바로 감정을 통제시켰지요."

동승은 눈물을 흘리며 통곡을 한다.

"국구가 된 처지에 운장과 같은 패기를 갖지 못한 것이 못내 한스럽습니다."

"지금 조정에는 조 사공이 있고, 황실에는 국구와 같은 충신이 있는데 무슨 걱정이 있다는 말씀이십니까?"

"좌장군은 내가 사공의 부탁으로 좌장군의 의중을 살피는 것으로 생각하십니까? 좌장군도 황숙으로 나와 같은 황실의 일족입니다. 부디 진심을 밝혀 주십시오."

그때서야 유비가 마음을 열고 동승에게 진의를 전달한다.

"국구의 진심을 시험하는 듯해서 부끄럽습니다."

유비가 동승에게 정중하게 사과를 하자, 동승은 황제의 밀조를 내어 보인다. 유비는 동승이 내민 헌제의 혈서밀조를 읽고 의분에 떤다.

"소장이 그동안 폐하의 심중을 깊이 헤아리지 못해 송구할 따름입니다. 허전에서의 조조의 행위를 생각하면 지금도 치가 떨릴 뿐입니다."

동승은 유비가 말을 마치기도 전에 가슴에 품고 있던 의장을 꺼내 유비에게 보여준다. 혈서로 서명한 의장에는 이미 거기장군 동승, 편장군 왕자복, 장수교위 충집, 의랑 오적, 소신장군 오자란 등 다섯 명의 충신들이 조조를 제거할 뜻을 드러내고 있었다.

"황제 폐하의 고충을 알고 충의로 맹약한 충신들의 각오를 알게 된 이상, 어찌 소장이 조력이나마 보태지 않을 수 있겠습니까?"

유비는 이빨로 손가락을 깨물어 동승의 의장에 여섯 번째 인사로 서명을 올린다.

"이제 혈맹을 다짐하는 동지가 10명이 되면, 거사를 실행할까 생각합니다."

동승이 서두르는 기미를 보이자, 유비는 당황해하며 동승을 진정시킨다.

"국구께서는 서두르시면 결코 아니 됩니다. 거사에 동참할 충신은 신중하게 선택하셔야 실수가 없을 것입니다. 경솔히 하다가 잘못하여 기밀이 밖으로 새어 나가면, 모두가 아무런 의미도 없는 파리목숨으로 끝날 것입니다."

유비가 차분히 설득하자 동승이 전적으로 수긍하면서 연회는 조용히 끝을 맺는다. 해시(亥時)가 되어 동승과 유비가 밀실 밖으로 나오자, 그때까지 별실 처마 밑에서 시립하여 있던 관우와 장비가 취기가 오른 유비를 맞이하여 좌장군부로 돌아간다.

5.
조조와 유비의 영웅담론

5. 조조와 유비의 영웅담론

좌장군부로 돌아온 유비는 깊은 시름에 빠져 관우와 장비에게 자신의 심중을 토로한다.

"조조를 제거하기 위한 거사에 동의는 했으나, 국구가 두서없이 서두는 것이 미덥지 못하네. 거사를 성공시키기 위해서는 조조의 날카로운 감시를 피해야 하는데, 국구가 벌이는 일은 너무도 어설프이."

관우가 곁에 조용히 입을 연다.

"주군, 여포같이 지혜가 모자라는 인물도 동탁을 제거하는 거사를 성공시켰는데, 주군의 옆에는 저희 형제가 있는데 무엇이 두렵습니까?"

유비가 눈을 지그시 감으며 대답한다.

"동탁을 척살할 때와 지금은 상황이 달라도 너무 다르오. 여포가 동탁을 도모할 때는 동탁이 완전히 패륜적 행위를 행하고 엽기적인 사건을 벌여, 공포에 휩싸인 백성들의 민심이 현실을 타개하여야 한다는 기류가 강했었소. 그에 더하여 장안으로의 천도가 이루어지면서, 백만에 이르는 낙양의 백성들이 지옥의 도가니 속에 빠지게 되어 동탁을 타도할 분위기가 조성되어 있었고, 거사 배후에는 가문부터 훌륭한 시중 왕윤이 든든한 배경을 바탕으로 주도하고 있어 성공을 예약하고 있었소. 지금은 조조가 비록 황제께는 불손하지만, 지난날의 혼돈을 어느 정도 안정을 시켜 백성들에게는 크게 배척을 당하지 않고 있을뿐더러, 거사를 주도하려는 국구 동승이 비록 폐하의 장인이라고는 하지만, 그 출신이 변변치 않고 배경도 취약하여 백성들에게 크게 인망을 얻지 못하고 있소."

관우와 장비가 유비의 우려에 대해 동감하더니, 잠시 생각에 잠기던 장비가 한마디 거든다.

"형님, 조조의 눈을 피하기 위한 계책을 빨리 만들어야 할 것 같습니다."

"아우의 말이 일리가 있구나!"

유비는 장비의 말에 힌트를 얻어 그날 이후, 조조의 이목을 피하기 위해 외출을 삼가고, 자택의 후원에 채소밭을 만들어 채소를 가꾸면서 소일하기 시작한다.

관우와 장비는 이와 같은 행위를 하는 유비의 깊은 뜻을 이해하지 못하고, 특별히 하는 일 없이 하루하루를 소일하는 유비의 처세를 못마땅해 하던 어느 날, 장비가 후원에 있는 유비를 찾아와서 끊임없이 불평을 해댄다.

"조조에 대한 대책도 없이, 매일 채소밭에서 소일하는 이유를 모르겠습니다. 형님께서는 누상촌에서의 도원결의를 잊으시고, 조조의 은혜를 감사하여 현실에 안주하려는 것이요?"

"공자님 말씀에 청경우독(晴耕雨讀)이라는 말씀이 있다네.

맑은 날에는 논밭을 갈고, 비가 오는 날에는 독서를 하라고 하셔서 이를 실천하고 있네."

냉정한 성품의 장비가 빈정대며 말한다.

"형님은 벌써 은자가 되기를 결심하셨습니까?"

"지금 내가 펼치는 것은 만천과해(瞞天過海)계책일세. 이번 일은 모르는 척하고 나에게 맡겨주시게."

유비가 장비에게 애원조로 말하자 관우가 장비를 다독이며 위무한다.

"아우, 주군을 불편하지 않도록 하세."

관우와 장비는 유비에게 나름대로 깊은 뜻이 있으리라 여겨, 유비에 대한 아쉬움을 뒤로 하고 후원을 나선다.

그로부터 며칠 후, 허저와 장료가 수레를 대동하고 유비의 좌장군부로 찾아와서, 한시도 유비의 곁을 떠나지 않고 호위하고 있는 관우와 장비의 안내를 받으며 후원으로 들어선다. 허저와 장료가 유비에게 사공부로 초청됨을 알리자, 유비는 내심 놀라며 조조의 의중을 묻는다.

"사공께서 무슨 일로 초청하셨소?"

"무슨 연유인지는 몰라도, 사공께서 급히 좌장군을 모시고 오라는 말씀 외에는 아무런 말씀도 없었습니다."

유비는 황제밀조의 건으로 조바심을 하던 중, 갑자기 소조의 부름을 받자 살얼음을 딛는 심정으로 사공부로 향한다. 유비는 함께 있어 항상 든든한 관우와 장비의 호위를 받으며 사공부를 향하지만, 느닷없이 부르는 조조의 초청에 두려움을 갖는 것은 약점을 가진 자의 어쩔 수 없는 심리이리라.

유비가 사공부에 도착하자, 자택에서 기다리던 조조는 유비의 손을 잡고 안채에 마련된 연회장으로 이끈다.

조조는 연회장에 앉자마자 유비의 눈을 빤히 쳐다보며 애매모호하게 말을 툭 던진다.

"좌장군이 요즈음 자택에서 큰일을 한다고 들었소이다."

조조 암살계획에 합류하기로 서명한 이후, 늘 좌불안석이었던 유비는 거사가 탄로가 난 줄 알고 가슴이 뜨끔해지는 것을 느낀다. 안면이 붉어지는 유비를 보던 조조는 껄껄 웃으며 입을 연다.

"무얼 그리 부끄러워하시오? 옛 성현께서 말씀하시기를 청경우독(晴耕雨讀)이라 하셨소이다."

조조가 청경우독이라는 말을 하는 순간, 유비는 다시 가슴이 철렁 내려앉는 것을 느낀다.

'청경우독이라니, 이 말은 내가 나의 수족인 운장과 익덕에게만 한 말인데 어떻게 조조가 똑같은 말을 할 수 있는가? 그럼 누가 이 말을 조조에게 전했다는 말인가? 그럼 내 주변에 밀정이 있다는 것이 아닌가?'

유비가 잠시 '멍' 때리며 넋을 잃고 있을 때, 조조가 '껄껄' 웃으며 부드럽게 말을 잇는다.

"후원에서 채소를 가꾸는 일이 기분을 전환하면서 시간을 소일하기에는 크게 도움이 될 것이외다."

 조조의 뒤이은 말은 한창 긴장하던 유비에게 구원의 소리로 들린다. 유비는 다시 제정신으로 돌아와서 긴 한숨을 내쉬며 응대한다.

"천하가 태평해져 특별히 할 일이 없는 듯하여, 소장은 하릴없이 채소를 가꾸고 독서도 하며 소일거리로 삼아 행하고 있을 뿐입니다."

 유비는 자신의 일거수일투족이 모두 조조의 감시대상이라는 생각이 들어, 더욱 처신을 조심해야 하리라는 생각을 하기에 이른다.

"사실은 나도 특별히 할 일이 없어 무료함을 벗어나고자, 유공과 정원에서 담론이나 나눌까 하고 초치한 것이외다. 정원 매화나무에 영근 매실을 보면서, 지난날 장수를 징벌하기 위해 출정했을 때를 생각했소. 산에서 먹을 물이 부족해 군사들이 더 이상 행군이 어려워졌을 때, 망매지갈(望梅止渴)이라는 문구를 생각해내어 군사들을 어둡기 전에 무사히 목적지로 이동을 시킨 적이 있었소. 오늘 정원에 매실이 탐스럽게 열린 것을 보고 감회가 새로워져 좌장군을 불렀으니, 나와 함께 매실을 안주로 하여 술잔이나 기울여 봅시다."

 조조는 유비를 정원의 정자로 이끌어 천하 태평한 담론을 펼치게 되는데, 이것이 후한 역사상 그 유명한 논영회의 영웅담론(論英:煮酒論英雄) 일화로 전해진다.

정원의 정자로 들어가는 오솔길 양옆에는 매화나무 숲이 있다. 조조는 이 매화 숲을 지나며 감흥에 빠지는 듯 콧노래를 부른다. 정자에 마련된 술과 안주, 매실을 탐닉하면서 몇 순배 술잔이 돌아가자, 흥이 오른 두 사람 얼굴에는 벌건 홍조가 나타난다. 그때 갑자기 붉은 태양이 검은 구름으로 가려지더니, 하늘이 온통 검붉게 변하면서 당장이라도 소나기가 쏟아질 듯한 기세이다.

"용(龍)이다! 용! 용이 하늘로 오르고 있다."

술시중을 드는 하인들이 하늘을 가리키며 소리를 지른다. 그들이 가리키는 하늘을 보니, 검은 구름이 붉은 기운과 뒤엉켜 먼 산정으로 떠오르는 모양이 용이 등천하는 모습과 흡사했다. 곧이어 장대같이 굵은 빗방울이 쏟아지기 시작한다.

"좌장군은 용의 조화에 대해 들어본 적이 있으시오?"

"용이 조화를 부린다는 말을 들어본 적은 있으나, 실제로 용을 본 적은 없습니다."

조조는 조심스럽게 말을 마친 유비를 뚫어지게 바라보며 유비의 표정을 살피더니 영웅담론을 펼치기 시작한다."

"용은 능소능대(能小能大:모든 상황에 두루 능함)하고, 능승능은(能昇能隱:모든 변화에 자유자재로 운신함)한 존재이외다. 몸집을 크게 불릴 때는 구름을 일으키고, 강물을 뒤흔들어 바다를 휘말아 버리기도 하지만, 그러다가 때가 아니다 싶으면 순식간에 사라지기도 하는데, 작아질 때는 좁쌀 속에 몸을 숨길 수 있을 만큼 존재를 찾아보기 어렵기도 하오. 아직 때가 이르다 싶을 때는 호수 물속에 몸을 숨기어 잔물결조차 일으키지 않기 때문에 피라미조차도 주변에 용이 있는지를 분간하지 못하지만, 힘을 완전히 갖춰 때가 되었다는 판단이 들면, 단 한 번의 박참으로 우주를 종횡하여 하늘 끝까지 오르는데 그때가 되어야 용의 존재를 알아차리는 속인들도 많이 있소. 힘을 갖추기 위해 호수에 숨어있을 때를 잠룡(潛龍)이라 하고, 단번에 하늘 끝에 오른 용을 구룡(九龍)이라 하오. 용은 때가 아니면 움직이지 않소. 천하의 영웅도 용과 같아서, 뜻을 얻을 때까지 때를 기다리며 숨죽여 있다가, 시운을 얻으면 천하를 종횡하는 법이외다."

"용이 실제로 존재한다고 보십니까?"

"조금 전 검은 구름이 붉은 기운과 뒤엉켜, 산정으로 치솟아 오르는 것을 보지 않았소? 변화무쌍한 자연의 변화에서 실체를 잡아 용이라고 단정을 지을 수는 없지만, 변화무쌍한 자연이 일으키는 움직임을 용이라 보면 합당할 것이오."

"용이 존재한다면, 실제로 용을 보신 적이 있습니까?"

"나는 실제로 용을 보았소."

조조가 단호하게 말하자, 유비가 다시 묻는다.

"정말 용을 보았다는 말씀이십니까?"

"용은 때로는 인간으로 변신하기도 하오. 인간의 세상에서 풍운을 일으키며, 변화무쌍한 인간의 삶을 즐깁니다. 용은 때로는 인간 속에서 존재한다는 말이외다. 우리가 흔히 말하는 영웅이 용인 것이오."

조조가 자신의 지론을 펼치며, 유비의 반응을 기다리다가 다시 말을 잇는다.

"영웅이 아니면 영웅을 알아보지 못하오. 좌장군은 당금 천하에 영웅이 있다고 생각하시오?"

유비가 조조의 말을 받아 대답한다.

"사공께서는 수 없는 실패에도 굽히지 않고 다시 일어서시며, 힘이 약할 때는 몸을 숨기다가도 힘이 생기면 다시 풍운을 일으키시니, 이야말로 용이 변신한 영웅의 현신이 아니겠습니까?"

유비의 극찬에 조조는 가타부타 대답이 없이 계속 질문을 이어 나간다.

"좌장군은 천하의 사람 중 과연 누가 영웅에 합치하는지 평해보시오."

"하북의 원소가 으뜸이지 않겠습니까? 원소는 4대에 걸쳐 다섯 번이나 3공을 배출한 명문의 가정에서 태어나서, 한참 젊은 시절부터 청류파의 수장으로 자리를 굳히며 높은 인망과 명성을 얻었을 뿐 아니라, 북방 최고의 군웅 공손찬을 멸망시키고 지금도 최대의 세력을 구축하고 있습니다. 그에 더하여 휘하에는 수도 헤아릴 수 없이 많은 책사와 명장들이 즐비하여, 어느 군웅도 감히 대적할 생각을 하지 못하고 두려워하고 있으니, 가히 영웅이라 논할 수 있을 것 같습니다."

조조는 고개를 가로젓는다.

"원소는 외형으로는 위풍당당한 듯하나, 대담하지 못해 결단해야 할 때 결단을 내리지 못하는 사람이오. 변화무쌍한 현실에 대한 임기응변도 부족하여, 이상주의로 흐르는 성향이 강하오. 명문가의 자손으로 남에게 우대와 존중만을 받아왔기 때문에, 자신보다 나은 사람을 인정하지 않으려 하는 동시에 조금이라도 자신의 명성에 흠이 가는 일은 하지 않으려 하는 경향이 있소. 그 결과 세간의 이목을 너무 살피다가 실기(失機)할 때가 많다는 말이오. 더구나, 온실의 화초로 자란 인사여서 단 한번의 좌절도 겪어본 적이 없는 탓에, 세찬 한파에는 금방 생명력을 잃는 한계를 가지고 있을뿐더러 일의 경중(經重)을 헤아리지 못하고, 작은 일에 목숨을 바치려는 경향이 있소이다. 또한, 일의 선후(先後)를 분별하지 못하여 주변의 인재를 혼동하게 만드는 위인인데, 이런 본초를 과연 영웅이라 일컬을 수 있겠소?"

조조가 공손찬을 멸하고 당대 최대의 군웅으로 등극한 원소까지를 폄훼하자, 유비는 더 이상의 영웅을 논하는 것은 무의미하다고 생각하여 영웅담론을 멈추려고 한다. 그러나 조조가 유비에게 계속 집요하게 영웅에 대해 캐묻는 바람에 마지못해 응대하게 된다.

"세간에서는 회남의 원술이 용병에 능통하고, 거느린 벽성,

군사도 많고 군량도 풍족하여 영웅이라 일컫는 듯합니다."

유비의 대답에 조조가 냉소적으로 대꾸한다.

"원술은 뿌리는 없이 가지만 무성한 거목이었으나, 이제는 줄기와 가지까지 썩은 고목이 되었소이다. 조만간 밑동이 송두리째 뽑힐 것이오."

"강하팔준이라고 일컬어지며, 13주에 명성을 떨치고 있는 형주의 유표 경승이야말로 영웅이 아닐까요?"

"유표는 문약한 자로 치세에는 능신일 수 있으나, 변화무쌍한 난세에는 적응을 잘 이루지 못하는 필부이외다."

"강동을 평정하면서 원술을 위협하고 있는 손책이 영웅이라고 불릴 만하지 않겠습니까?"

"그 성미도 급한 어린아이가 무슨 영웅이 될 수 있겠소. 그는 용력은 있을지 모르나, 민심을 주워 담기에는 그릇도 작고 성품에도 깊이가 없소."

"익주의 유 계옥은 어떻습니까?"

"유장은 한실의 혈통으로 애비 유언의 뒤를 이어 촉을 다스리고 있소. 지금은 한실의 후예라는 배경으로 한실의 충견의 노릇을 하면서 겨우 연명하고 있으나, 큰 풍파가 몰아치면 곧바로 무너질 필부외다."

"그렇다면, 장수, 한수, 장로, 마등 등은 어떻습니까?"

"그들은 시정잡배에도 미치지 못하는 소인배들이외다."

유비가 영웅이라고 한사람, 한사람 거명할 때마다, 조조는 머뭇거림도 없이 단호하게 부정한다. 조조는 눈을 가늘게 뜨고 계속 유비의 눈을 쳐다보며 추궁을 하자, 난처한 처지에 놓인 유비는 겸연쩍다는 듯이 대답한다.

"소장은 사공 어른과 지금까지 거명한 사람들을 빼고는 정말로 논할 만한 사람이 없습니다."

이때 조조가 자신이 품고있는 영웅에 대한 평을 펼친다.

"무릇 영웅이란 용과 같은 존재를 말하오. 변화무쌍한 현재를 잘 조리하며, 웅대한 이상을 품어 이를 현실화시키는 뛰어난 능력을 가진 사람을 영웅이라 할 수 있다는 말이외다. 셀 수도 없이 많은 실패에도 좌절하거나 포기하지 않고, 끝까지 우주를 포용하는 호연지기와 천하를 풍미하고 아우를 수 있는 의지를 갖춘 사람이라야 영웅이라 불릴 것이오."

유비는 조조의 영웅론을 듣고 곤혹스럽게 응대한다.

"소장이 그에 맡는 인물을 굳이 든다면, 당대에는 사공 외에는 없다고 생각합니다."

조조는 유비의 호평을 듣고는 '껄껄' 웃더니, 갑자기 싸늘한 눈빛으로 유비를 쏘아보며 말한다.

"작금 천하의 영웅은 나 이외에도 한사람이 더 있소"

유비가 조조의 싸늘한 눈빛을 피하며 의아하다는 듯이 조조를 쳐다보자, 조조가 단호한 어조로 말한다.

"작금 천하의 영웅은 오직 이 사람 맹덕과 사군(使君)뿐이오. 여기에 원소 본초 같은 부류는 낄 수도 없을 것이오."

조조의 날카로운 눈길을 애써 피하며 질문에 대한 추궁도 잘 대응해 나가던 중, 조조가 자신을 거명하자, 유비는 깜짝 놀라 손에 들고 있던 수저를 떨어뜨린다.

이때, 흰색에 푸르름을 머금은 한줄기 광채가 번뜩이는 듯 하더니, 폭포수와 같은 소나기가 쏟아지면서 천둥이 온 천지를 뒤흔든다. 유비는 조조에게 속내를 들킨 것 같아 가슴을 조이다가, 천둥과 번개를 핑계로 삼아 궁지를 벗어나려고 임기응변을 펼친다.

"우렛소리에 놀라 그만 수저를 떨어뜨리는 추태를 보였습니다. 송구합니다."

유비가 고개를 숙여 천천히 수저를 집어 들자, 날카롭게 유비를 관찰하던 조조가 갑자기 경계를 풀더니 활짝 웃으면서 호기롭게 묻는다.

"사군은 천둥 번개가 두렵소?"

"성현이 말씀하시기를 빠른 바람과 거센 천둥에는 반드시 낯빛을 고친다고 하셨으니, 소장은 실로 그러합니다. 마침 천둥 번개의 위력이 소장에게 두려움을 느끼게 하기에 충분하군요."

유비는 수저를 떨어뜨려 자신의 속내를 들킨 것이 두려웠으나, 조조에게 견제를 받게 될 상황을 마치 때맞추어 휘몰아친 천둥과 번개에 기대어 임기응변으로 모면한다.

'매화나무의 매실에 기운이 쏠려 공연히 유비와 영웅담론을

벌였군. 이제 유비가 나에 대한 경계심만 불러일으키는 결과를 가져왔네.'

  조조는 스스로가 실언을 했다고 자책한다.

  조조는 밤늦게까지 유비와 매실을 안주로 대작하다가 소나기가 멎자, 유비를 배웅하러 정원의 문을 앞서 나선다. 정원 밖에는 유비의 안전을 위해 한시도 떠나지 않고 있는 관우와 장비가 꿋꿋이 시립하고 있었다. 유비는 안도의 한숨을 내쉬면서 좌장군부로 돌아간다.

6.
뿌리 없이 가지만 무성한 원술의 비참한 최후

6. 뿌리 없이 가지만 무성한 원술의 비참한 최후

1) 유비, 조조의 가두리에서 빠져나오다

199년(건안4년) 5월, 여포와의 불화로 인한 전투, 조조와의 전투, 손책과의 반목 등 연이은 전쟁에서의 패배에도 불구하고, 중(仲)나라 황제라는 위세를 살리기 위해 극도의 사치와 방탕한 생활, 허례허식을 일삼던 원술은 장강과 회수 사이에서 일어난 천재지변까지 겹쳐 세력이 쇠락해지기 시작한다.

원술은 자립기반이 깡그리 붕괴되자, 원소에게로 의탁하여 형제가 천하를 향한 새로운 환경을 구축할 구도를 세운다. 이러한 뜻을 원술이 원소에게 전하려고 사신을 보냈다는 정보를 입수한 조조는 이를 저지하는 작전을 세우기 위해 참모회의를 개최한다. 유비가 회의에 참석하려고 사공부로 떠나는 조조를 만나, 자신이 구상해 두었던 계획을 열심히 설명한다.

"회남의 공로가 화북의 본초에게 옥새를 넘겨주고, 형제가 힘을 합쳐 중원으로 원씨 가문의 세력을 펼치려는 의도입니다. 공로(원술)가 지금은 비록 자립기반이 붕괴했다고는 하더라도, 자립기반이 구축되면 다시 공로의 옛 수하들이 몰려들 것입니다. 그리되면 원씨 가문의 독주는 명약관화(明若觀火)

한 일입니다. 기필코 이들의 연합을 막아야 합니다."

"좌장군은 좋은 계책을 가지고 있소?"

"공로가 회남을 버리고 화북으로 가려면, 반드시 서주의 땅을 지나야만 합니다. 소장은 한때 서주자사 겸 서주목으로 서주의 백성들과 오랜 세월 깊은 유대를 이어 왔습니다. 물론 서주자사 차주께서 훌륭하게 서주를 관리하고 있지만, 손이 미치지 못하는 지역의 경계를 소장이 맡게 된다면, 철벽같은 방비를 펼칠 수 있어 공로는 화북으로의 탈주로가 막혀 도태하게 될 것입니다. 이미 원술이 화북을 향해 출발한 만큼, 한시라도 빨리 탈주로를 막아야 할 것이라 생각합니다."

조조는 유비의 의견이 옳다고 여겼으나, 자못 의심이 들어 다시 묻는다.

"좌장군은 그런 생각을 언제부터 하게 되었소?"

"북방의 백마장사는 소장과는 형제와 같이 지낸 사람으로, 이 사람이 백마장사에게 입은 은혜는 지대합니다. 그에게 입은 은혜를 갚기 위해서라도, 원소와 원술 형제의 규합을 막는 일에 힘이 되고 싶다는 생각을 오래전부터 하게 되었습니다. 동시에 사공께서 이 몸을 거두어 주신 은혜를 청경우독(晴耕雨讀) 대신 군공보은(軍功報恩)으로 화답하려 합니다."

조조는 내심 유비에 대한 의심이 완전히 해소되지 않은 상황이어서, 여전히 유비를 품 안에 가두어야 할 필요성을 인식하면서도, 유비의 문제보다 더욱 시급한 일은 원소와 원술이 연합하여 양쪽에서 협공하는 것을 막는 것으로 여긴다.

결국 조조는 유비의 역할에 대한 필요성을 인지하고, 주령과 노초를 유비의 부장으로 딸려 병사 1만5천과 군마를 유비에게 지원한다. 유비는 조조의 명을 받은 즉시 좌장군부로 돌아와서 관우와 장비에게 서둘러 출정준비를 마치도록 지시한다. 유비의 만천과해(瞞天過海)계책이 성공하는 순간이다.

출정할 준비를 마친 유비가 헌제에게 하직인사를 고하고 출병하자, 헌제는 자신을 보호해 줄 측근으로 믿었던 유비가 떠나게 되어 깊은 시름에 빠진다. 유비가 원술을 토벌하기 위해 서주로 떠난다는 소리를 듣고, 동승이 출정을 향하는 유비를 찾아와서 은밀한 대화를 나눈다.

"오직 좌장군을 의지했는데 이렇게 기약도 없이 떠나시면, 이번 거사를 어떻게 처리해야 할지 막막합니다."

유비가 계면쩍다는 듯이 대답한다.

"소장이 없더라도 혈맹을 다짐한 분들은 모두 일당백의 뛰어난 능력을 지닌 분들입니다. 그분들과 잘 추진하시고 계시면, 원술을 성공적으로 토벌하고 꼭 힘을 합칠 것입니다."

이때, 장비가 유비에게 다가와 의구심을 가지고 묻는다.

"형님, 이번 출정은 상당히 서두르는 것 같은데 도대체 그 이유가 무엇입니까?"

유비는 장비에게 긴박한 마음의 상태를 전한다.

"나는 허도에서 잠시도 마음이 놓인 적이 없었네. 지금까지

나는 조조의 새장에 갇힌 새요, 정원의 양식장에 갇힌 물고기의 신세였는데, 이제 겨우 조조에게 만천과해 계책을 던져 용케도 손아귀에서 벗어나게 되었으니, 조조의 마음이 바뀌기 전에 빨리 이곳을 벗어나야 하네. 지금 사공이 대책회의를 한다고 하지만, 나의 출정에 대한 속내를 명확히 간파하고 조조의 뜻을 막을 수 있는 책사는 순욱, 순유, 곽가, 정욱 정도인데, 다행히 이들은 관할 군, 현의 전량(돈과 곡식)과 토지, 인구를 조사하기 위해 떠나 있는 관계로, 지금은 나의 출정을 막을 사람이 없기에 서주로 향하는 것이 가능했던 것이네. 이들이 오면 모든 것이 원점으로 돌아가기 때문에 그 이전에 서둘러 허도의 영향권에서 벗어나야 할 것이야."

유비의 심중을 정확히 간파한 관우와 장비는 주령, 노초를 재촉하여 서둘러 원정길을 떠난다. 이틀 후, 전량 등을 조사하고 허도로 돌아온 곽가와 정욱이 돌아와 보니 유비가 군사를 이끌고 원술을 토벌하러 출정 길에 올라 허도에 없다는 소식이 전해지자, 이들은 깜짝 놀라더니 조조에게 달려가서 연유를 묻는다.

"주군께서는 어찌하여 좌장군을 풀어주셨습니까?"

"원술과 원소 형제간의 연합을 막기 위함이오."

조조의 대답을 들은 정욱은 안타깝다는 듯이 말한다.

"지난날, 주군께서는 유비가 의탁했을 때 그를 제거하시지 않고, 맹수라면 울타리에 가둬두고, 대어라면 정원 연못에 가두어 꼼짝을 못하게 하려 한다고 했습니다. 그런데 이제는 맹수를 울타리에서 풀어주시고, 대어를 강으로 방류하시는 대범함을 보이고 계십니다. 소신들은 우려가 큽니다."

조조는 시큰둥하게 대꾸한다.

"현덕이 고에게 식객으로 의탁하여 아직 자신의 직할 부대가 없는데, 얼마나 용빼는 기술을 부릴 수 있겠소?"

이때, 정욱, 곽가와는 다른 지방을 감찰하고 돌아온 순욱이 유비의 탈출 소식을 듣고 급히 조조에게로 달려온다. 조조는 순욱의 표정을 보면서 재미있다는 듯이 말한다.

"문약은 왜 또, 이리 허겁지겁 나에게 달려오시는가? 방금 정욱과 곽가가 말하기를 유비를 출정시킨 것은 맹수를 울타리에서 풀어주고, 대어를 연못에서 풀어준 것이라고 호들갑을 떠는데, 문약도 그리 생각하시는가?"

순욱이 정색을 하며 대답한다.

"주공, 유비를 풀어준 것은 호랑이에게 날개를 달아 산으로 내보내 준 것이며, 연못에 있는 용을 호수로 보내 하늘로 올라갈 무대를 만들어 준 것이나 진배없습니다."

삼인성호(三人成虎)라고 세 사람이 주장하면 없던 호랑이가 생겨난다고 하듯이, 최고의 책사들이 한꺼번에 이의를 제기하자, 조조는 몹시 당황한다.

"호랑이에게 날개를 달아주었다는 말이렷다."

조조가 잠시 생각에 잠기더니, 곧바로 허저를 부른다.

"호치는 즉시 경기병 5백을 이끌고 유비를 따라가서, 유비에게 군사를 돌려 회군하도록 나의 뜻을 전하라."

 조조의 엄명을 받은 허저는 밤낮을 쉬지 않고 흙먼지를 일으키며 내달아, 유비 일행이 행군하는 후군의 끄트머리에 당도하여, 10리에 걸쳐 양쪽으로 길게 늘어선 후군의 대열을 가르면서 선두로 나아가 유비를 접한다.

"좌장군, 사공 어른께서 좌장군에게 명하여 회군시키라는 지시를 내리셨습니다."

"무슨 연유로 갑자기 회군을 시키라는 말씀이오?"

"소장도 이유는 모르겠습니다."

"호치 장군, 사공 어른의 첩지는 가져왔소?"

"급히 오느라 첩지는 미처 챙겨오지 못했습니다."

"참으로 이상하오. 내가 사공의 승락을 받아 친히 천자를 알현하여 출정보고를 마쳤고, 황제께서도 속히 원술의 월경을 막으라는 명이 있었소. 그런데 내가 지금 허도로 회군을 한다면, 원술은 아무런 제약도 없이 월경하여 원소와 연합을 하게 될 것이오. 사공께서도 이 점을 가장 우려했던 바이외다. 내게 신뢰할 만한 첩지가 제시되지 않는다면, 이미 나에게 내려진 폐하와 사공의 명을 거스를 수가 없소."

 허저는 조조의 명을 이행하기 위해, 억지로라도 유비의 군사를 돌리려 한다. 이때 관우와 장비가 두 눈을 부릅뜨고 허저를 노려보자, 허저는 주춤하더니 몸을 뒤로 뺀다.

"당장 돌아가지 못할까?"

장비가 고함을 지르고 관우가 당장이라도 청룡언월도를 휘두를 기세를 보이자, 허저는 고함과 위세에 놀라 말머리를 돌려 허도로 돌아간다. 허도로 돌아온 허저가 사실대로 조조에게 보고하자, 조조는 자신을 위로하고자 하는 자위의식으로 주변의 책사와 제장에게 말한다. 어쩌면 조조가 그렇게 되기를 바라는 바람을 담았다고 볼 수도 있는 발언이다.

"내가 주령과 노초를 동행시켜 놓았으니, 아무리 유비라고 해도 별다른 수를 쓰지 못할 것이요."

2) 원술은 수춘으로 향하다가 도상에서 생을 마감하다

원소는 원술이 투항하겠다는 전서를 받고, 형제가 합심하여 천하를 수중에 담기 위한 야심에 불타올라, 장남 원담을 서주의 경계로 보내 원술을 맞이하게 하지만, 유비가 관우, 장비와 함께 군사를 이끌고, 원술이 서주로 탈출할 만한 길목을 모두 막는다.

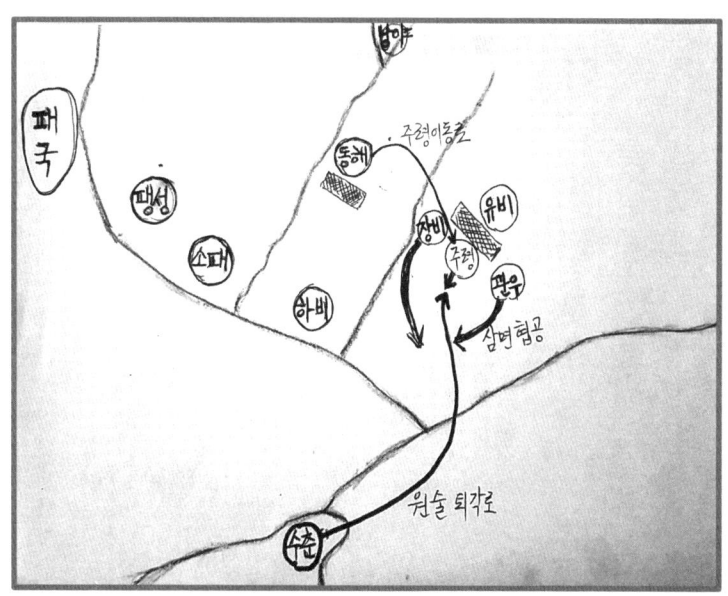

유비는 군사를 둘로 갈라 한쪽 방면은 주령을 파견해서 수춘성에서 서주 동해국을 통해 청주로 가는 길목을 막아서게 하고, 유비 자신은 다른 방면의 길목인 수춘성에서 하비성 외

곽을 돌아 북해로 가는 방향을 봉쇄하고 원술이 당도하기를 기다린다. 유비가 원술이 나타나기를 기다린 지 이틀 정도 지난 후, 원술은 기령을 선봉장으로 삼아 전군을 이끌고 하비성의 외곽에 있는 진입로를 따라 북상한다.

원술이 지나갈 것으로 예상되는 진입로 앞에 방진(方陣)을 형성한 유비는 원술 군사의 행렬을 굽어 살피는데, 이때 선봉장 기령이 유비가 길목을 지키고 있는 진입로 앞으로 삼천도를 앞세우며 정면으로 돌파하려는 전술을 펼친다. 유비는 순간적으로 원술이 시간적으로 쫓기고 있다는 것을 감지하고, 장비에게 기령의 주력이 쉽게 공격하지 못하도록 지연술을 펼치게 한다.

장비가 진형을 변경시킨 후 장팔사모를 비껴들고 군사들을 몰아 기령의 선봉을 향해 달려들자, 기령은 원술 최고의 장수답게 궁노수를 앞세워서 장비의 기병을 상대로 과감하게 대적한다. 유비는 관우를 좌군으로, 장비를 우군으로 삼아 지연전술을 구사하는 동시에 자신은 중군을 이끌고 기령이 선제공격을 취하도록 유도한 후, 동해국 길목을 지키고 있던 주령, 노초를 불러들여 함께 연합작전을 형성한다.

유비는 주령, 노초가 기령을 정면으로 공격하게 하고, 관우를 벌판의 좌측에 대기시키고, 장비를 평원의 우측에 배치하여 성급하게 공격해 들어올 기령을 기다린다. 그러나 기령을 공격한 노초와 주령이 오히려 기령의 기병에 밀려 대와 오가 무너지자, 주령은 황급히 병사들에게 퇴각을 명하는데, 원술과 기령은 시간적으로 여유가 없이 사면초가에 놓여 쫓기는 상황이었기 때문에 주령이 퇴각하자마자, 좌고우면 없이 오직 탈주로를 뚫을 생각만으로 군사를 내몰아 온다.

원술의 선봉장 기령이 군사를 몰고 주령과 노초를 넓은 들판까지 몰아붙일 때, 장비가 벌판의 우측에서 군사를 휘몰아 돌진하여 기령의 선봉을 공격하고, 관우가 좌측 방면에 대기 중인 군사들을 이끌고 삼면에서 공격해 들어오자, 기령은 크게 당황하여 잠시 군사를 뒤로 물린다.

장비는 난전 중인 군사들 속에서 기령을 찾아내 혈투를 벌이는데, 장팔사모를 현란하게 찌르고 휘두르는 장비를 삼천도로 어렵게 막아내며 서전을 펼치던 기령은 수하의 장수들이 거의 궤멸 상태로 돌입하자, 잠시 정신 줄을 놓는 사이 장비의 장팔사모에 가슴을 찔려 말에서 떨어진다.

후방에서 기령이 탈주로를 뚫을 때를 기다리던 원술은 기령이 전사했다는 소식을 듣자, 황급히 말을 돌려 수춘으로 되돌아가고자 하지만, 원술이 우회로를 거쳐 수춘으로 돌아가는 도중, 도적 떼들이 원술을 기습하여 원술은 수춘성으로 돌아가지 못하고 노상에서 기거하게 된다.

천하에 오고 갈 곳이 없어진 원술은 수하 뇌박과 진란에게 도움을 청하고자 첨산(灊山)으로 향하나, 진란은 원술의 인품, 지난날의 행적, 그리고 원술의 의도 등에 의구심을 품고 원술을 거부하는 바람에 원술은 최후로 기대했던 수하의 장수에게 배신을 당했다는 자괴심으로 인해 기력이 급격히 쇠해진다. 설상가상으로 원술의 입장에서 더욱 쓰라린 것은 진란과 뇌박으로 인해 당한 배신보다 배고픔에 지친 사졸들이 모두 원술 곁을 떠난 것이다.

199년(건안4년) 6월에 이르러 원술이 진란에게 문전 박대를 받고 돌아 나오면서, 마지막까지 남은 병사를 점고해 보니 겨우 1천에도 미치지 못한다. 원술이 무리들과 함께 힘겹게 이동하여 수춘성에서 80리가량 떨어져 있는 강정(江亭)에 도착하고, 남은 생필품을 점검해 보니 양곡은 맥곡가루 30곡만이 남아있었고, 식수는 한 방울도 남아 있지 않았다. 원술은 강물을 구해 어렵게 병사들과 함께 보리죽을 끓여 먹으며 사흘을 버텼으나, 그마저도 바닥이 나서 굶주리게 된다.

"수춘까지 가기만 하면 반드시 방법이 생길 것이다. 수춘성으로만 돌아갈 수 있다면, 다시 나라를 일으킬 수 있을 것이다. 수춘성까지 가기만 하면....."

원술은 땡볕이 내리는 한여름의 열기로 거의 빈사상태에 빠져 헛소리를 하기 시작한다. 원술이 무리를 이끌고 10리 정도 이동할 때마다 병사들이 이탈하여, 급기야는 종제 원윤과 원요 외에는 수십명의 장졸만이 원술의 주위에 남게 된다. 뜨거운 땡볕을 피하려고 쉴 곳을 찾던 원윤이 반갑다는 듯이 큰소리를 지른다.

"폐하, 저기 농가가 보입니다. 잠시 쉬었다가 가시지요"

더위를 먹어 숨을 헐떡이며 간신히 걸음을 내딛는 원술을 부축하여 원윤은 함께 농가의 평상에 걸터앉는다.

이때 한 농부가 거지 행색을 한 일단의 무리가 자신의 농가 평상에 걸터앉는 것을 보고 평상 쪽으로 다가와서 의아하다는 표정을 지으며 묻는다.

"그대들은 뉘시오?"

원윤이 농부에게 반가운 기색을 내보이며 대답한다.

"이분은 중(仲)의 황제 폐하이시다."

"세상에 거지행색을 한 황제도 다 있구먼....."

원술은 너무 더워 기력이 고갈되고 갈증이 심해지자, 농부의 비아냥에도 불구하고 농부에게 도움을 청한다.

"짐에게 꿀물을 줄 수 없는가?"

원술의 말에 농부가 냉소적으로 대꾸한다.

"꿀물? 우리 백성에게는 오직 핏물밖에 없습니다."

"천하를 호령하던 짐이 이 지경에 이르렀다니....."

한창 더운 날씨에 꿀물을 찾으려다가 백성에게 핀잔을 듣게 되자, 원술은 한참 동안 신세타령을 하다가 피를 한말이나 토하고 쓰러진다. 원술의 수급을 구하려고 원술의 뒤를 쫓아온 유비가 토벌군을 이끌고 강정에 도착했을 때, 원술은 이미 죽어 시신이 사라진 이후였다.

원술은 겉모습만 번지르르했지, 속빈 강정과 같은 인물이라는 세간의 평을 받고 있었다. 이전까지의 행로는 사대 삼공의 가문을 우러르는 인사들에 의해 물결을 타듯이 흘러왔지만, 가문의 명성이 아니었다면 일찍 도태되었을 인물이다. 원술은 자신의 명예와 명성, 가문은 소중히 여기지만, 백성과 국가에 대한 배려는 남에게 보여주기 위주였다. 겉치레를 좋아하고 사치가 심했으며, 오만방자하여 교류한 지 얼마 되지 않는 사람들은 몰라도 오래 함께 지낸 사람들은 그 속을 들여다볼 수 있었다. 사람을 사귀는 데 있어서 자신에게 복종하고 떠받드는 사람은 무조건 좋아하고, 자신에게 도전하거나 바른말을 하는 사람은 극도로 꺼려하였다. 시샘 또한 강해서 타인이 잘 되는 것을 용인하지 못하는 용렬한 인사이지만, 경우에 따라서는 오기가 발동되어 남의 이목에 구애받지 않아 생각지도 못할 일을 성취하는 특이한 인품의 소유자이다. 이런 독특한 튀는 성격이 지난 영제 시대에 발생한 '십상시의 난'에서 저돌적인 혁명을 주도하여, 환관을 몰아내는 역사의 주도적 인물이 되는 기록을 남기는 데 일조하기도 했다.

7.
유비, 서주로 다시 입성하다

7. 유비, 서주로 다시 입성하다

유비는 원술의 죽음을 허도조정에 보고하고 주령과 노초를 허도로 돌려보내고, 이들은 허도로 돌아와서 조조에게 여태까지의 경과를 보고한다. 조조는 이들이 유비를 떼어놓고 홀로 돌아와서 벌이는 보고를 듣지도 않고 분격하며 질타한다.

"1만여 명의 군사를 유비에게 넘겨주고 홀몸으로 돌아왔다는 말인가? 이런 한심한 인간들 같으니. 이놈들을 당장 끌어내어 목을 베어라."

조조가 분을 참지 못하고 소리를 지르자, 순욱이 조조를 달래며 진언을 올린다.

"사공께서 군권을 유비에게 맡겼던 이상, 모든 것은 예상된 수순이었습니다. 주군께서는 이점을 굽어살피시기 바랍니다."

순욱의 진언에 할 말을 잃은 조조는 이들을 방면하면서도 측근들에게 자신의 분노를 전한다.

"이 괘씸한 유비를 어떻게 해야 이 분노가 풀리겠는가?"

"차주에게 은밀히 글을 보내 유비를 치도록 명하십시오."

조조는 순욱의 말에 동조하여 비밀히 차주에게 전령을 보내 유비를 제거하도록 명할 즈음, 원술을 퇴치한 유비는 향후 벌어질 정세에 신경을 곤두세우고 깊은 상념으로 빠져든다.

'조조에게로 돌아간 주령과 노초의 보고를 받고, 조조는 반드시 차주에게 나를 도모하라는 밀서를 보낼 것이다.'

유비는 이런 생각에 이르자, 날랜 장수들을 하비로 통하는 모든 길목에 매복시켜 조조가 서주자사 차주에게로 보내는 전령을 잡아들이도록 명하고, 관우와 장비를 이끌고 군사들을 독려하여 급히 하비성으로 향한다. 유비의 예측대로 조조의 명을 받아 하비성을 향해 전속력으로 내달리던 조조의 전령이 소패성 인근의 협로로 진입하던 중, 유비가 매복시킨 장수들에게 체포되면서 유비에게 보내진다.

"조 사공이 보낸 사자임에 틀림이 없으렷다. 무슨 사명을 띠고 하비성으로 가는가?"

유비의 추상같은 질문에 사자는 하얗게 질린 채로 대답을 하지 못한다.

"이 자의 몸을 뒤져서 서찰을 찾아내어라."

유비가 명령을 내리자 졸백이 사자의 몸을 수색하고, 이내 조조의 서찰을 찾아내어 유비에게 건넨다.

"서주자사 차주는 명을 따라 차분히 행하라. 음흉한 유비는 고(孤)를 속이고 군사를 이끌어 하비성으로 행군하고 있다. 유비의 의도는 자사를 도모하고 하비성을 수중에 넣으려고 하는 것인 만큼, 자사는 사전에 고와 교통한 것을 모르는 체 소리장도(笑裏藏刀)위계를 쓰도록 하라. 유비가 하비성의 가교 앞에 당도하면 전혀 내색하지 말고, 평상시와 같이 성문을 열기 전에 엄격하게 탐문을 하는 형식을 취하라. 음흉한 유비가 속아서 긴장을 풀고 편하게 성에 입성하게 될 것이다. 유비가 입성하기 전에 먼저 옹성 성가퀴 주변을 궁노수로 매복시키고, 성문 안의 전면에는 중장보병으로 진입로를 철통같이 방책하여, 유비의 일행이 성안으로 깊이 진입하지 못하도록 하라. 유비가 하비성에 입성하여 군사들이 반쯤 들어왔을 때, 가교를 올려 나머지 군사들의 성문 출입을 막고, 성 밖의 군사와 유비를 분리시키는 동시에, 성안에 매복한 궁노수들이 화살을 날리고 화염병들이 화염물질을 태우면서 유비를 세차게 공략하도록 하되, 가급적이면 유비를 생포하도록 하라."

사자의 몸에서 찾아낸 서찰을 읽은 유비는 장계취계(將計就計)를 기도하고, 조조가 보낸 것으로 위장한 전령에게 위조된 서찰을 주어, 유비 자신이 하비성에 당도하기 전에 서주자사 차주에게 먼저 가서 위조사찰을 전하도록 지시한다.

"고(孤)는 황제를 참칭한 원술을 제거하기 위해, 좌장군 유비를 보내 성공적으로 목표를 성취했노라. 다음 수순은 원소를 척결하기 위해 좌장군 유비를 낭야로 배치하여 북해 방면에서의 침공을 대비하고자 하니, 서주자사 차주는 좌장군 유비가 입성하거든 함께 협심하여 원소의 음모를 철저히 대비하도록 하라."

유비는 위조사찰을 지닌 사자를 하비성으로 보내고, 미축, 간옹과 함께 곧바로 관우와 장비에게 내릴 작전을 수립한다.

"이번 전략은 속전속결로 끝내야 할 것이오. 조조가 이번 사실을 알게 되어 군사를 파견하면, 우리는 양쪽에 포위되어 몰살당하게 될 것이오."

이에 간옹이 먼저 자신의 구상을 밝힌다.

"황숙께서 먼저 입성하시게 되면, 환영을 나온 차주를 일거에 척살하시고 경보병을 몰아 성문과 성루를 신속히 장악하십시오. 곧바로 관우장군이 성안의 좌측 방면으로, 장비장군이 우측방면으로 신속히 기병을 이끌고, 동문과 서문의 성문과 성루의 군사를 일시에 제거하도록 하십시오. 차주는 전혀 방비하지 못한 상태에서 순식간에 주살을 당하고, 하비성은 일시에 함락시킬 수 있을 것입니다."

유비가 보낸 전령이 위조사찰을 지니고 하비성에 입성하자, 차주는 유비를 위한 대대적인 주연을 베풀고자 준비를 완료하고 유비의 일행을 기다린다. 이틀 후, 유비가 하비성에 당도하자, 차주는 성문을 활짝 열어 유비의 군사들이 순식간에 성안으로 들게 한다.

이때를 기다린 유비는 차주가 성안의 성루 위에서 내려와 유비를 맞이하려는 순간, 부장에게 명하여 일거에 차주를 주살한다. 곧이어 후속군사를 이끌고 성안으로 들어온 관우와 장비에 의해 하비성은 순식간에 함락된다. 유비가 하비성을 장악하자, 조조의 2차례에 걸친 '서주대학살'을 기억하는 서주 군현의 대다수가 유비에게 투항하면서 유비를 환호하는 많은 서주의 백성과 군사들이 유비에게 몰려들어 삽시간에 병사가 수만 명에 이른다.

유비는 서주를 차지한 후, 조조의 침공에 대비하여 긴급히 대책회의를 개최한다.

"좌장군께서 서주를 탈취했다는 사실을 알게 되면, 조조는 반드시 출병할 것입니다. 이를 대비하여 서주 백성들의 민심을 수습하고, 어디엔가에 숨어있을 조조를 비호하는 세력에게도 선정을 베풀어 백성들의 마음을 하나로 다져 놓도록 해야 합니다. 그 후 내정을 안정시키는 동시에 외교력으로 조조에게 대항할 우호세력과도 손을 잡아야 할 것입니다."

미축이 현실적으로 합당한 수습책을 제시하자, 유비가 공감을 표하면서 묻는다.

"나도 그렇게 생각을 하지만, 서주의 안전을 위해서는 누구와 동맹을 맺어야 할지가 난감할 뿐이오. 백마장사가 본초에게 멸망한 이후, 남아있는 군웅은 당대 최고의 원소, 형주의 유표, 강동의 손책, 서량의 마등과 한수, 익주의 유장 등이 있으나, 모두들 현실적으로 접선하기에 한계점을 가지고 있어서 어려움을 겪고 있소이다. 사공을 대적하기 위해서는 서주와 경계를 맞대고 있는 원소와 연합하여야 하나, 백마장사로 인해 심하게 대적해왔고, 형주자사 유표와는 조조에 의해 본의 아니게 반감을 사게 되었으며, 손책은 너무 어려 근본적으로 통하지 못하겠고, 익주의 유장과는 지정학적으로 연대를 맺기에 어려운 실정이외다. 이런 지경이니, 내가 어떤 수를 던져야 '신의 한수'를 던졌다는 평가를 받을 수 있겠소?"

미축이 단호한 어조로 대답한다.

"황숙께서는 대장군 원소와 연대를 맺어야 합니다. 원소와의 연합은 첫째로는 지정학적으로 근접해 있어서 상호소통이 손쉽고, 둘째로는 원소의 세력이 당대 최고의 위용을 뽐내고 있어, 조조도 함부로 군사를 일으키지 못하고 있습니다. 대장군 원소와 동맹을 맺었다는 자체만으로도 조조는 좌장군을 쉽게 공격하지 못할 것입니다. 조조는 조차도 대장군 원소의 주위에 20만에 달하는 대군과 뛰어난 책사, 무장이 구름같이 몰려있다는 사실을 두려워합니다."

"나도 그렇게는 생각을 해보았으나, 대장군 원소가 우리와의 적대감을 쉽게 풀겠는가 하는 것이 의문이오. 동시에 원소는 신천자로서 새로운 황실을 열고자 하는데, 나의 신념인 청천자와는 너무도 큰 괴리가 있소이다."

미축이 유비의 우려를 불식시킨다.

"좌장군께는 손꼽히는 외교사절가인 간옹 선생이 있지 않습니까? 간옹 선생이라면 얼마든지 원소를 설득할 수 있을 것입니다. 그리고 서주가 확고한 세력을 구축하기 전에는 명분의 싸움으로 실리를 잃게 되는 어리석음은 피해야 할 것입니다. 시간의 흐름을 따라 공간적 현상도 변하게 됩니다."

이때 간옹이 앞으로 나서며 화답한다.

"저를 대장군 원소에게 보내주신다면, 추호의 차질도 없이 원소를 설득할 자신이 있습니다."

유비는 대책회의의 결과를 따라 곧바로 내치에 전념하여 내정을 공고히 하고, 외교적 동맹을 꾀하기 위해 간옹을 원소에게 보내 우호조약을 맺게 한다.

간옹의 외교적 활약은 눈부실 정도로 현격하여, 유비는 원소와의 동맹을 무난히 체결하고, 원소는 조조를 견제하기 위해 유비에게 필요한 만큼의 기마병을 지원한다.

한편, 서주를 탈취당한 이후 조조는 분노를 이기지 못하고, 곧바로 유비를 축출하기 위해 서주로의 원정을 감행하기로 한다. 조조는 헌제를 알현하여 서주정벌에 대한 당위성을 알리고, 조정의 문무대신과 책사, 제장을 불러모아 대대적인 출정식을 개최한다. 조조는 먼저 사공장사 유대와 왕충을 선발하여, 군사 3만과 함께 서주로 파병하면서 신신당부를 한다.

"사공장사 유대를 선봉장으로 왕충을 후군장으로 하여 사공 깃발을 맡길 테니, 반드시 사공 깃발을 앞세우고 내가 친정을 나온 것처럼 위장하라."

사공장사 유대는 패국 사람으로 반동탁연합군 궐기 당시 연주자사로 참여했던 유대와 이름과 자가 똑같아 이름 덕을 톡톡히 얻은 인물이지만, 무공에서는 특별한 공적을 세운 적이 없는 인사이고, 왕충 또한 특별한 무용이 없는 인물이었으나, 조조는 화북에서 원소가 어떻게 대응하는가 하는 전략을 살피기 위해 이들을 서주원정길에 올린다. 이때 정욱이 두 장수의 출정에 대해 심히 우려를 표명한다.

"주군, 선봉장 사공장사 유대와 후군장 왕충은 관우, 장비와 대적하기에는 어림없이 부족한 장수들입니다. 선봉장을 따로 세워야 하지 않겠습니까?"

"고도 이들이 유비와 관우, 장비를 대적하기에는 어림도 없이 부족하다는 것을 알지만, 고가 서주로 병사를 파병했을 때 원소의 대응을 관찰하려고 하는 것이니 크게 우려하지 마시오. 유비가 비록 민심을 얻고는 있으나 아직 물가에 접근하지 못한 대어일 뿐이오. 지금 우리가 초긴장해서 경계해야 하는 대상은 원소뿐이외다. 원소의 동향을 살펴보면서 유비를 도모해도 늦지 않을 것이오. 만일 원소가 서주의 유비를 위해 정병을 지원하게 된다면, 고는 둘로 갈라진 원소의 분산된 병력을 무력화시켜 하내에 있는 원소의 점령지를 탈환할 것이고, 원소가 서주로 병사를 파병하지 않는다면, 달리 원소를 공략할 방법을 강구한 후, 고가 친히 서주를 정벌할 것이오."

조조가 추호의 빈틈도 없는 전략을 구사하자, 정욱은 상대방이 대응할 전략까지를 계산해서 장수를 파병하는 조조의 용병에 혀를 내두르며 감탄한다.

조조는 원소의 침공에 대비하여 여포에게서 투항해 온 장패를 서주와 청주의 경계에 배치하고, 우금과 이전에게는 하내의 경계를 철통같이 지키도록 특별히 지시한다.

조조의 명에 의해 사공 깃발을 앞세우고 서주를 향해 진군하던 유대와 왕충은 서주에서 1백리 즈음 떨어진 곳에 군영을 구축한다. 유비 또한 연주에서 서주로 이어지는 통행로인 소패의 앞 벌판에 군영을 구축하고 양측은 서로 팽팽히 대치한다. 양측이 대치하기를 두달이 지나도록 전쟁에 대한 진척이 없자, 조조는 유대와 왕충에게 사자를 보내 속히 공격하도록 명하고, 유대는 왕충을 군막으로 불러들여 회의를 열며 조조의 명을 전한다.

"사공께서 서주로 서둘러 진격하라는 명을 내렸으니, 왕 장군께서 먼저 공격에 나서시오."

"선봉장은 사공장사가 아니십니까? 장군께서 선봉에 나서셔야 합니다."

"나는 총사령관이라는 막중한 임무를 띠고 있는 만큼, 전장의 모든 상황을 점검해야 하니 왕 장군이 먼저 적진을 공격하면, 나는 새로운 전략을 구상하여 전체적으로 공격의 형태를 진두지휘하겠소이다."

"사공장사와 나는 관작으로 보나, 서열로 보나 동급입니다. 나에게 명령할 권한은 없소이다."

"장군이 정이 그리하신다면 제비뽑기를 통해 출전을 결정하기로 합시다."

유대와 왕충은 제비뽑기를 하여 왕충이 먼저 주머니에 있는 제비를 뽑았는데, 선(先)을 뽑게 되어 먼저 소패의 유비를 공격하게 된다. 유비는 조조의 군영에서 사공 깃발이 휘날리고 있지만, 두달 동안이나 공격하지 않고 꼼짝하지 않는 조조의 군사를 보며 조조의 위계임을 감지한 후, 대범한 전면전을 펼쳐 유인책으로 이들을 공략하기로 한다.

"운장은 적의 선봉장을 맞아 기병을 이끌고 쐐기진을 형성하여 적진을 뚫고 들어가시오. 적의 대오를 붕괴시키게 되면 적의 보병을 최대한 척살하고, 기병을 단계적으로 철수시키면서 본진으로 퇴각하시오. 병사를 뒤로 물리면 적장은 반드시 퇴각하는 기병의 후방을 추격할 것이니, 이때는 적과 정면승부를 피하고 적군에게 짐짓 패하여 도주하는 시늉을 하면서, 소패의 협로로 유인하도록 하시오. 익덕은 소패 협로의 양쪽 기슭에 군사를 매복하고 기다리도록 하라. 적군이 소패 협로를 지나면 소패의 통행로를 통나무와 바위로 통로를 막고 화염물질과 마른 짚단 등을 던져서 불화살로 화공을 취하고, 궁노수에게는 화공을 피해 숨어있는 적군을 상대로 화살과 쇠뇌를 날리도록 명하라."

유비의 전술을 따라 관우는 왕충의 진형 앞으로 나아가고, 왕충은 공격진도 아니고 방어진도 아닌 어정쩡한 일자진을 형성하여 관우를 대항한다.

"조 사공이 친히 원정을 오셔서 서주를 탈환하려 했다면, 즉시 공격해야 하거늘 이 관운장이 두려워서 여태 군영에 틀어박혀 있다가 지칠 때가 되니까, 이제야 어슬렁어슬렁 기어

나오는 것이냐? 그대는 내 상대가 아니니, 조 사공이 직접 나와서 내 청룡언월도를 받으라고 전하라."

관우의 비아냥에 왕충도 지지 않고 맞받아친다.

"사공 어른이 너 따위 천한 것과 상대할 수 있겠느냐? 잔소리 말고 우리들의 화살 공세를 받아 보아라."

왕충의 말이 떨어지기 무섭게 대대적인 화살 공세가 관우의 쐐기진형을 향해 쏟아진다. 방패 보병들이 화살 공세를 막아내다가 잠시 화살 공세가 뜸해질 즈음, 관우는 기병을 이끌고 왕충의 적군을 뚫고 들어가서 적의 대오를 마음껏 유린하다가, 한동안 왕충의 군사를 유린하던 관우는 작전명령을 따라 기병에게 퇴각명령을 내린다.

왕충은 관우 기병의 공격을 받아 많은 병사를 잃었으나, 워낙 많은 병사를 이끌고 출정한 덕에 아직도 병력면에서는 우위를 차지하고 있었다. 왕충은 대군의 위력을 뽐내기 위해 자신의 기병을 총동원하여 퇴각하는 관우의 기병을 추격하면서, 관우의 보병을 닥치는 대로 공략하여, 관우의 보병들이 갈팡질팡하며 흩어지자, 왕충은 용기백배하여 관우의 퇴각병을 무작정 추적하기 시작한다.

왕충의 수많은 군사들이 관우의 보병을 줄기차게 추적하여 소패의 협로를 지나는 때, 장비를 위시한 군사들이 바위와 통나무로 소패의 협로를 막고 화염과 화살을 쏘아대자, 왕충의 군사들이 속수무책으로 쓰러지면서, 왕충은 극소수의 기병들과 함께 산기슭 오솔길을 따라 유대의 본영으로 도주한다.

관우와 장비는 왕충의 대군을 물리치고 승리한 여세를 몰아 순식간에 군사들을 이끌고 유대 본영으로 돌격해 들어오자, 안일하게 대처하고 있던 유대는 급한 대로 왕충의 패잔병과 합류하여 관우와 장비의 군사들과 일대 접전을 벌인다.

관우가 교전 상태에서 유대를 찾아 싸움을 청할 때, 장비는 왕충과 일기토를 벌이고 있었다. 유대는 관우의 청룡언월도를 당해내지 못하고 공격다운 공격 한번 제대로 하지 못하고, 절박한 상황에서 목숨이 위태함을 느끼게 되자, 병사들에게 긴급히 퇴각명령을 내린다.

왕충 또한 장비의 장팔사모를 겨우겨우 막아내다가, 유대의 퇴각명령을 받고 쏜살같이 군사들 속으로 사라지고, 유대와 왕충의 패잔병을 40여 리 추격하던 관우와 장비는 더 진입하면, 조조의 영토를 침입했다는 명분을 뒤집어쓰게 될 위험을 인지하고 군사를 돌려 서주로 되돌아간다. 유대와 왕충이 패잔병을 이끌고 허도로 퇴각할 때, 조조는 원소에게 배후를 공략당할 것을 우려하여 허도를 비운 상태에서 직접 본대를 이끌고 서주로 출정하지 못하리라는 안이한 생각을 하고, 유비는 패퇴하는 이들을 향해 조소를 보낸다.

"그대들이 아무리 공격해도 나에게는 상대가 되지 못하네. 돌아가서 사공에게 나를 제압할 자신이 있으면, 직접 와서 나를 상대하라고 전하라."

허도로 돌아온 유대와 왕충이 조조에게 이 사실을 고하자, 조조는 대로하여 유비를 직접 징벌하려는 의사를 표명한다.

"네놈들은 고의 사공 깃발을 앞세우고 출정하여, 변변히 싸워보지도 못하고 패주하여 돌아와서, 나의 이름을 욕되게 하였다. 너희를 일벌백계하여 이에 대한 책임을 묻고자 한다."

조조의 추상같은 질타에 유대와 왕충이 벌벌 떨고 있을 때, 공융이 조조에게 정곡을 찌르는 직언을 가한다.

"두 장수는 애초부터 유비의 적수가 되지 못했습니다. 사공께서도 이를 알면서도 기용하셨는데 이제 와서 이들을 징벌한다면, 다른 장수들의 사기에 큰 영향을 미치리라 생각합니다. 부디 명을 거두어 주시기를 간청합니다."

공융의 진언에 할 말을 잃은 조조는 이들의 관직을 박탈하는 것으로 매듭을 짓는다.

그러나 조조는 유비의 조롱에는 도저히 참을 수 없을 정도로 분노를 느껴 친히 유비를 공략하려고 한다. 이때 측근의 책사와 장수들이 강력히 반대를 표명한다.

"주군, 지금은 서주의 유비보다도 화북 원소의 동향을 더욱 신경 써야 할 때라고 생각합니다."

조조의 큰 장점 중에서 하나는 자신의 판단이 서더라도, 주변의 많은 인사들이 조언을 올리면 다시금 곱씹어 신중한 판단을 할 수 있다는 점이다. 조조는 측근들의 조언을 받아들여 유비에 대한 정벌을 잠정 연기하기로 한다.

8.
군웅들의 융기로 요동치는 해내(海內)

8. 군웅들의 융기로 요동치는 해내(海內)

1) 손책, 여강을 탈취하여 강동의 새 실력자로 부상하다

강동에서는 원술이 죽은 후, 원술의 부장 유엽 등이 패잔병을 이끌고 여강태수 유훈에게 의탁하고, 이로 인해 여강태수 유훈은 불어난 군사를 지탱할 군량이 터무니없이 부족하게 된다. 유훈은 예장태수 화흠에게 군수물자와 군량의 지원을 요청하는데, 예장태수 화흠도 군량사정이 어렵기는 마찬가지였다. 화흠은 유훈에게 해혼과 상료 지역에서 그 지역의 호족들에게 군량을 지원받아 보라고 조언을 해준다.

이때 손책은 유훈이 원술의 부장 유엽을 받아들이며 급격히 병마를 늘리더니, 주변 호족들의 협조를 받아 세력을 확장해 나가자, 유훈을 두려워한 나머지 유훈에게 사자를 보내 거짓으로 동맹을 맺는다. 손책은 유훈과 동맹을 맺은 후, 상료의 성주가 유훈을 경멸한다는 이간책으로 유훈을 속여 상료 성주와 싸우게 하는 어부지리(漁父之利)계책을 펼쳐, 승리할 가능성이 큰 유훈을 도운 후에 승자가 된 유훈을 소리장도(笑裏藏刀)계책으로 도모하고 유훈의 환성과 상료성을 한꺼번에 차지할 목적으로 가도벌괵(假道伐虢:괵나라을 치려고 우나라의 길을 빌리고 다시 우나라까지 정벌함)을 제시한다.

"이 사람 손책은 유훈 태수와 힘을 합쳐 강동을 혼란으로부터 구원하여, 오직 강동의 백성들이 평안해지기만을 기원합니다. 태수께서 많은 병력을 유지하기 위해서는 많은 군량미의 확보가 필요해졌다는 소문을 들었습니다. 만일 태수께서 상료성을 공략하려 한다면, 소장이 상료성으로 진출하는 길을 빌려드리는 동시에 군량미를 지원하고 많은 원병도 지원하여 여강태수를 돕도록 하겠습니다."

손책이 여강태수 유훈과 동맹을 맺고 유훈이 상료를 공략하면, 가는 길을 내어주는 동시에 지원병도 파견하겠다고 위계를 부리자, 유엽은 손책의 의도를 의심하여 유훈에게 경고의 뜻을 전한다.

"상료성은 작지만 워낙 견고하고, 사방의 지형이 험하여 쉽게 함락시키기가 어렵습니다. 손책의 의도는 태수께서 상료를 공격하도록 충동하여 만일 점령하게 되면, 지친 태수를 공략하여 상료와 여강 모두를 차지하려들 것입니다. 만일 그 계책이 실패하여 태수가 상료를 이른 시일 내에 점거하지 못할 경우에는 손책은 아군의 심신이 피폐해질 때를 기다려, 이 틈을 노리고 환성을 공략할 수도 있습니다. 이렇게 되면 태수께서는 손책을 막아내기 힘들 것입니다. 태수께서는 한 번쯤은 손책의 의중을 의심하여 신중히 행동하여야 할 것입니다."

"손책이 나와 연대를 맺으려 함은 거대해진 조조의 예봉을 분산시키기 위함일 것이오. 나와 진정으로 동맹을 맺을 생각이 없었다면, 이렇게 많은 군량을 보내지도 않았을 것이니, 그대는 크게 우려하지 않아도 될 것이오."

유훈은 손책의 위계를 간파하지 못하고, 군사를 총동원하여 상료성을 정벌하기 위해 출정한다.

유훈이 상료성을 함락시키지 못하고 한 달 가까이 공성을 이어가자, 손책은 힘이 빠진 여강을 차지하기 위한 전략을 세우려고 측근을 불러들여 중지를 모은다.

장소가 즉석에서 전략을 내놓는다.

"장군은 손분과 손보 형제를 통해 유훈에게 지원병을 보내는 척하면서, 주유에게 대군을 이끌고 유훈의 정예병이 빠진 환성으로 가서 공성을 펼치도록 하시오. 유훈은 주유에게 환성을 빼앗긴 것을 알면, 군사를 돌려 환성으로 돌아오려고 할 것이오. 이때를 대비해서 팽택의 길목에 손분과 손보 형제를 매복시켰다가, 유훈이 군사를 이끌고 환성으로 돌아올 때 후방을 교란하면 유훈은 방향을 잃고 패주할 것이오."

장소의 자문대로 손책은 군사를 움직인다. 유훈은 손책을 믿고 전 병력을 상료에 집결시킨 결과, 손책과 주유는 힘들이지 않고 비어있는 유훈의 본거지인 남양주 환성을 차지한다. 얼마 후, 환성을 빼앗겼다는 급보를 받은 유훈이 군사를 돌려 환성으로 향할 때, 장소의 계책에 의해 팽택의 길목을 지키던 손분과 손보 형제가 유훈의 후방을 공격하기 시작한다.

손분 형제가 유훈의 후방을 노리고 강렬하게 기습전을 벌이자, 무방비로 있던 유훈은 대패하여 근거지를 잃은 채 조조에게 의탁하게 된다. 여강태수 유훈이 조조에게 투항하자, 조조는 유훈을 열후에 봉해 손책을 경계하고자 한다.

여강의 환성을 차지한 손책과 주유는 여강에서 교공의 미녀 자매인 대교, 소교를 만나 손책은 대교를, 주유는 소교를 차지하고 후처로 삼아 평생의 가약을 맺는다.

유훈을 격파하고 여강을 차지하여 세력이 강성해진 손책은 그 기세를 몰아 하구를 공략하여 강하태수 황조를 몰아내고 주유를 강하태수로 임명한다. 손책은 여릉태수를 자칭하는 동지를 몰아낸 곳에 손보를 여릉태수로, 손분을 예장태수로 삼았던 관계로 강동의 대부분을 자신의 세력권으로 귀속시킨다.

이같이 손책이 강남의 최고실력자로 부각되기 시작하여 조조는 손책을 무시할 수 없게 되자, 손책을 아우르기 위해 손책과 혼인관계를 맺는 방법으로 유화책을 구사하는 동시에 양주자사 엄상에게 손책을 무재로 천거하게 하는 등으로 우호관계를 모색하도록 강력히 지시한다.

2) 장수, 조조와 원소의 패권 다툼에서 조조의 편에 서다

지난해 2월, 하내태수 장양과 수하장수 양추가 벌인 하극상을 계기로 발생한 조조와 원소의 하내 쟁탈 사태는 원소가 공손찬과 결전을 벌이고 있던 틈을 이용하여, 조조가 하내를 점령함으로 일단락된 듯했으나, 공손찬을 멸망시킨 원소가 조조에게 하내에 대한 불만을 표명하면서, 오랫동안 불거졌던 원소와 조조의 불화가 결국은 일촉즉발로 변화될 기미가 보이기 시작한다.

결국에는 공손찬을 멸망시키고 북방 4개주를 평정한 원소는 200년(건안5년) 1월 초엽, 군사 17여 만을 이끌고 허도를 공략할 구상을 구체화하기 시작한다.

원소의 야심을 읽은 조조는 우금 등을 보내, 태산과 황하의 좁은 길목인 청주의 제국, 북해 등을 공격하여, 원소의 군사들이 동쪽으로 우회하여 남하하는 것을 막기 위한 방어망을 구축한다. 동시에 조조는 원소가 황하를 건너 허도를 공략하기 수월한 관도를 집중관리 지역으로 규정하여, 주력군을 관도에 배치하고 허도로 돌아온다. 이 무렵 원소가 양성, 완성, 안중 일대에서 조조와 대치하고 있던 장수와 가후에게 동맹을 원하는 사자를 보내어 전서를 전한다.

"대장군 원소는 태수 장수와 동맹을 맺어 조조를 도모하려

고 하는데, 태수의 의향을 사자 편에 보내주면 함께 조조를 척결하는 데 동참하겠소."

조조와 원소 사이에서 일대격전(一大激戰)이 벌어질 조짐이 보이자, 향후 자신의 입지를 놓고 깊은 고민에 빠져 있던 장수는 가후와 심층토론을 벌인다.

"대인, 지금은 우리가 유표자사의 도움으로 조조의 공략을 근근이 막아내고 있지만, 향후에 변하게 될 천하의 추이가 크게 신경이 쓰입니다. 조조와 원소가 자웅을 결하는 일대격전을 펼치게 되면, 사실상의 천하는 둘 중 한사람이 차지하게 되는데, 이때는 우리의 설 땅이 없어지게 될 것 같습니다. 비록 유표자사께서 우리를 보호해 주고 있다고는 하지만, 자사 어른은 오직 당신의 영향권에 있는 형주만 유지할 수 있는 호인일 뿐, 천하를 다툴만한 영웅은 못됩니다. 이런 상황에서 소장은 승부수를 던져 일대격전에 가담하고자 하는데, 대인의 의향은 어떠신지요?"

"태수가 살펴본 정세분석이 현실과 추호의 어긋남도 없다네. 태수는 어떻게 처신을 하려고 하는가?"

"병법에 원교근공(遠交近攻)이라고 하지 않습니까? 소장은 원소를 도와 조조를 도모하고자 합니다."

"아니 될 말이네. 원소를 도와 조조와 싸우려다가, 조조가 태수를 먼저 도륙하면 어찌하려는가? 조조는 바로 우리의 지척에 있고, 원소는 우리와 천여 리 떨어진 영향권 바깥에 있네. 병법에 원교근공이라는 전략은 내가 힘이 강하여 천하를 쟁패할 때 사용하는 계책이지, 근근이 기업을 유지하는 약한 자가 취할 계책이 아닐세. 원소는 이미 막강한 세력을 가지고 있어 우리의 힘을 크게 평가하지 않을 것이지만, 조조는 우리의 힘이 자신에게 크나큰 도움이 되리라고 여길 것이야. 게다가 조조는 협천자의 지위에 있어 태수가 어설프게 원소의 편에 섰다가는 역적으로 매도를 당할 수도 있다네. 조조와 힘을 합쳐 원소를 도모해야 할 것이네."

"조조는 우리에게 두 차례나 농락을 당하고, 아들과 조카, 장군 전위를 잃었습니다. 조조가 과연 우리의 뜻을 받아들이겠습니까?"

"조조는 패왕의 품격이 있는 영웅일세. 사사로운 원한으로 대업을 저버릴 소인배가 아니네."

가후는 말을 마치자마자, 원소의 사자를 쫓아내려고 호되게 꾸짖어 말한다.

"그대는 돌아가서 대장군에게 말을 전하게. 우리는 '대장군이 형제끼리도 화합하지 못하고 친족 간에도 척을 지고 있는데, 과연 천하의 국사들을 품을 수 있겠는가 하는 의문을 갖고 있다'라고 말일세."

장수는 가후가 원소의 사자를 쫓아내듯이 돌려보내자, 어쩔 수 없이 가후의 의견을 받아들여 조조와 연합하기로 하고 조조에게 투항의 의사를 밝힌다.

조조는 장수의 투항을 기쁘게 받아들이고, 이에 공이 있는 가후를 집금오로 임명하며 도정후로 봉한다. 얼마 후, 조조는 가후를 다시 기주목으로 삼아 자신의 군사로 추대하고 전투에 참여시킨다. 조조의 입장에서 장수의 귀순은 천군만마보다 더 크나큰 효력을 갖게 되어, 조조는 장수를 양무장관에 임명하고 장수의 딸과 자신의 아들 조균의 혼사를 약속한다.

사실상 장수는 조조와 원소 양쪽 모두에게 전략적으로 중요한 입장에 놓여 있었다. 만일 장수가 원소와 연합하게 되면, 친원소 세력 유표와 친원소 세력권 여남의 군현과 연계하여 조조를 궁지에 몰아넣을 수 있는 입지를 지니고 있었는데, 장수가 원소의 요청을 거부하고 가후의 뜻을 따라 조조에게 귀순하자, 조조는 장수를 통해 지형적으로 유리한 이점을 확보하게 된다. 장수의 이반으로 형주의 관문이 뚫린 유표는 형주를 지키기 위해, 조조와 두드러지게 적대하게 되는 것을 피하려고, 원소와의 연합에 소극적으로 임하게 된다. 이로써 원소는 장수와 유표를 활용하여, 조조의 배후를 협공하고자 하는 지정학상의 장점을 모두 상실하게 된다.

3) 동승과 4인방의 의대조 모의는 실패하고 죽임을 당하다

조조와 원소가 일촉즉발의 상황으로 돌입하던 와중인 200년(건안5년) 1월, 허도에서는 일대격전이 벌어질 조짐으로 분위기가 뒤숭숭한 틈을 노려, 국구 동승이 조조를 도모하는 거사를 실행으로 옮기고자 왕자복, 충집, 오석, 오자란 등을 자주 자택으로 불러들인다.

동승의 사노비 경동은 이들이 자주 모여 밀담을 하는 것을 보고, 심상치 않은 사태가 벌어지고 있다고 생각하게 된다.

경동은 가난 때문에 부모에 의해 동승의 집으로 팔려 온 노비이다. 그는 타고난 용모가 준수하여 동승뿐만 아니라, 모든 식솔이 그를 아끼고 있었는데, 동승의 애첩 운영도 그중의 한사람이었다. 평상시에도 몸이 뜨거운 운영은 경동을 유혹하여 동승 몰래 통정을 하곤 했었다.

늦겨울의 찬 기운이 채 가시지 않아 아직도 쌀쌀한 정월 초사흗날의 초승달을 바라보면서, 만감이 교차한 동승은 애첩 운영의 처소로 발걸음을 돌려 후당으로 나아갈 때, 남녀가 운우의 정을 나누는 소리가 들린다. 동승이 기이한 생각이 들어 가까이 다가가 보니, 노비 경동이 애첩 운영과 한 몸이 되어 뒹굴고 있는 것이었다. 동승은 피가 거꾸로 솟아오르자 분노를 참지 못하고 소리를 지른다.

"이 고얀 놈들 같으니라고."

동승의 고함소리에 깜짝 놀란 경동과 운영은 서로 몸이 떨어져, 이불 속으로 얼굴을 숨기고 몸을 벌벌 떤다.

"여봐라! 게 아무도 없느냐? 당장 이 불손한 것들을 끌어내어 매우 쳐라."

동승은 집사에게 명하여 경동과 운영에게 볼기 40대씩을 치게 하고 후각의 창고에 가두게 한다.

그날 밤, 목숨이 경각에 달린 것을 인지한 경동은 힘을 다해 문고리를 뜯고 창고에서 빠져나가 칠흑과 같은 어둠 속으로 사라진다. 경동은 목숨을 부지하기 위해 조조에게 동승의 최근 동향을 고변하고자 사공부로 향한 것이다. 사공부에 도착한 경동이 사공부의 문을 요란하게 두드리자, 깜짝 놀란 경비병이 경동을 꾸짖는다.

"네 이놈, 여기가 어디라고 함부로 요란을 떠는 것이냐? 썩 물러가지 못하겠느냐?"

"사공 어른께 고변할 일이 있어, 무례를 무릅쓰고 소란을 피웠습니다. 부디 내치지 말고 사공 어른을 속히 만나게 해주십시오."

"무슨 연유인지를 알아야 사공 어른께 이끌 것이 아니냐?"

경동은 불현듯이 동승의 안위가 우려되어 입을 열지 못한다. 자신이 살기 위해 동승의 동향을 조조에게 고변하려고 왔으나, 지난 시절의 만감이 교차하여 차마 동승의 일을 발설하지 못하고 머뭇거리자, 경비병이 경동에게 압박을 가한다.

"네 이놈, 사실대로 발설하지 않으면, 사공 어른을 능멸한 죄로 내가 너를 주살할 것이다."

살기 위한 투쟁은 참으로 처절했다. 동승의 가족에게 더 할 수 없는 사랑을 받아, 동승을 친조부와 같이 따르던 경동이 이제는 생존을 위해 주인을 고변하지 않으면 안 될 형국이 되자, 경동은 심한 갈등 속으로 빠져들다가 기어들어 가는 목소리로 고변한다.

"사공 어른을 해치려는 모의가 있습니다."

경호병이 깜짝 놀라 경동을 조조의 앞으로 데리고 간다. 잠자리에 들어 있던 조조는 경비병의 전갈을 받고, 경동을 대청 앞마당에 꿇어 앉혀 심문을 가한다.

"너의 말에 추호의 거짓도 없으렷다. 만일 조금이라도 거짓이 있거나 숨기는 것이 있다면, 너의 목숨은 쥐도 새도 모르게 밤이슬과 같이 사라지게 될 것이다."

조조의 추상같은 심문에 경동은 오금이 저려, 동승에 대한 송구함을 생각할 여지도 없이 모든 것을 털어놓는다.

"최근 들어 동승 어른의 자택에 왕자복, 충집, 오석, 오자란 등 어른이 자주 내왕하면서, 밀실에 모여 황제 폐하의 밀서, 사공 어른을 포함한 주변 인사들에 대한 대처 등의 말을 자주 거론하고 있습니다. 비천한 하인 놈이 느끼기에는 사공 어른에 대한 암살모의가 아닌가 생각합니다."

경동은 머리를 땅에 처박고 벌벌 떨면서 기어들어 가는 목소리로 고변한다.

"너의 말에 한 치의 거짓도 없으렷다."

조조가 조용히 심문하는 말이 경동에게는 천둥 번개가 내리치는 소리로 들린다. 경동은 머리를 들었다가 땅으로 처박는 행동을 연속하면서 큰 소리로 답한다.

"네, 네, 어느 안전이라고 거짓을 아뢰겠습니까? 한치의 거짓도 없습니다."

조조는 좌우에 일러 엄명을 내린다.

"이 아이를 사공부 객실로 보내 잘 보호하고, 너희들은 이 사실을 일체 입 밖으로 내지 말도록 하라. 이것을 어길 시에 네놈들의 목은 단칼에 사라지게 될 것이다."

긴 밤을 뜬눈으로 지새운 조조는 며칠 동안을 조정에 들지 않고 사공부에 칩거한다. 조조가 한동안 조정의 공무를 기피하자, 조정에는 이유도 없이 찬바람이 몰아친다. 그동안 조조는 밀정을 동승과 연루된 것으로 추정되는 인사의 주변으로 보내 철저히 첩보를 수집하고 있었다.

한편, 노비 경동이 후각의 창고를 탈주한 후부터 조조가 사공부에 칩거하고 공무를 회피하자, 동승은 서서히 드리우는 불안에 몸서리를 친다. 동승이 경동의 행방을 백방으로 수소문을 해보았으나, 경동의 행방은 여전히 묘연할 뿐이다. 동승은 두려움에 빠져 며칠 밤을 뜬눈으로 새운 탓에 몸은 수척해지고 몰골은 피골이 상접할 정도였다. 얼마 후, 조조가 다시 공무를 개시했다는 소문이 나고, 곧바로 동승은 조조의 소환을 받는다. 동승은 휘청거리는 몸을 이끌고 사공부를 방문한다.

"국구께서 몸이 왜 이리 수척해지셨소이까?"

조조의 부드러운 듯하면서도 예리한 질문에 동승은 풀이 죽은 목소리로 대답한다.

"고뿔이 들어 한참 고생했는데도, 아직 완쾌되지 않아 몸이 수척해진 것 같습니다."

조조가 비아냥거리듯이 묻는다.

"이 맹덕 때문에 생긴 병환이 아니던가요?"

동승은 머리에 둔기를 맞은 듯 멍해짐을 느낀다.

"국구, 왜 이리 놀라시오?"

조조의 반문에 제정신으로 돌아온 동승은 잠시 움찔하더니 두서없이 대답한다.

"아니, 놀라지 않았습니다. 고뿔 때문입니다. 사공 어른과는 아무런 연관이 없습니다. 그저 고뿔이 심해서 제대로 먹지 못한 탓일 뿐입니다."

"그렇다면 요사이 국구 댁에서는 왜 이리 부산하게 조정대신들이 방문을 합니까?"

"저의 병문안을 위해서 대신들이 자주 내왕하는 것으로 생각하고 있습니다."

"병문안을 오는 사람들이 밀실에서 모이십니까?"

인간은 기본적 심리구조상 대책이 없이 당황할 때는 아무런 생각도 나지 못하는 법이다. 동승은 무슨 변명이라도 하려고 하나, 입안에서 변명거리가 맴맴 돌뿐 아무런 대꾸도 생각해내지 못하고 멍청한 상태로 조조를 쳐다볼 따름이다.

이튿날 아침, 조조는 동승을 사공부의 옥에 가두어둔 채, 조정의 중신들에게 '사공부로 초청하여 금일 저녁에 연회를 베풀고자 한다'는 전갈을 보낸다. 대부분의 중신들이 즐거운 마음으로 후원의 연회장에 참석했으나, 왕자복과 오자란, 충집, 오석 등은 사공부에 불려간 동승의 행방이 묘연하다는 말에 도살장에 끌려가는 소의 심정이 되어 극도의 불안감을 지닌 채 연회에 참석한다. 장수들의 군무가 끝나고 연회의 분위기가 절정에 오르자, 조조가 중신들을 향해 말한다.

"대신들께서 장수들의 군무를 재미있게 관람했으나, 이제 그보다 더욱 재미있는 장면을 보여드리겠소. 후원의 서문을 한번 바라보시오."

조조의 발언에 귀를 기울이던 중신들은 지금까지의 가무와 군무만으로도 충분히 고무되었는데, 지금까지보다 더 재미있는 장면을 보여준다는 조조의 말에 큰 기대를 걸고 서문을 바라보다가, 사공부 경비병들에게 끌려 나오는 창백한 안색의 동승이 모습을 드러내자, 흥을 돋울 만한 장면을 기대했던 대신들은 모두 의아해한다. 반대로 왕자복, 오자란, 충집, 오석

등 조조 암살모의에 서명했던 대신들은 눈앞이 노래지는 것을 느낀다. 연회장의 분위기가 일순간 싸늘해지면서, 분위기를 감지한 조조가 대신들을 바라보며 동승에게 일갈한다.

"동승 국구께서 이 사람 맹덕에게 국정운영에 좌표가 될 만한 가르침을 준다고 하여 모셔왔소이다. 국구께서는 한 말씀 하시지요."

동승은 조종의 중신들을 보자, 이들을 구원의 관세음보살로 여겼던지, 극구 자신의 무고함을 알리려고 열변을 토하기 시작한다.

"사공께서 이 사람 동승이 사공을 암살하려는 모략을 꾀하려 한다고 하나, 이는 사공의 오해임을 변론해 주시오. 여러분께서도 아시다시피 이 사람은 고뿔이 들고 고질병이 있어, 거의 바깥사람들과 교류를 하지 않았다는 사실을 대신들이 잘 알고 있지 않소이까?"

동승은 궁색한 변명을 늘어놓고 있으나, 조정의 대신들은 불과 며칠 전까지만 해도 동승이 일부 신료를 상대로 활발히 교류를 행하고 있었던 사실을 잘 알고 있었다. 이들은 동승이 궁색한 변명을 하는 기저에는 무엇인가 내막이 있으리라는 생각을 하기에 이른다.

조조는 동승이 비록 후궁 동귀비의 애비일지라도 어찌 되었든 간에 국구이기 때문에, 동승을 비공개적으로 잡아들여 취조를 할 때 불러올 파장을 생각하고, 이점을 염두에 두어 동승이 직접 대신 앞에서 자신의 혐의를 드러내도록 유도한 것이다.

"국구께서는 스스로가 이 사람 맹덕에 대한 암살모의를 조종의 대신들 앞에서 시인했다는 것을 모르시오? 경비대장은 지금 당장 국구의 노비 경승을 대령시켜라."

이 순간까지도 경승의 행방을 몰라 조마조마하면서도 초지일관 변명으로 임했으나, 동승은 조조가 경승의 신변을 확보하고 있다는 말에 모든 것이 끝났음을 감지한다. 그러나 이후 불어 닥칠 후폭풍을 두려워하여, 동승은 통하지 못할 변명이라는 사실을 알면서도 끝까지 버티기로 작정한다.

"국구께서는 이 자를 알고 계시겠지요?"

동승은 경동을 보자 분을 참지 못하고 목청을 높인다.

"저놈은 이 사람의 애첩을 농락하여, 이 사람으로부터 문초를 받다가 도망친 파렴치한입니다. 그동안 거두어 준 은혜를 원한으로 갚는 배은망덕한 인간인데, 저놈의 말을 듣고 무고한 소신을 추궁하시는 것은 부당하다고 생각합니다."

조조는 냉소적으로 대꾸한다.

"국구께서 근자에 원기도 왕성하게 일부 대신들과 교류하고 있다는 사실은 대다수의 중신들이 잘 알고 있는 사실이오. 그런데도 고뿔 운운하면서 변명을 하기에는 사건이 너무 진척되었소이다. 모든 사실을 인정하고 모의에 가담한 자들을 밝히신다면, 국구라는 신분을 고려하여 은덕을 베풀겠소."

동승은 무의식적으로 연회장에 있는 왕자복, 오자란 등에게 고개를 돌린다. 사시(死屍)가 되어 얼어붙은 듯이 서서 있는 이들을 바라보던 동승은 이내 고개를 땅에 묻고는 다시 변명으로 일관한다.

"사공 어른, 정말로 소신은 모의를 벌인 적이 없습니다. 저 배은망덕한 종놈의 살기 위한 모함입니다."

조조가 노한 음성으로 주위에 명한다.

"지금 당장 연회석에 형틀을 갖추고 국구를 취조하도록 하라. 사안이 중대한 만큼 고가 황제에게 주청하여 직접 국문할 것이다."

사공부의 병졸들이 서둘러 국문의 준비를 마치자, 조금 전까지만 해도 흥겨웠던 연회장의 분위기는 순식간에 아수라장으로 변한다.

"국구가 실토할 때까지 주리를 틀고 인두로 지져라."

엄명을 받은 형졸들이 동승의 옥을 죄면서 주리를 틀고 인두로 지지자, 동승의 살갗이 찢기고 뼈가 드러나면서 전신이 피범벅이 된다.

연회장의 흥에 고무되었던 수많은 대신들의 눈앞에서 벌어지는 처참한 광경은 한층 더 가혹한 현실로 전달된다.

문무 대신들이 차마 국구를 쳐다보지 못하고 동승을 동정하여 고개를 돌리자, 비록 죄를 지은 자일지라도 국구에 대한 지나친 국문으로 벌어질 민심의 이반을 우려하여, 조조는 옥졸들에게 국문을 멈추도록 명하고 연회의 폐회를 선언한다.

"국구에 대한 국문을 멈추어라. 연회에 참석하신 대신께서는 편안한 마음으로 사저로 돌아가시오."

모든 대신이 서둘러 사저로 돌아가려 하자, 조조는 왕자복, 오자란, 충집, 오석 등을 불러 세운다.

"공들은 무얼 그리 서둘러 돌아가시려 하오. 고가 전할 말이 있으니 잠시 기다리시오."

콩알같이 오그라드는 심장의 고동을 애써 감추고, 국문장에서 숨을 죽이던 4인방은 조조의 나직한 부름에도 천둥이 내리치는듯한 광음을 느끼며, 공포에 질려서 가던 발걸음이 얼어붙는다.

"그대들은 오늘 국문에 대해 할 말이 없으시오?"

"소신들이 어찌 사공께서 하시는 국문에 대해 이의를 달겠습니까?"

"그렇다면 그대들은 국구의 모의를 인정한다는 말이오?"

"그런 것은 아닙니다만....."

"이도 저도 아니라면 그대들의 저의는 무엇이란 말인가?"

"........."

"왜 꿀 먹은 벙어리 마냥 말을 못하는가? 그대들은 정녕 이 음모와 연관이 없는가?"

4인방은 아찔해지는 정신을 부여잡고 정신을 가다듬은 후, 살길을 찾기 위해 발버둥을 치며 말한다.

"사공, 결단코 그런 일이 없습니다."

조조는 경동에게 묻는다.

"너는 이들의 말을 인정하느냐? 만일 이들이 죄가 없다면 너는 무고죄로 능지처참이 될 것이다."

경동은 몸을 사시나무 떨듯이 벌벌 떨면서 아뢴다.

"사공 어른께 어찌 추호의 거짓이라도 올릴 수 있겠습니까? 저 어른들께서 국구의 밀실에 모여 흰 비단에 혈서를 쓰는 것을 이 종놈이 두 눈으로 똑똑히 보았나이다."

경동이 이들이 밀실의 탁자에 배열되어 앉은 정황까지를 샅샅이 고하자, 조조는 주위의 경비병들에게 명한다.

"저들을 결박하여 사공부의 옥에 가두어라. 내일 날이 밝는 대로 저들을 국문할 것이다."

이튿날 아침이 밝자마자, 조조는 이들을 형틀에 묶어 국문을 시작한다. 조조가 이들에게 주리를 틀고, 인두로 지지고, 살갗이 터지는 매질을 가하여도 쉽게 자백을 하지 않자, 조조는 사공부의 장졸을 풀어 동승의 저택 모든 곳을 샅샅이 수색하도록 명한다.

이틀간의 철저한 수색을 통해 밀실의 비밀벽장에 숨겨둔 헌제의 의대가 발견되면서 사태는 급진전한다. 확실한 증거가 드러나면서 '동승의 의대조 사건'은 모든 전말이 밝혀지게 되고, 조조는 사공부의 형장에게 명을 내린다.

"동승과 왕자복 4인방을 위시한 관련자들의 가속들은 양천

남녀노소를 가리지 말고 모조리 잡아들여 척살하라. 그리고 이들과 친분의 관계에 있는 모든 인사들에 대해 철저한 심문을 집행하라."

분노에 치를 떨며 엄명을 내린 조조는 곧이어 책사들과 장수들을 사공부로 불러들여, 헌제의 의대와 이에 피로써 서명한 인사들의 의장을 내어 보이며 일갈한다.

"이각과 곽사에게 핍박을 당하던 황제를 구하고, 한황실의 안정을 위해 고군분투하고 있는 고(孤)를 향해 배신의 칼날을 들이대는 헌제와 그를 추종하는 무리에게 심한 배신감을 느낄 뿐이오. 은혜를 원수로 갚는 이들을 그냥 보고 넘길 수 없다는 생각이오. 특히 황제를 이대로 두면 제2, 제3의 동승이 나오지 말라는 보장이 없소이다. 이러한 연유로 고는 지금의 황제를 폐하고 새로이 덕이 있는 천자를 맞이하려고 하는데, 공들의 뜻은 어떠하시오?"

정욱이 분개하고 있는 조조를 달래면서 차분히 말한다.

"주공께서 천하의 이목을 집중시키고, 천하를 이 정도로 안정시킬 수 있었던 것은 한황실을 우대하고 협천자의 길을 꿋꿋이 행하였기 때문입니다. 천하가 어느 정도 안정이 되었다고는 하나, 아직 신천자를 외치며 호시탐탐 조정을 넘보는 원소가 있고, 형주의 비옥한 옥토와 풍부한 물자, 뛰어난 인재를 바탕으로 천자의 흉내를 내는 유표, 강남에 숨어서 무언가를 모색하는 듯한 손책 등이 있어, 지금의 황제를 폐하고 새로운 황제를 세우시는 일은 이들에게 명분을 줄 뿐입니다."

조조는 자신의 생각이 아무리 옳다고 여겨도, 주변의 충복들이 건네는 견해는 심사숙고해서 다시 복기하는 장점을 지니고 있는 당대의 영웅이다. 조조는 격분했던 자신의 심기를 가라앉히고, 천자를 폐립하고자 하던 순간적 생각을 버린다. 그 대신 동승의 딸인 동귀비 문제를 정리하기 위해 헌제를 알현한다. 헌제는 조정에서 벌어진 사태를 간파하고, 동귀비의 후궁처에서 동귀비와 함께 진척되고 있는 상황에 대한 소식을 전해 듣고 있었다.

이때 동귀비의 후궁처로 들어선 조조가 분노에 가득 찬 목소리로 헌제를 질타한다.

"폐하, 국구 동승이 신을 암살하고자 하는 음모를 소신이 낱낱이 밝혀냈습니다. 이일에 황제 폐하께서도 연루가 되어있더군요."

헌제는 조조의 서슬이 시퍼런 눈길을 피하며 떨리는 목소리로 대답한다.

"사공, 짐은 무슨 말인지를 잘 모르겠소이다."

조조가 헌제를 째려보면서 냉소적으로 대꾸한다.

"폐하께서 손가락을 깨물어 피로 써서 동승에게 밀명을 내린 혈조를 모르신다는 말씀입니까?"

조조가 헌제가 쓴 혈서밀조를 내어 보이자, 헌제는 두려움과 참담함에 입을 열지 못하고 몸서리를 친다.

조조는 헌제를 한참 동안 쏘아보더니 고개를 돌리며, 경호무사들을 향해 명을 내린다.

"동귀비를 황제 폐하로부터 격리하여 끌어내거라."

"사공, 동귀비는 황자를 임신한 지 5개월이나 되었소. 배 속에 있는 황자를 보아서라도 동귀비를 용서해 주시오."

"황실을 반역한 자는 구족을 멸하여 왔습니다. 협천자인 소신을 암살하려는 자 또한 반역의 부류에 속합니다. 동승을 위시한 반역의 가솔들을 살려두어서는 후일 더 큰 변란을 몰고 오게 됩니다. 이번 기회에 깨끗이 정리해야 더 이상의 혼란이 일어나지 않게 될 것입니다."

말을 마친 조조가 동귀비를 쏘아 보자, 모든 것을 체념한 동귀비는 떨리는 목소리로 조조에게 애원하며 말한다.

"이 몸은 죽임을 달게 받겠습니다. 그러나 황제 폐하의 안위만은 지켜주십시오. 그리고 이 몸의 시신만은 손상되지 않게 보존해 주시고, 특히 황제 폐하 이외의 사람에게는 속살이 보이지 않도록 해주시기를 바랍니다."

조조는 동귀비의 요구를 받아들여 경호무사들에게 명한다.

"흰 비단 몇 자를 구해 오너라."

조조는 무사들이 흰 비단 한발을 가져오자, 동귀비에게 내어주며 스스로 목을 매어 자결하도록 명한다.

"귀비는 부디 무력한 짐을 원망하면서, 구천에 들어가서는 맺힌 한을 풀기를 바라노라."

동귀비가 자결한 후, 헌제는 안타까운 마음에 동귀비의 시신을 어루만지며 애통해한다. 이때 헌제의 행동을 지켜보던 조조가 궁감관을 불러들여 엄명을 내린다.

"이제부터 고의 허락 없이는 외척이든 종친이든 함부로 황궁에 들여서는 아니 된다. 이 명을 거역하는 자는 목을 베어도 좋다. 황궁을 지키는 신분으로 그들을 막지 못하는 자는 고가 직접 목을 베리라."

동귀비의 자진을 받아들인 조조는 궁감관(宮監官)을 불러 엄명을 내린 후, 조홍을 불러내어 새로운 임무를 부여한다.

"장군은 신망이 있는 군사 3천을 뽑아 어림군을 결성하고, 이들을 그대의 소신껏 이끌도록 하라."

곧이어 조조는 동승과 왕자복 4인방에게 직간접으로 연루되었던 조정의 7백여 신료들을 숙청하는 대변혁을 일으킨다. 서주로 피신해 있는 유비를 제외한 모든 모의주동자와 주변의 인물들이 피바람을 일으키며 사라지고, 이로써 한동안 안정이 되는듯하던 허도조정은 최대의 위기를 맞게 된다.

9.
관운장의 투항과 세 가지 약조

9. 관운장의 투항과 세 가지 약조

조조는 '동승의 의대조 사건'에 대한 후속으로 자신을 농락하고 서주로 피신한 유비를 다시 정벌하고자 결심하고, 대책회의에서 유비를 정벌할 전략을 수립하도록 제장에게 명하자, 장수들이 대대적으로 반대의사를 표한다.

"원소는 허도를 호시탐탐 노려 왔습니다. 주군께서 서주의 유비를 공략하러 원정을 떠나 있는 동안, 원소가 허도를 침공할 우려가 있습니다."

조조는 이에 대해 자신의 확고한 의지를 밝히며, 이번에는 책사들에게 의견을 묻는다.

"나는 제장과 달리 생각하오. 원소는 손쉽게 굴복시킬 상대가 아니오. 그러나 유비는 관우와 장비 외에는 변변한 장수가 없을 뿐만 아니라, 병법을 제대로 아는 책사도 없소. 비록 미축, 간옹 등이 참모로 있으나, 이들은 백면서생에 불과하오. 군사력으로 이들은 일순간에 제거할 수 있으나, 문제는 여우와도 같은 유비외다. 유비를 이번에 제거하지 않고 시간을 끌게 되면, 백성의 민심을 살필 줄 아는 유비의 존재는 반드시 우리에게 후환이 될 것이라 여겨지오. 그뿐만 아니라 내가 손쉬운 유비를 먼저 제거하지 않는다면, 향후 원소와 일대격전이 벌어졌을 때 유비가 원소의 편에 가세하게 되어 우리가 곤궁에 빠지게 될 것이오. 다행히 장수가 나에게 의탁하여 남양에서 허를 찔릴 우려가 없게 된 만큼, 우리는 원소의 동향만을 주시하면 될 것이오. 비록 원소가 기라성과도 같은 책사와 장수들이 있지만, 원소는 주변의 이목에 너무 예민하여 정세의 판단이 감지될 때까지는 쉽게 움직이지 못하는 결점을 지니고 있소이다. 내가 친히 유비를 공격하여 단시간에 유비를 제거한다면, 원소가 개입할 시간적 여유가 없게 될 것이외다. 나의 뜻은 이러한데, 그대들은 아직도 나의 뜻을 이해하지 못하시오?"

"원소는 신중하여 결단이 늦고, 주변의 평판에 신경을 많이 쓰는 인물입니다. 또한, 원소 주변의 책사들은 서로 시샘하여 뜻을 하나로 모으지 못하고, 원소의 총애를 얻기 위해 펼치는 충성의 논리에 매몰되어 있습니다. 유비는 서주를 탈취하여 민심을 결집하려고 노력 중이나, 아직 모든 백성의 민심을 결집하지는 못하고 있습니다. 여우와도 같은 유비에게 시간적으로 여유가 생기면 민심을 결집하게 되고, 그때에는 주군께서 유비를 도모하려 해도 쉽지 않을 것입니다. 지금이 적시이며 적기입니다."

곽가가 조조의 뜻에 적극적으로 동의하자, 순욱을 비롯한 책사들도 조조와 행동을 같이하기로 한다.

조조가 유비를 도모하기 위해 곧 서주로 출정할 것이라는 정보를 전해 들은 유비는 하비성에 있는 관우에게 서주로 통하는 관문을 철저히 대비하도록 명하고, 장비와 함께 서주의 관문 중 하나인 소패성의 해자와 성벽을 철저히 점검한다.

며칠 후, 조조가 친히 대군을 이끌고 친정에 나서자, 유비는 원소와의 동맹을 활용하여 함께 조조를 협공하고자 간옹을 원소에게 보내 구원을 청하도록 주문한다. 유비의 명으로 하북에 당도한 간옹은 전풍에게 사태의 위급성을 알리며 원소에게 안내해 주기를 간청하고, 한참 후 전풍의 안내로 원소를 만난 간옹은 유비의 전서를 올리며 지원군을 요청한다.

"조조가 서주를 공격할 때, 대장군께서 허창의 허를 찔러 협공에 나서주면 쉽게 조조를 도모할 수 있을 것입니다."

이때 무슨 연유인지 창백한 얼굴로 간옹을 맞이한 원소는 간옹에게 이해하기 어려운 답을 들려준다.

"나의 다섯 아들(본처에게서 원담, 원희, 원상의 3형제와 후첩에게서 두 형제를 두었음) 중에서 내가 가장 아끼는 막내 원상이 개창으로 다 죽어갈 지경이 되어 다른 곳에 신경을 쓸 여력이 없소이다."

배석해 있던 전풍이 어이가 없어 하며 대화에 끼어든다.

"조조가 동쪽으로 서주정벌을 나서게 되면 허창의 경비가 허술해집니다. 이 틈을 노려 군사를 일으킨다면, 위로는 궁지에 빠진 천자를 구하고, 아래로는 핍박받는 백성을 구할 수 있습니다. 이런 천재일우의 기회를 놓친다면, 후일 큰 후회를 하게 될 것입니다."

"나도 이번이 좋은 기회라고 생각하오. 그러나 만일 막내 원상이 잘못된다면 후계의 구도에 큰 차질이 빚어지게 될 것이오. 장남 원담은 사치하고 교만하여 천하를 도모하기에는 한참 부족하오. 그는 명예를 중시하여 선비를 공경하는 것 같으나 아첨배의 감언이설에 쉽게 현혹되고, 참언을 멀리하여 주변에 진정한 인재들이 없소이다. 원담을 볼 때마다 나는 아우 원술을 연상합니다. 원담은 원술보다 허세와 허영이 더하면 더 하지 덜 하지 않소이다. 세간의 사람들은 막내 원상이 나와 외모뿐 아니라 성격, 인품까지 똑같아 판박이라고들 하오. 나는 서주를 수호하는 것도 중요하지만, 천하를 위해서는 백성들에게 인망을 받는 사람이 천하의 주인이 되어야 한다고 생각하오. 나에게 있어 가장 중요한 향후의 후계문제를 생각하면, 원상의 병환은 나에게 어떤 것보다도 큰 걱정거리입니다. 이런 판국에 서주는 단지 하나의 주일뿐이지만, 하북은 천하의 밑바탕이외다. 어찌 보면 어이없이 들리겠지만, 후사까지를 염두에 두어야 하는 나의 입장에서는 막내 원상의 위병(萎病)은 큰 충격이외다."

전풍이 답답하다는 듯이 반론을 제기한다.

"원상 공자의 병환은 안타까우나, 이번 기회를 놓치면 서주까지도 조조의 수중에 들어가게 될 가능성이 큽니다. 공자의 환우는 명의에게 맡기고, 허도를 원정하는 대업을 다시 재고하여 주시기 바랍니다."

원소는 전풍이 허도의 배후를 찌르도록 간곡히 건의하자, 오히려 자신의 심정을 이해하지 못하는 전풍을 원망한다.

"원호(전풍의 호)께서는 내가 그리 완곡히 드리는 말씀을 이해하지 못하십니까? 나에게는 하나의 주로서 서주도 중요하지만, 인품을 갖춰 백성들에게 인망을 얻고 있는 막내 원상의 회복이야말로 향후 천하를 위해 더욱 중요한 일이라 생각합니다. 나는 사경을 헤매는 원상을 곁에서 지켜보아야 원상의 마음이 안정될 수 있다고 생각하오."

하더니, 간옹을 쳐다보며 다시 말을 잇는다.

"그대는 현덕에게 돌아가서 내가 출병을 하지 못하는 이유를 잘 전해주시오. 만일 일이 뜻대로 이루어지지 않아 나의 도움이 필요하거든, 언제든지 나에게로 오라고 전해주시오."

전풍은 서주로 떠나는 간옹을 배웅한 후, 지팡이로 땅을 내리치며 통곡을 한다.

"천재일우의 기회를 이렇게 놓치다니, 너무도 원통하고 애석한 일이로다!"

원소와의 협상에 실패한 간옹이 소패에 있는 유비에게로 돌아가서 일의 경과를 보고한다. 유비가 원소의 뜻하지 않은 회답을 받고 탄식하며 말한다.

"대장군이 지원병을 파견하지 않으면, 우리의 힘만으로는 결코 조조와 대적하기가 불가능한데 어찌해야 좋겠는가?"

관우가 지체함이 없이 앞으로 나서며 강변한다.

"어차피 우리의 운명은 우리가 결정합니다. 원소의 도움 없이도 조조를 멋지게 물리칠 방법이 있습니다. 조조의 군사들은 장거리 길을 쉬지 않고 행군하여 반드시 지쳐있을 것입니다. 아군이 야음을 틈타 조조의 군영을 기습하면 대승을 거둘 수 있을 것입니다."

미축이 관우의 의견에 동조하며 한마디를 거든다.

"게다가 바람도 동남풍이어서, 아군이 조조의 군영을 급습하여 화공을 가하면 승산이 있습니다."

유비도 자력으로라도 조조를 상대하지 않을 수 없다는 점을 감안하여, 관우가 제시한 이일대로(以逸待勞)계책을 펼치며 화공책으로 조조를 상대하기로 한다. 유비는 장비와 함께 조조의 군사들이 소패성 근처에 당도하여 군영을 구축하기를 기다리며, 야간기습을 위한 만반의 준비를 갖춘다.

한편, 조조는 소패를 향해 잠시도 쉬지 않고 진군을 하던 중, 갑자기 동남쪽에서 불어오는 강풍으로 인해 조조의 대장군 깃발이 어이없이 뚝 부러진다. 조조는 불안한 생각이 들어 행군 중이던 군사들을 정지시키고, 장수들과 책사들을 불러 모아 상황에 대한 점검을 촉구한다.

"아군이 기세 있게 행군하는 행렬에서 갑자기 대장군 깃발이 부러졌소. 이는 상당히 불길한 예감을 불러일으키는 징후로 생각되는데, 여러분이 느낀 생각을 기탄없이 밝혀주기를 바라오."

수많은 장수들이 미신에 근거한 발언으로 불길한 예감을 토로하여 군심이 흔들리자, 이때 순욱이 과학에 근거하여 자신의 의견을 개진한다.

"대장군 기가 부러지게 된 것은 바람이 강하게 불어 부러지게 된 것일 뿐, 특별히 다른 의미를 부여할 필요가 없다고 생각합니다. 그런데 바람의 풍향을 보면 동남쪽에서 강풍이 일고 있어, 아군이 이동하는데 바람을 마주하고 움직여야 하는 관계로 큰 저항을 받게 되어 병력의 이동이 용이하지 않을뿐더러 궁노도 멀리 날려 보내기가 쉽지 않습니다. 반면 적병은 바람을 등지고 있어 궁노를 날려도 힘들이지 않고, 행군을 하더라도 아군보다 유리한 위치에 있습니다. 따라서 적장은 동남풍을 활용한 전략을 구사할 것입니다. 아군이 더 이상 진군하여 적병과 교전을 하게 되면 우리에게 상당히 불리한 만큼, 아군은 이곳에서 진군을 멈추고 본영을 구축하여 휴식을 취하는 것이 전술상 유리할 것입니다. 적장 유비도 병법을 알고 있는 이상, 아군이 더 이상의 행군을 멈추고 멀리 떨어진 거리에서 야영을 택한다면, 이일대로 전략에 의한 기습을 못하게 되므로 그 대안을 찾으려다가, 반드시 야밤에 동남풍을 이용하여 화공을 통한 야습을 시도하게 될 것입니다. 아군은 이에 대해 철저한 대비를 할 필요가 있습니다."

"공의 생각이 고의 생각과 일맥상통하오."

조조가 파안대소하며 순욱의 대책을 받아 본영을 구축한 후, 야습에 대한 철저한 대책을 수립한다. 조조는 전 군단을 아홉 부대로 나누어, 한 부대만 본영에 남긴 채 허술하게 경계를 세우고, 나머지 여덟 부대는 팔면으로 매복을 시켜 본영 주변에 은폐시켜둔다.

본영 안에 있는 군사들에게는 여덟 부대의 깃발을 본영 내에 꽂아두게 하고, 본영의 입구는 나이가 든 병사들로 배치하고, 이들이 피로에 몰린 듯이 일부러 졸음을 취하도록 위장을 시킨다. 동시에 각 군막 앞에는 불을 환히 밝혀, 전군이 본영 내에서 취침을 취하는 것 같이 위계를 펼친다.

이때 유비는 미축과 간옹에게 소패의 수성을 맡기고 장비와 함께 조조의 본영을 야습하러 출발한다. 거센 동남풍의 기류를 등지고 조조의 본영 가까이에 당도한 유비는 군사를 둘로 나누어 장비에게 군영의 동쪽 진입구에서 기습하도록 명하고, 자신은 서쪽 군영의 진입구로 향한다. 장비가 화공을 펼치기에 앞서 동쪽 진입구의 형세를 살피기 위해 정찰병을 진입구로 보내 정황을 살핀다.

"장군, 진입구 쪽의 경비를 지키는 병사들은 노병이 대부분일 뿐 아니라, 이들은 장거리를 행군한 탓에 몹시 피로한 듯이 다들 졸고 있습니다."

장비는 정찰병의 보고를 받고 안심하고 동쪽 진입구로 이동하여 군막 안으로 불화살을 날린 후, 자신의 계책이 들어맞았다는 희열감에 들떠서, 앞뒤도 돌아보지 않고 일거에 병사를 휘동하여 군영 안으로 난입한다.

조조의 군사들이 대비하지 못할 때 공격하려는 속전속결의 전술이었으나, 장비는 곧바로 함정에 빠졌다는 것을 알게 된다. 장비가 군막마다 병사들에게 명해 화염을 던지게 했으나, 불타는 군막에서는 어떤 한사람도 불을 피해 튀어나오는 병사들이 없었다.

"함정이다. 모두들 대피하라."

장비가 병사들에게 퇴각명령을 내렸으나 이미 때는 늦었다. 장비의 퇴각명령을 신호로 삼은 조조의 여덟 부대가 일제히 장비의 군사를 향해 몰려든다.

동에서는 장료가, 서에서 허저가, 남에서는 우금이, 북에서는 이전이 일단의 부대를 이끌고 공격하고, 동남에서는 서황이, 서남에서는 악진이, 동북에서는 하후돈이, 서북에서는 하후연이 각기 부대를 이끌고 장비를 공격하자, 장비는 여덟 방향에서 공격하는 조조의 군사들을 숨쉴 틈도 없이 상대하게 되어, 차라리 넋이 빠졌으면 할 정도로 혼미한 상태가 된다. 서황의 군사를 맞아 물리치면, 이번에는 악진의 군사들이 물밀듯이 밀려오고, 악진을 상대로 겨우 막아내면 다시 우금이 달려들어, 장비는 정신을 차리지 못한 채 탈주로를 찾으려고 백방으로 헤맨다.

마침 악진 군대의 후미에 빈틈이 보이자, 장비는 집중적으로 악진 군대의 후미를 공략하여 겨우 포위망을 뚫고, 조조의 본영에서 벗어난다. 장비는 곧바로 소패로 돌아가려 하지만, 소패로 통하는 모든 길이 조조에 의해 봉쇄되어 장비는 갈 길을 잃고 헤매다가, 갈 길을 봉쇄당한 장비는 탈주에 성공한 기병 수십 기를 거느리고 가까운 망탕산으로 몸을 숨긴다.

한편, 유비는 서쪽 진입구로 들어가 화공을 개시하려는 순간, 여덟 방면에서 군마들이 함성을 지르며 진격해 오자, 황급히 군사를 돌려 도주하려고 한다. 그러나 이미 조조의 대군은 유비를 겹겹이 포위하여, 유비의 군사들은 독 안에 든 쥐 신세가 되자, 유비는 부장 하후박에게 급히 명한다.

"그대는 빨리 병사들을 이끌고 소패성으로 퇴각하여 성을 수성할 준비를 하도록 하라."

유비도 악전고투 끝에 겨우 포위망을 뚫고 소패성을 향해 질주한다. 유비가 소패성의 가까이에 이르러 소패성을 바라보니, 이미 장계취계의 전략으로 주력이 대거 빠진 소패성을 빈 집털이 전술로 손쉽게 차지한 조조의 군사들이 세운 조조의 사공 깃발로 온 성안을 뒤덮고 있었다. 미축과 간옹은 소패를 버리고 도주한 것인지, 소패성에서는 조조의 군사들이 성곽의 도처에서 여유 있게 유비의 공략에 대비하고 있었다.

유비가 다시 하비성으로 방향을 돌리고자 하나, 이미 하비성으로 향하는 길도 조조의 군사들로 쫙 깔려있었다. 한동안 방법을 찾으려고 동분서주하던 유비는 하비성을 향해 몰려드는 장료, 허저, 서황, 우금, 하후연 등의 질주를 보고 협공을 당할 것을 우려하여 원소에게 의탁하고자 가까운 청주의 원담에게로 방향을 돌린다.

유비가 패잔병을 이끌고 청주로 가는 길목인 낭야에 당도하였을 때, 조조는 유비가 청주로 향할 것을 미리 예측하고 낭야로 이전을 보내 미리 진형을 구축한 후, 유비의 패잔병을 기다리고 있었다. 유비의 부장 하후박이 죽음을 무릅쓰고 유비에게 탈주로를 만들어주고, 하후박은 이전의 병사들에게 사로잡힌다. 하후박의 희생으로 탈주에 성공한 유비는 경기병 수십명을 이끌고, 청주의 원담에게 도움을 청하려고 하루에 수백리의 길을 내달린다.

한편, 유비와 장비를 궤멸시킨 조조는 그 길로 하비성의 관우를 도모하기 위해, 모든 병력을 하비성으로 집결시킨다. 하비성을 겹겹이 둘러싸고 포위망을 구축한 조조는 하비성을 탈취하는 데 따르는 피해를 최소화하는 작전을 세우려고 책사와 장수들을 불러들인다. 이때 우금이 자신이 구상한 생각을 제시한다.

"하비성은 워낙 견고한 성으로 쉽게 함락을 시키기는 어렵습니다. 그러나 하비성은 이미 독자적으로 생존이 불가능한 정도의 상황에 놓여 있습니다. 이를 공략하려고 쓸데없이 많은 군력과 물자를 소요하는 것보다는 관우에게 투항을 권유하여, 여기에 소모되는 정열을 원소에 집중하는 것이 최선책이라 여겨집니다."

조조가 우금의 의견에 찬사를 보내며 주위의 사람들에게 묻는다.

"나도 운장에게 투항을 권유하고 싶은데, 그대들의 뜻은 어떠하오?"

순욱이 앞으로 나서서 자신의 뜻을 피력한다.

"운장은 지금 성안에서 현덕의 처첩과 식솔들을 보호하고 있습니다. 운장의 기개와 신의를 미루어 보아, 운장은 결코 투항하지 않을 것입니다. 운장에게 투항을 권유하는 것은 최적의 수단이 되지 못합니다. 오히려 속전속결로 하비성을 함락시킬 방책을 마련해야 할 것으로 사료됩니다. 하비성 공성이 시간을 끌어 하비성 함락이 늦어지면, 어떤 연유인지는 몰라도 지금은 서주의 전투를 방관하고 있는 원소가 마음을 고쳐먹고 개입할 수도 있습니다. 이렇게 되면, 지금까지의 대승은 아무런 의미도 없이 사라지게 됩니다."

"운장이 비록 적일지라도, 나는 운장의 무예와 인품을 사모하고 있소. 그를 투항시켜 내 사람으로 만들 방법이 전혀 없다는 말이오?"

곽가가 조조의 말이 끝나기 무섭게 말을 이어받아 말한다.

"운장은 의리가 깊고, 기개가 높아 쉽게 투항하지 않을 위인입니다. 하비를 단시간에 함락시키는 것은 불가능합니다."

최고의 책사들이 관우의 투항에 대한 가능성을 부정하자, 조조는 잠시 깊은 고뇌에 빠진다. 이때 장료가 조조에게 한가지의 제안을 올린다.

"주군께서 관우에 대한 관심이 이토록 크시다면, 소장을 운장에게 보내주십시오. 소장이 직접 운장을 설득하겠습니다."

장료가 자신 있게 나서자, 정욱이 신중하게 말을 건넨다.

"장군이 비록 관우와 친분이 깊다고는 하나, 운장은 쉽게 자신의 소신을 굽힐 인물이 아닙니다. 주공, 소신에게 운장을 사로잡을 하나의 좋은 계책이 있습니다. 이 계책이 성공하면, 운장도 어찌할 수 없이 방황할 것입니다. 이때 장료장군이 나서 관우를 설득한다면, 운장도 마침내는 주군께로 오지 않을 수 없게 될 것입니다."

"계책을 말해보시오."

조조가 만면에 웃음을 띤 채 정욱에게 묻자, 정욱은 잠시 눈을 감고 생각을 정리하더니 곧 입을 연다.

"운장은 1만 명의 군사들이 달려들어도 능히 이를 대적할 만한 능력을 지닌 명장입니다. 운장을 제압하려면 지략으로만이 가능할 것입니다. 투항한 유비의 부하 중에서 진심으로 주군께 충성을 맹세한 자들을 뽑아 하비성 안으로 들여보내십시오. 이들이 탈출하여 관우에게 되돌아간 것처럼 꾸미면, 선이 굵은 운장은 틀림없이 속아 넘어갈 것입니다. 이들을 통해 관우에 대한 주군의 모욕적인 발언을 설파하게 하여 운장의 자존심을 건드립니다. 그리되면, 운장은 주군의 가혹한 평가에 자존심을 크게 상하여 분개할 것입니다. 이후, 우리 장수들이 하비성의 앞으로 나아가서 똑같은 모욕을 운장에게 던지면, 수성에만 치중하려 하는 운장일지라도 반드시 군사를 이끌고 성 밖으로 출정할 것입니다. 우리 장수들은 운장과의 교전에서 거짓으로 패배하여, 운장을 가급적 성에서 먼 곳까지 유인하도록 합니다. 주군께서는 운장이 돌아갈 길들을 미리 완전히 봉쇄하여 운장이 하비성으로 돌아가지 못하도록 하면, 운장은 어쩔 도리가 없이 부근의 야산으로 퇴각하게 될 것입니다. 이때 산을 십면으로 봉쇄하여 관우에게 선택의 여지가 없도록 만들어 놓고, 절박한 상황에 놓인 관우를 장료장군이 나서 설득하는 것이 가장 바람직한 계책이 아닌가 생각합니다.”

조조는 정욱의 혼수모어(混水模漁)계책을 받아들여, 투항한 병사 중에서 믿을만한 병사 수십을 뽑아 하비성으로 들여보낸다. 하비성으로 입성한 이들은 관우 앞에 머리를 조아리며, 조조로부터 탈출한 경위를 그럴듯하게 꾸며서 고한다.

사대부는 경멸해도 수하의 병사를 생명과 같이 아끼는 관우는 별다른 문책도 없이 이들을 수하에 다시 거두어들이기로 하고 질문을 던진다.

“조조의 진용에서는 특이한 사항이 없었느냐?”

“조조는 장군께서 겁을 집어먹고, 결코 성 밖으로 나와 전투를 벌이지 않을 것이라 합니다. 특히 성안의 사람들은 장군께서는 허저장군을 두려워하여, 허저와의 교전은 절대로 회피할 것이라고들 말하고 있었습니다."

"무엇이라고? 내가 허저를 두려워하여 성 밖으로 나아가서 전투를 벌이지 않을 것이라고? 그것은 허저의 수하들이 흘린 말이더냐?"

"허저장군의 수하들만이 아니고, 군대 전역에 그런 소문이 퍼져 있습니다."

"내가 언젠가는 반드시 허저를 도륙하여 헛소문임을 증명시켜 주리라."

관우는 이를 갈며 손상된 자존심을 세울 생각으로 밤잠을 설친다. 이튿날, 아침이 밝아오자마자, 하후돈이 군사 오천 명을 이끌고 하비성 앞으로 와서 싸움을 건다.

관우는 유비의 식솔을 보호해야 할 막중한 임무를 상기하며 성 밖으로 나가지 않자, 하후돈은 병졸들을 시켜 관우의 자존심을 건드린다.

"겁쟁이 관우는 진작부터 사공 어른을 두려워하여 밖으로 나오지 못하고 있도다. 겁쟁이 관우는 성 밖으로 나오기를 두려워한다."

하후돈의 병졸들이 목청을 높여 소리를 내지르지만 관우가 이에 응하지 않자, 조조는 각본대로 하후돈을 불러들이고 허저를 하비성 앞으로 출진시켜 진형을 구축하게 한다. 허저가 부하들에게 관우의 자존심을 최대한 자극하도록 지시한다.

"관우는 유명무실한 인물이다. 풍채만 그럴듯하지 결코 이름값도 못하는 허명으로 위장된 졸장부이다."

"속도 모르는 사람들은 청룡언월도도, 청룡언월도 하면서 신화를 만들려고 하는데, 실상 청룡언월도는 녹슬어서 남에게 거져 준다고 해도 가져가지 않을 쇳덩어리에 불과하다."

"자신의 주군인 유비 하나도 보호하지 못했으면서, 감당하지도 못할 많은 식솔을 보호하겠다고 호언장담하는 허풍장이 관우는 겁쟁이에 더도 덜도 아닌 못난 인간이다."

성루에서 성 밖을 내다보던 관우는 성문 밖에서 목청껏 질러대는 성토에 분격하여 피가 거꾸로 솟구치는 것을 느낀다. 이때 바로 성루 위에서 밖을 내다보던 관우는 멀리 성 밖의 벌판에서 힘차게 휘날리는 허저의 깃발을 보는 순간, 허저와 자웅을 결하고자 하는 승부욕이 솟구쳐 오르는 것을 느낀다. 이때를 놓치지 않고 성루에 있는 관우를 발견한 허저의 병사들이 관우의 감정을 돋운다.

"관우는 호치를 두려워한다고들 하더라. 겁장이 관우는 허저장군이 두려워 성 밖으로 결코 나오지 못할 것이다."

때마침 세차게 불어오는 바람에 허저의 깃발이 더욱 활기차게 휘날리자, 관우는 치밀어 오르는 격정을 참지 못하고 군사 5천명을 이끌고 성 밖으로 나선다. 허저는 관우를 상대로 10여 합을 싸우다가 힘에 겨운 듯 말머리를 돌려 달아나고,

관우는 기세를 몰아 허저의 뒤를 쫓는다.

 한참을 달아나던 허저는 관우의 의심을 피하려고 말머리를 돌려 다시 10여 합을 주고받다가, 힘에 겨운 듯이 다시 말머리를 돌려 달아난다. 몇 차례나 반복하던 사이 관우는 하비성에서 3십여 리쯤 떨어진 곳에 이르러, 갑자기 좌우를 살피더니 하비성 쪽을 바라보며 군사를 되돌린다. 바로 그때 주변에서 갑자기 조조 군사들의 함성이 울리면서, 좌측에서 서황이, 우측에서 하후돈이 군사를 이끌고 돌아갈 길을 막아선다.

 관우가 길을 뚫기 위해 앞장서서 돌진할 때, 서황과 하후돈의 궁노수들이 1백장(百丈)의 쇠뇌를 펼쳐 쏘아대고, 관우는 화살이 하늘에서 비 오듯이 쏟아지자, 전면으로 나아가는 것을 멈추고 방향을 바꾸어, 근처 야산의 왼쪽 모퉁이를 돌아 하비성으로 돌아가려 한다.

 이때, 갑자기 허저가 협로를 막아서며 관우에게 달려들자, 서황, 하후돈, 허저에 의해 삼면으로 포위된 관우의 병사들이 깜짝 놀라 무기를 버리고 달아나기 시작한다. 관우는 더 이상 버틸 수 없음을 깨닫고, 근처의 토산으로 피신하여 산등성이에 진을 친다.

 관우가 토산에서 멀리 떨어진 하비성을 바라보고 기각지세를 펼칠 구상을 하는데, 갑자기 하비성 안에서 불길이 하늘 높이 치솟기 시작한다. 혼수모어(混水摸漁)계책으로 위장 귀순한 투항병들이 관우가 군사를 이끌고 허저와 결투를 벌이기 위해 성을 나간 시점을 노려, 초가에 불을 지르고 민가를 약탈하면서 성을 교란하기 시작한 것이다. 이런 혼란을 틈타 조조가 장수들과 병사들을 이끌고 하비성을 함락시킨다.

하비성 안으로 입성한 조조는 심리전을 펼쳐 관우에게 희망을 버리게 하려고, 성안의 불길을 더욱 강하게 확산시킨다. 관우는 당황하여 얼마 남지 않은 수백의 병사들을 이끌고 토산 아래로 내려와 활로를 뚫으려 한다. 그러나 겹겹이 둘러싼 포위망에서 쏟아내는 화살을 견디지 못하고 다시 산마루까지 쫓겨 간다.

이제 남은 병사는 부상을 당해서 더는 버틸 여력도 없는 수십 명의 부상병뿐이었다. 주변에서 상처를 입은 병사들이 치료를 받지 못하고 신음하는 소리를 듣고 있는 관우는 깊은 자괴심에 빠진다.

이때 돌연히 한 필의 말에 의지하여 장수 한명이 산마루로 올라오고 있었다. 관우가 두 손을 눈 위에 올리고 유심히 바라보더니 소리를 지른다.

"그대는 문원이 아니신가? 어찌 전투 중에 홀로 적진으로 뛰어드시는가?"

"운장과 옛정을 생각하여 뵈러 온 것입니다."

"문원은 나에게 투항을 권유하러 온 것인가?"

"아닙니다. 오로지 옛정을 생각해 온 것입니다. 지난날, 이 장료를 살려주신 은공을 어찌 잊을 수 있겠습니까?"

"그러면 그대는 나를 구하러 왔다는 말인가?"

"지금 이런 상황에 이 홀몸으로 어떻게 장군을 구할 수 있겠습니까?"

"이도 저도 아니라면, 무엇 때문에 나를 보러 온 것이오. 나의 추한 꼴을 보고 비웃으려고 온 것이오?"

관우가 심히 불쾌하다는 듯이 언성을 높이나, 장료는 전혀 위축됨이 없이 조용히 응대한다.

"지금은 장군께서 도원결의를 맺은 좌장군 유비와 익덕의 생사조차 알 수 없는 상황입니다. 이런 가운데 조 사공께서는 하비성을 함락시키고, 성안의 좌장군 식솔과 백성들을 모두 안전하게 보호하고 계십니다. 특히 현덕 공의 가솔에게는 특별한 경계를 명해, 추호의 불안이나 두려움도 느끼지 못하도록 배려하고 계십니다. 이런 사실들을 알려드려 장군께서 조금이나마 근심을 덜게 하려 함입니다."

"그 말이 곧 나의 투항을 권유하려 함이라는 뜻이 아닌가? 비록 내가 위급한 처지에 있으나, 나는 장수답게 죽음으로 명예를 지키고자 할 뿐이외다. 그대는 속히 돌아가라. 그렇지 않으면, 나의 청룡언월도가 분노하여 춤을 추게 될지도 모르느니라."

관우가 노하여 장료를 꾸짖고는 청룡언월도를 부여잡는데도 아랑곳하지 않고, 장료는 몸을 곧게 세우고 오히려 관우를 질책하며 말한다.

"천하 사람들이 장군의 이 말을 들으면 비웃을 것입니다."

"나는 주군에 대한 충의로 목숨을 바쳐 싸우겠다는데, 어찌 천하의 사람들이 나를 비웃는다는 말이오?"

"장군께서 지금 의미도 없는 개죽음을 택한다면 3가지 큰 죄악을 범하게 되는 것입니다."

"3가지 큰 죄악이라니?"

"장군께서는 탁현에서 도원결의를 통해 현덕 공, 익덕과 함께 군신의 예, 형제의 의를 맺었다고 들었습니다. 지금 현덕 공의 생사는 아직도 알 수 없는데, 장군께서 허무하게 생을 마감한다면, 후일 현덕 공이 살아있을 때 그는 어떻게 처신을 해야 할까요? 이는 함께 살고 함께 죽지 못함을 뜻하는 것으로 도원에서의 결의를 저버리는 일입니다. 이것이 첫 번째 죄악에 해당합니다. 또 하나는 장군께서 무의미하게 전사하게 되면, 좌장군께서 맡기신 현덕 공의 가솔들의 안위는 누구도 보장할 수가 없을 것입니다. 이는 장군을 믿고 가솔을 맡기신 현덕 공에 대한 믿음을 저버린 것이 됩니다. 끝으로 장군은 춘추좌씨전을 가슴에 품고 전장에서도 참조할 정도로 경전에도 두루 능해 문무겸전의 명장입니다. 그 학식과 무예로 쓰러져가는 황실을 반석 위에 올리려 하지 않고, 아무런 의미도 없이 헛되이 목숨을 버리는 것을 명예로 생각하는 필부의 용기만을 주장하니 이것이 어찌 의(義)라고 볼 수 있겠습니까? 이런 3가지 사례가 바로 3가지 큰 죄에 해당하는 것입니다."

장료의 주장이 어느 하나도 틀림이 없어, 관우는 입술을 질근 깨물고 잠시 생각에 잠기더니 비장한 어투로 말한다.

"문원은 나에게 3가지 죄악에 해당하는 사례를 말해 주었소. 그렇다면, 내가 3가지 죄악에서 벗어날 방도도 알려 줄 수가 있겠소?"

장료가 기다렸다는 듯이 말을 받는다.

"지금 이 토산은 나무가 한그루도 없이 황폐하여 오래 버틸 수가 없습니다. 그런데도 투항을 하지 않는다면, 사공 어른께서 공격명령을 내리지 않아도 식수와 식량난으로 전 병사들이 조만간 고사하게 될 것입니다. 헛된 개죽음은 천하의 안정을 위해서도 도움이 되지 못하니, 잠시 사공 어른께 의탁했다가 뒷날 현덕 공의 행방을 확인한 후에 향후의 처신을 해도 늦지 않을 것입니다. 이렇게 하는 것이 첫째는 도원의 결의를 저버리지 않는 것이며, 둘째로는 현덕 공의 가솔을 책임진 임무를 완수하는 것이고, 세 번째로는 몸을 헛되이 버리지 않고 천하를 위해 이롭게 쓰는 길이 될 것입니다."

"그렇다면 내가 사공에게 위계로 투항을 하라는 뜻이오?"

"위계로 투항을 하라는 뜻이 아니고, 현재의 상황을 직시하여 융통성을 택하라는 말입니다."

관우는 깊이 생각에 잠기더니 마침내 입을 열고 말한다.

"문원은 임시변통의 기지를 알려주었으나, 나는 정공법으로 조 사공에게 접근하겠소이다."

"정공법으로 접근하겠다고 하심은.....?"

"나는 조 사공께 3가지 약조를 제시하려 하오. 문원은 나의 3가지 약조를 사공께 전해 줄 수 있겠소? 만일 이를 들어주신다면, 즉시로 사공께 투항하겠소. 그러나 만일 약조가 받아들여지지 않는다면, 나는 의미가 없는 죽음이 되더라도 끝까지 싸우다가 죽겠소."

장료가 반가운 기색을 하며 묻는다.

"사공 어른은 통이 크고 도량이 넓으십니다. 3가지 요구사항을 말씀해 주십시오."

"첫째는 내가 투항하는 것은 한실의 천자에게 하는 것이지, 사공에게 하는 것이 아니라는 것을 분명히 해주는 것이오. 둘째는 유황숙의 부인께는 황숙의 봉록을 내리는 한편, 누구도 함부로 문전에 들지 못하도록 엄명을 내려달라는 것이오. 셋째, 황숙이 살아있다는 것을 알게 되면 나는 황숙을 찾아 떠날 것이니, 그 길이 천리가 되건 만리가 되건 나의 앞길을 막지 않겠다는 약조이외다. 이 3가지 약조 중에 단 하나라도 빠진다면, 나는 결코 사공에게 투항하지 않을 것이오."

장료는 토산을 내려와서 관우의 뜻을 조조에게 전한다. 조조는 관우의 첫째, 둘째 조건에 대해 확실한 약조를 맹세하고 마지막으로 세 번째 조건에 대해서 묻는다.

"그러면, 운장의 마지막 요구사항은 무엇이오?"

조조는 대수롭지 않다는 듯이 장료에게 묻는다.

"운장은 현덕의 행방을 알면 언제라도 떠나겠다고 합니다."

장료의 말이 끝나는 동시에 조조의 낯빛이 흑색으로 변하며 말한다.

"그렇다면 운장을 받아들일 의미가 없지 않겠소?"

"주군께서는 예(豫)와 양(襄)사람들의 전례를 알지 않습니까? 현덕이 여태까지 운장에게 베푼 것은 두터운 은의일 뿐입니다. 주군께서 더욱 두터운 은의로 운장의 마음을 사로잡는다면, 어찌 운장이 주군을 따르지 않겠습니까?"

장료가 고사를 인용하면서 하는 말이 이치에 맞자, 통이 큰 조조는 영웅답게 이에 응대한다.

"그대의 말이 추호도 틀림이 없노라. 운장의 3가지 요구를 모두 거두어 줄 테니, 운장에게 가서 고(孤)의 뜻을 전하라."

조조의 약조를 받아낸 장료는 나는 듯이 말을 몰아 관우에게 내달린다. 조조의 약조를 장료로부터 전해 들은 관우는 새로이 신변의 안전에 대한 요청을 올린다.

"문원은 사공께 청해 토산을 에워싼 군사들을 물리기를 바라오. 나는 먼저 하비성 안으로 들어가서 감부인을 만나 뵙고 이번 사태에 대한 정확한 추이를 알린 후, 스스로 사공께 투항을 청하러 가겠소이다."

장료가 다시 조조에게 돌아가 그 말을 전하자, 조조는 토산을 포위한 병사들에게 영을 내린다.

"모든 병사들은 토산에서 10리 밖으로 물러나도록 하라."

그때 수많은 장수들이 반대의사를 표명한다.

"주군, 이는 관우의 속임수일 수 있습니다. 관우가 주군의 배려를 역이용하여 탈주할 우려가 있습니다."

"운장은 신의를 최고의 덕목으로 삼는 인물이오. 그는 결코 소인배의 잔꾀를 부리지 않을 것이오."

관우는 조조가 틔워준 길을 따라 하비성으로 들어가, 먼저 감부인의 거처를 찾아가서 계하에 엎드려 자신의 불찰로 벌어진 일에 대한 속죄를 올리며 말한다.

"저의 무능으로 인해 부인께서 당하신 고충을 어찌 감내해야 할지 몸둘 바를 모르겠습니다."

"장군, 우리는 사공 어른의 보호로 별일이 없었습니다만, 황숙의 행방이 궁금하군요. 장군께서는 황숙의 행방을 알고 계시는지요?"

"송구스럽지만 저도 잘 모릅니다. 그런 연유로 소장은 황숙과의 미래를 위해 조 사공에게 3가지 약조를 하였습니다.

첫째는 지금 소장이 투항하는 것은 한의 천자에게 하는 것이지, 사공에게 하는 것이 아니라는 것을 분명히 했고, 둘째는 유황숙의 부인께는 황숙의 봉록을 내리는 한편, 누구도 함부로 문전에 들지 못하도록 엄명을 내려달라는 것이며, 셋째는 황숙이 살아있다는 사실을 알게 되면 소장은 황숙을 찾아 떠날 것이니, 그 길이 천리가 되건 만 리가 되건 소장의 앞길을 막지 않겠다는 약조를 받고 투항을 청했습니다. 불의한 운장을 부디 용서해주십시오."

관우는 하비성을 출성한 이후 지금까지의 상황을 낱낱이 알리고, 자신이 조조에게 투항하게 된 현실에 대해 용서를 구하자, 감부인이 근심스러운 표정으로 묻는다.

"우리와 같은 아녀자가 무엇을 판단하겠습니까? 장군께서 잘 판단하여 결정하셨겠지요. 허나, 조 사공이 후일 장군께서 황숙을 찾아 나설 때 흔쾌히 보내줄까요?"

"그 점은 우려하지 마십시오. 사공 또한 당대의 영웅입니다. 결코 말에 대한 신의를 버릴 사람은 아닙니다. 그러나 만에 하나라도 약조를 지키지 않는다면 소장에게도 비장의 무기가 있습니다."

관우의 비장한 결의를 확인한 감부인은 관우의 뜻을 받아들인다. 감부인의 호응을 얻은 후에야 관우는 조조를 만나러 간다. 항장답지 않게 의젓함과 의연한 자태를 견지한 관우를 면대한 조조는 들뜬 마음으로 관우를 칭송하며 자신의 소회를 알린다.

"운장의 자태는 평정을 잃지 않고, 항상 똑같아서 더욱 마음에 드오. 오늘 이렇게 운장을 면대하니, 그동안 마음속에 흠모해 오던 감정을 감출 수가 없구려."

"병서에 패장은 말이 없다고 했습니다. 다만, 소장이 문원을 통해 사공 어른께 전한 3가지 약조에 대해 흔쾌히 받아주신 사공 어른의 후의를 감사드릴 따름입니다."

관우는 비굴하게 목숨을 구걸하려고 투항했음이 아님을 당당히 밝히며, 자신의 요구사항을 조조가 잊지 않도록 하려고 확인성 발언을 하자, 조조가 통 크게 응대한다.

"맹덕이 천하에 공표한 말을 어찌 주워 담을 수 있겠소."

"소장은 황숙께서 살아계심을 알면, 하시라도 그리로 달려갈 것입니다. 그때 소장이 예를 갖추지 못하고 떠나더라도 너그러이 헤아려 주시기를 바랍니다."

"관공의 신의와 충의를 어찌 이 맹덕이 소홀히 하겠소. 고가 우려하는 바는 현덕이 난전 중에 사망했을까 그것을 안타까워할 뿐이외다."

당대 최고의 충의, 신의의 사나이 관운장과 당대 최고의 배포를 지닌 영웅 조조의 깊은 지음(知音)의 만남은 이로부터 시작된다. 유비를 물리치고 서주를 평정한 조조는 원소를 의식하여 서둘러 허도로 회군한 후, 강남의 손책을 병합할 계획으로 장강(長江)과 회수의 양주와 광기 일대에서 큰 인망을 얻고 있는 진등을 서주로 불러들여 새로이 광릉 지역을 다스리도록 명한다.

10.
관도대전 전야(前夜)

10. 관도대전 전야(前夜)

1) 유비, 서주 정벌전에서 대패하여 원소에게 귀의하다

유비는 조조에게 대패하여 서주를 내어주고 관우, 장비의 생사도 모른 채 밤낮을 가리지 않고 내달려 청주에 도착한 후, 성문 앞에 이르러 큰소리로 수문장을 부른다.

"원담 자사께 서주의 유비가 찾아왔다고 말씀을 올려라."

원담은 평소에도 공경하던 유비가 자신을 찾아왔다는 말에 몸소 성 밖으로 나가 성심껏 맞이한다.

"황숙께서 어인 일이십니까?"

"자사는 내가 패전하여 초라한 행색으로 찾아와서 놀라셨겠소. 성안으로 들어가서 사정을 상세히 전하리다."

원담이 자사부로 유비를 안내한 후, 그동안의 경과를 듣고 안타까움을 표명한다.

"유황숙과 같은 충신이 조조와 같은 무뢰한에게 당하셨다니 참으로 개탄스럽습니다. 앞으로 나아갈 방향은 어떻게 정하셨는지요?"

유비가 원담에게 겸연쩍다는 듯이 대답한다.

"내가 간옹을 보내 원소 대장군에게 의탁할 의사를 나타내고자 하오. 간옹이 업성에 무사히 도착할 수 있도록 도와주실 수 있겠소?"

"알겠습니다. 지금 곧바로 간옹선생을 아버님께 보내실 수 있도록 준비하겠습니다. 황숙께서는 며칠 역관에서 묵으시고, 간옹선생께서 확답을 받아 돌아오는 대로 떠나시도록 준비해 드리겠습니다."

조조에게 참패한 유비가 간옹을 보내 원소에게 의탁할 의사를 나타내자, 원소는 이번 기회를 조조와 천하의 쟁패를 다룰 호기로 삼고 조조를 도모할 결심을 굳힌다.

"그대는 즉시 유황숙에게 돌아가서 업성으로 들어오라는 나의 뜻을 전하시오."

간옹이 청주로 돌아와 원소의 뜻을 전하자, 원담은 청주의 군사를 보내 유비를 업성까지 안전하게 호위하도록 배려하여, 여러 날의 긴 여정 끝에 유비는 업성에 무사히 당도한다.

유비가 업성에 당도했다는 보고를 받은 원소는 '헌제의 밀명'이라는 대의명분을 지닌 유비를 십분 활용하고자 하는 구상을 마치고, 유비가 당도했다는 보고를 받은 즉시 신료들을 이끌고 업성에서 2백여 리 떨어진 곳까지 환영을 나와 극진히 맞이한다. 당시 원소는 동북 최고의 군웅 공손찬을 물리치고, 기주,유주,청주,병주 4개주를 차지하여 하북에서 독보적으로 든든한 기반을 구축하고 있었다.

반면, 조조는 연주,예주,서주와 사례주의 일부를 차지하였으나, 서주는 유비에게서 되찾아온 지 얼마 되지 않았을 뿐더러, 특히 2차례에 걸친 '서주 대학살'로 인해 백성들이 조조에 대한 반감을 골수 깊이 간직하고 있는 지역이었다.

예주는 원소의 정치적 기반이 있는 지역으로 양안군 한곳 외에는 모두 원소와 내통하고 있었으며, 사례주는 동탁이 장안으로 천도하면서 도시 전체를 초토화시킨 지역으로 사실상 조조에게는 유명무실한 기반이었다.

이런 사실들을 비추어 볼 때, 사실상 조조가 제대로 된 기반을 가진 지역은 연주 한군데라고 보아도 무방할 정도여서 조조가 비록 협천자라고는 하지만, 한나라 4할 이상의 인구와 경제력, 양곡의 생산의 대부분을 차지하는 화북을 장악한 원소에게 전쟁의 승기는 이미 기울어져 있었다고 보는 것이 당시의 분위기였다. 그에 더하여 주변의 정황을 보아도 원소와 동맹의 관계에 있는 유표와 황제의 밀명을 지닌 유비가 조조와 적대하고 있었으며, 강동에서는 강동대로 손책이 조조에게 마음속 깊이 복종하는 기색이 없어 조조는 손책의 복심을 의심하는 형국이었다.

반면, 원소는 공손찬에게 핍박을 받았던 북방이민족 선비, 오환족 등과 우호적 관계를 형성하는 데 성공하여, 오환족은 원소에게 기마병을 지원하면서까지 적극적으로 원소의 진영에 합류하는 바람에 명분에서도 조조는 현저하게 불리한 상황이었다.

비록 원소는 신천자라는 이유로 구대인들에게는 반감을 일으키고 있었다고는 하나, 새로운 시대를 갈망하는 인사뿐만 아니라 한황실에 충성을 다짐하는 사람들 속에서도 원소의 인망을 흠모하는 사람들이 많았다.

그에 반하여 조조는 협천자라는 지위에는 있으나, 관도대전이 일어나기 바로 직전에 발생한 '헌제의 의대조 사건'으로 인해 조정에서 대대적 숙청이 벌어진 탓에, 조조에 대한 천하의 반감은 말로 표현할 수 없을 정도로 심각한 수준이었다.

"조조는 황실을 위협하는 역적이다."

원소가 이런 말로 천하의 민심을 향해 여론몰이를 벌이자, 원가의 전통적 정치기반인 예주에서는 오직 양안군을 빼고는 모든 군현이 조조에게 등을 돌리게 된다. 대의명분을 중시하는 원소는 '헌제의 의대조 사건'의 유일한 생존자인 유비에게 명분상 활용할 수 있는 최대한 가치를 부여하기 위해 유비를 극진히 우대한다.

이와같이 조조는 당대 정국의 세력분포에 있어서도 불리했고, 대의명분에 있어서는 원소에게 더욱 크게 밀리고 있었다.

원소는 자신에게 명분상 최고의 정통성 의미를 부여할 입장에 있는 유비를 최대한 위무하며 말한다.

"이전에 유황숙께서 내게 구원을 청할 당시, 나에게는 향후의 후계문제로 큰 고민에 빠져 있던 시기였기에 도움을 주지 못해 송구했었소. 이제 유황숙께서 나에게 귀의했으니, 편한 마음으로 나와 함께 조조를 물리치고 천하를 도모합시다."

"박복한 유비는 원공의 문하에 일찍이 귀의하고 싶었으나, 여러 사정으로 함께하지 못하다가 이제야 원공과 함께하게 되어 참으로 행복합니다. 이 사람 혼신 다해서 대장군을 보좌하겠습니다."

2) 조조, 관우의 환심을 사기 위해 혼신을 기울이다

유비가 원소로부터 극진한 환대를 받는 동안, 조조는 관우의 환심을 사기 위해 금은보석과 금단, 비단을 수시로 관우의 거처로 실어 나른다. 그뿐 아니라, 사흘에 한번은 작은 잔치요, 닷새에 한번은 큰 잔치(三日小宴 五日大宴)를 베풀고, 조조가 수시로 어여쁜 여인을 뽑아 관우에게 보내기도 했으나, 관우는 이들을 거들떠보지도 않고 감부인과 후첩의 시중을 들도록 인계한다. 그와 동시에 관우는 사흘에 한 차례는 안채를 향해 부인에 대한 예를 표하며 극진히 안부를 여쭙는다.

조조는 관우의 일거수일투족을 보고받고는 그의 충의와 신의에 다시 한번 탄복하여, 관우를 흠모하는 마음에 자주 사공부로 그를 소환하여 담론을 펼치고는 한다.

그러던 어느 날, 조조의 부름을 받아 사공부에 도착한 관우는 예부터 입던 낡은 전포를 입은 채로, 조조의 앞에서 허리를 굽혀 사공에 대한 예를 올린다.

"운장은 참으로 검소하구려. 그 전포는 너무 심하게 낡았는데도 아직 착용하고 있으니 대단하오."

조조는 즉시 주변에 명하여, 관우에게 최고급 비단으로 만든 전포를 지어 선물한다. 며칠 후, 조조의 부름을 받은 관우는 여느 때와 마찬가지로 낡은 전포를 입고 사공부의 제장이 모인 연석회의에 참석하자, 조조가 가벼운 농담을 던진다.

"운장은 새 전포를 아끼려고 아직도 내가 선물한 전포를 입지 않고 낡은 전포를 입고 계시오?"

관우가 조조의 가벼운 농을 받아 진지하게 대답한다.

"지금 소장이 입고 있는 전포는 어렵던 시절, 유황숙께서 소장께 직접 내리신 전포이므로 언제나 황숙을 그리는 마음으로 입고 있는 것입니다."

조조는 속으로는 마음이 결코 편안치 않음을 느끼지만, 속내를 숨기며 주변의 사람들에게 관우를 극찬하여 말한다.

"운장은 과연 의인이외다."

조조는 주변 사람에게 그렇게 말은 하면서도 관우의 언행을 통해 유비에 대한 공경과 시샘까지 밀려오는 것을 느낀다.

'현덕은 실로 무서운 존재로다. 생사를 모르는 상황에서도 운장과 같은 영걸의 가슴 속 깊이 자리하고 있다니.'

며칠 후, 조조는 더욱 관우의 환심을 사기 위해 소연을 열고 관우를 초청한다.

조조의 초청을 받은 관우가 사공부에 당도하자, 조조는 관우를 따뜻하게 반기며 소연장으로 이끈다.

"운장, 내가 매실로 빚은 좋은 술이 있는데, 장군이 생각나서 함께 회포나 풀고자 하는 마음으로 술자리를 마련해 보았소이다."

조조는 함께 대작하는 관우가 깊은 시름에 빠져 있는 것을 느끼며, 심기를 건드리지 않으려고 조심스럽게 묻는다.

"운장, 무슨 일이 있었소? 왜 그리도 침울해 보이시오."

관우는 조조의 질문에 슬픈 기색을 내보이며 대답한다.

"소장이 사공 어른의 연회에 참석하기 직전에 감부인과 후처 부인들을 뵙고 있었습니다. 그때 감부인과 후처 부인들께서 동시에 똑같은 꿈을 꾸었답니다. 황숙께서 흙구덩이에 빠져 허우적거리시는 것을 보고 깨어나시어, 불길한 해몽에 뜬 눈으로 밤을 지새우셨다는 말씀에 머리가 혼미하여 그런 듯합니다."

관우의 환심을 사려고 베푼 연회에서 관우가 유비에 대한 안타까움을 드러내자, 조조는 일순간 얼굴이 굳어버린다. 그러나 조조는 영웅의 면모를 잃지 않으려고, 억지로 너털웃음을 지으며 관우에게 술잔을 권한다.

"울적한 마음이 생길 때는 매실주가 최고의 약이 될 것이오. 술잔을 받고 시름을 풀도록 하시오."

조조는 유비에 대한 관우의 관심을 돌리게 하려고 연거푸 술잔을 건넨다.

"춘추를 가슴 깊이 간직하여 역사적 영웅들의 대의를 따르려 했으나, 지금은 황실에도 전혀 도움이 되지 못하고, 도원의 결의도 지키지 못한 채로 군신의 도리, 형제간의 의리도 지키지 못하는 삶이 한스러울 뿐입니다."

조조의 의도와는 달리 관우가 술잔을 거듭할수록 유비에 대한 그리움을 더욱 깊이 드러내자, 조조는 화가 치밀어 오르는 것을 애써 감추며 말머리를 다른 쪽으로 돌린다.

"운장은 술에 취해 신세타령하는 모습이 장군의 긴 수염과 대조를 이루어 참으로 볼 만하구려. 긴 수염이 장군의 기상을 드러내는 것 같소."

화제를 돌리고자 던진 조조의 칭찬은 뜻밖에도 관우에게 큰 파장을 일으킨다.

"이 긴 수염은 소장의 자존심이기도 합니다. 지난 시절, 덧없이 흐르는 유협의 세월 속에서도 이 수염을 정성껏 가꾸며, 언젠가는 천하의 사람들에게 춘추의 대의를 부단히 알리리라 노력해 왔습니다. 그런데 점점 나이가 들면서 겨울이 되면 심하게 빠져, 이를 보호하기 위해 검은 주머니로 싸둡니다."

관우는 수염에 자신의 존재감을 실으며 응대하자, 조조는 관우가 잠시나마 울적함을 잊은 것을 다행으로 여기며 관우에게 애정이 어린 관심을 표명한다.

"그러고 보니 장군의 수염이 수난을 당한다는 겨울이 되었구려. 고가 운장에게 최고급 수염주머니를 하나 선사하리다."

조조는 즉시 재단사에게 명하여, 최고급 비단으로 만든 수염주머니를 지어 관우에게 선물한다.

며칠 후, 조정의 문무백관들이 연석하는 회의에서 관우가 비단으로 된 수염주머니를 매달고 참석한다.

이때 황제가 관우의 앞가슴에 드리운 수염주머니를 보고는 호기심을 가지고 묻는다.

"장군의 가슴에 드리워진 주머니가 참으로 궁금하오."

"신의 수염이 길고 어지러워 고민하고 있었는데, 사공 어른께서 수염을 보호하라고 주머니를 선사하셨습니다."

"수염을 담는 주머니라니 참 흥미로운 일이오. 도대체 어떤 수염이기에 그리 애지중지하는 것인지 한번 봅시다."

헌제가 수염에 대해 무한한 관심을 표명하자, 관우는 수염을 싼 주머니를 벗긴다. 배꼽까지 드리운 검은 수염이 드러나자, 헌제는 실로 감탄하며 말한다.

"장군이 애지중지할 만큼 아름다운 수염이오. 이제부터 그대를 미염공(美髥公)이라 부르겠소."

헌제가 관우를 미염공이라 부른 뒤로 미염공은 관우의 별칭이 된다.

200년(건안5년) 새해가 시작되고 얼마 지나지 않아 화북의 원소가 분주히 움직이기 시작한다. 조조는 책사들과 제장을 사공부로 불러들여 원소의 침략에 대응하고자, 장수들의 결의를 다지는 친목 연회를 벌이고, 연회가 끝나자마자 장수들을 배웅하러 나온 조조는 여타 장수들의 말에 비해 유난히 여위고 늙은 관우의 말을 발견하고는 안타깝다는 듯이 묻는다.

"어찌 장군의 말은 이다지도 병약해 보이오?"

"소장이 워낙 체구가 커서, 늙은 말이 소장의 몸무게를 잘 견뎌내지 못하는 것 같습니다."

장수에게 말은 생명과도 같은 것이다.

조조는 관우에게 환심을 얻고자 하여, 마군장에게 귓속말로 명해 말 한필을 끌어오도록 지시한다. 곧바로 마장에서 온몸이 불붙은 숯처럼 시뻘겋고 몸이 날렵하게 생긴 기품이 있는 말 한필이 끌려 나온다.

"운장은 이 말을 알아보시겠소?"

천하의 명장 중에 천하의 명마 적토마를 모르는 장수가 어디 있겠는가? 조조의 물음이 끝나기도 전에 관우가 되묻는다.

"이 말은 적토마가 아닙니까?"

"그렇소. 운장에게 내리는 고의 특별한 선물이외다."

"사공 어른, 감사합니다. 이 큰 은혜를 어찌 보답해야 할지 몸 둘 바를 모르겠습니다."

관우가 평소와 달리 두, 세 번 거듭 머리를 조아리며 감사를 올리자, 조조는 관우의 달라진 태도를 의아해하며 조심스럽게 묻는다.

"장군은 금은보석, 비단, 섬길 여인들을 하사할 때에도 전혀 반색이 없더니, 말 한필에는 고(孤)가 송구할 정도로 어찌 그리 깊은 감사를 표명하시오?"

"천하의 명마 적토마를 주신 덕에, 황숙의 소식을 듣는 순간, 단숨에 황숙에게 갈 수 있으니 어찌 기쁘지 않겠습니까?"

조조는 '아차'하는 심정으로 깊이 후회를 하나, 이미 뒤집을 수 없는 장부의 약속이다. 조조는 천하를 얻은 듯이 적토마를 끌고 나가는 관우의 뒷모습을 바라볼 뿐이다. 적토마를 관우에게 하사한 것을 며칠 동안 후회하던 조조는 장료를 불러 탄식하며 묻는다.

"그대의 조언대로 고는 운장에게 최고의 우대를 하면서, 고의 사람을 만들려고 노력하고 있으나, 운장은 항상 현덕만을 그리고 있으니 이를 어찌하면 좋겠소?"

장료는 조조에게 관우의 선처를 부탁한 장본인으로서 적이 송구스러운 마음으로 대답한다.

"소장이 관우를 만나 그의 마음을 돌리도록 하겠습니다."

이튿날, 장료는 관우를 찾아가서 환담을 청한다.

"사공께서 엄청난 우대를 함에도 장군은 고마움을 느끼지 않는 것 같은데, 사공께 무슨 부족한 점이 있다고 여기기 때문이십니까?"

"그렇지 않소이다. 사공의 과분한 배려에 대해 더없이 많은 감사를 드리고 있소이다. 그러나 현명한 부군은 어려웠던 시절의 조강지처를 절대 버리지 않는다고 하오. 마찬가지로 올바른 장수는 어려운 시절의 주군과의 의리를 잊을 수 없는 법이외다. 이러한 연유로 황숙을 잊지 못하는 것일 뿐이오."

"장군의 뜻은 잘 알겠으나, 이미 좌장군은 생사조차를 알 수 없는 상황입니다. 그런데도 장군께서는 어찌 떠날 생각만을 하시는지요. 사공께서도 몹시 섭섭해 하고 계십니다."

"나도 사공의 두터운 호의에 대해 항상 깊이 감사를 하고 있소이다. 그러나 황숙과는 도원결의 이후 크고 작은 난관을 겪으면서, 말로는 표현할 수 없는 하나의 몸이라는 각인이 되어 있소. 이런 의식이 나로 하여금 황숙을 평생 그리워하게 하는 것 같소이다. 나도 사공에 대한 고마움을 잊지 않고 있으니, 황숙의 근황을 알아 황숙에게 돌아가더라도 그냥 떠나지는 않을 것이외다. 사공의 후의에 반드시 보답한 후에야 나는 황숙에게로 돌아갈 것이오."

"만일 현덕 공이 세상을 떠났다면 그때는 어찌하시려오?"

"그때는 도원결의의 맹세대로 흙으로 돌아갈 것입니다."

장료는 더 이상 조조가 관우의 마음까지 사로잡을 수는 없음을 확인하고, 조조에게 돌아가서 서로 간에 오간 대화 내용을 그대로 보고한다.

"실로 운장은 천하의 의사로다."

조조가 신음하듯이 한마디를 던지자, 순욱이 안타까운 마음에 한 가지 꾀를 일러준다.

"운장이 공을 세워야 주군을 떠날 것이라 말한 만큼, 결정적인 순간이 아니면 결코 운장에게 조그만 공로로 주군을 떠날 명분을 제공하지 못하도록 하시면 되지 않겠습니까?"

조조는 순욱의 조언을 깊이 새겨 받아들인다.

3) 조조, 원소를 물리치기 위해 사전 준비를 철저히 기하다

원소는 유비의 대의명분을 활용하고자 귀의를 받아들인 후, 조조를 도모하기 위한 준비를 철저히 마치고 측근들과 함께 유비를 불러들여 전략회의를 개최한다.

"지난해, 맹덕이 좌장군 현덕을 공격하여 서주를 차지하였을 때, 나는 집안의 후계문제로 좌장군에게 도움을 주지 못한 것을 늘 안타까워하고 있었소. 이제 따듯한 2월의 봄철이 되었고, 지금이 조조를 도모할 적기라는 생각으로 전략을 논하고자 회의를 소집했소이다. 여러분은 기탄없이 속마음을 꺼내 놓으시오."

원소의 최고 책사 전풍이 앞으로 나서 의견을 제시한다.

"작년 조조가 서주의 좌장군을 침략할 때가 군사를 일으킬 적기였습니다. 그러나 지금은 서주가 조조의 손에 넘어가고, 조조 군사들의 사기가 하늘 높은 줄 모르게 치솟아 있어 가볍게 움직였다가는 오히려 역풍을 맞을 우려가 있습니다. 이에 대장군께서 취하실 전략은 격안관화(隔岸觀火:적에게 분열이 일어날 때까지 기다림) 전략으로, 장기적 안목에서 때를 기다리며 조조가 이끄는 조정에 빈틈이 생기기를 기다렸다가, 조조에게 빈틈이 보일 때 다시 군사를 일으키는 것이 가장 효과적일 것으로 보입니다."

원소가 전풍의 말을 듣고 잠시 생각에 잠기더니 유비에게 질문을 던진다.

"현덕의 생각은 어떠하시오?"

"조조는 황실을 능멸하는 역적입니다. 이는 이미 '헌제 의 대조 사건'으로 천하에 알려지게 되었습니다. 천하의 민심을 잃은 조조를 속히 도모하지 않고 내버려 둔다면, 천하의 사람들로부터 대장군이 대의를 잃은 사람이라는 평을 들을까 우려됩니다."

전풍의 말을 듣고 결단을 내리지 못하는 원소에게 유비는 천하의 평판을 들먹인다. 천하의 여론에 민감한 원소를 부추기는 발언을 통해, 유비는 결단을 내리지 못하는 원소를 움직이려는 심리전술을 이용한 것이다.

"현덕의 뜻이 옳다는 생각이 드오. 곧 조조를 도모할 준비를 하기로 합시다."

이때 저수는 전풍의 뜻을 강력히 지지하며, 장기적 격안관화(隔岸觀火)전략으로 임하기를 바라는 자신의 뜻을 밝힌다.

"소신은 원호의 생각이 옳다고 봅니다. 지금은 무엇보다도 격안관화(隔岸觀火)전략과 진화타겁(趁火打劫)전략으로 적당한 시기를 기다려야 합니다. 조조의 군사들이 사나운 기세를 부릴 때는 잠시 숨을 죽이고, 조조의 내부에 균열이 생겨 군사들의 사기가 떨어질 때까지 지켜보는 것이 가장 타당하다고 생각합니다."

화북의 최고 책사인 전풍과 저수가 장기적 안목을 보고 거병을 유예하자고 주장하자, 원소는 다시 고민에 빠지기 시작한다. 이때 뒤에서 큰소리로 반대를 표명한다.

"오히려 지금이 조조를 도모할 적기라고 생각합니다. 조조는 '헌제 의대조 사건'으로 민심을 잃어가고 있습니다. 조조가 백성들의 민심을 수습하기 전에 조조를 속도전으로 도모해야 합니다."

 원소가 고개를 돌려 소리가 나는 쪽을 쳐다보니, 곽도와 심배가 의기투합하여 유비의 신속한 거병론에 동조하는 것이다. 원소는 자신을 둘러싼 힘의 역학구조에서 기주세력을 견제하기 위해 중원세력에 힘을 보태기로 마음을 먹고있던 중, 중원세력인 곽도가 기주세력인 심배와 힘을 합쳐 기주세력의 중심인 전풍과 저수의 뜻에 반발하자, 기주에서의 세력의 균형을 맞추기 위해 중원세력인 곽도의 뜻을 따르기로 결정한다.

 이에 전풍은 원소가 천하의 쟁패를 가르는 결전이라는 중차대한 과업을 놓고 중원세력과 기주세력 사이에서 힘의 균형추로 사용하려 한다는 생각에 이르자, 원소가 결정을 내렸음에도 불구하고 직선적이며 강직한 성품 그대로 끝까지 원소의 거병을 반대한다.

"지금은 아직 때가 무르익지 않았습니다. 지금 거병을 하심은 반드시 후회를 불러오게 될 것입니다."

"그대는 글줄이나 읽을 줄 안다고 무(武)를 가벼이 여기는 자로다. 그대는 군사력으로도 조조의 4배 이상에 달하는 아군의 전력을 우습게 평가하고 있노라. 나는 천하의 대의를 위해서라도 거병을 할 것이다. 그대는 더 이상 거병에 대해 반대 의사를 표명하지 말라."

원소가 전풍을 심하게 꾸짖으며 신속히 거병할 것을 결심한다. 그러나 전풍은 끝까지 물러서지 않고 원소가 뜻을 바꾸기를 간청한다.

"지금은 아직 시기가 아닙니다. 반드시 이롭지 못한 결과가 일어날 것입니다."

"천하의 대의와 명분을 걸고 거국적으로 거병하려는 마당에 요망한 입을 놀리는 저 인간을 끌어내어 당장 목을 쳐라."

원소가 대로하여 과격한 명령을 내리자, 유비를 비롯한 다수의 사람들이 원소에게 명을 거두기를 청한다.

원소는 주변의 강력한 만류에 분을 가라앉히고 명을 거두어 드리며 다시 말한다.

"주변의 사람들이 말리는 바람에 목숨은 살려주겠으나, 항명의 대가는 반드시 치르게 하여 군령의 지엄함을 세우도록 하겠노라. 원호를 당장 옥에 가두어라. 조조를 도모한 후에 돌아와서 징벌하겠노라."

원소가 조조를 정벌하기 위해 화북에서 거병할 뜻을 굳히자, 이미 오래전 동탁에게서 떨어져 나와 발해로 향할 때부터 원소와 함께해온 책사 곽도가 원소에게 조언을 건넨다.

"주군, 어차피 조조를 상대로 기치를 올렸다면 대의명분을 세워야 할 것입니다. 조조는 천자를 손아귀에 장악하고 있어서 주군께서 제대로 대의명분을 세우지 못할 경우, 자칫 잘못하면 협천자로서 황제를 마음대로 휘두르는 조조에 의해 역모로 몰리게 됩니다. 최우선적으로 주군께서 할 일은 조조를 패악하고 무도한 파렴치한으로 몰아 천하의 역도로 매도하고, 그다음으로 조조의 엽기적인 만행을 천하에 공포하며, 그것을 통해서 각 지방의 군웅들이 조조와 등을 지고 주군의 대의명분에 합류하도록 하는 것입니다."

원소는 곽도의 조언을 받아들여 천하에 격문을 띄우기로 하고, 문전(文典)을 책임지고 있는 진림에게 격문을 짓도록 명한다. 후일 건안칠자(建安七子)로 평가받을 정도로 뛰어난 문장가인 진림은 명을 받자마자 '토조조서(討曹操書)'라는 격문을 지어 올린다.

"요점부터 말하자면, 명망이 있는 현명한 임금은 위기를 대비하여 변화의 움직임에 따라 대처하고, 충성스러운 신하는 곤궁에 처할 때를 고려하여 권세를 세우노라. 그러므로 비범한 인물이 있어야 비범한 사건이 일어나고, 비범한 사건이 일어난 후에야 비범한 공적을 세울 수 있으니, 무릇 비범하다는 사실은 진실로 비범한 사람만이 헤아릴 수 있노라. 지난날 강대했던 진나라도 임금이 약해지자, 환관 조고가 권세를 휘어잡고 황명을 마음대로 휘둘러 재앙이 간신 조고로부터 나오니, 겁에 질려 아무도 감히 바른말을 하지 못했노라. 마침내 위약한 2대 황제 호해가 망이궁에서 자진하고, 조종(진시황)이 세운 진(秦)은 불타 없어지며, 그 치욕은 오늘까지 전해져 영원히 세상의 경계할 바가 되었노라. 한(漢)의 여후(呂后) 때에 이르러서는 여산과 여록이 나라의 권세를 장악하여, 안으로는 내군과 외군의 2군을 거느리고, 밖으로는 양나라와 조나라를 마음대로 아울렀노라. 천자의 조정 일을 제멋대로 처리하고 궁중의 금령도 마음대로 처결하는 등 신하가 황제를 능멸하여 정무를 마음대로 하니, 천하의 사람들이 한심스럽게 생각했노라. 그리하여 강후와 주허후가 군사를 일으켜 역적을 타도하고 태종을 황위에 올려, 이로써 왕도를 다시 세워 융성하게 하고 정의를 세워 빛을 밝혔으니, 이는 곧 대신이 권세를 바로잡아 나라의 어지러움을 구한 명백한 본보기였노라.

사공 조조의 할애비 중상시 조등은 좌관 서황과 함께 갖은 요사스럽고 못된 짓을 마다하지 않고 자행한 간신으로서, 더럽게 재물을 긁어모으고 국가의 질서를 무너뜨리며 백성들에게 갖은 행패를 부렸노라.

조조의 애비 조숭은 동냥질하며 돌아다니다가 조등의 양자가 된 후, 뇌물을 주고 벼슬에 오르더니 권문세가에 금은보석을 가마로 실어 나르고, 마침내 정사(鼎司:삼공)의 자리에 올라서는 무능한 자신을 지키려고 걸출한 인물을 모조리 내쫓았노라. 조조는 환관의 자손으로서 덕을 쌓기보다는 교활하게 협(俠)을 즐기고, 항상 혼란을 즐기며 재앙을 일으키기를 즐겨 하고 있노라. 막부(幕府:원소)는 하늘을 나는 매처럼 용맹스런 군사를 이끌고 흉악한 역도 십상시를 쓸어버렸으나, 뒤이어 동탁이 횡포를 부리며 나라를 망쳐가기 시작했노라.

이에 막부가 칼을 들고 북을 치며 동하(東夏)에서 군사를 일으켜, 영웅을 끌어 모음에 신분, 가문, 결점을 따지지 않고 등용하였노라. 그런 연유로 조조와 같은 간특한 자와도 함께 전략을 짜고 뜻을 모아, 막부의 조아(爪牙:쓸모 있는 사람)로 쓰려고 하였으나, 조조는 우매하고 생각이 짧아 가볍게 전진하고 쉬이 후퇴하는 바람에 그동안 많은 군사를 잃고 전투에서 쫓기기만 하였도다. 막부는 그때마다 군사를 지원하여 채워 주었고, 천자에게 표를 올려 동군태수로 삼고 다시 연주자사에 오르게 했노라.

그러나 조조는 근거지가 생기자 은혜를 잊고 함부로 날뛰기 시작하면서, 제멋대로 선량한 백성을 죽이고 어진 이의 살갗을 벗겨내고 살점을 도려내는 엽기적인 일을 자행했노라. 구강태수 변양은 뛰어난 재능을 지녀 천하가 인정하는 명사였는데, 아첨을 모르고 자주 직언을 하는 바람에 그는 조조로부터 목이 잘려 장대에 매달리는 형벌을 받고, 그의 아내는 장작불에 태워 죽임을 당하는 형벌을 당했도다. 천하 사림(士林)들은 분통을 터뜨리고 백성들의 원망 또한 높아져, 한사람이 조조를 성토하면 온 마을의 사람들이 한목소리로 일어날 지경에 이르렀노라. 그 때문에 조조는 서주에서 도겸에게 참패하고, 결국에는 여포에게 연주라는 자신의 영지를 빼앗겨 발붙일 곳이 없어 동쪽 변방을 떠돌기에 이르렀노라.

그러나 막부는 나라의 근간을 든든히 하고 제후의 세력을 용인하지 않는 동시에 역적의 무리에 이름을 등재하지 않으려고, 다시 갑주를 입고 정기를 높이 들어 역도를 하나하나 정벌해 나가며 적을 물리쳤노라. 조조가 위태해지자 징소리, 북소리를 울리며 여포의 무리를 막아내어 조조를 죽음의 질곡에서 구해주고 방백의 자리를 되찾아 주었노라. 이것은 막부가 연주의 백성에게는 아무런 덕도 베풀지 못하고 헛되이 조조의 공덕만 세운 것이었다.

그 후, 천자께서 낙양으로 되돌아오시자 도적들의 공격을 받았는데, 이때는 기주 북방의 역도 공손찬이 백성을 놀라게 하여 기주를 비울 수가 없어, 종사로 있는 중랑장 서훈을 조조에게 보내 교묘(郊廟:종묘)를 수리하고 어린 황제를 호위하라 일렀는데, 조조는 방자한 마음을 품고 천자를 협박하여 억지로 도읍을 허창으로 옮기고 천자를 마음대로 다루었도다. 조조에게 아낌을 받으면 위아래로 5대가 빛나고, 미움을 받으면 3족이 씨를 말렸으니, 모여서 험담을 하면 공개적으로 죽이고 속으로 불평을 품는 자는 아무도 모르게 죽어 나갔노라. 그로 인해 문무백관들은 모두 입을 다물고, 다만 눈짓으로 소통할 지경에 이르렀도다.

태위 양표는 이사(사공, 사도)를 역임한 고관이지만, 조조의 눈 밖에 나서 갖은 고초를 당하고 혹독한 형벌을 받았을 정도이니, 일반인들에게는 얼마나 가혹하게 했는지를 미루어 짐작할 수 있을 것이다. 의랑 조언은 충성스럽게 올 바른말을 서슴지 않고 하여, 천자께서도 귀담아듣고 잘못을 고치며 은총을 내려주시었다. 그러나 조조는 권세를 훔치려는 일에 심취하여 바른말을 못하게 하고, 말을 듣지 않자 멋대로 잡아다가 관직을 빼앗고 천자의 윤허도 받지 않고 즉시 죽이는 만행을 저질렀노라.

 양효왕은 선제 효경제의 친형제로서 그 묘소는 존중되고 주변의 소나무, 뽕나무, 가래나무, 잣나무도 모두 귀히 여겨져야 하는데, 조조는 장수와 군리를 이끌고 가서 능침을 파헤치고 시체를 드러낸 다음, 그 안에 들어있는 금은보화를 노략질하여 천자부터 백성까지 애통할 지경에 이르렀노라. 그런데도 조조는 무덤을 발굴하는 중랑장과 금을 찾아내는 교위를 설치하니, 그들이 가는 곳마다 보물과 함께 묻힌 능침치고 파헤쳐지지 않은 것이 없고, 해골이 나뒹굴지 않는 곳이 없을 정도로 참담하게 만들었노라. 지위는 3공에 있으면서 하는 짓은 도적이니, 나라를 더럽히고 백성들을 해하여, 그 해악이 산 사람뿐만 아니라 죽은 귀신에게도 미치고 있노라.

 게다가 끔찍하고도 가혹한 법을 빈틈없이 만들어, 법이 서로 얽히고설켜 백성들을 얽어매니, 백성들은 손을 들면 그물에 걸리고 발을 내디디면 함정에 빠질 지경에 이르렀노라. 이로 인해 연주, 예주에서는 백성들이 빈궁하여 거처할 곳이 없고, 천자가 거하는 도읍에도 원망의 소리가 그치지를 않노라. 동서고금의 모든 기록을 보더라도 조조보다 더 탐욕스럽고 잔인하며 가혹한 자를 찾아볼 수 없도다.

막부는 그동안 간악한 역도 공손찬을 치려고 조조를 다스리고 가르치지 못한 채, 마음속으로 너그럽게 관용을 베풀며 마음을 고쳐먹기를 기다렸노라. 그러나 조조는 늑대와도 같은 야심으로 마음속 깊이 화를 일으킬 음모만을 꾀하며, 나라의 기둥을 흔들어 뽑아버리고 한황실을 기댈 곳 없이 허약하게 만들어 충성되고 올바른 신하들을 제거하고 오로지 자신만이 영웅이 되려고 하노라.

지난날 우리가 북을 울리며 북방의 공손찬을 칠 때, 흉악한 역도 공손찬이 억세게도 1년을 버티는 동안, 조조는 막부가 역도를 격파하지 못하는 틈을 이용하여 공손찬과 밀약을 하여 겉으로는 막부를 돕는척하며 실제적으로는 막부를 기습하려다가 공손찬이 죽임을 당하자 조조는 막부를 치려던 칼날을 거두고 못된 기세도 꺾이어 결실을 맺지 못했노라. 지금 조조는 오창에 머물러 험한 황하를 요새로 삼아 요행을 바라며 사마귀의 앞발 같은 도끼로 수레바퀴와 같은 막부의 군사를 막으려 하노라. 막부는 한실의 위령을 받들어 우주를 취하려 하니, 긴 창을 든 군사가 1백만이요 기운이 뻗친 장수만도 1천에 이르노라.

 지난날의 중황, 하육, 오획 같은 장수와 역사를 일으켜, 활과 쇠뇌를 갖추고 한껏 기세를 펼칠 것이니, 병주의 고간이 태행산을 넘고 청주의 원담을 제수와 탑수로 쫓아내듯이 막부는 대군을 이끌고 황하를 건너 조조를 앞에서 공격하고, 형주자사 유표가 조조의 배후 완성과 섭성으로 가서 조조를 꼼짝없이 묶어두면서, 천둥과 번개를 몰고 전진하여 횃불을 들고 쑥 태우듯이 불태우며 넓고 푸른 바다를 휘몰아친다면, 조조가 어찌 버틸 수 있겠는가?

 또한, 조조의 군사와 모사들 가운데 싸울만한 자는 모두 유주와 기주 출신이거나, 옛 부곡의 병영에 있던 자들이라 막부를 그리워하며 모두가 조조를 원망하며 고향으로 돌아오기를 바라고 있노라. 그 외에는 연주, 예주 백성이거나 여포와 장양을 따르던 무리로서, 주군이 패망한 이후 조조의 협박을 못 이겨 억지로 따르고는 있지만, 각자 가족들이 위해를 입어 조조를 원수로 여기는 사람들이다. 만일 이들이 기치를 돌려세우고 고지를 점거하여, 북을 치고 나각을 불며 백기를 흔들고 투항의 길을 열게 된다면, 반드시 흙더미가 무너지고 기와가 깨지듯이 할 것이니, 칼날에 피를 묻힐 필요도 없을 것이다.

 지금 한황실은 힘을 잃고 쇠퇴하여, 기강이 해이해지고 황제의 권위도 땅에 떨어졌노라. 천자께서는 제대로 보필하는 신하가 없고, 신임하던 신하들은 싸워 이길 힘이 없어, 모두가 풀이 죽고 기가 꺾여 의지할 곳이 없게 되었노라. 설혹 충의로운 신하가 있더라도 포악한 조조에게 억눌려 버렸으니, 어찌 그들이 지조와 절개를 펼칠 수 있겠는가? 또한, 조조는 부곡의 7백 정병으로 궁궐을 에워싸고 감시하며, 겉으로는 천자를 호위한다고 핑계를 대면서도 실제로는 천자를 가두어 놓고 있으니, 이것이 바로 조조가 천자의 자리를 노리는 조짐이리라. 이제 충신들이 간과 뇌를 땅에 쏟아 부으며 몸을 바칠 때이고, 열사는 나라를 위해 공적을 세울 수 있는 절호의 기회이니, 어느 누가 가진 힘을 전부 쏟아 붓지 않겠는가?

 조조는 천자의 명을 빙자하여 각처로 사자를 보내 군사를 모집하고 있으니, 멀리 변방에 있는 주, 군에서 아무것도 모르고, 조조에게 군사를 보내 대중의 뜻을 어기고 엉겁결에 반역에 동참할 것을 막부(幕府:원소)는 우려하고 있노라. 그리되면 스스로 명예를 더럽히고 천하의 웃음거리가 될 것이니, 백성들은 사리를 정확히 하고 생각을 깊이 하여 바른길을 취하기를 바라노라. 오늘 막부(幕府:원소)는 유주, 병주, 청주, 기주의 4개주에서 동시에 출정할 것이다.

 이 격문이 형주에 당도하는 즉시, 형주에서도 군사를 일으켜 건충장군 장수와 협력하여 위세를 펼치기를 청하며, 각 주와 군에서도 의로운 병사를 간추려서 마을 경계에 포진시키기를 청하노라. 마을 경계에 군사를 포진시키고 무용을 떨쳐 함께 사직을 바로 잡는다면, 비상한 공적이 여기에서 나타날 것이다. 조조의 수급을 가져오는 자에게는 5천호의 제후로 봉하여 5천만 전의 상금을 줄 것이고, 조조의 앞장을 선 부곡, 편장, 비장, 군관, 부속 관리 중 투항하는 자는 그 죄를 묻지 않는 동시에, 널리 은신을 베풀며 공이 있는 자를 널리 알리고, 공적에 따라 부합한 상을 내릴 것을 천하에 포고하며, 천자께서 조조의 핍박에서 어려움을 겪고 있다는 것을 알리나니, 모두 율령에 따라 이행하고 어기지 말기를 바라노라."

 진림이 며칠을 칩거하여 작성한 '토조조서(討曹操書)'라는 격문을 받아 본 원소는 매우 흡족해하며, 천하의 백성들이 볼 수 있도록 해내(海內) 곳곳에 방을 붙이도록 하자, 진림의 격문은 하루가 지나지 않아 사공부에 있는 조조에게 건네진다.
 조조는 무심코 격문을 받아들고 읽어 내려가다가, 갑자기 머리털이 솟구치고, 온몸이 오싹해지며 등 뒤에는 식은땀이 흐르는 것을 느낀다. 원소가 대군을 이끌고 허도를 공략한다는 사실도 공포를 느끼게 했지만, 무엇보다도 자신이 숨기고 싶어 하는 치부를 단 한 자루의 붓으로 천하의 반목을 일으킬 수 있는 명문을 지어낸 격문에 무력보다도 더욱 큰 두려움을 느끼고 주변에 묻는다.
 "이 격문은 누가 지은 것인가?"
 "원소의 서기(書記) 진림이 지었다고 합니다."
 "세간에서는 진림을 천하의 문장가라고 하더니, 과연 천하의 문장가로 손색이 없도다. 지난날 고(孤)가 진림과 낙양조정에서 같이 있을 때부터 그자를 눈여겨보았지만, 그자가 원소를 좇아 기주로 간 이후 한동안 접하지 못하다가, 고(孤)를 성토하는 격문을 통해 접하게 되니 기분이 묘하구먼. 고(孤)가 자기를 얼마나 생각했는데 그런 고(孤)의 진심을 모르고, 이렇게 격문으로 고(孤)를 매도하는 것을 접하면서 배신감을 느끼는 것은 왜일까?"

"글줄이나 안다고 까불대는 허풍선이들은 천하가 무서운 것을 모릅니다. 반드시 전쟁을 승리로 이끈 후, 허풍선이들을 잡아들여 진짜 무서운 것이 무엇인지를 알려주어야 합니다."

"고(孤)는 진림을 탓하는 것이 아닐세. 진림이 쓴 글 중에서 아쉬움이 남는 것은 진림이 나의 허물만을 탓할 것이지, 왜 아무런 연관이 없는 조상까지 거명하느냐 하는 것일세."

조조의 사공부에 모여 있던 측근들은 애매모호한 조조의 독백에 가까운 언급을 듣고 어떤 말을 해야 할지 가늠을 하지 못한다. 측근들이 크게 긴장하는 것을 눈여겨보던 조조가 책사들을 불러들여 긴급회의를 개최한다.

"화북에서 본초가 허도의 조정을 상대로 전쟁을 선포했소이다. 이 위기를 어떻게 극복해야 할지 좋은 의견이 있으면 제시해주시오."

모두가 깊은 침묵에 빠져들고 있을 때, 곽가가 정적을 깨고 단호한 어조로 당당히 견해를 밝힌다.

"지금으로서는 오직 싸우는 수밖에 없습니다."

조조가 의외라는 듯이 곽가를 바라보며 묻는다.

"본초는 기주, 청주, 병주, 유주의 넓은 땅을 완전히 장악하여 백성의 살림이 풍요롭고, 우리보다 서너 배의 병력과 국력을 보유하고 있는데, 과연 우리가 싸워서 이길 수 있겠는가?"

곽가가 자신감을 드러내며 말한다.

"소장은 주군과 원소에 대해 너무도 잘 알고 있습니다. 원소에게는 패배할 수밖에 없는 10가지 요인이 있고, 주군께서는 승리할 수밖에 없는 10가지 요인이 있습니다."

조조는 눈이 휘둥그레지며 곽가에게 되묻는다.

"그것이 무엇인가?"

"첫째, 도(道)에서 차이가 납니다. 원소는 예법과 예의라는 형식에 얽매이는 반면, 주군께서는 큰 문제에는 자연의 순리를 따르는 관계로 촘촘한 그물에도 거칠 것이 없이 자연스럽습니다.

둘째, 의(義)에서 차이가 납니다. 원소는 천자를 모시는 허도의 조정을 거부하는 관계로 신하된 도리인 대의(大義)를 저버리는 역리를 취한 반면, 주군에게는 천자를 모시고 칙령을 내릴 수 있으니 순리를 취할 수 있습니다.

셋째, 치(治)에서 차이가 납니다. 원소는 다스림에 있어서 원칙이 애매모호하여 주관으로 흐르는 경향이 있는 반면, 주군께서는 명확한 법과 원칙에 따라 다스림으로써, 상을 받는 자와 벌을 받는 자 모두가 상벌에 대한 공정성을 인정합니다.

넷째, 도(度)에서 차이가 납니다. 원소는 법도(法度)에 있어서 관대함으로 임하는 듯하지만, 실제로는 혈연과 측근에는 관대한 잣대를 들이대고, 자신보다 나은 사람이나 자신을 거부하는 사람에게는 시기하고 질투하고 의심하는 반면, 주군에게는 공사가 분명하고 상벌의 기준에 냉혹함이 있어 재능을 가진 인재들을 취함에 소홀함이 없습니다.

다섯째, 모(謀)에서 차이가 납니다. 원소는 많은 생각을 가지고 경우의 수를 고려하는 바람에 결단이 늦어 때를 놓치는 경향이 있는 반면, 주군께서는 심소담대(心小膽大)한 관계로 생각을 깊이 하되, 결단이 서면 신속히 실행하여 때를 놓치지 않습니다.

여섯째, 덕(德)에서 차이가 납니다. 원소는 허례허식을 따르는 경향이 있어 겉모습이 번지르르하고 화려한 사람을 좋아하지만, 주군께서는 내실이 있는 인재를 아끼고 진실로 사람을 대하여, 그 진심이 장수와 병사들의 가슴 속에 깊이, 그리고 두루 널리 퍼져 있습니다.

일곱째, 인(仁)에서 차이가 납니다. 원소는 연민의 인을 지닌 듯하지만 그 범위는 개인의 영역을 벗어나지 못해 자신의 범주에 한정되는 반면, 주군께서는 눈에 보이지 않는 범위까지 두루 염려하여 제도로써 인을 베푸는 관계로 수혜에서 벗어나는 사각지대가 없습니다.

여덟째, 명(明)에서 차이가 납니다. 원소는 좋은 말만 듣기를 원하여 충언을 올리려는 자가 없는 반면, 주군께서는 진심이 있는 말은 듣기 싫은 말도 중하게 듣고 가슴에 담아두는 관계로 주위를 밝게 살펴볼 수 있습니다.

 아홉째, 문(文)에서 차이가 납니다. 원소는 유학의 글귀에 얽매여 자신의 독자적 판단을 유연성이 있게 활용하지 못하는 반면, 주군께서는 틀에 얽매이지 않는 관계로 모든 사안을 유연하고 순발력이 있는 발상의 전환을 할 수 있다는 장점이 있습니다.

 열째, 무(武)에서 차이가 납니다. 원소는 군사의 수와 군수물자, 군량의 다소에 의해 군사력을 판단하고 병법에 의존하는 용병을 하는 반면, 주군께서는 이것들에 의존하기보다는 계책과 계략, 병법을 융통성이 있게 응용하는 신출귀몰한 용병으로 원소를 압도하고 있습니다.

 이와 같은 명백한 승리요인이 있는데, 어찌 지금의 이 순간을 두려워하십니까?"

 조조는 곽가가 자신과 원소의 비교를 하면서 평가한 극찬을 듣고 만면에 미소를 띠며 겸손을 가장하여 말한다.

 "봉효가 너무 과하게 평가하여 몸 둘 바를 모르겠네. 어찌되었든 간에 본초와의 일전이 불가피하다고 하면, 조만간 자웅을 결하여야 할 것이라고는 생각하지만, 그 이전에 우리가 어떤 준비를 해야 할지를 기탄없이 말해 주시오."

이때 순욱이 전반적인 정세를 살피면서 크나큰 틀에서 가장 현실적인 전략을 제시한다.

"전쟁에 돌입하기 전에 먼저 원소에게 최대한의 찬사를 적은 전서를 보내어 원소가 스스로 교만해져 교병계에 빠지도록 유도한 후, 전쟁을 멈추라는 황제 폐하의 칙서를 보내 원소가 이러지도 저러지도 못하는 궁지에 빠지도록 해야 합니다. 만일 원소가 폐하의 칙서를 받아들고도 전쟁을 감행한다면 황명을 거부한 것이 되기 때문에 원소에게는 반역의 명분을 세우고, 주변의 주·군·현에는 원소에게 합류할 수 없도록 통제를 할 수가 있습니다. 그다음으로 허도의 배후에 있는 위험세력을 회유하는 전략을 펼치도록 합니다. 우선적인 대상은 형주자사 유표로서 그는 원래부터 원소와의 교분이 투철한 만큼, 양측의 전투에 깊이 개입하지 못하도록 남양태수 장수로 하여금 철저히 견제를 시키고, 익주의 유장과 서량의 한수와 마량에게는 적당한 재물과 관직을 제수하여 회유하며, 강동의 손책과는 혼인정책을 추진하여 주공의 배후를 지키도록 안전장치를 마련하십시오."

조조는 순욱의 계책에 따라 유표와 한수, 마량에 대한 방책을 세운 후, 손책과는 혼인정책을 펼쳐 종제 조인의 딸을 손책의 종제 손광에게 시집보내고, 아들 조창을 손분의 딸과 혼인시키는 동시에 남양주자사 엄상에게 명하여 손책의 종제 손권을 무재로 천거하도록 하는 등 강동을 평정한 손책에게 각종 호의를 보이면서, 돈독한 우호관계를 통해 긴밀히 동맹을 강화하고자 친서를 전한다.

"손책장군은 고(孤)와 혼인관계를 통해 인척이 되었으니, 고(孤)와 힘을 합쳐 천하를 안정시키도록 노력합시다."

이에 대해 손책은 사자를 통해 조조가 받아들일 수 없는 과도한 요구를 청한다.

"사공 어른의 뜻을 잘 알겠습니다. 하오나, 소장에게 대장군의 칭호와 권한을 주시기 전에는 사공 어른의 뜻을 받아들이기 어렵습니다."

조조는 주위 사람들에게 손책의 무례를 크게 탓한다.

"미친개와도 같은 아이와 예봉을 다투기 어렵도다."

조조는 강동의 손책을 끌어들일 계획을 중지한 채, 대신 원소의 도발에 대비하여 철저한 대책을 강구하기 시작한다.

11.
조조와 원소의 운명을 건 관도대전의 서전
백마전투

11. 조조와 원소의 운명을 건 관도대전의 서전
백마전투

1) 관우, 단숨에 원소의 애장 안량을 주살하다

200년(건안5년) 2월, 원소는 대장군 안량에게 10만의 정예군을 통솔하도록 하고, 곽도, 순우경과 함께 황하를 건너 하남군 활현 백마로 출병하도록 명한다. 그리고 저수를 감군(監軍)으로 삼고, 원소 자신은 문추를 선봉장으로 하여 친히 7만의 군사를 이끌고 여양으로 출정한다.

조조는 원소의 대군이 남하하게 되면, 제일 먼저 접하게 될 곳은 정욱이 지키는 곳일 확률이 가장 높다는 판단을 하고, 정욱에게 전령을 보내 의향을 묻는다.

"진위장군, 원소가 하수를 건너 남하를 하게 되면 가장 먼저 장군이 주둔한 성의 주변을 경유할 텐데, 장군의 성을 방비하는 군사가 적은 탓에 걱정이 되어 2천의 병력을 지원하려고 하는데 어떻게 생각을 하시오?"

"주군, 어차피 소장이 7백의 병사와 성안의 장정으로 성을 지키고 있는데, 2천의 병력이 지원되어도 10만 대군을 상대하기에는 '새 발의 피'를 수혈하는 것입니다. 병서에 '지피지기 백전백승(知彼知己 百戰百勝)'이라고 했습니다. 원소는 외견상으로는 온후하고 겸손한 듯하지만, 젊은 시절부터 천하의 이목과 관심을 받아 사실상은 오만하고 독선적입니다. 이런 원소의 성격을 역으로 뒤집어보면, 성에 극소수의 병력만이 주둔해 있을 때는 오만한 성품이 발동하여, 원소는 소장의 성을 무시하고 그대로 지나칠 것입니다. 소장에게 보내려는 병력은 본진에 거두어 원소의 대군과 대적하는 것이 분산시키는 것보다는 효과적일 것입니다. 향후 소장이 주둔한 성에서 벌어지는 사태에 대해서는 소장이 슬기롭게 대처하겠습니다."

조조는 가후에게 정욱의 사례를 알리며 칭찬한다.

"중덕은 물로 가면 교룡(蛟龍)이 피하고, 뭍으로 가면 호랑이(虎狼)가 피하고, 노하면 천지가 진동한다는 전국시대의 맹분, 그리고 천균(千鈞)의 쇠를 들어 올렸다는 춘추전국시대 전설상의 역사(力士) 하육보다도, 담력이 크고 용력이 뛰어난 명장이외다."

"사공께는 그런 장수가 많이 있기에 원소를 물리칠 수 있는 것입니다."

가후는 조조에게 용기를 북돋우는 의미에서 화답한다.

한편, 원소는 안량에게 백마로 진격하여 동군태수 유연을 공격하도록 명하면서, 드디어 관도대전의 서전을 장식한다.

원소는 안량을 백마로 파병하고 자신도 7만의 대군을 이끌고 건현을 통과하면서, 건성에는 1천이 채 되지 않는 극히 소수의 병력만이 주둔해 있다는 보고를 받고는 건성을 무시한 채 그대로 건현을 지나친다.

대장군 안량이 백마성을 포위하여 유연을 궁지에 몰아넣자, 유연의 긴급보고를 받은 조조는 곽가, 순유, 유엽을 모사로 삼아 군사 5만을 이끌고 친히 백마로 향한다.

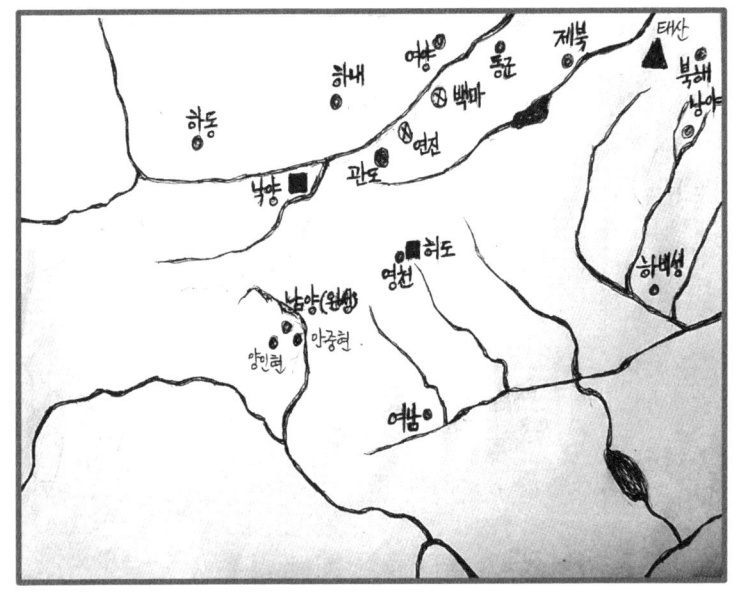

백마에 당도한 조조는 얕은 토산에 본영을 구축하고, 토산 위에서 안량의 진형을 천천히 관찰한다. 안량이 치밀하게 구축해 놓은 백마성의 포위망을 살핀 조조는 진형을 성급히 건드리면, 백마성을 포위한 안량의 군사와 후발로 당도하는 원소의 본진에게 협공을 당할 것을 우려하여, 두세 달간이나 토산에 본영을 구축한 채 안량과 대치상태를 유지한다.

오랜 대치상태로 백마성의 상황이 점점 심각해지자, 조조는 허저에게 중장보병을 맡기고, 장료에게 기병을 지휘하도록 하여 백마성으로 출격하도록 명령하지만, 백마성으로 출격한 장료가 장합에게 대패하고, 허저는 고람의 공격을 받아 중장보병의 방어벽이 뚫리는 등 원소의 장수들에게 크게 고전한다. 조조는 수하의 장수들이 계속 패배하여 군사들의 사기가 떨어지고 있는 점을 우려하자, 모사 순유가 절묘하게 새로운 전략을 내어놓는다.

"지금은 아군의 군사가 어림없이 부족하기 때문에 원소의 대군을 정면으로 대적하기에는 절대적으로 힘에 부칩니다. 암도진창(暗渡陳倉)계책으로 적의 주력이 분산되도록 하는 전략을 수립해야 합니다. 아군의 주력부대가 황하를 건너는 것처럼 보이기 위해 일부의 군사를 연진으로 보내, 원소의 주력군을 그곳으로 유인하면 원소가 군사를 둘로 분산시키게 될 때, 주군께서는 친히 경기병을 이끌고 몰래 백마로 돌아와서 적의 방어가 약한 곳을 찾아 안량을 기습 공격 한다면, 주군께서는 큰 무리 없이 안량을 척결할 수 있을 것입니다."

"공달의 계책은 고의 뜻과 같소. 지금 당장 하후돈 장군은 군사 1만을 이끌고 연진으로 가서, 마치 황하를 건너 공격할 것처럼 암도진창(暗渡陳倉)계책으로 적장을 유인하라."

조조는 하후돈에게 의병(疑兵)을 보충하여 연진으로 파견하고 황하를 건널 듯이 위장하게 한 후, 자신은 주력군을 이끌고 백마를 기습하기 위해 암암리에 병사를 이동시킨다.

원소는 하후돈 군사들이 황하를 건너려는 듯이 세운 위계에 속아 넘어가면서, 이에 대한 대책을 수립하고자 책사들과 장수들을 불러들인다. 이때 감군 저수는 조조가 펼친 용병에 대해 의문을 가지고 신중하게 대책을 수립하도록 주문한다.

"지금 하후돈이 연진으로 파견된 것은 어쩌면 조조의 위계일지도 모릅니다. 만일 조조가 황하를 건너려 한다면, 도하전(渡河戰)에 경험이 일천한 하후돈에게 연진을 맡길 리가 없습니다. 이는 조조의 계책일 수 있으니 이에 대한 엄밀한 정보수집과 대책을 마련하는 것이 필요할 것으로 보입니다."

"꼭 그렇게만 볼 수도 없습니다. 만일 이들이 황하를 건넌다면, 우리 영토에서 피비린내 나는 전투를 벌여 우리 백성들이 피해를 입게 될 것이니, 적병이 연진을 통해 황하를 건너지 못하도록 해야 할 것입니다."

이때에도 중원출신의 신평과 신비가 기주출신 감군 저수의 의견에 대해 반론을 펼치자, 원소는 신평, 신비의 말에 비중을 실어주려고 감군 저수의 간언을 무시한다.

"조조는 허허실실에 능한 병법가이외다. 우리의 대책을 역으로 이용하려고 일부러 하후돈을 연진으로 보낸 것이라고 보아야 할 것이오. 설혹 조조의 전략이 위계일지라도 백마에는 천하제일의 장수 안량이 곽도, 순우경과 함께 백마를 포위하고 있는데 무엇이 두려우리까. 나는 문추를 대장으로 삼아 주력군을 이끌고, 서주목 유비와 함께 연진으로 출병하겠소."

이때는 이미 원소가 건안 원년(196년)경 부터 시작된 장남 원담과 막내 원상 사이의 후계자 승계의 문제를 둘러싸고 중원세력과 의기투합하여, 정권의 2인자 저수 및 별가 전풍을 중심으로 하는 기주의 호족들과 반목하고 있던 때이다.

원소는 사치스럽고 방탕한 장남 원담보다 자신을 빼어닮은 막내 원상을 총애하였으나, 기주출신 호족들이 장남 원담에게 관심을 보이자, 이에 대한 대안으로 곽도, 신비, 신평, 순우경 등 중원출신의 도움이 필요함을 강하게 인식하고 있었다.

원소가 편협한 생각을 버리지 못하고 주력군을 이끌어 연진으로 진군하자, 암도진창(暗渡陳倉)계책을 성공적으로 유도해낸 조조는 경기병을 이끌고 신속하게 백마를 기습한다. 백마를 포위하고 있던 안량은 무방비 상태에서 후방을 공략당하고 속수무책으로 포위 진형이 붕괴된다.

이런 와중에도 예주 영천군 출신으로 원소와 같은 중원출신인 곽도는 원소와의 오랜 친분을 등에 업고, 저수를 경계하기 위해 원소에게 참언을 올린다.

"감군 저수의 위세가 지나치게 강대해서 저수가 군사에 너무 깊이 관여하고 있는 탓에, 장수들이 독자적인 작전을 수행하기에 어려움을 겪음으로써 지금과 같은 사태가 일어나고 있습니다. 장수들이 소신껏 싸우기 위해서는 감군 저수에 대한 견제가 필요합니다."

원소는 중원출신 곽도를 절대적으로 신임하여 곽도의 참언을 받아들임으로써, 결과적으로는 비효율적 용병을 꾀하게 되는 우를 범하고 만다.

"감군 저수의 권한과 지위를 3명의 도독이 분할하여 다스리는 체제로 변경하여, 저수, 곽도, 순우경 3인을 각각 도독으로 임명하겠소. 공동 3인 도독은 유기적으로 상의하여 힘을 합쳐 나를 보좌하시오."

원소가 공동도독 제도를 취하면서, 이로 인해 원소의 핵심 세력 간에 내부적 균열이 심하게 일어나기 시작한다.

한편으로 안량은 포위망이 붕괴된 후, 새로이 전투대형을 구축하고 조조의 주력군과 팽팽하게 대치하고 있을 때, 원소는 조조의 위계에 속은 것을 개탄하며 백마로 다시 돌아가고자 한다.

"내가 하찮은 조조에게 속아 이런 낭패를 겪다니 참으로 망신스러울 뿐이다. 다시 백마로 돌아가서 이번에 당한 치욕을 몇 곱절 갚아 주리라."

평상시 원소는 조조를 자신의 하수인 정도로만 생각해왔기 때문에, 첫 전투에서 조조의 암도진창 계책에 빠져 패배한 것을 큰 수치로 여기고, 다시 백마로 돌아와서 군사를 정비하여 조조와 일전을 벌이고자 한다.

이런 정보를 받은 조조는 원소가 백마로 돌아오기 전에 안량을 격파해야 할 필요성을 절감하고 송헌을 불러 명한다.

"그대는 지난날 봉선이 아끼는 용장이라는 소리를 들었네. 이번에 그대의 무용도 선보일 겸, 군사를 이끌고 안량과 한번 겨루어봄이 어떠한가?"

송헌이 일단의 군사를 이끌고 안량의 진형으로 돌진하자, 안량이 곧바로 기병을 이끌고 나와 송헌을 상대한다. 병사들이 난전을 벌이는 속에서 송헌을 마주친 안량은 송헌을 상대로 단 3합 만에 송헌의 목을 날린다. 이를 지켜본 조조는 안량의 출중한 무용에 찬사를 보낸다.

"안량은 참으로 무서운 장수로다. 여포의 용장 송헌을 단지 3합 만에 함몰시키다니....."

조조가 안량에 대해 깊이 탄식할 때, 여포의 구장 위속이 분연히 조조에게 청한다.

"저에게 친구 송헌의 복수를 갚도록 허락해 주십시오."

"그대의 뜻대로 해보라."

조조가 별다른 기대 없이 출전을 허락하자, 위속은 수하의 군사를 이끌고 나는 듯이 말을 달려 안량을 향해 창을 휘두른다. 안량이 위속의 창을 피하며 한칼 내리치자, 위속은 몸이 두 쪽으로 갈라지며 곧바로 말에서 굴러 떨어진다.

"아니! 여포의 맹장인 위속도 창 한번 휘두르지 못하고, 몸통이 반쪽으로 갈라지다니....."

조조의 거듭된 탄식에 서황이 큰 도끼를 휘두르며 앞으로 나서 안량을 물리치겠다고 큰소리를 지른다.

"소장이 한번 상대해 보겠습니다."

조조가 말없이 고개를 끄떡이자, 서황은 자신만만하게 안량을 향해 돌진한다. 두 명의 이름난 장수를 격파하여 기세가 오를 대로 오른 안량은 서황을 어린아이 다루듯이 다루다가, 갑자기 예리한 칼 솜씨로 서황의 투구를 내리치자, 서황은 간담이 서늘해져 휘청거린다.

조조는 북을 쳐서 서황을 진형으로 불러들인다. 서황까지 안량의 상대가 되지 못함을 확인한 장수들은 한결같이 안량을 두려워하기 시작한다. 군사들의 사기가 형편없이 저하되자, 조조는 군막 안을 서성이며 대안을 찾으려고 깊은 생각에 잠긴다. 이때 조조의 근심을 알아차린 순유가 군막 안으로 들어와서 심각한 표정으로 조조에게 건의한다.

"소신이 주공의 근심을 덜어드리겠습니다."

"군사들의 사기를 올릴 좋은 방법이 있겠소?"

"무엇보다도 안량을 제거할 수만 있다면, 아군의 사기는 높이 진작될 것입니다. 그래서 소신이 생각한 끝에 안량을 물리칠 장수를 주군께 천거하고자 합니다."

"어떤 장수를 추천하려고 하오?"

"현재 아군의 진영에 있는 장수 중에는 관운장이 아니면 안량을 대적할 장수가 없습니다."

"나도 그 생각은 해보았지만, 운장은 큰 공을 세우면 나를 떠날 것이라 공언했소. 그래서 고가 고심하고 있는 것이오."

"바로 그 점을 활용하자는 것입니다. 만일 유비가 아직 생존해 있다면, 반드시 원소에게 의탁해 있을 것입니다. 주군께서 관우를 활용하여 안량을 제거한다면, 원소는 유비를 핍박하여 죽일 것입니다. 유비가 원소에게 핍박받아 죽는다면, 관우는 유비의 원수를 갚기 위해 원소를 상대로 필사적으로 대항할 것입니다."

조조가 순유의 계책을 받아들여 허도에 있는 편장군 관우를 백마로 불러들인다. 조조의 다급한 전갈을 받고 백마에 도착한 관우가 조조를 찾아 배알하자, 조조는 관우를 따듯이 맞이하더니 무거운 마음으로 현재의 전황을 상세히 알려준다.

"원소의 대장군인 안량이 송헌과 위속을 죽이고 서황까지 패퇴시켰소. 나는 고심 끝에 편장군과 비장군 장료를 선봉으로 삼아 안량을 도모하려 하오. 이번에 안량을 도모할 수 있다면, 편장군은 나를 위해 큰 공을 세우는 것이 될 것이오."

조조가 관우와 장료를 데리고 토산으로 올라가서 토산 꼭대기에서 안량의 진형을 굽어보다가 탄복하며 말한다.

"저것이 화북 제일의 용장이라는 안량의 진형이오. 우리가 아무리 깎아내리려 해도 그 위세가 대단하지를 않소?"

관우가 토산에서 굽어보아도 진형의 기치가 선명하고, 병사들의 진형 배치가 엄정한 가운데에도 역동성이 돋보인다. 그러나 관우는 이내 대수롭지 않다는 듯이 비웃으며 조조에게 호언장담을 한다.

"외장을 보면 그럴 듯하오나, 소장이 보기에는 흙으로 만든 병기들과 목석으로 만든 병사들로만 보입니다. 공격명령을 내려주십시오. 일거에 안량의 목석들을 다 쓸어버리고 돌아오겠습니다."

조조는 관우의 대포에 민망해하며 차분히 말한다.

"편장군은 안량을 너무 가벼이 보고 있는 듯하구려. 적장 안량은 결코 방심해서는 아니 될 명장이오."

"소장 비록 출중하지는 못하지만, 안량은 소장에게 표적으로 세워 놓은 목석으로 밖에는 보이지 않습니다. 출전 명령을 내려주십시오. 단숨에 달려가서 적장의 목을 베어 사공께 바치겠습니다."

조조는 관우의 지나친 자신감에 다소 우려가 섞인 목소리로 안량을 가리키며 말한다.

"저기 비단 해 가리개를 받쳐 쓰고, 녹색의 전포 앞에 금갑을 받쳐 입은 채로 마상에 기상을 뽐내며 앉아있는 자가 바로 적장 안량이오. 편장군과 비장군은 즉시 군사를 이끌고 나가 싸우시오."

조조의 명령이 떨어지기 무섭게 관우와 장료는 안량이 진형을 구축한 일산을 향해 질풍같이 나아간다. 장료가 군사를 이끌고 안량의 군사들과 난전을 벌이는 틈을 타서, 관우는 1만의 병사들이 포진한 안량 군사들의 중앙을 추풍낙엽 쓸 듯이 쓸어내리고, 곧바로 장수들에게 둘러싸인 안량의 포진을 뚫고 안량의 바로 앞으로 들이닥치자, 비단 해가리개를 쓴 채 마상에 앉아있던 안량이 1만의 병사들이 운집한 행렬을 뚫고 내달리는 관우를 바라보다가 깜짝 놀라며 급히 상대하려는 순간, 관우는 순식간에 청룡도를 높이 치켜들더니 안량을 향해 내리친다. 눈 깜빡할 사이에 벌어진 일이어서 안량은 자신에게 날아온 칼날을 제대로 피하지도 못한 채, 단칼에 청룡도에 내리 찍혀서 말 아래로 떨어진다.

곧바로 적토마에서 내려 안량의 수급을 취한 관우는 순식간에 말에 다시 올라 적진을 헤치고, 무인지경으로 적진을 유린하고 돌아가자, 귀신같은 관우를 본 화북의 군사들은 간담이 서늘해짐을 느끼고 서둘러 본영으로 도주하기 시작한다. 모든 일이 찰나에 벌어진 일이어서 화북 군사들의 얼이 빠져 있는 사이, 장료의 군사들이 안량의 진형으로 돌진하여 화북 군사들을 마구 도륙하자, 이들의 진형과 행렬이 붕괴되고 군대가 궤멸하기에 이른다.

화북 군사들은 더 싸울 투지를 잃고 순우경의 지휘 아래 백마에서 퇴각하면서 안량의 살아남은 장수와 군사들까지 백마에서 후퇴하자, 조조는 안량의 수급을 베어온 관우에게 극찬을 올리며 공을 치하한다.

"편장군은 진실로 신인(神人)이외다."

조조가 찬사를 아끼지 않자, 조조의 주변 책사와 장수들이 관우에게 공경을 표한다. 자긍심이 강한 사람은 일을 성취한 후에는 우쭐하기보다는 겸양을 미덕으로 앞세우는 법이다. 관우도 이 유형의 전형적인 인물이었다.

"소장에게는 과분한 극찬입니다. 제 의형제 장비는 백만 대군 속에 있는 상장의 수급 취하기를 식은 죽 먹듯이 합니다."

이 말을 들은 조조는 좌우에 늘어서 있는 장수들을 보고 호탕하게 웃으며 주문한다.

"여러분 장수들은 앞으로 장비를 만날 일이 생기거든 가벼이 처신하지 말라."

조조는 농으로 말하는 듯했으나, 언중유골(言中有骨) 그 속에는 뼈가 들어있었다. 관우의 용력에 의해 어렵게 백마성을 구조한 조조는 후속으로 대책회의를 개최한다.

"순유의 계책과 운장의 무용이 조화를 이루어, 백마성의 포위망을 혁파하고 백마를 사지에서 구했소이다. 우리가 행할 다음 수순은 어떻게 진행하는 것이 좋겠소?"

이때 유엽이 조조에게 조언한다.

"백마의 백성들은 수개월을 공포 속에서 시달렸을 것입니다. 이들을 안전한 곳으로 이주시켜, 민생을 챙기는 주군의 면모를 보여주는 것이 지금으로서는 최우선적 과제입니다."

조조는 유엽의 조언을 받아들여 백마의 백성들을 안전한 서하로 이주시킨다. 대장군 안량이 관우에 의해 죽임을 당하고, 안량이 구축했던 백마성의 포위망이 붕괴되었다는 보고를 받은 원소는 대로하여 말한다.

"당장 이 사실을 유비에게 전하여 관우가 벌인 행태에 대한 책임을 묻도록 하고, 대장 문추는 경기병 6천과 궁노수를 이끌고 대기하고 있다가, 다음 명령을 기다리도록 하라."

이 당시 유비는 원소의 요청으로 업성에서 예주 여남으로 보내져 유벽과 함께 조조의 후미를 교란시키고 있었다. 여남에서 황건농민군을 재결성하여 수장이 된 유벽도 지난날 '메뚜기 떼'의 피해를 보진하려고 예주로 진입한 조조에 의해 목숨을 잃은 동료 황소와 하만의 원수를 갚기 위해, 유비와 합류하여 황건농민군을 이끌고 함께 여남에서 허도의 배후를 교란시키는 작전에 합류하고 있었다.

그러던 중 유비는 뜬금없이 원소로부터 관우의 행위에 대한 추궁을 듣게 되자, 원소로부터 가해지는 질책보다는 관우가 살아있다는 사실에 감격하면서 눈물을 흘리며 마음속으로 감사한다. 그러나 유비는 안량을 잃은 원소의 분노를 생각하며 기쁜 감정을 드러내지 못한 채, 원소에게 현재 자신이 처해있는 입지를 해명하는 전서를 올린다.

"대장군께서 전령을 통해 보낸 전서를 읽고 이 사람은 몹시도 놀랐습니다. 운장이 살아있다는 말도 놀랐지만, 운장이 조조의 휘하에 의탁했다는 말에도 놀랐고, 더욱 놀란 것은 운장이 조조의 명에 따라 대장군의 애장 안량을 척살했다는 사실인데, 이에 접해서는 소장이 더욱 큰 충격을 받았습니다. 대장군의 운장에 대한 분노가 어느 정도인지는 충분히 인지하고는 있으나, 이제 와서 소장이 운장의 행위를 사죄한다고 해도 어떻게 이와 같은 비참한 현실을 뒤집을 수 있겠습니까? 지금부터 소장이 대장군에게 사죄를 받을 수 있는 일은 오직 하나뿐, 운장에게 다각도로 연락을 취해서 소장에게로 다시 돌아와 대장군의 휘하에서 공을 세우도록 하는 것 외에는 방법이 없다고 생각합니다. 부디 넓은 마음으로 해량하여 주시기를 간절히 바랍니다."

유비는 자신의 입장을 밝히는 전서를 원소에게 보내고, 그때부터 관도에 있는 관우와 연통할 방법을 모색한다.

2) 관우, 장료와 함께 원소의 명장 문추까지 격파하다

 조조가 백마성의 백성들을 서하로 이주시키는 작전에 실제로 돌입하자, 원소는 문추에게 이들을 즉시 추격하여 격파하도록 명한다.
 "대장군 문추는 대기하고 있는 경기병 6천과 궁노수를 이끌고 백마성을 빠져나가는 조조의 무리를 추격하여 백성들의 이동을 막도록 하라"
 이때 도독 저수가 원소에게 진언을 올린다.
 "대장군, 지금은 연진을 마주보고 군사를 주둔시켰다가 군대가 안정된 후, 따로이 관도에 군사를 나누어 보내는 것이 상책입니다. 지금 황급히 병사들이 황하를 건너다가 무슨 변고라도 생긴다면 되돌아올 수 없습니다. 우리에게는 풍부한 군량과 마초가 준비되어 있습니다. 향후 추이를 살펴보면서 지구전으로 임하여야 할 것입니다."
 자신이 세운 전략에 사사건건 제동을 거는 저수에게 약이 오를 대로 오른 원소는 불같이 화를 내며 말한다.
 "그대는 어찌 군사들의 긴장을 풀어지게 만들어, 결국에는 사기를 떨어뜨리는 행위만을 계속하고 있는 것이오. 병법에서 일컫는 병귀신속(兵貴神速)이라는 말도 모르오? 군사를 움직일 때는 신속함을 가장 높이 여긴다는 말이오. 도독은 이제

더 이상은 나의 발목을 잡고 훈계하려고 하지 마시오."

원소의 노도와도 같은 질책을 들은 저수는 군막을 빠져나오며 길게 탄식하며 혼잣말을 한다.

"수장은 자기의 뜻만을 고집하고, 수하는 경쟁자를 시샘하여 공적을 다투기만 하니, 앞으로 이 일을 어찌 수습할꼬."

저수는 지병을 이유로 내세워 지휘권을 반납한다. 원소는 저수의 처세에 분노하여 저수 휘하의 군을 모두 곽도에게 배속시키고 문추를 급히 백마로 파병하여 백마성의 백성들을 서하로 이주시키지 막도록 지시한다.

원소가 대군을 급파하여 백마를 향해 출병한다는 급보를 들은 조조는 군대를 둘로 나누어 화북의 군사를 상대하는 전술을 새로이 세운다.

"지금부터 군의 행렬은 둘로 나누어 행군한다. 전군에는 군수 보급부대를 전진 배치하여 군량, 군수품, 마초를 앞세우고, 중군에는 경보병을 그리고, 후군에는 정예병을 배치하여 적의 공격에 대비하라."

여태까지와는 전혀 다른 뜬금없는 조조의 용병에 대해 여건은 이해하지 못할 의문이 생겨 조조에게 질문한다.

"전방에 식량과 말먹일 풀을 앞세우고 정예병을 후방에서 뒤따르게 하심은 무슨 이유입니까?"

"군량과 마초를 뒤에 두면, 도둑을 맞고 빼앗기는 일이 많아 이번에는 군량과 마초를 앞에 세운 것이네."

"전선은 대부분 전면에서 형성되는데 적이 경기병으로 공격해 오면, 전투력이 부족한 군수 보급부대는 삽시간에 궤멸하고 말 것입니다."

"그 문제는 크게 우려하지 말게."

조조의 지시대로 군량과 치중을 앞세우고 전위의 군사들이 출발하자, 조조는 하후돈과 함께 후군에서 정예병을 이끌고 행군한다. 한나절 즈음 지나자, 전군에서 큰 소동이 일어나며 갑자기 전위에 있던 군수 보급부대의 병사들이 사방으로 흩어져 달아나기 시작한다. 중군에서 전군의 전황을 보고받은 조조는 전혀 놀라는 기색이 없이 말채찍을 들어 야산을 가리키며 차분히 명을 내린다.

"전군의 군수 보급부대와 병사들이 전부 도주했다고 하니, 후군은 잠시 행렬을 멈추고 양쪽 야산으로 올라가 기력을 충전시키도록 하라."

병가에서 적병을 만나 피하는 것은 병사들의 사기를 깎아 내리는 행위로 가장 금기로 여기는 사항이다. 그런데, 병가에서 꺼리는 금기를 병법에 능한 조조가 자행하자, 여건은 스스로 조바심하며 걱정되어 또다시 묻는다.

"주공, 적병을 만나 전투를 회피하는 것은 최하책입니다. 빨리 병마를 거두어 전투태세를 갖추셔야 합니다."

태산태수 여건의 조바심에 순유가 앞으로 나서며 응대한다.

"주군께서 펼친 포전인옥(拋磚引玉:미끼를 던져 상대를 현혹시킴) 전략, 그리고 이대도강(李代挑僵:작은 것을 버리고 큰 이익을 챙김) 전략에 적병들은 곧 소탐대실하여 혼란 속에 빠지게 될 것이오. 조금 지나면 적병들이 주군께서 던진 함정에 빠져들어 궤멸할 텐데, 태수는 어찌 주군의 뜻을 읽지 못하고 군사를 돌리라는 말을 하오?"

조조는 순유를 쳐다보며 더는 말을 하지 말라는 듯이 눈짓을 보내고, 순유는 조조의 뜻을 읽고 그대로 입을 다문다.

얼마 후, 문추의 경기병이 백마의 남쪽 야산 근처에 이르러 앞에 드리워진 평원을 바라보니, 조조의 군사들이 버리고 간 투구, 갑옷, 병기, 식량, 치중 등이 온 들판에 널려 있었다. 문추는 조조의 군수품 보급병들이 급히 퇴각하느라 미처 챙기지 못한 것이라고 여기고, 전공을 과시하고 싶은 욕심으로 벌판에 널려 있는 병기와 치중들을 수거하도록 명한다.

잠시 후에는 조조가 풀어놓은 군마들이 평원의 여기저기에서 날뛰자, 문추가 어안이 벙벙해서 주변을 주의 깊게 둘러본다. 아무리 살펴보아도 조조의 군사들은 보이지 않고 말들만 길길이 날뛰자, 문추는 기병들에게 명하여 군마들을 잡아들이도록 명령한다. 이로써 군대의 전열이 자연히 흐트러지고 부대가 서로 뒤섞이면서, 부대의 질서가 무너지며 군령도 통하지 않는 통제 불능의 상태로 변해 버린다.

문추의 부대가 무질서 속으로 빠져드는 것을 확인한 조조가 즉시 하후돈과 수하의 병사들에게 명을 내린다.

"이때를 놓치지 말고, 하후돈 장군은 경기병을 이끌고 속히 적병을 공격하라!"

하후돈의 매복병 1천이 활과 궁노를 날리고, 2천의 기병들이 함성을 지르며 무질서 상태로 있던 문추의 병사들을 무차별 공격한다. 기습공격을 받아 놀란 문추가 총력을 다해 대적하려 하지만, 진형이 무너지고 대열이 뒤섞인 병사들을 정비하는 것은 새로이 진형을 짜는 일보다 한층 어려운 작업이다.

조조는 중군과 후군에게 총공격 명령을 내리고, 작전상 후퇴를 했던 전군을 정비하여 서황과 장료가 군사를 이끌고 돌아오자, 문추는 조조의 중군, 후군과 서황, 장료의 전군 병사들에게 삼면 공격을 받고 크게 당황하여 전의를 상실한다.

후군장 관우는 적토마에 올라 청룡언월도를 휘두르며 화북 군사들 속에서 종횡무진하며 적진을 휘몰아치자, 화북 군사들은 지난날 여포의 신기를 보는 듯이 얼이 빠져 무기를 버리고 도주한다. 관우가 난전 속에 고군분투하는 문추를 발견하고 앞을 가로막은 군사들을 수수깡이 베듯이 쳐내며 문추를 향해 돌진한다. 이때 양측 군사들이 난전을 벌이는 전장 속에서 힘겹게 방어로 임하던 문추는 기력까지 저하되어 퇴로를 찾으려고 하지만, 관우보다 먼저 문추를 맞이한 서황과 마주치게 된다. 승기를 탄 서황의 날카로운 공격을 받은 문추는 장창을 휘두를 여유도 없이 30여 합 만에 서황의 큰 도끼에 찍혀 말 아래로 떨어진다.

원소의 명장 문추 또한 관우와 서황의 공격을 받고, 백마산 앞의 벌판에서 난전 중에 사망하며 부대가 궤멸하자, 조조는 그 빈틈을 타고 백마성에서 숨을 죽이며 주위를 살피고 있던 백성과 군사들을 안전하게 남으로 이주시킨다.

　원소는 자신이 최고로 아끼는 대장군 안량과 문추가 허무하게 유명을 달리하자, 친히 10만 주력군과 후방 지원군 7만을 휘몰아 조조를 거세게 몰아치며 공격하기 시작하면서, 조조는 원소의 대장군 안량과 문추를 척살하는 성과를 거두어들였음에도 불구하고, 10여만 명에 이르는 원소 대군의 거센 공략에 밀려 도하 거점인 백마, 연진을 모두 내어주고, 관도 벌판까지 후퇴하여 새로이 본영을 구축한다.

　조조는 비록 국지전에서는 원소의 양대 명장 안량과 문추를 죽이는 눈부신 전과를 올리지만, 전반적인 전투에서는 계속 밀리는 바람에 도하 거점인 백마와 연진을 모두 원소에게 내어주고, 관도 벌판에서 원소와 팽팽히 대치하기에 이른다.

12.
강동 호랑이 손책의 최후

12. 강동 호랑이 손책의 최후

중원에서는 조조와 원소가 사활을 건 일대 대결전을 벌이고 있을 때, 강동에서도 천하의 흐름을 뒤바꿀 놀라운 대사건이 벌어지고 있었다. 조조가 초장의 승리에도 불구하고, 대군의 군사력을 앞세운 원소에게 관도까지 밀려 관도성에서 원소와 대치하게 되자, 이때를 틈타 손책은 허도를 탈취할 음모를 꾸미고, 이 시기 손책에게 전략상 투항해 있던 허공이 헌제에게 손책의 역기에 대해 고변을 올린다. 형식은 황실과 헌제에게 충성하는 듯한 명분을 지녔으나, 실제로는 협천자 조조의 관심을 집중시켜 조조에게 발탁되기를 바라는 의도였다.

"손책이 조 사공께서 백마전투로 어수선한 빈틈을 노려 허도를 기습하려고 합니다. 이번 위기를 무사히 벗어나려면 소리장도(笑裏藏刀)전략으로 일단은 손책에게 대장군의 지위와 권한을 준다고 아우른 후, 손책을 허도로 불러들여 제거하시기를 주청 드립니다."

허공의 고변을 받은 조조는 분노하여, 손책에 대한 소환을 계획하고 허공에게 답서를 보낸다. 그러나 조조의 답서를 받은 밀사가 허공에게 답서를 전하려고 장강을 건너오다가, 장강을 지키는 손책의 경비병에게 붙잡힌다. 장강의 경비병으로

부터 조조의 답서를 지닌 밀정을 인계받은 손책은 즉시 허공을 잡아들여 조조의 밀서를 꺼내 보이며 심문하기 시작한다.

"허공, 이놈아! 평소 네놈이 마음까지는 복종하지 않았다는 것을 알고는 있었으나, 이렇게까지 나를 음해하리라고는 생각도 하지 못했다. 내 너를 요절내고 말리라."

조조와의 밀통이 발각된 것을 알게 된 허공이 하얗게 질린 얼굴로 변명을 한다.

"그 밀서는 조조가 장군과 나를 반목시키려는 이간책일 뿐입니다."

손책이 이를 반박하며 말한다.

"네놈이 생각하듯이 내가 그 정도로 무지하고, 사안을 분간할 줄 모르는 촌부인 줄 아느냐? 네놈의 평소 행위를 보면 벌써 답이 나와 있는 것이다."

말을 마친 손책은 분노로 치를 떨며 허공의 목을 졸라 죽인다. 조조의 허도에 빈틈이 생기기를 노리던 손책은 마침내 관도에서의 초기 전투가 끝내 조조에게 더욱 불리하게 돌아가자, 허도를 급습하려고 북상하다가 광릉에서 광릉태수 진등과 대치하게 된다.

진등은 손책에게 목숨을 잃은 당숙 진우의 복수를 하기 위해 손책을 징벌하고자 광릉에서 오랜 세월 절치부심하고 있다가, 드디어 손책과 대적하게 되면서 죽음을 각오하고 싸울 각오를 굳힌다.

마침내 자신이 가슴속에 품었던 복수를 갚을 때가 왔다고 판단한 진등은 손책의 광폭함과 성급한 품성에 질려 손책을 혐오하고 있던 산월족의 족장 엄백호에게 손책을 토벌하도록 인수를 내리고, 엄백호가 인수를 받는 즉시 함께 힘을 합쳐 손책을 도모하자는 전서를 보낸다.

"족장께서는 손책이 광릉 앞 벌판에 당도하여 진지를 세울 때, 산월족을 이끌고 이들이 휴식을 치르지 못하도록 급습하여 싸우십시오. 그러다가 짐짓 패하는 척하며 북쪽 야산 쪽으로 도피하시어 야산의 골짜기로 이들을 유인하십시오. 이들이 승리에 취해 방심하고 추적할 때, 매복으로 편히 휴식을 취한 광릉의 군사들이 기습하여 손책을 끝장내겠소이다."

손책이 광릉벌판에 도착하여 광릉성을 포위하고 벌판에 진을 세우려 할 때, 엄백호는 진등과 맺은 약속에 따라 손책을 공격하려고 출병하여, 손책의 후방을 공략하기 시작한다.

손책은 엄백호의 산월족을 산적이라고 폄훼하여 일거에 궤멸시키려는 의도로 총공격을 감행한다. 1만에 가까운 산월족은 짐짓 싸움에 패하는 척하면서 북쪽 야산에 있는 골짜기로 도주한다. 첫 전투를 빗자루로 낙엽 쓸 듯이 수월하게 산월족을 물리친 강동 군사들은 신이 나서 산월족의 뒤를 추적하여 야산의 골짜기에 들어서는데 이때, 진등이 야산 중턱에서 양쪽에 매복시킨 군사를 이끌고 화살과 쇠뇌를 날리며 총공세를 퍼붓자, 강동 군사들은 속수무책으로 무너지기 시작한다.

"함정이다. 전 병력은 즉시 퇴각하라."

손책으로부터 퇴각명령이 떨어지자, 복병에 놀란 강동 군사들은 무기를 버리고 '걸음아, 나 살려라.' 정신없이 도망쳐서, 광릉 벌판에서 20여 리 떨어진 곳까지 도망친 후, 손책의 용맹에 힘입어 겨우겨우 버티면서 군대의 대열을 다시 정비하기 시작한다. 그러나 이미 사기가 땅바닥으로 떨어진 강동 군사들의 기력이 되살아나지 않자, 손책은 한동안 진등과 대치 상태로 일관하다가 다음을 기약하고 강동으로 회군한다.

강동으로 되돌아온 얼마 후, 손책은 군사작전의 일환으로 사냥계획을 세우고, 단주(丹徒)의 서산으로 사냥을 나서는데 이때, 손책이 평소 사냥을 좋아하는 것을 알고, 손책이 사냥에 나서면 손책을 제거하려고 학수고대하며 때를 기다리던 4명의 협객이 있었다. 그들은 다름 아닌 허공의 식객으로, 평소 어려운 사람을 잘 도와주고 자신을 찾는 식객들을 후하게 대우하면서 호걸들과 깊은 친분을 맺어 왔던 허공이 손책에 의해 잔인하게 목을 졸려 죽고 허공의 가정이 파괴되자, 허공의 복수를 갚아 은혜에 보답하려고 이때를 기다리고 있었던 것이다. 이들 4인 중에 한 사람은 허공의 가족을 보호하기 위해 남고, 3인의 식객은 허공을 피살하려고 몰이꾼으로 위장하여 참여한다. 사냥이 시작되고 얼마 후, 손책의 앞으로 사슴 한 마리가 나타나자, 손책은 정신없이 사슴을 쫓다가 숲속으로 사라진 사슴을 찾아 두리번거리는데, 숲속에서 대기하고 있던 3명의 자객이 나타나서 무리와 홀로 떨어져 있는 손책을 향해 창으로 손책의 넓적다리를 찌른다.

이들은 손책이 사냥에 나서 경호병의 호위가 느슨해지기를 기다리고 있다가, 허공의 복수를 갚으려고 작전을 펼친 작전이 성공하여 실행에 옮기게 된 것이다.

"악! 자객이다!"

손책이 비명을 지르며 칼을 빼려 하자, 한명의 식객이 독화살을 날려 이를 손책의 뺨에 명중시킨다. 이어 손책이 탄 말이 달아나지 못하도록 말 다리를 창으로 찌르자, 말이 꼬꾸라지면서 손책이 말에서 떨어진다.

창에 찔리고 독화살에 맞아 온몸이 상처투성이가 된 상태에서도 손책은 곧바로 땅에서 일어난다. 손책이 칼을 뽑아 들고 어렵게 자객 3명의 공격을 막아내고 있을 때, 비명소리를 들은 정보가 수하를 거느리고 손책이 있는 곳으로 돌진한다.

"주공, 덕모가 왔습니다. 빨리 몸을 피하십시오."

"덕모 숙부님, 고맙습니다. 이 자객들을 부탁합니다."

"자객들을 한 놈도 남기지 말고 주살하라."

손책의 경호병들이 일제히 달려들어 자객들에게 화살 공세를 펼치고 창으로 찍어내자, 이들은 순식간에 고깃덩어리가 된다. 정보가 옷깃을 찢어 손책의 상처를 여러 군데 싸맨 뒤, 손책을 말에 태우고 신속히 오회(吳會)땅으로 옮긴다.

이들 허공 식객의 이름은 사서에 전해지지는 않았으나, 자신을 따뜻하고도 정감 넘치게 예우해준 허공과의 신의를 지키는 동시에 잔혹하게 죽은 주빈 허공의 은혜를 갚기 위해, 목숨을 걸고 손책을 공략한 행위는 협객열전에서 전해질 정도로 역사를 바꾼 큰 사례로 기록된다.

오회로 후송된 손책은 명의 화타를 찾았으나, 화타는 중원으로 떠나 없었고 남아있는 제자가 손책을 치료한다.
"화살촉에 바른 독이 이미 골수 깊숙이까지 스며들었습니다. 향후 백일 동안 안정을 취하고 요양을 취하면서 기다려 보아야 할 것입니다. 만일 백일 이전에 분기를 일으키면 상처를 다스릴 수 없게 될 것입니다."
성급하고 광폭한 성품의 손책일지라도 자신의 생명과 연관된 중요한 사안이어서, 손책은 가급적이면 분기를 일으키지 않으려 애쓴다. 그렇게 스무날쯤 지날 무렵, 허도에 정박하고 있는 장굉에게서 전령이 보내진다.
손책은 병환을 가료하는 중에도 허도조정의 사정이 궁금하여 밀정을 불러들여서, 밀정으로부터 이런저런 정보를 듣다가 최종적으로 조조의 동향을 묻는다.
"조조는 우리 강동의 움직임에 대해 어떻게 대처하고 있는 것 같은가?"
"조조는 원소와의 일대 대결전에 강동의 향배가 가장 중요한 걸림돌이 될 것이라고 말하며, 후방 경비병의 일부를 광릉 태수 진등에게 보내어 방비를 튼튼히 해야 할 것이라고 했습니다. 이때, 곽가가 나서며 '손책은 경망하고 성급하며 관용이 없어, 주변의 필부까지도 적으로 돌릴 정도로 무모한 인물이다. 전혀 두려울 바가 없다'고 했답니다. 그뿐 아니라 곽가는 '손책은 비록 용맹은 하지만, 지모가 부족하여 필부의 의기만을 지니고 있다'라고 했답니다. '종국에는 보잘 것도 없는 필부에게 목숨을 잃게 될 것이다'는 말을 덧붙였습니다."

자존심 강하고 성급한 성격의 손책은 사자의 보고를 받은 즉시 분기가 탱천하여, 좌고우면도 없이 주변의 장수들에게 소리를 지르며 명령한다.

"곽가 이놈이 나를 하찮은 인간으로 폄훼하는 것도 억울한데, 내가 보잘 것도 없는 자의 손에 죽을 것이라는 망언까지 하다니, 나는 도저히 이놈을 용납할 수가 없소. 지금 당장 군사를 일으켜 허도를 도모하겠소. 제장은 당장 군사들을 총 소집하여 출병할 준비를 하시오."

손책이 격분하여 사전에 충분한 준비도 없이 거병을 명하자, 장사(長史) 장소가 손책을 조심스럽게 타이른다.

"명의 화타선생의 제자가 진단하기를 장군의 몸이 성하려면, 백일 동안 움직이지 말고 마음을 안정시키며 격정이 일어날 일을 피하라고 했소. 어찌 장군은 한 사람의 폄하에 격분하여 천하를 버리려 하시오."

아버지와도 같은 스승 장소의 말에 자리를 함께한 책사와 모사들까지 반대를 펼치자, 손책은 잠시 생각에 잠기는 듯하더니 이내 자신의 의지를 확고히 밝힌다.

"스승님, 이번 일은 단순한 격분 때문이 아니고, 조조가 원소와의 관도대전에서 심한 타격을 받은 이 기회에 강동의 세력을 중원까지 펼치기 위한 포석입니다. 장사 어른께서는 굽어 살펴주십시오."

장소는 손책의 뜻이 워낙 확고하자 더는 손책을 말리지 못한다. 손책은 급히 서둘러서 군사를 일으키려다가, 과로와 몸의 뜨거운 열기로 인해 혼수상태가 되더니 급기야 쓰러지고 만다. 며칠을 혼수상태에 빠져 있던 손책이 정신을 차리려고 안간힘을 쓰던 어느 날 겨우 기력을 찾고, 옆에서 병을 간호하던 모친 오태부인과 처첩에게 의미심장한 말을 꺼낸다.

"이제 나의 상처가 심하게 도져서 이 이상은 살지 못할 것 같습니다. 일단 장사 어른과 심복들을 불러 주세요."

오태부인의 부름을 받은 장소가 심복 몇몇과 함께 병상에 도착하자, 손책이 장소에게 자신의 뜻을 전한다.

"장사 어른, 내가 죽거든 종제 손권에게 후계를 잇게 하려는데 어떻게 생각하십니까?"

장소가 깜짝 놀라며 손책의 뜻에 이의를 제기한다.

"손권은 공사의 구분이 불확실한 경향이 있소. 지난날, 양인현의 장으로 있을 때, 공금을 자신의 개인 재산으로 착각하여 문제가 발생한 적이 있었소. 용병에 있어서도 문제가 있어, 장군께서 산월족을 정벌하고 군영을 부탁했을 때도 1천명도 되지 않는 병사를 경계에 배치하지 않고 자신의 호위에 치중하는 바람에, 정작 군영의 경비는 소홀히 하여 산월족의 공격을 받고 곤혹을 치른 적도 있었소이다. 이런 점들을 고려한다면, 둘째 손권보다는 셋째 손익에게 후사를 맡기는 것이 현명하지 않나 생각하오. 손익은 행동이 날래고, 과감하여 손책장군의 풍모를 지니고 있소이다."

손권이 장소의 의견에 제동을 건다.

"셋째 손익은 나와 너무나도 흡사합니다. 무용은 나를 따를 수 있을지 모르나, 성격이 급하고 너그럽지 못해 다혈질의 속내를 감추지 못하고 드러냄으로써, 내가 범한 과오를 또다시 반복할 우려가 있습니다. 둘째 손권도 문제가 많으나, 그는 영지를 넓히지는 못할지라도 나와 같이 젊은 나이에 비명횡사하는 어리석음은 겪지 않을 것입니다. 과거 허도의 조정에서 유완이 내려와서 손권에 대해 평가하기를 '손씨 집안은 각기 재능이 다른 방면에서 출중하다고는 하나, 모두 수명이 길지 못할 것입니다. 오직 둘째 손권만은 모습이 기이하고 특이하며, 골상도 평범하지 않아 귀한 상일뿐만 아니라 수명도 길 것입니다'라고 했습니다. 이 말은 우리가 주지해야 할 중요한 지침일 것입니다."

손책의 말에 장소가 조심스럽게 간청한다.

"무슨 뜻인지는 알겠으나, 다시 재고해 볼 수는 없겠소?"

"이는 나의 확고한 뜻입니다. 만일 손권 아우에게 후사를 잇게 하되, 아니다 싶으면 장사 어른께서 강동을 직접 맡아 이끌어 주십시오."

 손책은 장소에게 손권이 후사로 이어지기를 원하는 자신의 뜻을 명확히 전하고, 곧바로 모친 오태부인과 처첩에게 아우들과 모든 책사, 제장을 불러들이도록 청한다. 급보를 받고 불려온 사람들이 병상 앞에 엎드리자, 손책은 마지막 힘을 다해 뚜렷한 목소리로 유언을 남긴다.

"천하가 어수선하여 안정이 안되고 있으나, 강동은 오, 월의 빼어난 지형과 삼강의 험난한 지형을 가지고 있어 능히 천하를 도모할 수 있습니다. 장사 어른을 비롯한 여러분은 손권 아우를 보필하여 큰 뜻을 이루어주시기를 바랍니다."

 손책은 이같이 공표하고 인수를 가져오게 하여 손권에게 건네주며 말한다.

"아우는 강동의 군사를 이끌고 조조와 원소 사이에서 천하를 노리고 다투는 일은 나보다 못할지 모르나, 어진 인재를 받아들이고 능력이 있는 자를 적재적소에 배치하여 강동을 지키는 일은 나보다 나을 것이다. 부디 경거망동하지 말고, 아버님과 내가 강동을 점거할 때까지 힘들고 어려웠던 과정을 생각하며, 장사 어른을 받들어 정무를 잘 이끌도록 하라."

 이에 손권은 대성통곡을 하며 손책의 인수를 건네받자, 마지막으로 손책은 모친 오태부인에게도 당부의 말을 남긴다.

"어머님의 여생을 편히 모시지 못하고, 부모보다 먼저 떠나는 불효를 용서해 주십시오. 이제 강동의 후사를 권에게 넘겼으니, 어머님께서는 항시 권을 깨우치시고 가르치시어, 아버님과 이 불효자식이 성취한 땅을 잘 건수할 수 있도록 보필하여 주십시오."

오태부인은 손책, 손권, 손익, 손광의 친모로서 손책의 태몽으로 달을 품는 꿈을 꾸었고, 손권의 태몽으로 해를 품는 꿈을 꾸어, 손견은 자식 세대에 이르러 손책과 손권이 귀한 존재가 될 것이라고 기뻐했던 인물로서 손권의 후사를 적극적으로 지지한다. 오태부인은 지략과 권위를 갖춘 인물로서 손견의 첩이 손견의 막내아들 손랑과 딸을 낳아 손견의 총애를 받고 있을 때에도, 첩을 시기하지 않고 가족들을 무리 없이 잘 융화시켜나간 여걸이다.

"나는 너의 아우 권이 이런 자리에 오를 것을 태몽을 통해서도 예지는 했지만, 아직 어려서 큰일을 결단할 때 무리가 생길까 우려가 되는구나."

"어머니께서 아우 권을 살피시다가, 그래도 결정짓기 어려운 일이 생기거든, 내정 일은 장소에게 물으시고, 외치의 일은 주유과 동습 등의 무관에게 의견을 구하도록 하십시오."

손책은 향후의 일에 대한 방향까지를 제시한 후, 친형제인 손권, 손익, 손광과 옆에서 지켜보던 배다른 형제인 손랑을 바라보며 형제간의 결속과 당부의 말을 전한다.

"너희 형제들은 단합하여 중모를 돕도록 하거라. 절전지훈(折箭之訓)의 교훈을 잃지 말도록 하거라. 가느다란 화살도 여러 개가 모이면 부러뜨리기가 힘든 법이다. 권이 비록 미숙한 점이 있더라도 너희 형제들이 합심하여 보좌한다면, 어떤 난관도 반드시 혁파할 수 있을 것이다."

이어 손책은 본처와 후첩 대교를 불러들여, 애절하게 지아비와 지어미의 영결을 고하는 말을 전한다.

"지난 세월 전장을 돌아다니느라 지아비의 도리를 제대로 하지 못했소이다. 천하를 평정한 후, 오붓이 가장으로의 역할을 다하려 했으나, 명운이 이를 따라주지 않는구려. 비록 내가 먼저 떠나가지만, 두 부인은 남은 자손들을 화목하게 이끌어 가기를 바라오. 내가 죽은 후, 주유가 소교와 함께 장례에 참여하게 되거든, 내가 아우 권을 잘 보필해 달라 당부하더라고 전해 주시오"

손책은 모든 사람에게 당부의 말을 마치자, 숨을 헐떡거리더니 비로소 눈을 감는다. 때는 200년(건안5년) 5월 5일의 일로 당년 스물여섯의 나이로 한 시대를 풍미한 영걸은 죽음을 맞이한다.

비록 손책이 성미가 조급하고 광폭한 성품을 지니기는 했으나, 명운이 길어 자신의 인격을 수양하고 도야했더라면, 천하의 방향을 바꾸어놓았을지도 모른다는 역사적 고찰은 참으로 아쉬움을 남기는 사안이다. 오직 무력에 의한 정벌만을 의지하여, 정치적, 행정적 능력을 발휘하지 못한 손책은 자신의 너그럽지 못한 성격 탓에 피해를 입은 세력들로부터 지속적인 반발을 접하다가, 결국은 허공의 보호를 받던 필부 식객들에 의해 죽임을 당함으로써, 중국 삼국시대의 역사적 흐름을 주도하던 강동의 물결은 새로운 변혁의 물길을 따라 도도히 흐르기 시작한다.

조조는 손책의 사망으로 강동의 위협이 사라지자 크게 한시름을 놓으며 장수들에게 말한다.

"세간에는 손책을 소패왕이라 부르며 그의 용맹을 평가했으나, 최종은 항우장사와 같은 광폭함으로 단명할 것이라고 하더니 결국은 그렇게 되었구려. 나도 그의 지나친 무례함을 익히 알고 있었으나, 그래도 한 시대를 풍미한 인걸이 이렇게 일찍 소멸하다니 조금은 애처롭다는 생각이 드오."

이때 조조의 책사 곽가가 동조하며 말한다.

"어차피 손책은 그가 뿌린 씨앗 그대로 세간에서 평하듯이 단명을 했습니다. 그러나 손책은 그나마 용맹하고 용병에 능해, 우리가 공략하기에는 군사들이 강인했습니다. 이제 손권이 회계, 오군, 단양, 예장, 여릉, 파양 등 6개군의 땅을 승계받았으나, 손권은 손책에 비하면 모든 면에서 모자랍니다. 이 기회를 이용해서 강동을 도모하심이 어떻겠습니까?"

"한번 검토해볼 만하군."

조조가 곽가의 주장에 대해 긍정적으로 말하자, 장굉이 극렬히 반대의 의사를 표명한다.

"사공 어른과 같은 천하의 영웅이 남의 흉사를 틈타서 영지를 탐하는 것은 도리가 아닙니다. 성공하더라도 천하의 비난을 받을 것이며, 실패하게 될 경우에는 웃음거리가 될뿐더러 천하의 공적이 될 것입니다. 지금은 원소와의 일전에 모든 것을 걸어야 할 때라고 봅니다. 오히려 손권을 회유하여 사공의 편이 되도록 하심이 향후 천하의 구도를 보더라도 도움이 될 것입니다."

조조는 장굉의 조언이 오히려 정국을 크게 보는 구도로 여기고, 손권을 자신의 수하로 끌어들이기 위해 토로장군과 회계태수로 임명하고, 장굉을 손권에게 파견하여 자신의 뜻을 전하고 손권을 돕도록 지시한다.

손책이 죽고 나서 얼마 동안은 강동의 호족들이 성심으로 손권을 따르지 않는 기류가 역력했다. 이런 이유를 깊이 따져본 손권은 손책이 강동의 호족에 대해 지나친 탄압정책을 펼친 폐해 때문이라는 것을 인지하고, 호족과의 유화적 협력관계를 모색하는 데 힘을 쏟는다.

손권이 펼친 유화책은 장점도 있었던 반면, 단점 또한 동시에 지니고 있어, 강권을 휘두르지 못하게 된 손권은 연맹체 강동호족의 수장들에 대한 통치를 한동안 효과적으로 하지 못하는 군주가 되어, 강동 연맹체의 수장들과 유화책으로 임한 이후, 처음에는 강동의 명문호족들에게 내내 휘둘리며 협조를 구하기가 어려워진다.

장소, 주유와 동습 등이 혼신을 다해 손권을 보좌하고 한참 시간이 지나고 나서야, 손책으로부터 물려받은 회계, 오군, 단양, 예장, 여릉 등의 호족들이 손권을 따르기 시작한다. 이때부터 손권은 직계조직의 인재가 중요하다는 것을 인지하여, 주변에서 은둔해 있는 인물을 찾는 동시에 측근에게는 적극적으로 인재를 추천하도록 권장한다.

이런 분위기에 편승하여 주유가 손권에게 노숙을 천거하여 어느 날, 손권은 노숙과 깊은 담론을 벌이게 되는데, 이때 노숙이 손권에게 자신이 구상하고 있는 진취적 기상을 밝힌다.

"유표와 황조를 쳐서 양자강(장강)을 점령하게 되면, 조조와 자웅을 겨룰 만한 세력을 구축할 수 있습니다."

이때 옆에서 함께 자리하고 있던 장소가 손사래를 치며 노숙을 꾸짖는다.

"그대는 어린 것이 세상의 물정도 모르면서 함부로 거칠고 막된 말을 쏟아내고 있구나. 그대는 앞으로 말을 할 때 조심하여 경거망동하지 말라."

두 사람 사이에서 분쟁이 일자, 손권이 이들의 논쟁에 끼어들어 중재를 벌인다.

"어린 사람의 객기로 여기시고 노여움을 푸시지요."

손권은 노숙이 멋쩍어하며 자리를 물러서자 일단 노숙을 거처로 보낸 후, 뒤로 은밀히 노숙을 불러내어 진귀한 보물을 보내며 격려한다.

"그대가 결코 헛된 말을 한 것은 아니요. 부디 위축되지 말고 나를 측근에서 보좌해 주시기를 바랍니다."

손권은 군무, 회합 등이 있을 때마다 참석한 사람들 전원에게 생활환경, 성장배경, 사고력 등을 간파하는 등 인재를 구하는 노력을 끊임없이 기울인다. 손권은 일개 졸백에 지나지 않던 여몽과 장흠을 만난 후, 병법과 용병에 능한 것을 보고는 그들에게 학문에 전념하도록 배려한다. 몇 년이 지나서 이들의 학문이 경지에 오르자 이들을 중용하여 병사를 이끌게 하는데 이때, 제갈량의 형인 제갈근 등이 손권의 노력을 높이 치하하며 손권의 막하로 들기를 청한다.

이때를 즈음하여 여몽, 장흠 등의 새로운 보좌와 장수 여범, 정보, 태사자, 한당, 주태, 여몽, 하제 등의 협력을 받으면서, 손권은 자신의 권위를 부인하는 사촌 손보 및 여강태수 이술, 유복 등의 강동 각처에서 일어난 반란을 진압하면서 어느 정도 치안을 안정적으로 유지해 나가기 시작한다.

12.
천하 패권의 3대 전장 - 관도대전

12. 천하 패권의 3대 전장 - 관도대전

1) 조조, 원소와 관도에서 명운이 걸린 대전을 벌이다

조조는 강동이 다소 안정되어 간다는 보고를 받고, 손권을 회유함으로써 강동으로부터의 배후 위협을 정리하기로 결정한 후, 강동으로까지 전선을 확대함이 없이 원소와의 일전에 총력을 기울이기로 한다. 이때, 때를 맞추어 원소가 대대적으로 관도 벌판까지 진입하자, 조조는 원소가 관도까지 진출한 이상 더 이상의 남진을 막지 못하면 허도가 뚫릴 것을 우려하기에 이른다. 조조는 허저의 중장보병, 장료의 기병을 한곳으로 불러 모으고, 친히 5만 군사를 이끌고 관도로 나아가 관도에서 원소와 팽팽히 대치한다.

원소가 일자진으로 공격 진형을 형성하여 기병과 보병을 배치하고 단기간에 관도를 장악하려 하자, 조조는 방진을 형성하여 장기전으로 임할 것을 구상한다. 원소의 정예병 10만과 후방 지원군 7만의 대병력을 상대하게 되면서, 조조는 원소에 비해 상대적으로 부족한 소수의 병력으로 아군의 피해를 최소화하려면 방진을 탄탄하게 구축하여 수비에 주력하는 것이 효과적이라고 판단한다.

그러나 원소가 대군의 장점과 풍부한 군량의 이점을 살려 군사를 분산시키는 전술로 조조의 군수품 보급로를 위협하면서도 소규모 전투를 파상적으로 펼치자, 조조는 군량과 마초의 보급에 어려움을 겪으며, 어느 순간에 군수품 보급로가 끊길지도 모른다는 위기감을 느낀다.

 결국 200년(건안5년) 8월에 이르러, 원소로부터 끊임없이 군수 보급로가 공략을 받게 되면서 군량과 군수가 봉쇄당할 처지에 놓이게 되자, 조조는 속전속결을 통해 보급로를 보호하려고 전 병력을 총동원하여 전면전을 펼칠 계획을 세운다.

 "우리 군사들이 방진을 형성하여 화북의 군사와 대치한 이래, 아군은 선제공격을 취한 적이 없기 때문에 적군은 방심하고 있을 것이오. 원소는 아군이 겁을 먹고 있어 이런 상태가 지속되리라 생각하고 안이하게 경비에 임하고 있는 것으로 보이니, 이런 허점을 활용하여 기습적으로 공격을 감행하려는데 어떻게 생각들 하시오?"

 이때 순유가 속도전을 통한 기습 안에 동의하며 말한다.

 "지금의 형세에서 돌아보면, 적군이 아군의 보급로를 완전히 장악하게 될 경우에는 아군의 전투력이 급격히 저하될 수 있습니다. 아군이 지금 가장 시급히 행해야 할 것은 속도전으로 적군에게 타격을 입히는 방법을 구사하는 것이 최선이라 여겨집니다."

 "공의 뜻이 내 뜻이오. 장수들은 전 병력을 총동원하여 원소와 속도전으로 현재의 판세를 돌릴 준비를 하시오."

조조의 명에 따라 나팔수와 고수병들이 북을 치고 나팔을 불며 군사들의 흥을 올리자, 군사들은 좌군장 장료, 우군장 서황, 중군장 허저, 후군장 이전의 지시에 따라 용기를 내어 일제히 적진을 향해 진군한다.

원소가 황금투구, 황금갑주에 황금빛 비단전포와 옥대를 두르고, 좌우에 장합, 고람, 한맹, 순우경 등을 이끌며 애마의 위에서 조조를 향해 외친다.

"아만은 협천자를 이용하여 황실을 겁박하고 황제를 능멸하는 천하의 역적이다. 빨리 투항하여 천하를 안정시키는 대업에 협조하라."

"역적 본초는 천자께서 대장군의 직위까지 부여하며, 황실에 충성하도록 배려를 했음에도 어찌 황제의 명을 거역하여, 전쟁을 일으키고 천하의 백성을 불안하게 만들고 있는가?"

"아만의 발호가 심하여 지난날의 왕망이나, 동탁보다 그 악정이 심하므로, 내가 그대를 응징하러 거병하였거늘, 누가 누구더라 역적이라 하느냐? 대장군 본초는 천자께서 의대에 내리신 밀지를 받들어, 좌장군 유비와 힘을 합쳐 역적 아만을 응징하노라."

조조는 자신이 결코 명분상 원소에게 앞서지 못함을 알고 있어 명분 논쟁을 끝내버리고, 곧바로 좌군장 장료에게 공격 명령을 내린다.

"좌군장 문원은 저 역적의 목을 베라."

이에 원소는 장합을 내세워 조조의 좌군장 장료를 맞아 싸우도록 명한다. 양군이 맞부딪혀 난전을 벌이는 속에 장료와 장합이 일기토를 벌인다. 두 장수의 말과 말이 엉기고 칼과 창이 마주하기를 4, 50합이 되도록 승부가 보이지 않자, 조조가 중군장 허저에게 군사를 이끌고 출진하도록 명한다.

조조의 용병에 대응하여 원소가 고람에게 명한다.

"장군은 속히 군사를 이끌고 허저의 군대를 대적하라."

군사들의 난전 속에서 허저와 고람이 일기토를 벌이는데, 이를 지켜보던 조조와 원소는 4명의 장수들이 벌이는 세기의 무예전을 보며 크게 감탄한다. 이윽고 조조는 무슨 생각을 했던지, 하후돈과 조홍을 조용히 불러들여 기습명령을 내린다.

"그대들은 각각 3천의 기병을 이끌어 양측 군이 싸우는 난전 중에 벌어진 빈틈을 뚫고, 원소가 있는 후방의 본진을 공격하여 원소를 잡아들이라. 그리하면 전방에서 교전 중인 원소의 군사들이 붕괴될 것이다."

조조의 명에 따라 하후돈과 조홍이 경기병을 이끌고, 신속히 원소의 후방으로 진입하여 본진을 향해 돌진하려 한다. 바로 이때 갑자기 화약 터지는 소리가 들리더니, 원소 본진의 양쪽에서 수십만의 쇠뇌가 쏟아지고, 곧이어 중군에서 오천의 궁수들이 일제히 화살을 쏟아 붓는다.

속전속결을 위해 원소의 본진을 뛰어든 하후돈과 조홍의

경기병들은 소나기처럼 퍼붓는 화살 공세를 이겨내지 못하고 속수무책으로 쓰러지면서 기병의 대열이 붕괴된다.

지난 공손찬과의 계교전투에서 국의가 공손찬의 대군을 궤멸시킨 전술을 심배가 다시 도입하여 조조에게 적용한 것이다. 이 전술은 이번에도 조조의 대패를 이끄는 데 결정적 역할을 한다.

조조의 경기병이 무너지고 그 여파를 몰고, 원소가 양측의 군사들이 난전을 벌이는 전장을 향해 경기병에게 신속히 공격하도록 명한다. 광풍같이 밀려드는 원소의 공격에 조조 군사의 대오가 무너지고, 다급해진 조조는 병사들에게 퇴각명령을 내린 후, 수십리를 후퇴한 후에야 패잔병을 수습하고 대열을 정비한다. 속전속결에 실패한 조조는 다시 긴급히 대책회의를 소집한다.

"지금 우리 군사들의 피해를 최소화하고, 적군의 피해를 극대화하려고 방진을 택했으나, 화북군의 지속적인 국지전 전술로 방진의 효과가 떨어지고, 이대로 전선이 지속되었다가는 가랑비에 옷이 흠뻑 젖는 형국이 될 것 같아서 속전속결을 행해보았소. 그러나 결과는 아쉽게도 대패로소이다. 이제 남은 방법은 수비의 효과가 가장 큰 농성에 임하다가, 원소의 군영에 균열이 생길 때를 기다려 공략하는 격안관화(隔岸觀火 적병의 사기가 떨어질 때를 기다림) 전략을 쓰는 것이 최선이라고 생각하는데, 그대들의 뜻은 어떠하오?"

"주군, 지금으로서는 그 방법 외에는 없는 듯합니다."

순유가 조조의 의견에 동조하고 다른 책사들도 뜻을 같이 하자, 조조는 곧바로 전령을 불러 영을 내린다.

"그대는 곧바로 허도로 가서 나의 장자방 문약에게 내 뜻을 전하고 답을 얻어오라."

얼마 후, 허도를 다녀온 전령이 조조에게 순욱의 전서를 건네자, 조조는 껄껄 웃으며 주변 인사들에게 말한다.

"나의 장자방은 항시 내 속뜻을 잘 읽고 있소이다."

조조는 순욱과 전서를 교류한 후, 관도 벌판에서 대패한 병사를 관도성 안으로 입성시키고, 험지 애구(隘口)에 방어선을 구축한다. 이에 대응하여 원소는 관도 벌판의 군사를 몰아 사산에 의지하고 동서로 수십리에 걸쳐 진형을 구축한 후, 여러 차례 애구를 공략하는데 애구의 지형이 워낙 험하여 돌파에 어려움을 겪자, 이때 지형을 자세히 살펴보아 온 심배가 새로운 계책을 올린다.

"애구가 워낙 험지여서 아군의 용병이 쉽지 않습니다. 정예병 10만으로 우리 본진을 철저히 지키게 하고, 3만의 후방군으로 조조의 군영을 마주 보는 곳에 조조의 군영보다 높은 토산을 쌓게 하십시오. 그 토산 위에서 조조의 군영을 내려다 보고 활을 쏘아대면, 조조는 견디지 못하고 애구를 포기하게 될 것입니다."

원소는 심배의 계책대로 건장한 군사들을 뽑아 토산을 쌓는 작업을 명하자, 건장한 대군이 활발히 움직이니 순식간에 흙자루가 차곡차곡 쌓여 나가 토산이 형성된다. 원소가 흙자루로 토산을 쌓아 나가자, 토산이 형성되면 군영 안에서 군사 작전을 수행하는 것이 적나라하게 원소에게 노출될 것으로 우려한 조조는 군사를 출병시켜 토산을 쌓는 원소의 군사들을 쫓아내려 한다.

하지만, 심배가 토산으로 통하는 길목 양옆에 수만의 궁노수를 배치하여, 조조의 군사들은 토산에 접근하는 것이 결코 용이하지 않았다. 원소는 불과 열흘 만에 50여 개의 토산을 만들고, 꼭대기에는 다락을 만들어 그 위에서 궁노수가 화살과 쇠뇌를 쏟아 붓자, 조조의 군사들은 성안에서 이동하는 것까지도 어려운 지경에 이른다.

조조는 원소의 토산으로 인해 군사들의 이동이 어려워지고, 군령을 전달하는 것조차 차질을 빚게 되자, 책사들과 제장을 불러들여 대책을 논의하는데, 이때 유엽이 신출 기묘한 의견을 제시한다.

"커다란 돌덩이를 담아 쏘는 발석거(發石車)라는 병기를 만들어 토산의 다락을 무너뜨리면, 그들이 아군 진지로 화살 공세를 펼칠 수 없을 것입니다."

전장에서 실제로 칼과 창을 휘두르는 장수들이 모두 이의를 제기한다.

"발석거는 부피가 크고 거추장스러운 데다가 돌의 움직임이 늦어, 움직이는 병사를 상대로는 적합하지 않으므로 거의 사장되다시피 된 병기입니다. 이를 다시 활용하는 방법은 재고해 보아야 합니다."

장수들이 모두 이의를 제기하지만, 조조가 유엽을 옹호하며 말한다.

"아니외다. 이번에는 발석거를 활용하는 것이 최선의 방법이라는 생각이 드오. 토산의 구름다리와 다락에서 화살을 날리는 병사들은 쉽게 움직이지 못하게 되어 있소. 적병이 무방비 상태로 있을 때 발석거의 공격을 받으면, 이들은 다락 안에 갇혀 머리가 터지고 배가 갈라지는 대참사를 겪게 될 것이오. 문제는 발석거를 속히 만드는 것이 관건인데, 공은 발석거를 만들 수 있겠는가?"

유엽이 자신 있게 대답한다.

"오래전에 그 거식(車式)을 본 적이 있습니다. 만들 수 있을 것입니다."

유엽이 발석거의 도안을 그리자, 조조는 비밀히 발석거 수백 대를 만들도록 지시한다. 며칠 후, 발석거 수백 대가 만들어지자, 야밤을 이용하여 각기 토산의 구름다리와 다락을 겨냥하기 좋은 자리에 발석거를 배치한다.

다음 날, 토산의 다락에 오른 원소의 군사들이 딱딱이 소리를 신호로 조조의 군영으로 화살을 퍼붓자, 반대편에서 조조의 군사들이 발석거에 돌멩이를 매달아 날리기 시작한다.

조조의 진용에서 다락을 향해 호박덩어리 같은 돌덩이가 쏟아지자, 그 속에서 화살을 날리던 화북의 궁노수들은 피할 여유도 없이 머리가 깨지고, 뼈가 아스러지며 죽어가는 병사들이 속출한다.

토산에서 작전을 수행하던 원소의 병사들이 혼쭐이 나서 발석거를 벽력거(霹靂車)라고 부르며 두려워한다. 이후 원소의 군사들은 토산에 올라 조조의 군영으로 화살을 날릴 엄두를 내지 못한다. 대군을 동원하여 쌓은 토산이 엄청난 군사적 소실을 일으키고 쓸모가 없이 되자, 심배는 공손찬의 역성을 공격할 때 활용했던 땅굴 전략을 다시 제안한다.

"굴자군을 편성하여 조조의 군영에 이르는 땅굴을 파고, 조조의 군영에 침입하여 영채를 교란시키는 전술을 활용하면 어떻겠습니까?"

"지난 공손찬과의 결전에서도 그 방법으로 크게 성과를 얻었으니, 다시 그 방법을 써 보도록 합시다."

원소가 이를 허락하여 굴자군들이 비밀리에 땅굴을 파기 시작한다. 원소의 군사들이 산 뒤에서 흙을 파내는 것을 본 조조의 척후병이 이를 조조에게 보고하자, 조조는 책사들과 제장을 불러 다시 긴급 대책회의를 개최한다.

"이는 분명 원소가 땅굴 전술을 펼치려는 것 같은데, 우리가 애구의 협로를 막고 원소의 지상공격을 받아내면서, 굴자군의 땅굴 전술을 함께 방어하기에는 어려움이 크리라 생각하오. 아군이 애구에서 총력을 다 해서 방어할 경우, 원소가 배후를 돌아 관도성과 애구의 배급로를 막고 지구전으로 나오면, 아군의 사기가 극도로 저하될 것으로 사료되어, 내 생각에는 애구를 버리고 관도성으로 들어가서 수성을 행한다면, 좀 더 효율적으로 적을 상대할 수 있지 않을까 생각하오."

유엽이 조조의 뜻에 동의를 표하며 말한다.

"원소가 지난 역경전투에서 땅굴 전술로 크게 성과를 올린 경험이 있어 이를 활용하려는 것 같습니다. 이곳 애구는 협로를 틀어막고 지상군을 막기에는 용이하나, 수로가 없어 땅굴 전술을 상대하기에는 많은 어려움이 있습니다. 주공의 뜻대로 관도성으로 입성하여 수성을 하는 것이 무엇보다 효과적일 것으로 생각됩니다. 산만하게 사방이 트여 있는 애구를 방비하느니, 관도성으로 입성하여 굴자군(땅굴을 파는 부대)에는 참호로 대응하고 해자를 더욱 깊이 파서 대비하도록 하면, 원소는 성벽을 공략할 수밖에 없습니다. 다행히도 관도의 성벽은 견고하고 해자는 깊어, 원소가 쉽게 공격하지 못할 것입니다. 이 전술대로 가면 성을 장기간 지킬 수 있습니다. 성을 장기간 지키는 동안 새로운 전환기를 찾도록 하는 것이 최상일 것 같습니다."

순유가 유엽의 계책을 적극적으로 호응하면서, 조조는 애구에 포진한 병력을 관도성으로 돌리고, 성벽을 더욱 견고히 구축하는 동시에 해자를 수십 척(尺) 깊이로 파내, 원소의 땅굴 전술과 공성에 대대적으로 대비한다.

  원소는 후방의 공병을 총동원하여 관도성을 향해 땅굴을 파고 해자 앞까지 당도했으나, 해자 앞에서 더 이상의 땅굴작업을 진행할 수 없게 되자 굴자군을 물린다.

  이후, 원소가 관도성을 포위한 상태에서 총력을 기울여 성벽을 기어오르고 성문을 공략하는 반면, 조조는 처절하게 성을 방어하는 치열한 공방전이 펼쳐진다. 양측이 팽팽히 공방하는 바람에 전투는 자연히 시일을 끌게 되고, 조조와 원소는 두 달이나 공방전을 펼치며 지루하게 시간을 끌게 된다. 시간이 흐르면서 성안에 갇힌 자는 점점 운신의 폭이 좁아지게 되는 법이다.

  조조는 원소가 자신보다 몇배 많은 군사로 철저하게 관도를 포위하고, 쥐새끼 한 마리 빠져나가지 못할 정도로 봉쇄하여 장기간 성안에서 꼼짝없이 고립되자, 외부와의 연통을 위해 안간힘을 쓴다. 원소가 심배의 묘책을 받아들여 성벽을 통한 공성, 땅굴을 파고 행한 굴토작업 등으로 줄기차게 공략하자, 조조는 지상, 지하 전투로 의한 피로감으로 심한 중압감에 짓눌린다. 엎친 데 덮친 격으로 조조의 인권유린에 대한 원소의 선동전략이 효과를 얻어, 조조의 세력권에 있던 많은 군현이 조조에게 등을 돌리고 원소에게 호응하는 상황이 발생하면서, 조조는 자신의 영향권에 있는 예주의 통치권을 거의 상실하기에 이른다.

허도가 있는 예주에서는 오로지 양안군 만이 조조를 지지할 뿐인데, 양안에서조차도 도적의 수괴 구공 등이 원소에게 호응하여 조조는 심각한 위기에 놓인다. 또한, 원씨 조상의 본토인 여남군과 인근 영천군에서는 196년 조조의 황건농민군 정벌로 조조에게 투항했던 황건농민군 출신 유벽이 조조가 궁지에 빠진 것을 기회로 삼아 동료 하의와 함께 원소의 편에서 유비와 연합하여 허도를 줄기차게 위협하고 있었다.

예주 전역에서 일어난 반역과 지배권의 상실로 조조의 군사들은 군량을 보급받는 일에 어려움을 겪게 되는데, 설상가상으로 원소가 부저추신(釜底抽薪)전략을 끌어들여 보급로를 통제하는 것을 최고의 전략으로 삼는 바람에 조조는 마지막 남은 보급통로마저 봉쇄당하게 되면서, 조조 군사들의 사기는 상상할 수 없을 정도로 급격한 하강을 보이기 시작한다.

조조가 점점 더 궁지로 몰리면서, 더욱 많은 군현에서 조조의 영향권을 벗어나려는 조짐이 강해지자, 원소는 조조의 영향권에서 벗어나 귀의하려는 세력들을 효과적으로 규합하여 전세를 더욱 확고히 다지기 위해, 유비에게 황건농민군 수장 유벽과 함께 여남에서 활발하게 유군활동을 펼치도록 군수지원을 아끼지 않는다.

원소의 대대적인 지원을 받은 유비는 여남에서 황건농민군 출신 유벽, 하의, 공도 등과 함께 허도의 변방지대를 더욱 거세게 공략한다.

"유비가 원소의 대대적인 지원을 받으며, 배신자 유벽, 공도와 결집하여 수천의 병사를 이끌고 여남을 정신없이 교란시키고 있습니다."

여남에서 급한 전갈을 받은 조조는 허도로 긴급히 명령을 하달한다.

"유비가 여남에서 허도의 배후를 괴롭히는 바람에 영안까지 동요하고 있으니, 이에 대한 대책을 철저히 강구하시오."

조조의 긴급명령에 따라 순욱이 조인 등 장수들과 긴급회동을 열어 대책을 수립한다. 조인이 순욱을 통해 조조에게 자신의 의지를 전한다.

"유비는 황건농민군의 잔재와 원소의 급조된 병사를 이끌고 있어 생각만큼 용병이 쉽지는 않을 것입니다. 소장이 정예기병을 이끌고 속전속결을 취하면, 능히 유비의 일파를 격파할 수 있을 것입니다."

조인이 스스로 출정을 요청하자, 조조는 즉각 출정하도록 명을 내린다.

"그대는 유비가 군을 정비하기 전에 급습하여 유비를 사로잡아오라."

조조의 명을 받은 조인은 정예기병 5천을 이끌고, 허도에서 3백리 길을 한달음에 달려 유비의 영채를 기습한다. 유비는 조인이 이렇게까지 단시일에 당도하리라고는 미처 예측조차도 하지 못하고 있던 상태에서 당한 일이라 심히 당황한다.

유비와 관우, 장비가 부장들을 이끌고 아귀같이 달려드는 조인의 정예기병 5천을 상대로 일당백의 투혼을 발휘하며, 온 몸에 피투성이가 되도록 혈투를 벌이지만, 워낙 기울어진 군사적 열세를 극복하지 못하고 결국에는 퇴각명령을 내린다.

조인의 급습을 받아 대패한 유비는 조조의 영향력이 붕괴된 예주지역 태수들의 비호를 받으며, 관도의 원소에게로 되돌아간다. 한동안 허도의 배후를 공략하여 조조를 곤경에 빠뜨리던 유비가 조인의 정예기병에게 급습을 당하여 패주하고 돌아오자, 관도에서 여유있게 조조의 본대와 팽팽하게 대치하고 있던 원소는 새로이 허도의 배후를 공략할 전략을 구상하기로 한다.

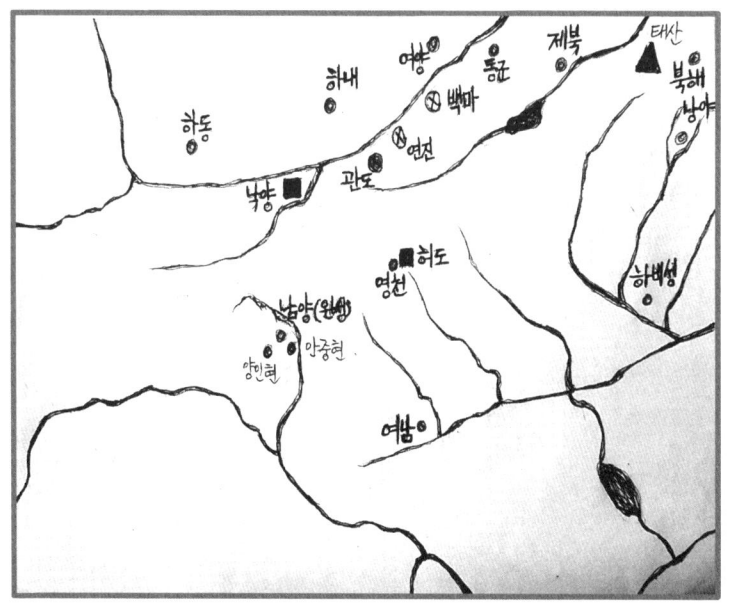

"지금 아군이 관도를 치열하게 공략하여, 맹덕이 관도성을 수성하려고 힘겹게 버티고 있었소. 그런데 이제 허도의 배후가 무너졌으니, 조조는 허도를 수성하는 조인의 군사들을 관도로 불러들이려 할 것이오. 허도에 있는 조인의 군사들이 관도로 합류하게 되면, 아군이 관도를 밀고 내려가기가 더욱 어려울 것이니, 조인의 군사를 다시 허도에 묶어놓아 조조의 병력을 분산시킬 방법을 찾아보도록 합시다."

이에 유비가 나서며 다시 한번 기회를 달라고 청한다.

"비록 이 현덕이 조인에게 패해 대장군을 뵐 면목도 없이 돌아왔으나, 지난 전투의 경험으로 조인의 경기병에 대한 대책을 갖게 되었습니다. 대장군께서 제게 기병 1천을 지원해 주신다면, 다시 여남으로 돌아가서 유벽과 공도의 수천 병력과 합류하여 계속 허도의 배후를 치겠습니다. 동시에 형주의 유경승과 동맹을 맺어, 대장군과 함께 조조를 협공할 계책을 찾아보겠습니다. 유경승은 형주와 양양에 걸친 9군을 다스리고 있는데, 인구와 양곡이 넉넉하여 조조를 견제할 세력으로는 더 없는 최상의 인물입니다. 두 가지의 방안이 뜻대로 되기만 하면, 비록 허도를 취하지는 못할지라도 허도를 심히 위협할 수는 있을 것입니다."

유비의 제안에 곽도가 크게 호응한다.

"유황숙의 안이 절묘합니다. 유경승과의 동맹을 이룰 인물로는 유황숙 만한 사람이 없다고 여겨집니다."

원소가 근심스러운 표정으로 묻는다.

"유표는 나와 우호적 관계에 있어 내가 함께 조조를 협공하자고 연대를 맺었으나, 말로만 동조할 뿐 조조와의 대치가 장기화하여 가는데도 전혀 움직이지 않고 있소이다. 그런데, 과연 유공이 유 경승을 설득할 수 있겠소?"

유비가 침착하게 설득한다.

"유 경승은 이 몸과 같은 종친입니다. 제가 가서 최대한으로 설득을 펼친다면 가능할 수 있습니다."

유비가 진지한 자세로 임하자, 별다른 대책이 없는 원소는 유비의 뜻을 받아들이고, 기병 1천을 유비에게 딸려 다시 여남으로 파견한다.

유비는 충원 받은 기병을 이끌고 낙양 북쪽 맹진항을 통해, 조조의 추종자들이 등을 돌리고 원소에게 투항한 서남 방면의 관할지를 경유하여 다시 여남의 지방에 당도해서 다시 군영을 꾸린 후, 유표를 찾아가서 조조를 대대적으로 협공하자는 제안을 올리지만, 유표는 양측의 전투에 적극적으로 개입하기를 꺼린다.

이에 유비는 유표에 대한 설득을 포기하고, 유벽과 공도의 수천 명 잔당을 다시 규합하여 허도의 배후를 교란하는 데 총력을 기울인다.

2) 관우, 천리의 길을 마다하지 않고 유비를 찾아 나서다

관우의 휘하에서 군무를 담당하며 관우의 인품에 깊이 매료되어 관우에게 종사하고 있던 손건은 '유비가 여남에서 은강(慭彊) 등의 여러 현을 공격하며 허도를 괴롭히고 있다'라는 소식을 듣고, 즉시 관우에게 이 사실을 전한다.

관우는 손건으로부터 유비의 현황에 대한 소식을 전해 듣고는 곧바로 장료를 찾아가서 자신이 투항할 당시의 약조를 거명하며. 장료에게 조조를 방문하여 자신의 거취를 정해주도록 청한다.

"장군, 내가 항간에서 들리는 소문을 종합해보면, 나의 주군이었던 유황숙께서 허도에서 가까운 여남에 있다는 소문이외다. 내가 사공께 올렸던 약조 중 하나로 반드시 큰 공을 세우고 나서야 황숙께 돌아가겠다고 공언했는데, 비로소 지난 전투에서 안량을 베고, 문추를 격파하는데 나름대로는 큰 공을 세웠다고 생각하오. 이제 유황숙께서 여남에 주둔하고 있다는 소문을 들은 이상, 나는 황숙에게로 떠나야 하겠소. 이 사람 한몸이 가는 것은 적토마가 있어 결코 어렵지 않으나, 감부인과 식솔을 안전하게 모시고 떠나야 한다는 부담감 때문에 장군에게 부탁하는 것이외다."

관우의 말에 장료가 묻는다.

"장군, 꼭 떠나야 하겠습니까? 장군과 현덕의 교분을 장군과 이 사람과의 교분에 비하면 어떻다고 생각하십니까?"

"장군과 나의 교분은 붕우의 교분이요, 황숙과 나의 교분은 붕우의 교분에, 군신의 교분에 더하여 형제의 교분이외다. 어떻게 비교가 되겠소? 부디 장군은 사공 어른께 나의 간절한 뜻을 전해주시오."

"사공께서 장군에게 얼마나 많은 정성을 기울이시는지를 장군께서는 잘 알고 있지 않습니까? 장군이 사공으로부터 받은 은혜는 역대 어느 누구도 받은 적이 없는 호사였습니다. 어찌 이 호사를 버리려 하십니까?"

"나는 황숙과 아우 장비와 함께 도원에서 결의를 맺은 지 수십 년의 세월을 생사고락을 함께해 왔소. 이는 '어려운 시절을 함께 지낸 조강지처는 부귀영화를 누리게 되더라도 버려서는 안 된다'라는 성현의 가르침과 조금도 다르지 않소. 내가 사공의 은혜를 모르는 것이 아니라, 황숙과 맺은 젊은 시절의 결의가 더욱 깊다는 것을 확인시키는 것뿐이오."

장료는 관우의 확고한 의지를 확인하고, 사공부를 찾아 조조에게 관우의 뜻을 전한다. 한동안 어두운 표정으로 말이 없던 조조는 한참을 고뇌하다가 비로소 입을 연다.

"알겠소. 운장의 일은 나에게 맡기고 돌아가시오."

관우는 장료에게 자신의 의지를 전달하는 한편, 심복을 여남으로 보내 유비와의 접선을 시도한다. 관우가 보낸 심복이 진진과 함께 관우에게로 돌아와서 유비의 전서를 전하자, 관우는 유비와 다시 함께하게 된다는 감격에 눈물을 떨구며 전서를 읽는다.

"운장, 백마전투에서 안량을 베고, 서황과 함께 문추를 주살하고 문추의 기병을 대파했다는 전황을 들었으나, 나는 운장과 교통을 하기도 전에 본초의 명으로 여남에 와서 허도의 배후를 공략하고 있소. 오늘 운장의 전서를 받고 지난날의 회한이 한없이 밀려와서 흐르는 눈물을 주체할 수가 없었소. 조조에게 의탁하여 많은 신임을 받고 있다는 소문을 듣고 있기에, 조조에게서 쉽게 떨어져 나오기는 어렵겠다고 생각을 하지만, 만일 지난날의 도원결의를 잊지 않고 있다면, 내가 세상을 살면서 잘못 살지는 않았다는 위안을 가질 것 같소."

유비의 전서를 받은 관우는 잠시도 지체하지 않고, 자신의 간절한 뜻을 담아 진진에게 전한다.

"의불부심 충불고사(義不負心 忠不顧死)라고 합니다. 의로움은 진정한 마음을 버리지 않는 것이요, 충성스러움은 죽음을 두려워하지 않는 것이라고 확신합니다. 전국시대 燕나라의 붕우인 양각애와 좌백도가 楚나라로 가다가 폭설을 만나 기아와 추위에 떨게 되어 모두 죽을 위기에 임했다고 합니다. 부상을 입은 좌백도가 어차피 자신은 죽게 될 운명이라고 여겨 양각애에게 자신이 입고 있던 옷을 전부 벗어주고 남은 식량까지 넘겨주며 자신은 얼어 죽었습니다. 후일, 초나라에 무사히 도착하여 높은 벼슬에 오른 양각애에게 어느 날 죽은 좌백도가 꿈속에 나타나, 형가(荊軻:진시황을 죽이려다 실패한 연나라 자객)의 혼이 자신을 괴롭힌다고 하소연하자, 양각애는 자결하여 형가와의 영혼 싸움으로 좌백도의 원혼을 달랬다고 합니다. 나는 이 사서(史書)를 읽고 나서, 세 차례나 탄식하여 울었던 기억이 새록새록 떠오릅니다. 남아의 신의가 이와 같지 않으면 어찌 대장부라 할 수 있겠습니까? 소장이 과거 사공에게 투항한 것은 목숨이 아까워서라기보다는 못난 소장에게 감부인과 식솔을 맡기신 황숙의 뜻을 지키기 위해, 잠시 세간의 비난을 감수하고라도 살아남아 감부인과 식솔을 보존함으로써 훗날 황숙께 떳떳하기 위해서였습니다. 이제 황숙께서 여남 땅에 계신 것을 알게 된 이상, 반드시 감부인과 식솔을 모시고 무사히 주군께 돌아가겠습니다. 찾아뵐 때까지 부디 몸과 마음이 평안하시기를 기원합니다."

관우가 글을 다 쓴 후, 전서를 손건에게 건네며 유비에게 전하게 하고, 곧바로 감부인에게 핵심의 수하를 보내 유비의 건재를 알리고 자신의 확고한 뜻을 밝힌다.

"황숙께서 지금 건재하시어, 여남에서 조 사공이 파견한 장수들을 격파하고 허도를 심히 위협하고 있다고 합니다. 이런 이유로 지금 사공께서는 황숙을 심히 꺼려하고 있습니다. 비록 소장이 사공에게 투항할 당시 약조가 있었으나, 사공께서는 소장을 황숙에게 방출할 경우, 황숙에게 힘이 실릴 것을 우려하여 방해할 가능성도 있습니다. 이점을 감안하여 소장이 사공에게 약속을 이행하게 할 방법을 구상한 후, 사공과 담판을 하려고 하니 좋은 결과를 얻을 수 있도록 기원해 주시기 바랍니다."

며칠 후, 관우가 감부인에게 파견한 전령이 다시 관우에게 돌아와서 감부인이 쓴 전서를 전한다.

"사공은 결코 떠남을 허락하지 않을 텐데, 그 경우에는 어떻게 하시겠습니까? 장군께서는 우리 걱정을 마시고, 속히 단신으로라도 황숙에게로 빠져나가서 황숙에게 힘을 보태주도록 하십시오."

관우는 감부인의 답서를 받고, 전령에게 감부인이 우려하는 바에 대해 안심하라는 내용과 함께 자신의 확고한 의지를 밝힌 전서를 건넨다.

"군자는 항상성이 있어야 한다고 합니다. 많은 사람이 모여 있는 곳이나, 혼자 있는 곳이나, 높은 지위에 있으나, 비루한 자리에 있으나, 항상 평상시와 똑같이 생각하고 행동하지 않으면 군자라 할 수 없습니다. 소장이 조조에게 투항할 때 확실한 태도를 보였듯이, 떠날 때도 확실한 의사 표명을 할 것입니다. 더구나, 감부인과 식솔을 사공에게 남겨두고 소장 혼자 도망치듯이 떠날 수는 없습니다. 부인께서는 사공께서 소장을 놓아주지 않으리라 염려하시나, 그동안의 행태나 처세를 볼 때, 소장은 조 사공 또한 졸장부가 아니라는 확신을 가지고 있습니다. 다만, 사공께서는 소장이 얼마나 확고한 의지를 지니고 있는가를 시험할 것으로 생각합니다. 소장이 황숙에게 돌아가고자 하는 의지가 확고하다고 판단하면, 사공께서는 영웅답게 소장의 길을 열어 줄 것입니다."

관우는 감부인에게 전서를 보내자마자, 곧바로 장료를 찾아가서 조조의 답을 얻어왔는지를 묻는다. 그러나 장료는 관우에게 명쾌한 답을 내어놓지 못하자, 관우는 이내 조조를 찾아 사공부를 향해 발걸음을 옮긴다. 관우가 사공부에 당도하여 보니, 문 앞에는 회피패(回避牌)가 높이 걸려있다. 조조가 아무도 만나지 않겠다는 뜻을 나타낸 것이어서, 관우는 별도리 없이 자택으로 돌아온다. 이튿날부터 수차례에 걸쳐 사공부를 방문했으나, 문 앞에 있는 회피패는 여전히 빛나고 있었다. 그렇게 일주일이 지나고 드디어 관우는 결단을 내린다.

이튿날, 동이 트기 무섭게 관우는 최종적으로 조조에게 예의를 갖출 요량으로 사공부로 향한다. 솟을대문 앞에는 여전히 '회피'라는 글자가 붙어 있자, 관우는 조조의 대문 앞에서 큰절을 3번 올리고는 곧바로 장료의 장군부로 향한다. 장료 또한 칭병하며 관우를 만나려 하지 않자, 관우는 장료의 시종에게 이별을 고하는 말을 전하게 하고, 자택으로 돌아와 조조에게 작별을 고하는 글을 남긴다.

"이 몸은 젊은 시절부터 탁현에서 황숙, 익덕과 함께 도원결의를 맺고, 황숙을 섬기기로 하여 군신의 맹세, 형제의 맹세,

붕우의 맹세를 했습니다. 이로써 태어난 날은 서로 달라도 죽음은 한날한시에 하기를 약속했습니다. 이 맹세를 잊을 수 없어 지난날 사공 어른께 투항할 당시 감히 3가지 약조를 했던 것입니다. 이제 황숙께서 여남에 계신 것을 알게 된 이상, 소장은 사공께서 베풀어주신 은전에도 불구하고, 옛 맹세를 위해 떠나고자 합니다. 사공께 예를 갖추고 떠나려 했으나, 부득불 글로 대신하고 떠나게 됨을 용서해 주십시오."

관우는 조조에게 글로써 인사를 대신 올리고 관도성에 있는 장군부를 출발하여, 허도로 통하는 최단거리인 관도성 남문을 향해 이동하여, 단신으로 남문에 당도한 관우가 남문 수문장에게 청한다.

"수문장, 나는 편장군 관우 운장이외다. 오늘은 사공 어른과의 지난날 약조에 따라 성 밖으로 나가고자 하니, 부디 성문을 열어 줄 것을 간청하오. 만일 성문을 열어주지 않는다면 억지로라도 열고 나갈 것이오."

관우가 강한 의지를 피력하며 수문장을 압박하나, 수문장은 관우의 압박에도 불구하고 자신의 의지를 밝힌다.

"소장은 저에게 맡겨진 임무를 수행하기 위해, 사공의 허락 없이는 어떤 누구에게도 성문을 통과시킬 수 없습니다."

관우가 무력으로 남문을 통과하려 하자, 수문장은 성루와 성가퀴에 배치한 궁수들에게 명한다.

"성 위의 궁수들은 활에 화살을 장진하라."

성루와 성가퀴 위의 궁수들이 관우를 향해 일제히 화살을 장진하자, 관우는 성문 앞에서 청룡언월도를 높이 들어 올린 채로 단신으로 이들과 대치하기 시작한다.

　한편, 조조는 관우와의 면담을 회피함에도 불구하고 관우가 유비에게로 돌아가고자 하는 의지가 확고한 것을 확인한 후, 장료에게 관우의 현재 동향을 묻는다.

　"지금 관우는 어떻게 하고 있는가?"

　장료가 조조에게 관우의 근황에 대해 보고한다.

　"운장은 여남으로 가겠다고 관도성 남문으로 향했으나, 주군께서 운장에게 성문 출입허가를 내리지 않아, 운장은 단신으로 성의 남문 앞에서 수문장과 대치를 하고 있습니다."

　장료의 말에 이전이 앞으로 나서며 말한다.

　"두 가지 이유로 저는 관운장에게 죄를 물어야 한다고 주장합니다. 첫째, 주공께서 그토록 애지중지 예우를 했건만, 운장은 주공의 허락도 얻지 않은 채 달랑 글머리만 남기고 도망치듯이 빠져나가려 하니, 이는 주군의 위엄을 모독하는 것입니다. 또 다른 하나는 지금은 아군이 원소와 천하의 주도권을 놓고 관도에서 명운을 건 일전을 벌이는 마당인데, 운장을 유비에게로 보냄은 대치중인 적군에게 아군의 날개를 떼어 달아주는 격입니다. 운장을 잡아두는 것이 최상의 선택이라고 생각합니다."

　조조의 주변에 있던 장수들이 이구동성으로 강력히 청한다.

"운장은 주군의 은공을 헌신짝처럼 저버리고, 이리저리 들개처럼 떠돌이 생활을 하는 유비를 찾아 주공을 떠나려 합니다. 운장을 그대로 떠나도록 두면, 향후 유비와 함께 주군께 큰 패악을 끼칠 것입니다. 운장을 즉시 잡아들여 문초를 가해야 합니다."

이때 장료가 제장의 분위기와는 전혀 다른 발언을 한다.

"운장은 주군께 투항할 당시 3가지 약조를 올렸고, 주군께서는 이에 응하여 운장이 신의를 바탕으로 투항하였습니다. 이후 운장은 주군께 안량의 수급을 바쳤고, 문추의 대군을 격파하고 문추의 목을 날리는 데 크나큰 공을 세웠습니다. 운장이 주군과 행한 약조를 이행한 이상, 천하를 호령하시는 주군께서 혈혈단신 운장을 잡아들이심은 소탐대실(小貪大失)이 될 공산이 큽니다. 운장이 남문에서 장기적으로 대치하는 동안 혹여라도 불미한 일이 생긴다면, 이는 주군의 명성에 흠이 됨과 동시에 천하의 인재들에게도 신망을 잃게 될 것입니다."

조조는 장수들의 주장과 좌장군 장료의 보고와 발언을 듣고 잠시 생각에 잠기더니 비로소 입을 연다.

"그대는 지금 즉시 남문으로 가서 운장에게 '내가 직접 출두할 것이니 잠시 기다리도록 하라'고 전하라."

조조는 장료가 관우에게로 떠나자마자, 즉시 성문 출입허가증을 작성하여 허저, 서황, 우금, 이전 등의 장수와 기병 수십의 호위를 받으며 관우에게로 향한다.

장료가 남문에 당도하여 보니 남문 앞에는 말로는 형언할 수 없는 긴장감이 감돌고 있었다. 비록 관우는 단신으로 수문장과 남문을 지키는 수백의 궁수들과 대치하고 있으나, 조금도 흐트러짐이 없이 적토마 위에서 청룡언월도를 들고 수백의 궁수를 위엄으로 제압하고 있었다.

과연 여포 이래 당대 최고의 용장다운 기품이었다. 장료도 이 모습을 보고 스스로 감탄한다.

'과연 운장은 당대 최고의 용장이로다.'

잠시 관우의 기품에 탄복하던 장료는 운장을 향해 말을 달린다. 관우가 긴장하여 장료의 접근을 경계하는 듯하자, 장료가 관우에게 큰소리로 외친다.

"장군, 사공께서 조금 지나면 장군을 만나러 오실 것이니, 잠시 긴장을 풀고 기다립시다."

관우가 장료의 말을 따라 잠시 긴장을 풀고 있을 때, 조조가 장수들과 기병 수십을 이끌고 남문 앞에 당도한다. 관우가 다시 긴장하여 청룡언월도를 치켜들고 경계의 태세에 들어가려 하자, 조조가 큰소리로 관우에게 말을 한다.

"운장은 긴장을 풀고 나와 대화를 합시다. 어찌 그리 서둘러 떠나려 하시오?"

관우는 적토마 위에서 허리를 굽혀 예를 표한 후, 확고한 자신의 의지를 표명한다.

"소장은 투항 당시의 약조대로 이행하고 있을 뿐입니다. 이제 황숙께서 여남에 계신 것을 안 이상, 이제는 도원의 결의를 지키기 위해 여남으로 떠나고자 합니다. 단지 죄스러운 것은 사공부를 여러 차례 방문했으나, 사공 어른을 뵐 수 없어서 글만을 남기고 떠나게 된 것입니다. 이제 이렇게 사공 어른을 만나 작별인사를 하게 되어, 그동안의 은전에 감사를 올리고 떠날 수 있게 된 것에 감사할 뿐입니다. 부디 소장이 감부인과 식솔을 모시고, 무사히 황숙과 재회할 수 있도록 도와주시기를 사공 어른께 바랄 뿐입니다."

조조가 관우를 물끄러미 쳐다보더니 입을 연다.

"장군은 과연 의인이오. 장군의 가는 길에 어떤 누구도 방해가 되지 않도록 관문통과증을 내어줄 테니, 부디 허도로 가서 감부인과 식솔을 데리고 무사히 유공에게 돌아가도록 하시오. 그리고 이 금포는 지난 전투에서 세운 공에 대한 인사이니 기꺼이 받아주기를 바라오. 후일 우리가 다시 만나게 된다면, 지난날 남아로서의 헤어짐을 잊지 말도록 합시다."

관우는 조조의 영웅다운 기개에 속으로 깊이 탄복하며, 관문 통과허가증과 금포를 받아들고 감부인이 있는 허도를 향해 적토마를 달린다.

하루 수백 리를 달려 허도의 장군부에 도착한 관우는 손건으로부터 유비가 여남 은강현에서 조조의 군사들과 교전하고 있다는 소식을 듣고, 즉시 장군부의 수하들에게 명한다.

"너희는 감부인의 집 앞에 말과 수레를 준비하되, 장군부

안에 있는 모든 금은보석이나, 귀중품에는 절대로 손을 대지 말며, 내가 투항할 당시에 가지고 있던 물건만을 챙겨 수레에 싣도록 하라."

관우는 조조에게서 하사받은 것은 먼지 하나라도 가져가지 못하도록 명한 후, 여남으로 떠날 채비를 완료하고 일행을 대기시킨다. 조조의 하사품을 모두 봉하여 창고에 넣어두게 한 관우가 한수정후의 인수를 눈에 잘 띄는 곳 당상에 걸어놓은 것을 확인한 후 시종들에게 명한다.

"감부인과 식솔을 수레에 모시고, 황숙이 계신 은강(慇彊)을 향해 출발하도록 하라."

관우는 유비가 생존했다는 사실을 귀띔해주는 등 관우의 최측근이 된 손건을 일행에 합류시키기로 한다.

허도를 떠난 관우가 일행을 이끌고 며칠 동안을 산과 개울을 넘고 건너며, 은강을 향해 길을 재촉하던 중, 저만치 멀리 산에 있는 낡은 성이 눈에 들어온다. 관우가 길을 지나던 주민에게 묻는다.

"저기 멀리 산 위에 보이는 곳이 무엇이오?"

"저곳은 고성(古城)이라고 하는데, 전쟁 통에 행정체계가 무너지자, 도적들이 모여 주민들과 길손들을 협박하여 재물을 빼앗으며 노략질을 하고 있었던 곳입니다. 그런데 얼마 전에 고리눈에 고슴도치 같은 수염을 가진 장수 하나가 기병 수십 기를 이끌고 와서 도적들을 몰아내고, 현의 관리를 대신하여 치안을 담당하고 있습니다. 주민들이 치안을 유지하기 위해 그들에게 의지하여 자발적으로 세금을 갹출하여, 군사를 모으고 군마를 사들이며 군량과 마초를 모으고 있다고 합니다. 이제는 군사만 해도 1천에 이를 정도의 세력을 갖추었답니다."

고성 주변에 있는 백성의 말을 들은 관우는 크게 놀라며 수하들에게 명한다.

"인물의 착의를 들으니 헤어진 아우 장비임에 틀림이 없는 듯하다. 서둘러 빨리 산성으로 가도록 하라."

그리고는 수하에게 명한다.

"전령은 곧바로 성으로 가서 운장이 감부인을 모시고, 일행과 함께 성으로 들어오고 있다는 통보를 올리도록 하라."

관우가 보낸 수하의 통보를 받은 장비는 말 위에 올라 장팔사모를 비껴들고 관우에게로 말을 몰아온다. 관우가 급히 말을 몰고 달려오는 장비를 보고, 반가운 마음에 맨손으로 적토마를 몰고 장비를 향해 마주 달리다가, 장비의 거친 기세를 보고 깜짝 놀라 적토마를 멈춘다.

이때 관우의 가까이에 이른 장비가 관우를 향해 호통을 치면서 장팔사모를 내지른다. 관우는 깜짝 놀라며, 몸을 틀어 장팔사모를 피하며 소리를 지른다.

"아우는 도대체 왜 이리 하시는가?"

"그대는 도원의 결의를 저 버리고, 조조에게 투항하여 부귀영화를 누리더니, 이제 나를 찾는 이유가 무엇인가?"

"익덕은 무언가 오해를 하는 듯하구나. 부디 잠시 분기를 누그러뜨리고, 감부인에게 그동안의 경과를 들어 오해를 풀기 바라네."

이때 관우와 장비의 설전을 벌이는 현장에 당도한 감부인이 두 사람 사이에서 벌어진 오해를 풀도록 중재를 청한다.

"장 장군께서 관 장군에 대해 오해가 있다면, 우리와 먼저 대화를 한 연후에 그래도 오해가 풀리지 않을 경우, 관 장군에 대해 스스로 처신을 맡기심이 어떻겠습니까?"

감부인과 식솔들이 수레에서 얼굴을 내밀고 장비에게 완곡한 부탁을 하자, 장비는 말에서 내려 감부인에게 경의를 표하고 울먹이며 말한다.

"부인께서는 얼마나 많은 고생을 하셨는지 충분히 짐작하고 있습니다. 부인의 말씀을 존중하여 일단은 함께 고성 안으로 모시겠습니다. 그러나 운장의 변명이 기대에 못 미칠 경우에는 추호의 용서도 없이 반드시 그 대가를 지불받도록 하겠습니다."

말을 마친 장비는 일행을 모시고 고성으로 돌아간다. 장비가 감부인을 성안으로 모셔 자리를 청하자, 감부인은 정좌한 후 관우의 행적을 장비에게 밝힌다. 관우를 성으로 이끌 때, 어느 정도 관우에 대한 불신을 희석하게 된 장비는 감부인의 말을 듣고, 곧바로 관우에게 자신의 무뢰에 대해 사죄한다.

"형님의 깊은 뜻을 이해하지 못했음을 꾸짖어 주시오."

"아우는 어차피 나와는 달리 굴욕적인 투항을 겪지 않았기 때문에, 내가 아우를 탓할 여지가 전혀 없다네. 모든 것이 다 내 부덕의 소치이네. 아우가 나를 용서해 주는 자체로 나는 이것보다 더 큰 기쁨이 없다네."

"아니오. 운장 형님이 도원에서 결의한 믿음에 변함이 없다는 점에, 이 아우는 더 바랄 바가 없을 뿐입니다."

관우와 장비의 굳은 우애를 감지한 주변의 사람들은 크게 감읍한다. 한동안 침묵이 흐르더니 관우가 장비에게 그동안 장비가 겪은 고초를 안타까워한다.

"나의 지난날은 그렇다 치고 익덕은 어찌된 영문인가?"

"나는 서주에서 패퇴하여 현덕 형님과 헤어진 후, 망탕산에 들어가서 몸을 피해 다니다가, 생존을 위해 수하 수십을 이끌고 이동을 시작했다우. 관리들이 모두 사라지고 행정이 마비된 고성에 이르러, 도적들의 등쌀에 백성들이 크게 고통을 받는 것을 보고 당분간 이곳에서 치안을 유지하며 은둔하기로 하고, 수십의 수하를 이끌어 수백의 도적을 몰아내고 고성을 차지하여, 지금은 1천의 병력을 키우게 되었소. 이제 현덕 형님의 근황을 알게 되었으니, 빨리 현덕 형님을 만나 새로이 재기할 준비를 합시다."

관우의 일행은 한동안 고성에서 그동안 쌓였던 피로를 회복한 후, 장비와 함께 감부인을 수행하여 은강을 향한다.

관우는 조조가 건네준 통행허가증 덕에 무사히 은강에 도착하였으나, 유비가 여남의 본영으로 돌아갔다는 말을 전해 듣고 다시 여남으로 방향을 돌린다. 유비 또한 허도를 방비하는 조조의 군사들을 상대로 교란전을 펼치다가, 관우와 장비가 자신을 찾아 머나먼 길을 돌아왔다는 전갈을 받고 곧바로 여남의 본영으로 돌아온다. 먼저 유비의 본영에 당도한 관우와 장비는 멀리 유비의 일행이 보이자, 황급히 말을 달려가서 유비의 행렬 앞에 고개를 숙이며 안부를 전한다.

"그동안 많은 고초를 겪으시고도, 천하의 안정을 위해 노고가 크다는 것을 잘 알고 있습니다. 이제 다시 주군과 함께 황실의 안위를 위해 일하게 되어 감회가 새롭습니다."

유비가 관우와 장비의 인사를 받자, 곧바로 말에서 내려 관우와 장비를 끌어안는다.

"운장과 익덕이 아직 살아있다니, 다시 천하를 얻은 듯이 든든하오. 이제 나는 더 이상 바랄 것이 없네."

관우와 장비 두 사람은 감부인, 식솔들과 함께 여남에서 유비와 뜨거운 해후를 맞는다. 감부인과 식솔들은 유비에 대한 감격의 눈물을 한없이 쏟아내며, 허도에서 있었던 그간의 모든 사실을 낱낱이 전하자, 유비는 관우, 장비와 함께 감격에 벅차하며, 의미 있는 사나이의 눈물을 한없이 쏟아내고는 병참에게 명한다.

"오늘부터 사흘간은 모든 병사들이 먹고 마시고, 모든 군무의 굴레를 벗어나도록 하라."

유비는 관우, 장비를 장군 막사로 불러들여, 유벽, 공도와 함께 그간의 소회를 담소하며 큰 잔치를 벌인다. 군사들을 모두 소집하여 소를 잡고 돼지, 양을 잡아 군사들을 배불리 먹여 군사들의 사기가 잔뜩 진작될 즈음, 경비병이 유비에게 반가운 보고를 올린다.

"황숙 어른을 찾아 상산에서 조운 자룡이라는 사람이 여남으로 왔다고 합니다."

관우, 장비와 재회를 한 기념으로 군사들과 함께 어울리며 새로운 기운을 얻으려는 유비는 상산에서 조운이 자신을 찾아왔다는 말에 눈이 번쩍 뜨이고 크나큰 귀가 쫑긋 솟아오르는 것을 느낀다.

"자룡, 그 긴 세월 동안을 잊지 않고, 아직도 기반을 잡지 못해 남에게 의탁하고 있는 나를 찾아주다니 진실로 더할 나위 없이 고마울 뿐이오."

군사적으로도 행정적으로도 기반이 미약한 자신을 불원천리 찾아와 준 조운에 대해, 유비는 송구스러운 마음과 동시에 기쁜 마음을 함께 지닌 채 다시 말을 잇는다.

"나는 자룡을 처음 만난 순간부터 사모하는 마음을 떨쳐 버릴 수가 없었소. 그러나 공손찬의 부장으로 있는 사람을 아무런 기반도 없는 내가 차마 탐을 낼 수 없어, 이렇게 세월을 보내기만 해 왔는데, 지금 아무런 기업도 이루지 못한 사람을 찾아와 주다니 고맙기 한량이 없소이다."

조운은 자신의 가치를 인정해 주면서도 몸둘 바를 몰라 겸연쩍어하는 유비를 오히려 위로하듯이 말한다.

"소장은 처음 원소의 졸백으로 임관했으나, 원소의 그릇이 천하를 담기에는 부족하다는 생각이 들어 공손찬에게로 갔었습니다. 그러나 백마장사의 난폭한 성품에 정을 붙이지 못하다가, 전해를 지원하는 황숙의 주기(主騎)로 종군했을 때, 황숙 어른을 모시면서 흠모하는 마음을 가지게 되었습니다. 그런데, 주변의 사정이 여의치 않아 황숙과 인연을 맺지 못하고 있다가, 최근에 황숙께서 황제의 밀조를 받아 여남에서 조조를 공략하고 있다는 소문을 듣고, 그동안 양성해온 수백의 군사를 이끌고 왔습니다. 이제부터는 황숙을 주군으로 삼아 죽을 때까지 변함없는 충성을 바치겠습니다."

조운의 충성맹세를 들은 유비는 비록 남에게 의탁하는 식객의 처지였지만, 마음만은 이미 천하를 평정한 듯 든든한 배포를 지니게 된다.

유비는 사흘에 걸친 연회를 성공리에 마쳐 병사들의 사기를 고무시키고, 다시금 허도 주변의 지역을 게릴라전법으로 공략하기 시작하자, 유비의 끌쩍거림에 격한 조조는 원소와의 일대 대결전에 치중하느라 여력이 없음에도 불구하고, 순욱에게 유비의 토벌을 명한다.

"채양을 선봉으로 삼아 여남으로 파견해서 유비를 징벌하도록 하라."

허도에서 조조의 명을 대리하여 대책회의를 개최한 순욱은 조조의 명을 받들고, 장수들의 의견을 종합하여 채양에게 명을 내린다.

"채양장군은 선봉장이 되어 기보 5천을 이끌고, 여남으로 출정해서 유비를 징벌하도록 하시오."

 조조의 명령을 받은 채양은 즉시 여남으로 출병하고, 이때 유비는 원소의 대리인임을 내세워 공도에게 매복 전략을 제시한다.

"장군은 채양이 여남 벌판으로 진입하기 전, 여남 진입로의 양쪽 험산 중턱에 군사를 매복시켜, 채양이 군사를 이끌고 계곡에 완전히 들어섰을 때, 매복병에게 일제히 적병을 향해 화살을 날리게 하여 섬멸시키시오. 주의할 점은 복병이 숨어있다는 것을 채양에게 들켜서는 아니 될 것이오. 채양은 조심성이 없어 척후병으로 하여금 단 한번 정도만 매복이 있는지를 확인할 것이오. 채양이 매복을 확인하고자 척후병을 보내 정찰을 나올 때는 산의 깊은 곳에 군사를 엄폐시키고, 기척을 내지 않도록 병사와 군마에게 재갈을 물리시오. 척후병이 돌아간 후에 즉시 궁노수들을 작전장소에 배치하고 만반의 준비를 하여, 작전을 성공적으로 이행하도록 하시오."

 공도에게 매복전을 지시한 후, 유비는 관우와 조운에게 기병을 통한 속전속결을 명한다.

"채양이 들어서게 될 산골짜기는 통행길이 넓어 화공을 펼치기에는 어려움이 있는 곳이니, 운장과 자룡은 아군이 산중턱에서 계곡 아래로 화살 공세를 펴다가 공세가 멎게 되면, 때를 놓치지 말고 즉시 각각 기병 1천씩을 이끌고 채양의 군사들을 신속히 공격하라. 적군은 하늘에서 쏟아지는 화살 공세를 피하려 방패를 머리 위로 치켜 올리고 있을 것이기 때문에, 전면의 신체가 모두 노출되어 있어 신속히 치고 돌진하면 일거에 적군을 궤멸시킬 수 있을 것이다."

유비의 예측대로 채양의 군사는 유비의 본진에 거의 다다르고도 방심한 채로 산골짜기 협로에 들어선다. 공도의 병사들이 계곡 양측에서 화살 공세를 퍼붓자, 채양의 군사들은 하늘에서 쏟아지는 공세를 막으려고 방패를 하늘로 치켜들어 몸을 보호하려 한다. 이 순간에 공도는 병사들에게 화살 공세를 중단시키자, 곧이어 찰나의 틈도 주지 않고 관우와 조운이 기병을 이끌고, 채양의 군사들에게 질풍처럼 달려든다. 관우가 동쪽에서 청룡언월도를 휘두르며 적토마 위에 올라 회오리를 일으키며 칼부림을 날리자, 인간병기를 만난 채양의 군사들은 추풍낙엽처럼 사그라진다.

지난날, 여포가 서주전투에서 벌인 일인검무(一人劍舞)를 선보인 장면에 조금도 부족함이 없는 명장면이다. 난전 속에서도 양측 군사들은 관우의 검무에 혀를 내두르며 감탄한다. 여포가 인중여포 마중적토(人中呂布 馬中赤兎)라는 최대의 찬사를 얻은 일에 비견되어, 관우도 만인지적(萬人之敵:1만명의 적병을 감당할 수 있는 장수)이라는 평가를 받을 만하다는 찬사를 듣는다. 서편에서는 조운이 관우에 못지않은 검무를 선보여, 회오리바람을 일으키며 채양 군사를 몰아치자 채양의 군대는 일거에 격파당하고, 채양은 전광석화처럼 달려든 관우의 청룡언월도의 섬광을 따라 순식간에 목이 날아간다.

채양이 관우에게 맥없이 목을 내어주자, 채양의 군사들은 무기를 버리고 허겁지겁 도주하기에 바쁜 속에서 유비가 도주하는 채양의 패잔병들에게 큰소리로 충고한다.

"우리가 비록 병력이 불충분하다고는 하나, 너희 같은 졸장들이 백만 대군을 몰고 오더라도 나에게는 상대가 되지 못할 것이다. 만일 조맹덕이라면 그가 단신으로 오더라도, 그때는 내가 스스로 물러날지도 모르겠지만……"

유비가 여남에서 채양을 격파하고 자신의 수하를 비웃었다는 소리를 전해들은 조조는 책사들과 장수들을 불러들여, 유비에 대한 대책을 논의하는데 이때, 많은 장수들이 조조에게 격분을 토로하며 말한다.

"유비가 아군이 백만 대군을 끌고 오더라도 패망시킬 자신이 있다고 하는데, 이는 주군의 장수들을 무시한 처사입니다. 이를 방치하다가는 아군의 사기가 크게 저하될까 적잖이 우려가 됩니다."

그러나 순유와 곽가 등이 반대의사를 표명한다.

"지금은 군사를 분산시킬 때가 아닙니다. 순간적인 자존심을 세우기 위해 전선을 확대함으로써, 주공의 명운이 달린 일대 대결전을 등한시할 수는 없습니다."

이에 조조가 침통한 표정으로 대답한다.

"짚신장사 유비가 고(孤)의 장수들은 무시했으나, 고가 직접 친정을 한다면 자기가 스스로 물러서겠다고 한 말에 유의하도록 하시오. 유비는 고를 여남으로 끌어들여 우리의 전열을 분산시키려는 의도이니 쉽게 응하지 말고, 원소와의 관도대전에 일단은 혼신을 다 기울이도록 합시다."

3) 조조, 허유로부터 관도대전의 급소를 찾아내다

조조는 숱한 위기 속에서도 유엽 등의 자문으로 6개월 동안을 어렵게 버티지만, 원소가 허도와 관도를 연결하는 군수품 보급로를 끊어 후방의 군수품이 제대로 보급되지 못하면서 군의 사기가 급격히 떨어지자, 조조를 둘러싼 내외정세는 조조에게 점점 더 불리하게 흘러가기 시작한다. 조조는 군량과 군수품의 부족으로 군사들이 혼란에 빠지면서 군심이 크게 흔들리자, 조조의 의지 또한 심히 흔들리며 이로 인해 조조는 허도로 돌아가고자 한다. 이런 와중에 조조의 호사 서타가 조조의 암살을 시도하는 사건이 발생한다.

서타는 상종사를 지낸 사람인데 조조의 측근으로 심부름을 하면서, 조조를 지척에서 보좌해 왔다. 몇 해 전, 조조가 원술과의 살벌한 대척에서 깊은 고뇌에 빠져 정국의 추이를 숙고하던 동안, 조조는 관례적 공문은 보고하지 말라고 서타에게 명했었다. 서타는 조조의 명을 수행하는 과정에서, 유비가 원술과의 전투를 주령과 노초에게 맡기고, 유비 자신은 조조의 밀명으로 하비성으로 출정하고자 한다는 보고를 조조에게 올리고 서주로 진군한 일이 있었다. 서타는 유비가 올린 보고를 중요한 위계로 보지 못하고 일상적인 보고 정도로 생각하고 소홀히 여겨 조조에게 일절 보고하지 않았었다.

이때 서타가 유비의 동향에 대해 보고를 소홀히 한 탓에 결국은 서주를 유비에게 탈취당한 이후, 서타가 조조로부터 신임을 잃어 소리로 강등되었고, 그로 인해 서타는 조조에 대한 충성이 시들해가고 있었다. 그러던 중에 조조가 원소에게 밀려 곤궁한 입장에 처하자, 서타는 조조를 도모하여 원소로부터 공훈에 대해 대가를 얻고자, 위사(衛士) 여럿을 포섭하여 조조를 살해할 결심을 하고, 조조의 주변에서 군수품을 관리하면서 수시로 조조를 살해할 기회를 노린 것이다.

 서타는 조조의 군막을 지키는 경호대장 허저를 눈의 가시처럼 껄끄러운 존재로 여기고, 허저가 조조의 군막을 떠날 시점을 기다리다가 마침내 허저가 잠시 아래 군영으로 내려가자, 위사들을 소집하여 조조의 군막으로 이동을 한다. 잠시 조조의 군막을 떠나있던 허저는 마음이 불안하여 다시 조조의 처소로 급히 돌아와 지키고 있는데, 이를 모르고 있던 서타의 일행은 허저가 조조의 군막 안에서 떡하니 버티고 있는 것을 보고 아연실색한다. 이들의 부자연스러운 행위를 통해 서타의 음모를 알아차린 허저는 순간적으로 깜짝 놀라 입을 떡 벌리고 있던 서타를 단칼에 제거하고, 살해당할 뻔한 조조를 위기에서 구원한다.
 조조는 주변 상황이 이렇게 안팎으로 불리하게 돌아가자, 허도로 귀환하려는 의도를 가지고 순욱에게 의견을 묻는다.

"문약, 잘 아는 바와 같이 너무 오랜 시간을 관도에서 대치하면서, 군사들도 지치고 주변 정황도 녹록치 않아 이만 군사를 돌려 허도로 돌아가려 하는데, 공의 뜻은 어떠하오?"

조조가 귀환의 의사를 밝히자, 깜짝 놀란 순욱이 조조에게 전서를 보내어 황급히 말린다.

"나아감과 물러섬이 진퇴양난에 빠져 결정에 어려움을 겪으시는 주군의 존명을 받자와 급히 글을 올립니다. 원소는 대군을 이끌고 관도로 내려와, 이곳에서 승부를 매듭짓고자 하는 의도를 지니고 있습니다. 이에 맞서 주공께서는 군사력의 열세로도 원소의 대군을 맞아 잘 버티어내고 있습니다. 원소가 비록 대군을 이끌고 있으나, 인재의 적재적소 배치에 사적인 친분이 너무 깊이 작용하고 있으며, 대군의 용병에도 미숙함을 드러내고 있습니다. 정치, 행정, 군사적으로 유리한 주변의 정세를 취하고도, 주공을 상대로 6개월이라는 세월을 팽팽히 대치함이 바로 이를 증명하는 것입니다. 주공께서 병마가 적다고는 하나, 지난날 초(楚)와 한(漢)이 형양이나 성고에서 싸울 때만큼의 전력 차이가 나는 것도 아닙니다. 지금의 군사적 열세를 극복하고 조금만 더 버틸 수 있다면, 반드시 원소의 진영에서 변고가 생길 것입니다. 대군을 이끈 수장이 속전속결을 취하지 않으면, 수하의 인사들은 의견 차이와 갈등을 일으켜 내부의 분열이 일어나게 되어 있습니다. 이것이 장기전으로 갈수록 소수정예의 단결된 의지가 대군을 무찌를 수 있는 이유 중의 하나입니다. 주공께서는 원소가 결판을 지으려는 관도의 길목을 꽉 틀어막고, 이들의 침투를 막아내기만 한다면 반드시 승기를 잡게 될 것입니다."

이렇게까지 간절하면서도 확신에 찬 순욱의 생각을 읽은 조조는 말로 표현할 수 없는 용기와 자신감이 용솟음침을 느낀다. 조조의 입장에서도 지금과 같은 형국에 관도성에서 퇴각해보아도 마땅히 갈 곳이 없어, 사생결단으로 관도를 지키며 원소와 자웅을 결해야 하는 극한적 상황이기는 했었다.

"나는 이번에 반드시 원소를 물리칠 것이다. 모든 장수들과 병사들은 죽음을 각오하고 맡은 바 사명에 충실하도록 하라."

조조가 흔들리는 제장과 군사들에게 확고한 의지를 밝히자, 막다른 골목에 들어선 쥐가 고양이에게 사생결단을 하며 전세를 뒤집는 양상이 벌어진다.

원소가 대군을 몰아 관도를 포위하여 대대적으로 공성을 벌였으나, 오히려 조조 군사의 강렬한 저항에 밀려 원소의 군사들이 30리를 밀려나고, 원소는 관도의 포위를 풀고 군사를 물리지 않을 수 없게 된다. 사기가 진작된 조조는 전보다 더 적극적인 용병으로 원소에 대항하기로 하고, 관도의 부근에 널리 척후병을 풀어 원소의 전황을 정찰하게 한다.

이런 와중에 행중군교위 사환의 수하 한명이 순찰 중에 원소의 세작을 잡아와서 사환은 세작을 서황에게 이첩하고, 서황은 잡아 온 세작으로부터 놀라운 정보를 캐내게 된다.

"얼마 후, 한맹장군이 군량을 운반해 오기로 되어 있습니다. 저는 군량을 운반하는 본대에 앞서 선발병으로 군량을 안전하게 이끄는 길을 찾던 중이었습니다."

중요한 정보를 얻은 서황은 급히 조조에게 달려가, 원소의 군량미 운송계획에 대한 정보를 보고한다. 조조의 옆에 있던 순유가 조조에게 진언을 올린다.

"한맹은 하찮은 용맹만을 지닌 인물입니다. 장군 서황과 행중군교위 사환에게 수천의 경기병을 딸려 기습책을 펼치면 쉽게 한맹을 사로잡을 수 있을 것입니다."

조조가 순유의 계책을 받아들여 서황과 사환에게 명한다.

"신속히 한맹의 군사들이 군량을 이끌고 오는 길목을 급습하여, 군량과 마초를 빼앗아 불태워 버려라."

서황은 사환과 함께 한맹이 지나는 길목을 지키고 있다가, 한맹이 길목에 들어서자 한맹을 기습적으로 공격한다. 한맹은 조조의 본진이 길목에서 멀리 떨어져 있기에 방심하고, 군량과 마초를 옮기다가 기습을 받게 되자 몹시 당황한다.

그러나 군량과 마초는 원소의 군사들이 먹고, 군마들이 취해야 할 생명과도 같은 물건인 만큼 한맹은 사력을 다해 서황에게 달려든다. 한맹이 서황과 한바탕 혈전을 벌이는 사이, 사환은 수백의 기병에게 횃불을 들려 식량과 마초에 불을 붙인다. 서황과 힘겨운 혈투를 벌이던 중에 식량과 마초가 불에 타기 시작하자, 한맹은 급히 말머리를 돌려 달아난다.

서황은 조조의 명대로 한맹을 추격하는 대신, 불타오르고 있는 수레 쪽으로 향하여 군량과 마초를 깡그리 태워 버린다. 원소의 본진에서 멀지 않은 곳에서 불길이 치솟아 올라 의아해하던 원소는 척후에게 명하여 불길의 실체를 파악하도록 지시한다. 이때 한맹이 도망병들과 함께 본진으로 돌아와 사태의 심각성을 알린다.

"주군, 서황의 기병들이 기습작전으로 공격하여, 군수품 보급병들이 싣고 오던 군량과 마초를 모두 잃었습니다."

원소는 어이가 없어 하더니 주위에 명한다.

"저 한심한 한맹을 끌어내어 목을 쳐라."

장수들이 일제히 간언한다.

"주공, 지금은 한명의 장수라도 손상해서는 아니 될 때입니다. 한번 용서를 해주시어 다음에는 공을 세울 수 있도록 아량을 베풀어주십시오. 이보다 더 시급한 것은 서황을 공격하여 서황을 초주검으로 몰아넣는 것입니다. 서황은 기습책을 쓰기 위해 신속히 이동하느라고 불과 수천에 이르는 병사를 이끌고 아군의 군수물자 보급부대를 공략했을 것입니다. 아군이 빨리 이동하여 그들의 길목을 막으면, 아군은 손쉽게 그들을 궤멸시킬 수 있을 것입니다."

원소는 책사들과 제장의 뜻을 받아들여 장합과 고람에게 긴급명령을 내린다.

"기병 5천을 이끌고 그대들은 신속히 서황의 군사들이 돌아가는 길목의 지름길을 막아, 회군하는 그들의 기병을 궤멸시키도록 하라."

원소의 명장 장합과 고람이 5천의 경기병을 이끌고 서황의 길목을 막아서자, 뜻밖의 공세를 당한 서황은 심히 당황한다. 서황은 전열이 흐트러지고 있는 병사들을 재정비하여 장합과 고람을 상대로 분전하지만, 시간이 지날수록 원소의 보병까지 합류하여 서황의 기병들이 사기를 잃고 전세는 점점 더 불리해져 가고 있을 이때, 홀연히 전방에서 허저와 장료가 수천의 기병을 이끌고 장합과 고람의 후미를 공격해 들어온다.

조조가 만일의 사태를 대비하여 서황을 구원하도록 보낸 병사들이었다. 이번에는 장합과 고람이 양쪽에서 협공을 당하게 되자, 이들은 맥없이 퇴로를 내어주어 서황의 경기병들은 겨우 본진으로 돌아오게 된다.

한편, 원소는 한맹이 군량과 군수물자를 운송하는 데 실패하여 군사들이 굶주림으로 동요하자 심기가 매우 불편해진다. 이를 간파한 심배가 원소에게 진지하게 제안을 올린다.

"주군을 상심하게 만든 식량 공급문제로 다시 고통을 받지 않으려면, 식량창고인 오소를 철저히 방비하도록 대대적인 조치를 취해야 합니다."

원소도 이에 대한 중요성을 인지하고 있었던지 심배의 말을 경청한다.

"공의 의견에 깊이 동감하오. 병사들이 전투에 임하는 데 있어서 군량의 보급만큼 중요한 임무가 없는 듯하오. 공은 속히 업성으로 돌아가서 향후 필요하게 될 군량의 보급과 마초 공급에 차질이 없도록 힘써 주시오."

심배는 원소의 뜬금없는 결정에 다소 의아해한다. 원소의 책사 중에는 감옥에 갇힌 전풍과 원소에게 배척된 저수가 손꼽히는 모사인데, 이를 배제한 원소가 이번에는 최고의 책사 심배에게 군량의 보급을 맡기는 우를 범한 것이다. 심배를 업도로 보낸 원소는 순우경을 불러 새로이 지시를 내린다.

"그대는 독장(督將) 휴원진, 한거자, 여위황, 조예 등과 함께 군사 1만을 이끌고 오소로 가서 식량창고를 철저히 지키도록 하라."

원소가 오소에 대한 경계를 위해 용병한 내용을 전해들은 저수는 급히 원소에게 찾아가서 간곡히 청한다.

"주공, 오소는 관도대전의 승패를 좌우할 수 있을 정도의 중요한 급소입니다. 순우경에게만 오소를 맡겨서는 위험합니다. 사려가 깊은 장기에게 별동대를 딸려 만일의 경우에도 대비하여야 곡창인 오소의 수비에 만전을 기하고 안전하게 장기전을 펼칠 수 있습니다."

저수의 충정이 담긴 간언에도 불구하고 원소는 저수에 대한 불신이 있어 그의 호소를 받아들이지 않는다.

"도독 순우경은 내가 아끼는 명장이외다. 순우경이라면 1만의 병력으로도 넉넉히 오소를 지켜낼 것이니, 더 이상은 이

문제를 거론하지 마시오. 지금 조조와 관도에서 치열하게 공방을 벌이는 와중에 오소에 더 이상의 전투병을 투입할 수는 없는 일이오."

그 당시 원소의 진영에서는 전풍이 전쟁을 반대하여 감옥에 갇히는 불상사가 있었고, 저수가 직언을 자주하여 원소에게 불신을 받는 사태가 일어나, 어떤 누구도 감히 원소에게 직언을 올리지 못하는 분위기였다. 그런 상황 속에서 허유는 장기적으로 대치하고 있는 전황을 지루해하며, 원소에게 찾아가서 전략을 대대적으로 수정할 것을 건의한다.

"대장군, 암도진창(暗渡陳倉) 전략을 한 번쯤 시도해 봅시다. 조조의 주력이 관도에 있고, 조조는 군량이 부족하여 군사의 사기도 높지 않으니, 관도를 우회하여 허도를 기습하면 승기를 잡을 수 있을 것이오."

그러나 원소는 평소의 경박한 허유를 떠올리며, 그의 조언을 경시하여 따르지 않는다.

그러던 와중에 조조의 군영에는 군사들에게 원활히 군량을 배급하지 못하는 사태가 나타나기 시작한다. 조조는 급히 허도로 전령을 보내 군량의 공급을 요청하는데, 조조의 친서를 지니고 허도를 향하던 전령이 조조의 군영에서 30십리 정도 경유한 지점에서 원소의 척후병에게 사로잡히고, 척후병들은 전령을 묶어 가까운 허유의 군막 앞으로 끌고 간다.

전령의 몸에서 군량의 보급을 긴급히 요청하는 조조의 친서를 입수한 허유는 다시 원소에게 달려가 속전속결로 전투에 임할 것을 주문한다.

"조조의 친서를 지닌 채 허도로 군량을 요청하러 가던 전령을 잡아들였습니다. 조조의 군영은 군량과 마초가 부족하여 곤경에 빠져 있으니, 이 틈을 타서 군사를 양분하여, 일군은 신속히 식량 보급로를 막고 관도성을 공략하도록 하며, 2군은 관도를 우회하여 헌제가 있는 허도를 선제공격하여 헌제를 취할 수 있다면, 단숨에 조조의 주력이 있는 관도성을 격파할 수 있고, 다른 한편으로는 정예 병력이 빠져 방비가 허술해진 허도를 쉽게 취할 수 있을 것이오."

허유는 조조가 보낸 전령에게서 빼앗은 조조의 친서를 보여주며 원소를 다그치지만, 원소는 허유에 대한 고정관념이 깊이 뿌리박혀 있었다.

"조조는 지략이 풍부한 사람일세. 이 편지는 아마도 조조가 우리를 유인하여, 매복으로 군사를 도모할 전략에서 나온 것일 가능성이 크네. 함부로 용병하게 되면 아군의 피해만 발생할 우려가 있으니, 절대로 경거망동하여 움직이는 일이 없도록 병사들에게 주지시키게."

조조의 전령이 위계로 체포된 것이 아님을 확신하고 있던 허유는 이번 기회가 조조를 섬멸할 최적기임을 아쉬워하며, 재차 원소에게 암도진창(暗渡陳倉)전략을 펼쳐 조조를 도모하도록 압박한다. 이때 업성에서 심배가 보낸 전령이 원소에게 업성의 사정을 알리는 전서를 전한다.

"허유는 평상시에도 주공과의 친분을 앞세워 안하무인인 데다가 탐욕스럽고, 재물 욕이 심해 많은 사람으로부터 신뢰를 잃었습니다. 그런데 지금은 그의 아들과 친족들이 법을 어기고 부정한 방법으로 백성들에게 과도한 세금을 물려, 부당한 방법으로 재물을 갈취당한 백성들이 허유를 원망하고 있습니다. 이에 소신이 그들을 옥에 가두어 문초를 가하고 있습니다. 이런 점을 감안하시어 허유에 대한 대처를 단단히 하시도록 권합니다."

심배의 전서를 읽은 원소는 허유를 심하게 꾸짖는다.

"자원은 수신제가(修身濟家)도 제대로 하지 못하면서, 어찌 치국(治國)을 논하고 평천하(平天下)를 논하는가? 그대는 나와의 친분을 빙자해서 주변으로부터 사리사욕을 챙겨오더니, 이제는 아들과 형제들이 탐욕으로 인해 주변의 신망을 잃고 화북의 화합을 깨뜨리고 있다고 하네. 그대는 군막으로 돌아가서 스스로 근신하면서 주변의 정리부터 말끔히 하고 정무에 임하도록 하시게."

원소에게서 치욕적인 망신을 당한 허유는 집으로 돌아와서 부인에게 탄식조로 불평불만을 토로한다.

"비록 내가 주변의 신망을 잃었다고 하더라도 나의 계략까지를 마이동풍(馬耳東風)으로 흘려버리니, 이래서는 본초가 어찌 천하를 평정할 수 있겠는가? 바로 숙적인 조조와는 너무도 판이한 용인술이 아닌가? 맹덕의 책사 곽가가 원소를 면담한 후, '원소는 인재를 등용하여 적재적소에 배치함의 소중함을 모른다. 구상은 많으나 요령은 부족하고, 묘책을 좋아하나 결단력은 부족하여, 본초와는 천하를 도모하기 어려워 함께할 수 없다'라고 평판한 것이 결코 허튼소리가 아니었음을 다시 생각나게 하는구려."

허유의 아내는 허유의 불평을 조용히 듣더니 조조에게로 투항할 것을 권유한다.

"지금 업성에서 벌어진 현상은 결코 당신에게 유리하지가 않습니다. 조만간 원소는 당신을 문책할 것입니다. 가급적이면 빨리 조조에게로 피신하시는 것이 최선의 보신책인 것으로 생각합니다."

허유가 부인에게 진지하게 묻는다.

"내가 떠나면 당신은 어찌할 생각이오?"

"본초가 비록 인재 활용은 제대로 하지 못하지만, 그도 당대의 영웅입니다. 설마 지아비 없는 아녀자를 해치기야 하겠습니까?"

원소가 유학자 적 대의명분을 중시하는 성향이라는 것을 알고 있는 허유는 아내의 말을 좇아, 급히 비상식량과 옷을 챙겨 들고 조조의 관도성을 향해 잠입을 시도한다. 허유는 원소의 본진을 무사히 탈출하여, 관도성으로 가던 길목에서 조조의 정찰병에게 붙들리고 만다.

"나는 조 사공의 친구 허유라고 한다. 급히 전할 중요한 사항이 있어서 사공을 찾아왔으니, 나를 속히 사공 앞으로 안내하라."

정찰병이 허유를 붙잡아 조조의 처소로 끌고 와서 조조에게 보고를 올린다.

"남양의 허유라는 사람이 찾아와서 급히 사공 어른을 뵙고자 합니다."

막 잠자리에 들려던 조조는 허유가 긴급히 찾아왔다는 보고를 듣고는 잠옷 차림에 신발도 제대로 챙기지 않은 채 버선 차림으로 달려 나온다. 그리고는 군막 밖에서 조조를 기다리고 있는 허유를 끌어안더니, 주변의 경호를 물리고 곧바로 군막 안으로 데리고 들어간다.

"자네는 한황실의 사공이요 나는 일개 책사일 뿐인데, 어찌 이리 황송한 환대를 베푸시는가?"

허유가 황송해하며 조조의 호의를 버거워하자, 조조는 더욱 겸허하게 대답한다.

"자네는 이 사람 아만의 어릴 적 벗이 아닌가? 친구 사이에 어찌 벼슬의 높고 낮음을 따질 수 있겠는가?"

기대하지도 않았던 조조의 환대를 고맙게 생각하며, 허유는 감격에 겨워 자신의 심중을 조조에게 적나라하게 드러낸다.

"원 본초와의 깊은 친분과 그에 대한 세간의 명망을 따라 순리적으로 그에게 의탁해 지내왔으나, 지금에 이르러 보면 내가 경솔하게 주인을 택하여 몸을 굽히고 지내온 것 같으이. 나는 일찍이 조 사공을 깰 전략을 본초에게 제공했으나, 그는 이를 듣지 않고 유리한 전선을 지지부진하게 이끌고 있네. 그것도 모자라 이제는 나의 일족을 핍박하기에 이르렀으니, 내가 어쩔 수 없이 그의 곁을 떠나서 사공에게 귀의하기로 결심하게 되었다네."

조조는 허유의 입에서 자신을 격파할 전략 운운이 튀어나오자 긴장하여 묻는다.

"어떤 전략을 제시했다는 말인가?"

"나는 원 본초에게 암도진창 전략으로 일군은 경기병을 이끌고 관도를 우회하여 허도로 진격하면, 조조는 허도를 지키기 위해 어쩔 수 없이 관도의 군사를 분산시켜 허도로 돌아올 것이니, 이때 2군은 길목을 지키고 있다가 기습을 하면, 조조는 머리와 몸통이 잘려 숨을 쉬지 못하게 될 것이라고 했소이다."

조조가 섬뜩해지는 기분을 느끼며 소리를 지른다.

"아! 듣기만 해도 소름이 끼치는 말일세. 만일 조조가 자네의 책략을 받아들였다면, 나는 이미 이 세상 사람이 아닐지도 모를 일이네."

조조에게 자신의 신기를 인정받자 허유는 크게 고무되어, 이번에는 조조에게 신임을 얻으려고 비장의 무기를 내놓는다.

"조 사공, 본초는 기주 등 화북의 곡창을 통해 많은 양곡을 비축하고 있네. 그에 반해 자네는 군량이 넉넉지 못한 것으로 알고 있는데. 남은 군량으로는 얼마나 버틸 수 있겠나?"

"일년 정도는 버틸 수 있겠지."

"군사들의 움직임을 보면 그렇지는 못할 것 같은데."

조조는 가슴이 뜨끔해지더니 말머리를 돌린다.

"실은 반년 정도 버틸 수 있을 것 같네."

허유는 조조에게 보란 듯이 소매를 떨치며 일어선다.

"나는 진심으로 사공에게 의탁하려 왔는데, 나를 믿지 못하니 내가 어떻게 자네에게 충성을 맹세할 수 있겠는가?"

"자원, 너무 탓하지 말게. 사실은 남은 식량이 3달 정도밖에 되지 않는다는 보고를 받았네."

허유가 어이없다는 듯이 비웃는 표정을 지으며 조조를 바라본다. 조조는 속내를 들킨 것 같아 변명하듯 말한다.

"군사에서는 절대로 군량을 함부로 밝히지 않는 법이네. 그러나 자네에게만큼은 비밀히 금기를 발설하겠네."

조조는 진실로 실상을 알려주는 것처럼 연극하고자 허유의 귀에 대고 귓속말로 나직이 속삭인다.

"실상 군중에는 한달 정도를 버틸 양곡밖에는 없다네."

허유는 계속되는 조조의 속임수에 더는 못 참겠다는 듯이 냉소적으로 말한다.

"과연 간웅이라는 소리를 들을 만하이. 이제 그만 하시게. 양식은 이미 바닥이 나지 않았는가?"

조조는 깜짝 놀라며 말한다.

"자네는 어찌 그런 터무니없는 막말을 하는가? 이는 군심을 흩뜨리는 망언으로서 참형 감이네."

그때가 되어서야 허유는 품속에서 조조가 손욱에게 보낸 전서를 꺼내어 조조에게 들이댄다.

"이 편지를 보게. 누가 누구에게 보내는 전서인가?"

조조는 얼굴이 사색이 되어 허유에게 묻는다.

"아니, 이것이 어찌 된 영문인가? 자네가 어떻게 이 비밀전서를 손에 쥐게 되었는가?"

허유는 차분히 전서를 얻게 된 경위를 밝힌다. 허유가 경위를 차분히 설명하자, 조조는 혹시나 허유가 위장으로 귀의를 한 것이 아닌가 하여 만일의 경우를 대비하여 진실을 알리지 않았다가, 허유가 비밀전서를 소지하게 된 경위와 이에 얽힌 내막을 밝히면서, 비로소 허유의 의탁을 진심으로 인정하게 되어 허유에게 사죄를 청한다.

"본초가 그대의 말을 경시하여 자네와 같은 유능한 책사를 잃었다는 것은 본초의 명이 순탄하지 않을 것이라는 암시로 받아들일 수밖에는 없네. 이번에는 나를 위해 본초를 혁파할 멋진 묘책을 알려주실 수는 없겠는가?"

조조가 진지하게 전략을 청하자, 허유는 의관을 정비하고 정색을 하며 의지를 전한다.

"사공께서 그리 말씀하시니, 이제는 제가 친구의 입장을 떠나 주종의 관계로 돌아서서, 진정으로 사공을 주군으로 모시겠습니다. 이에 보답하는 의미로 결정적인 전략을 한 가지 건의하고자 합니다. 주군께서 이 몸을 믿고 이 건의를 받아들여 주실지가 관건입니다만……"

조조는 허유의 주종 맹약보다도 원소에 대한 결정적인 전략을 제시하겠다는 말에 몰입되자, 온몸에 전율을 일으키며 허유에게 다가간다.

"친구의 관계면 어떻고, 주종의 관계이면 어떠한가? 원소를 격파할 묘책이 있으면 알려주시게."

허유는 조조를 주군으로 받드는 예로 답한다.

"주군께서는 지금 긴박한 식량난으로 고통을 받고 있습니다. 이런 상태로 장기전에 돌입하다가는 언제 군사들이 난을 일으키게 될지 모르는 일입니다. 속도전을 통해 본초에게 결정적으로 타격을 입힐 곳을 찾아야 할 것입니다. 이에 합당한 곳으로는 본초의 식량 총집결지인 오소가 가장 적합할 것입니다. 오소에는 본초의 대부분 군량과 군수물자, 마초, 치중이 쌓여있습니다. 이곳을 타격하여 붕괴시킬 수만 있다면, 본초는 제대로 싸워보지도 못하고 무너질 것입니다."

"고도 그리 생각을 해보았으나, 오소는 원소의 으뜸가는 중요한 전략지로서 방비가 철저할 것이고, 지형적으로도 본초의 군사들이 장악하고 있는 양무 등 여러 요새지를 경유해야 하기에 아군이 침투하기에는 한계가 있을 것 같소. 더구나 오소를 지키는 순우경은 본초가 아끼는 3명의 도독 중의 한명으로 명장이외다. 이런저런 여러 가지 이유로 생각만 하고 실행에는 임하지 못하고 있는 것이오."

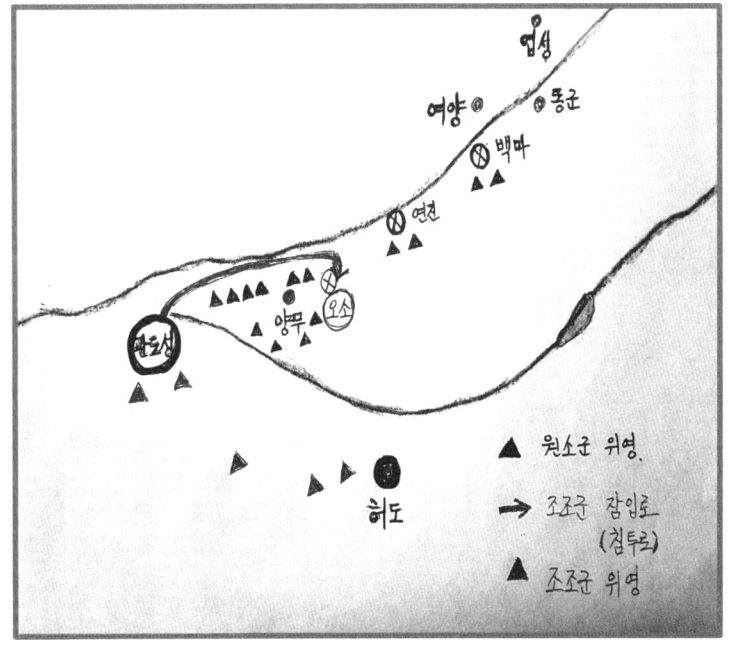

허유가 평상시의 허풍과 경솔함을 그대로 드러내듯이 큰 몸짓을 해대면서 말한다.

"바로 그것이 허점입니다. 본초는 쉽게 사공께서 오소를 공략하기 어려울 것이라는 안이한 생각으로 꽉 차 있어, 별동대를 보완책으로 구축하여 만일의 경우를 대비하자는 나의 계책을 무시했습니다. 순우경이 명장임에는 틀림이 없지만, 그 또한 사공께서 관도에서 오소까지 접근하는 과정에 있는 여러 곳의 경비부대를 통과할 수 없다는 나태한 생각에 경비를 소홀히 하고 있습니다. 이것이 오소를 공략해야 하는 가장 핵심적 이유라고 봅니다."

"허허실실(虛虛實實)전략을 활용하자는 말이로군."

"바로 그것입니다."

"좋소. 그렇다면 어떻게 오소의 경비부대를 피해서 오소의 식량창고까지 침투할 수 있겠소? 아군이 오소를 가기도 전에 경비부대와 교전을 벌이게 되면, 그때에는 순우경이 이미 대비를 하고 기다리지 않겠소? 설마 그때에도 순우경이 손을 놓고 경비를 소홀히 하지는 않을 것 아니오?"

"사공께서 오소로 침입하는 과정에서 어느 한 곳에서라도 교전이 일어난다면, 당연히 그에 대한 만반의 대비를 하게 되어 공략이 쉽지는 않을 것입니다. 그래서 그들의 눈을 속이기 위해 혼수모어(混水摸漁:적인지 물고기인지 모르게 함) 위계를 쓰자는 것입니다. 날랜 경기병 5천을 선발하여 기습적으로 오소로 침투하도록 하는데, 이들을 원소의 애장(愛將) 장기의 군사로 위장시킨 후, 그들이 마치 화북의 군량을 호송하는 지원부대인 것처럼 위계를 벌여, 원소가 세운 경비부대의 눈을 속입니다. 그리한다면, 사공의 특공대가 이동하여 오소에 이르는 동안 원소의 경비부대는 큰 의심이 없이 아군을 받아들이게 될 것입니다. 이런 과정을 통해 특공대가 오소에 당도하면 속전속결로 오소의 식량창고에 쌓인 군량과 마초에 불을 질러 버립니다. 이것만 성공한다면, 본초의 본진에 있는 대군은 식량난으로 스스로 어지러워질 것입니다."

조조는 허유의 기발한 계책을 듣는 동안 가슴이 벅차올라 허유를 끌어안으며 큰소리로 외친다.

"그대가 나에게 제시한 혼수모어(混水摸漁)전략은 이번 대전의 핵심이 될 것이오. 그대가 나에게 의탁하게 된 것은 하늘이 나에게 천하를 안겨주려 함이외다."

4) 화염에 휩싸인 관도대전의 급소 - 식량창고 오소

조조는 허유의 계략을 받아들여 5천의 경기병을 뽑아, 원소 군대의 복색으로 위장시켜 원소의 깃발을 높이 세우고, 오소로 향할 계획을 빈틈없이 세우도록 한다.

이때 장료가 대책회의에서 장료가 수심에 찬 표정을 지으며 조조에게 충심으로 건의한다.

"원소가 양곡창고의 중요성을 익히 알고 있는데 경비를 소홀히 했겠습니까? 더욱이 허유가 옛 친구의 우정으로 귀의했다고는 하나, 허유의 속내는 본인 외에는 아무도 알지 못합니다. 만일 이 모든 것이 허유의 함정이라고 하면, 주군께서는 결정적 타격을 입게 될 것입니다."

"크게 우려하지 말게. 허유가 말한 대로 '허허실실'의 책략이 바로 지금 가장 필요한 전략이네. 장군은 또한 허유를 의심하지 않아도 될 것이네. 고는 허유의 속성을 잘 알고 있네. 고가 전령을 통해 순욱에게 보냈던 식량요청 밀서를 허유가 탈취하여 고에게 다시 바쳤다는 이유로 그를 믿는 것이 아니고, 그의 행동과 표정에서 그의 투항이 거짓이 아님을 읽고 있다네. 그는 남을 속이고자 할 때는 지나치게 아첨을 떨 듯이 호들갑을 떤다네. 그러나 그의 언행이 진솔할 때는 나의 말을 안 들으면 너는 해를 입을 것이라는 듯이 당당하게 자신의 의중을 표출한다네. 이번에 고는 다른 무엇보다도 그의 행동과 표정을 중히 관찰했다네. 이제 허유의 진실을 확인한 이상, 시간을 지체하는 것은 병서의 용병에서 배격하는 우유부단에 진배없는 행위일 뿐이네."

"그래도 주군께서는 다시 한번 신중을 기하시는 것이 안전을 위해서도 도움이 되지 않겠습니까?"

"지금 우리에게는 선택의 여지가 없다네. 병사가 먹을 양곡이 떨어지고, 군마에게 먹일 마초가 부족하여 장기전에 돌입하게 되면, 서서히 끓는 물에 들어있는 개구리의 꼴이 될 형국이라네. 그로 인해 고는 일찍이 원소의 식량창고를 털 생각을 하고 있었는데, 때마침 허유가 고에게 결정적 정보를 건네준 것뿐이네. 허유가 고에게 귀의함은 승리의 여신이 고의 품에 안긴 것과 같은 것으로 보아도 좋을 것이야."

"그렇더라도 원소가 나중에라도 아군의 빈틈을 치고 들어오는 것은 대비해야 하지 않겠습니까?"

"그대의 뜻이 고의 생각과 조금도 다름이 없네. 대비는 철저히 하겠네. 오소의 공략에 앞장설 선봉장으로는 그대와 허저를 임명하겠네. 서황과 우금은 후군을 맡고, 고는 중군에서 여러 부장들과 함께 허리 역할을 하겠노라. 오소로 침투할 기병들은 위장이 철저히 되었는지를 다시 한번 점검하도록 하라. 오소로 가는 길목에 있는 경비부대를 통과할 때에는 의심을 받을 만한 소품을 절대로 소지하지 않도록 하되, 방화를 지르기 위하여 챙겨갈 마른 풀과 짚은 식량으로 위장하고, 불을 지를 화염물질은 단단히 숨겨 위장한 군사임이 드러나지 않도록 만전을 기하라. 위장술이 성공하여 무사히 오소에 도달하였을 때는, 신속히 오소에 쌓아둔 양곡과 마초에 불을 질러 한줌도 남김없이 태워 버리도록 하라. 만일 위장술이 실패하여 적군에게 발각되었을 때에는 병귀신속(兵貴神速), 신속히 말을 내달아 오소로 치고 들어가서 적진을 교란시키고 불을 지르도록 하라."

조조는 장료의 제안을 흡족하게 받아들이면서 명을 내린 후, 야밤의 어둠을 끼고 오소를 향해 출진한다. 그날 밤은 달빛도 없고 별빛만 어스름히 비치고 있어, 위장병들이 이동하기 적합한 환경이었다. 원소에게 미움을 산 탓에 군무에서 뒷전으로 밀려나 있던 저수는 음산한 밤의 기운에 답답한 마음으로 뜰 밖으로 나와 문득 하늘을 쳐다보게 된다.

마침 이때 태백성(太白星)이 거꾸로 흘러, 북두성과 견우성 사이로 끼어드는 것을 발견한다.

"큰일이 일어날 조짐이로다."

천문을 익히 아는 저수는 별자리의 움직임을 보고 깜짝 놀라며 즉시 원소에게 뵙기를 청한다.

"소신이 방금 천문을 보았는데, 태백성이 유성과 귀성 사이로 거꾸로 흐르며 그 빛이 북두성과 견우성의 사이로 끼어들었습니다. 이는 필시 적병이 아군의 틈으로 침입하는 형상을 예시하는 것입니다. 만일 적병이 아군의 틈으로 잠입을 한다면, 이는 전투를 위함이 아니고 군수물자에 위해를 가하기 위함일 것입니다. 만일 조조가 이를 구상했다고 가정한다면, 그는 반드시 오소를 대상으로 삼았을 것입니다. 주군께서는 만일의 경우를 대비하여 장기에게 별동대를 통솔케 하십시오. 오소에 불의의 사태가 일어나면 장기에게 속히 구원병을 파견하도록 하시고, 오소에 이르는 길목과 산등성이에 순초병(巡哨兵)을 배치해야 할 것입니다."

저수의 간곡한 요청에도 불구하고, 원소는 애초의 소신을 굽히지 않는다.

"내가 이전에 말했듯이 요소의 길목에는 대, 여섯 군데의 경비부대가 있어, 조조가 오소를 침투하는 과정에서 한, 두 곳의 경비대가 붕괴되더라도, 봉화를 올려 적의 침투를 알릴 수가 있소. 그때 방비해도 충분히 적군을 격파할 수 있을 것이오. 오소에서 비상사태도 벌어지지도 않았는데 쓸데없이 본진의 주력군을 오소로 빼돌리게 되면, 오히려 조조의 본진에게 아군의 빈틈을 내어주게 될 것이오. 공은 이 이상 자신의 계략만이 최고라는 생각은 버리기를 바라오."

저수는 성심을 다해 올린 간책이 아무런 반응도 없이 받아들여지지 않자, 크게 낙심하여 자신의 군막으로 돌아가며 깊이 탄식한다.

"바야흐로 본초의 쇠락이 시작되는 도다."

저수와 원소의 전략적 이견이 적나라하게 펼쳐지고 있는 시간에도 조조는 밤길을 횃불로 밝히며, 오소의 첫 번째 경비 위영을 지나치게 된다. 오소를 지나치는 길에 만난 원소의 경비부대 소초장이 묻는다.

"그대들은 어디에 소속된 군대인가?"

"우리는 대장군의 애장(愛將) 장기의 군사들로서 군량과 마초를 오소로 옮기는 중입니다."

어둠에 가려 정확하게 얼굴과 용태가 드러나지 않는 가운데, 어렴풋이 비치는 병사들의 복식과 기치가 원소의 군대임을 확인한 경비대장은 별다른 의심 없이 위장병들을 통과시킨다. 혼수모어(混水摸漁) 전략으로 같은 과정을 통해 여러 길목을 지키는 원소의 경비부대를 위장술로 제친 조조의 군사들은 사경(四更:새벽 1시~3시) 무렵, 오소에 있는 식량창고의 근처에 무사히 당도하기에 이른다.

조조의 선봉장 장료와 허저는 가져온 마른 풀과 짚에 일제히 불을 붙여 기습적으로 오소의 식량창고에 던지는데, 마침 바람이 식량창고 쪽으로 불면서 불길이 순식간에 오소의 식량창고를 휩싸며 활활 타오른다.

삽시간에 펼쳐지는 방화에 속수무책으로 당하게 된 순우경은 급히 수하의 장수들을 소집한다. 그러나 새벽이 열리기도 전에 장수들을 소집하는 것이 결코 수월한 일이 아닐뿐더러, 설상가상으로 조조의 군사를 막아내면서, 불붙은 식량창고의 불길을 잡는 것이 생각과 같이 쉬운 일이 아니었다. 한편으로는 불을 끄고, 한편으로는 조조의 특공대를 힘겹게 저항하던 순우경은 도저히 양면의 공략을 당해내기 어려워지자, 불끄기를 포기하고 전투병력 신속히 지휘부의 군막으로 집결하도록 명을 내린 후 신속히 전열을 다시 정비한다.

이때 순우경의 독장(督將) 휴원진과 조예는 순우경의 군막을 중심으로 식량창고에서 큰불이 일어나는 것을 발견하고는 수하의 병사들을 이끌고 달려온다.

"장료와 허저 선봉장이 순우경의 군사들과 교전을 벌이는 사이, 휴원진과 조예가 수천의 지원군을 이끌고 후방으로 진입하고 있습니다. 장료, 허저장군은 방화 장비만을 갖추고 투입된 병사를 중심으로 구성하여 전투장비가 터무니없이 부족합니다. 급히 전투 지원병이 당도해야 할 것 같습니다."

허저와 장료가 보낸 전령이 조조의 중군에 보고를 올리자, 조조는 예상하고 있었다는 듯이 담담하게 지시를 내린다.

"두 장군은 일단 이들을 상대로 전력을 다해 버티도록 하라. 그 이후는 고(孤)가 알아서 처리하겠노라."

장료와 허저의 기병들이 휴원진과 조예의 전투병들과 교전을 벌이고 있을 때, 조조가 악진을 부장으로 삼아 중군의 정예 전투기병을 이끌고, 휴원진과 조예가 이끄는 군사들의 후방을 포위한다. 뒤이어 후군장 우금과 서황이 전투에 끼어들면서, 전황은 일거에 조조의 승세로 뒤집혀 지기 시작한다.

본진 가까이에 포진해 있던 휴원진과 조예의 지원군이 장료와 허저에 의해 거의 전멸하고, 우금과 서황에 의해 순우경의 독장 한거자와 여위항이 주살 당한다. 조조는 원소의 지원군이 오기 전에 오소를 초토화시켜야 한다는 부담감을 가지고, 온몸이 핏물로 칠갑이 될 정도로 사력을 다해 순우경의 저항병과 치열한 백병전을 펼친다.

원소의 관도 본진에서 구원병이 올 때까지 사력을 다해 버티려던 순우경은 조조의 계책을 받아 악진이 펼친 구(橈鉤: 사람이나 말을 생포할 때 쓰는 도구)에 갇혀 사로잡힌 채 조조 앞으로 끌려 나오자, 조조는 순우경을 보면서 안타깝다는 표정을 지으며 묻는다.

"그대는 젊은 시절 서원팔교위의 한사람으로 나와 함께 황실을 지켜온 유능한 장수였고, 지금은 원소의 3인 도독 중의 한사람으로 원소의 이름난 명장인데, 원소의 명장이라는 사람이 어쩌다가 싸워보지도 못하고 이런 꼴로 고(孤)의 앞에 무릎이 꿇려있게 되었소?"

조조의 비웃는 듯한 질문에 순우경이 대답한다.

"장수가 이기고 지는 것은 하늘의 뜻에 달린 것인데, 내가 할 말이 어디 있겠소."

조조는 젊은 시절 서원팔교위에서 교위로 같이 봉직했던 인연을 생각하는 동시, 장수로서의 순우경의 능력을 아껴 살려주려고 하지만, 그는 공격에 실패한 장수는 용서를 받을 수 있으나, 경계에 실패한 장수는 용서를 받을 수 없다는 병법의 가르침에 중점을 두고 있었다.

조조는 원소의 군사적 지위에서 가장 중요한 자리를 맡고 있던 패장 순우경에 대한 징벌을 통해, 자신의 수하 장수들에게 경계에 대한 확고한 경각심을 일깨우려고, 순우경에게 징벌을 내려 그의 코를 베도록 지시하고는 곧바로 순우경에게 투항할 것을 권유한다.

"중간(순우경)은 경계를 실패한 대가를 원소로부터 받은 것이 아니라, 고로부터 받았소. 중간은 이미 경계를 실패한 죄에 대한 징벌은 받았으니, 이제부터는 고를 위해 함께 일을 해보지 않겠는가?"

이때 옆에 있던 허유가 앞으로 나서며 조조에게 냉정한 어투로 자문을 올린다.

"인재를 아끼는 사공의 뜻은 천하의 사람들이 인정하지만, 정작 코가 없어진 순우경은 아침에 거울을 볼 때마다 사공을 원망할 것입니다."

조조는 자신의 의사가 정리되었더라도, 주변 모사의 의견이 다를 경우에는 다시 한번 곱씹으며, 다수의 뜻을 따라 과감히 방향을 수정하는 장점을 지니고 있었다. 일단 결단이 서면 흔들림 없이 이행하는 열린 용병술로 열악한 환경과 배경을 극복할 수 있었고, 바로 이런 점이 당대 최고의 군웅 원소와의 전쟁을 승리로 이끌 잠재력을 보일 수 있었으리라.

그뿐만 아니라 목적을 달성하기 위해서는 주변의 평판이나, 대의명분에 크게 구애받지 않는 대범함을 가지고 있어 유연성으로 활용한 장점이 있는 반면, 이러한 유연성이 경우에 따라서는 스스로의 굴레를 짓기도 한다. 이런 양면적 성정이 관도대전에서 승리를 이끄는 원동력이 되기도 했지만, 사로잡은 포로 수만명을 산 채로 매장하는 인명 참사를 벌임으로써, 당대의 백성들과 후대 사가들에 의해 중국의 역사에 잔혹한 인물로 기록되는 원인이 되기도 한다.

허유의 말에 공감하게 된 조조는 인재를 잃는 아쉬움을 뒤로 하고, 부장 악진에게 명하여 순우경을 주살하도록 지시한다. 이즈음, 원소의 진용에서는 일대 대혼란이 발생한다.

"아군 위영의 허술한 경계를 통과하여 순조롭게 오소에 침입한 조조의 경기병들이 도독 순우경의 8천 병사를 죽이고, 1만여 수레의 양곡을 모조리 불태워 군량 비축지 오소에 있던 군량이 모두 소멸되고 있습니다."

원소는 오소에서 어이없는 소식이 전해지자 대경실색하며 급히 책사들과 장수들을 불러들인다.

"오소에서 도피해온 패잔병들에 의하면, 지금 오소는 화염으로 불타고 있고 1만의 병사들이 모조리 도륙당할 위기에 처해 있다고 하는데, 좋은 방안이 있으면 기탄없이 제시하기를 바라오."

장합이 선뜻 앞으로 나서며 자신의 생각을 표명한다.

"조조는 필시 정예특공대를 파견했을 테니, 도독 순우경은 대패할 것입니다. 식량창고 오소가 붕괴하게 되면 대장군의 급소가 조조에게 찔리게 되는 것입니다. 소장이 고람장군과 함께 위기에 놓인 오소의 아군 병사들을 구해 보겠습니다."

원소가 장합의 말을 듣고 장자 원담을 쳐다보며 말한다.

"조조가 오소를 공격했다면 본영이 허술할 테니 조조의 본영을 공략하는 것이 낫지 않겠는가?"

이때 장합을 견제하기 위해 곽도가 원소의 주장을 받아들여 곧바로 자신의 생각을 제시한다.

"이미 오소가 불에 타고 식량창고가 붕괴되었다면, 지금 오소로 군사를 보내 뒷수습을 꾀하는 것보다는 조조의 본진을 공략하는 것이 최상의 계책이라 여겨집니다. 조조는 사활을 건 전투에는 반드시 자신이 직접 참전해왔습니다. 이번 오소 전투에도 조조가 직접 참전했을 것입니다. 아군이 조조가 비운 본진을 공략하여 본진이 위태하다는 소식을 들으면 조조는 급히 회군할 것입니다. 이렇게 되면 주군께서는 조조의 본진도 붕괴시키고, 오소의 위기도 구할 수 있게 되는 것입니다. 이는 전국시대 제,초,연,진,한,위,초(齊,楚,燕,秦,韓,魏,趙)의 7웅이 패권을 다투던 당시, 위나라에게 포위를 당한 조나라가 제나라의 왕에게 구원을 요청하였고, 이에 제나라 군사(軍師) 손빈이 조나라에게 직접 구원병을 보내는 대신 위나라 정벌을 감행하여, 위나라가 어쩔 수 없이 조나라의 포위를 풀고 회군하게 함으로써 조나라를 구한 위위구조(圍魏求趙)계책과 같은 전략입니다."

곽도가 조조의 본진을 공략하자는 계책을 강력히 주장하자, 장합은 곽도의 전략을 정면으로 반박한다.

"조조가 오소를 직접 공략했을 가능성은 크지만, 용병에 능한 조조가 본진의 방비를 소홀히 했을 리 없습니다. 조조는 오소를 기습전으로 임했기 때문에, 대군을 이끌고는 오소로 이동하기가 어려워 최소한의 병력만을 출동시켰을 것입니다. 따라서 주력은 본진에 주둔하고 있을 것이기 때문에 아군이 조조의 본진을 쉽게 함락시키기가 어렵습니다. 아군이 본진을 공략하다가 실패를 하게 되면, 아군들은 오소도 구하지 못하고 조조의 회군 병력과 본진의 군사들에 의해 포위되는 위험을 맞게 될 것입니다. 관도에 있는 조조의 본진을 공략하기보다는 은밀히 경기병을 파견하여, 회군하는 조조의 길목을 지켰다가 조조를 사로잡는 것이 최상이라고 생각합니다. 만일 이대로 오소를 방치하여 순우경이 맥없이 무너지면, 주군의 중심이 무너지면서 아군은 싸울 용기를 잃게 될 것입니다."

장합이 도독 곽도의 계책에 대해 강력하게 반발하자, 곽도는 장합을 심하게 질타하며 끝까지 자신의 계책을 강변한다.

"조조는 오로지 자신의 식량난을 해결하기 위해 오소의 식량을 탈취하는 데 혈안이 되어 있을 것이오. 이런 판국에 과연 조조가 본진에 많은 병사를 남겨두었으리라 생각하시오?"

두 사람의 주장이 모두 일리가 있다는 생각이 들어 원소는 결단을 내리지 못하고 한참 동안을 고민하다가, 어느 순간에 두 가지 계책을 모두 취하는 것이 가장 현명한 것이라는 생각을 하기에 이른다.

"두 사람의 말이 모두 일리가 있어 두 전술을 모두 택하겠소. 그러나 나는 그 두 전술 중에서도 조조의 본진을 공략하여 그들이 돌아갈 곳이 없도록 하는 것이 이번 전쟁의 큰틀을 근본적으로 매듭짓는 것이라 생각하오. 장합장군은 고람장군과 함께 정예 중병(重兵) 2만을 이끌고 관도로 가서, 조조의 본진을 공략하도록 하시오. 장기장군은 경기병 5천을 이끌고 오소로 가서 위기에 빠진 오소를 구조하고 수세에 몰린 도독 순우경과 병사를 구원하시오."

장기가 원소가 지원한 경기병을 이끌고 오소를 향하는 동안, 오소에서 소기의 목적을 달성한 조조는 곧 들이닥칠 원소의 구원병에 대비한 계책을 꾸민다.

"우리는 오소를 급습하기 위해 최소한의 군사를 대동했다. 이제 소기의 목적은 달성했으나, 아직 순우경의 남은 병사를 완전히 섬멸하지는 못했던 만큼, 적병의 저항이 있을 것으로 예상이 되어 우리가 무사히 회군한다는 보장은 없노라. 더구나 오소는 원소의 본진에 가까이 있어 우리에게는 상당히 불리하다. 이런 와중에 만일 원소가 대군을 이끌고 공격한다면,

아군은 퇴군하다가 좌우로 협공을 당해 위기에 처하게 될 것이니, 다시 혼수모어(混水模漁)전략을 펼쳐 후군의 병사들은 서황, 우금의 지휘하에 지금 즉시 죽은 순우경의 병사들이 입었던 옷으로 갈아입고 패잔병으로 위장하여 회군하라. 원소의 구원병을 만나게 되면 순우경의 패잔병인체하며 그들의 눈을 속이고, 적병의 후미까지 이동하다가 후미에서 원소의 지원병들을 급습하라. 그리고 하늘을 향해 불화살을 날리면, 선봉장 장료와 허저가 병사를 이끌고 적진의 선두를 공격하라. 나는 중군에서 악진장군과 함께 적의 허리를 공략하여 적의 대오를 붕괴시키겠노라."

조조의 지시를 받은 서황과 우금은 회군하던 도중, 산기슭 소로에서 장기의 지원병들과 마주친다. 순우경의 패잔병 복식으로 위장한 조조의 병사들을 만난 장기는 안타깝다는 듯이 위로를 겸하여 묻는다.

"그대들은 순우경장군의 부하들인가? 너무 고생이 많았다."

"네, 순우경장군의 수하로 장군이 적병에게 사로잡혀, 우리는 원소 대장군의 본진으로 후퇴하는 중입니다."

장기는 이들이 편히 본진으로 퇴진하도록 소로를 열어준 후, 급히 오소를 향해 군사를 내몰아 간다.

한참이 지나 장기의 후미에서 큰 소란이 일더니, 하늘을 향해 불화살이 날리기 시작한다. 그와 때를 같이하여 산기슭에 매복해 있던 장료와 서황이 군사를 이끌고 장기의 선두를 세차게 공격하기 시작한다. 급작스러운 습격에 놀란 장기에게 장료가 달려들어 칼을 휘두르자, 장기는 장료와의 일기토에서 단 삼합 만에 목이 달아난다.

지휘 장수를 잃은 군사들이 우왕좌왕하며 갈피를 잡지 못하고 있을 때, 후미에서 장기의 군사들을 물리친 우금의 병사들과 중군의 악진이 합류하면서, 싸울 기력을 잃은 장기의 군사들은 무기를 버리고 도망가기에 급급해진다. 순식간에 사라진 장기의 5천 군사를 통쾌하다는 듯이 바라보던 조조는 다시 새로이 명을 내린다.

"문원은 화북군사로 위장한 전령을 원소의 군영으로 보내 허위정보를 전하게 하라."

조조의 명을 받은 장료는 위장한 전령들에게 허위정보를 전하게 한다.

"장기장군이 오소에 침입한 조조의 군사를 물리치고 오소를 안정시키고 있다."

허위정보에 홀린 원소는 오소를 안정권으로 올린 것으로 오판하여, 오소로 지원군을 파견하는 것을 물리고, 대신 관도를 대대적으로 공략하기 위해 증원군을 관도로 집중파병하여, 장합과 고람을 철저히 지원하도록 지시한다.

5) 조조, 관도에서 원소를 대파하고 황하 이남을 평정하다

조조의 관도 본진을 공략하기 위해 출진한 장합과 고람은 기세 좋게 조조의 본진으로 쳐들어갔다가, 본진에서 대기하고 있던 조홍의 군사를 맞아 난전을 펼치게 된다. 한참 정신없이 조홍과 교전을 벌이고 있는데, 느닷없이 왼쪽 수풀에서 매복해 있던 하후돈의 군사들이 장합에게 달려들고, 잠시 후에는 오른쪽 산기슭에서 조인이 군사를 이끌고 고람을 기습하자, 장합과 고람의 대열은 순식간에 붕괴된다.

장합과 고람은 20여 리를 달아난 후 군사들을 다시 수습하여 원소의 지원군과 합류하면서, 다시 용기를 내어 조조의 본진으로 진격하여 교전을 벌이기 시작하는데, 장합과 고람이 조조의 본진을 상대로 전세를 유리하게 이끌어 나갈 때, 갑자기 그들의 후미에서 혼란이 일어나더니, 오소에서 되돌아온 조조의 군사들이 원소의 군사들을 에워싸고 사방에서 공략해 들어온다. 갑자기 급습을 당해 사기가 꺾인 병사를 이끌고 장합과 고람이 백전노장 허저, 서황, 장료, 우금, 악진 등의 맹장을 상대로 대적하기에는 뒷 힘이 터무니없이 부족했다.

장합과 고람은 병사들에게 후퇴명령을 내리고, 겨우 포위망을 뚫고 30여 리를 도망쳐서 군사를 수습한 후, 급히 원소에게 패전 소식을 전하며 원군을 요청한다. 조조가 철저한 오소

로 떠나기 전에 미리 철저한 대비책을 세워둔 탓에 장합과 고람이 제대로 싸워보지도 못하고 패배했다는 소식을 들은 곽도는 작전을 잘못 세운 자신에게 모든 책임이 돌아올 것을 우려하여 덜컥 겁을 낸다.

'장합과 고람이 본진으로 돌아오면, 강경하게 관도를 공략하도록 주장한 나에게 모든 화가 미칠 것이다.'

이런 생각에 미친 곽도는 자신에게 떨어질 화를 피하려고, 이들을 중상모략 함으로써 원소를 격분하게 한다.

"주군, 지금 당장 장합과 고람을 본진으로 불러들이십시오. 독군(督軍)의 보고에 의하면, 이들은 자신들의 주장이 받아들여지지 않자 전투에 소극적으로 임했다고 합니다. 이들은 어찌 보면 불만을 품고, 의도적으로 전투에서 패배한 것일 수도 있습니다. 장합과 고람을 빨리 불러들이지 않으면, 이들은 징벌을 면하기 위해 조조에게 투항할 수도 있습니다."

"설마 이들이 전장에서 사력을 다하지 않았겠는가?"

원소가 의구심을 가지고 곽도에게 다시 묻는다.

"이들은 출정하기 전에도 주변 인사들에게 관도를 공략하는 것은 반드시 실패한다고 했답니다. 관도에서 패배한 후에는 자신의 계책을 듣지 않아 패배했다고 불손한 말을 하며, 소장을 원망하고 주군께 모든 책임을 돌렸다고 합니다."

곽도의 모함에 분노한 원소는 전령을 보내 장합과 고람을 속히 본진으로 불러들이도록 한다.

원소가 두 사람을 본진으로 급히 불러들이자, 장합이 의아해하며 전령에게 연유를 묻는다.

"전선에서 팽팽하게 대치하고 있는 우리를 주군께서 불러들이는 이유가 무엇인가?"

명장 장합을 존경해온 전령은 원소 본진에서의 분위기를 상세히 전하고, 전령으로부터 원소의 본심을 읽은 장합은 고람과 머리를 맞대고 대책을 강구한다.

"대장군이 보낸 전령의 말에 의하면, 곽도가 장군과 나를 모함하여 징벌을 논하려고 불러들이는 것이라 하오. 장군은 이 문제를 어떻게 풀어나가는 것이 가장 현명한 방법이라 생각하시오?"

고람이 장합의 말을 듣고 크게 노하여 대답한다.

"곽도는 평상시에도 자신의 전략적 실책을 남에게 전가시키는 소인배의 작태를 벌여왔소. 그뿐만 아니라, 자신이 펼친 전략적 실패를 장수들이 목숨을 걸고 싸워 겨우 승리로 이끌었을 때는 이 모든 것을 자신의 치적으로 돌리면서 무장들의 자존심을 뭉개온 비겁한 인물이오. 이번에 곽도에게 본때를 보여주어 다시는 이런 야비한 짓거리를 하지 못하도록 해주어야 합니다."

장합과 고람은 의기투합하여 원소의 명에 따를 듯이 위장하고, 순순히 원소의 본진을 향해 군사를 이끌고 되돌아온다. 당연히 원소의 진용에서는 장합과 고람이 순순히 명령에 따르는 줄 알고 무방비 상태로 있었는데 장합과 고람이 진문에 들어서자마자 갑자기 원소의 본진을 붕괴시키고, 무기고에 불을 질러 본진의 군사들이 크게 동요하기 시작한다.

원소가 동요하는 군사들을 가까스로 수습하여 장합의 기습을 강력하게 저지하자, 장합과 고람은 후진에 있는 원소의 대군이 몰려올 것을 우려하여, 직계 병사를 이끌고 조조의 군영으로 퇴각한 후 조홍에게 투항의 뜻을 전한다. 이에 조홍은 책사들과 장수들을 불러들여 장합과 고람의 본심을 정확히 살피고자 한다.

"내가 아무리 생각을 해보아도 장합은 위계를 쓰는 것이 아닌가 생각하오."

이때, 순유가 조홍에게 장합과 고람의 사정을 전하며 그들의 본심을 대변하며 말한다.

"장합은 곽도로부터 원소를 비웃었다는 모함을 받아, 원소에게 징벌당할 것을 우려하여 투항하고자 하는 것인데, 장군께서는 무엇을 의심하십니까?"

순유의 말에 일부 장수들이 동조하여 이구동성으로 조홍의 생각에 이의를 제기한다.

"장합이 위장으로 투항을 한 것이라면, 어찌 전장에서 생명과도 같은 무기고를 불 질렀겠습니까?"

이에 조홍도 이들의 말에 일리가 있음을 인정한다.

"그렇긴 하오."

조홍은 순유의 건의를 받아들여, 곧바로 조조에게 장합과 고람의 투항한 사실을 보고한다. 장합과 고람이 투항했다는 사실을 보고받은 조조가 몹시 기뻐하자, 하후돈이 이들을 못마땅해 하며 말한다.

"장합과 고람은 이미 여러 차례 자기의 주군을 배신한 적이 있습니다. 지금으로서는 이들의 진의를 쉽게 가늠할 수 없습니다."

조조가 하후돈에게 핀잔을 주듯이 말한다.

"주인이 혼탁하고 옳지 못한데, 가만히 앉아서 목숨을 내어놓을 영걸이 어디 있겠는가? 지난날, 오자서는 일찍이 주군을 간파하지 못해 스스로 위험에 빠졌던 역사적 사실을 알지 못하는가? 은나라가 폭정을 일삼자 미자(微子)가 은나라를 떠났으며, 한신은 초패왕 항우가 자신을 알아주지 않아 한(漢)에 귀부했다는 고사를 모르는가? 내가 이들을 진심으로 받아들여 은혜로 대한다면, 설령 이들이 딴마음을 품었을지라도 결국은 나에게 진정으로 귀부하게 될 것이네."

조조는 두 장수에게 전령을 보내 영문으로 들어오도록 명한다. 두 장수는 조조의 안전에 무릎을 꿇고 얼굴을 땅에 파묻어 3번 절을 올리며 투항의 예를 행한다.

"만일 본초가 장군들의 계책을 받아들였다면, 고는 퇴로를 끊겨 엄청난 곤혹을 치르게 되었을 것이오. 이제 관도대전의 승기는 고에게 온 것이나 진배없소이다."

조조는 장합을 편장군에 도정후로 봉하고, 고람에게는 편장군에 동래후로 봉한다.

한편, 원소는 오소의 군량고가 모두 불에 타고 본진의 무기고가 모두 파손되어, 더 이상은 군사력을 유지하기가 어려운 지경에 이른다. 게다가 이런저런 연유로 병사들의 군심까지 걷잡을 수 없이 술렁이자, 원소는 철수할 것이냐 아니냐 여부를 놓고 심한 갈등에 빠진다.

이때를 놓치지 않고 원소의 사정을 잘 아는 허유와 장합, 고람은 조조에게 총력전을 펼치도록 권유한다.

"지금 대장군의 본진에는 이상한 기류가 흐르고 있습니다. 병사들의 움직임이 둔탁하고 대장군 원소가 병영에 나타나지 않는 것은 병사들의 군심이 크게 흔들린 연유로 대장군이 깊은 회의에 빠져있다는 증거입니다. 우리는 오랜 세월을 대장군 원소와 함께 군사를 논의해 와서 대장군의 심경을 정확히 읽을 수가 있습니다. 지금 사공께서 대장군의 본진을 공략하면 대승을 거둘 수 있을 것입니다."

조조는 이들의 주장을 받아들여 삼경(三更)에 원소의 본진을 들이치기로 한다. 그날 밤 자시(子時)에는 하늘의 달빛도 숨을 죽이고 있었다. 조조는 원소의 군영배치를 정확히 인지하고 있는 장합과 고람을 선봉으로 삼고, 장료를 좌군장으로 서황과 우금을 우군장으로 하여 전투의 중심축을 형성한다. 곧이어 허저를 호위대장으로 이전을 부장으로 삼아 직접 중군을 지휘하기로 하고, 하후돈과 하후연 형제에게는 순유와 함께 본진을 지키도록 지시한다. 장합과 고람은 함께 투항한 2만 명에 달하는 정예 경보병을 이끌고 신속하게 원소의 본영을 기습한다.

칠흑과도 같은 한밤중에 반란군의 기습을 받은 원소의 군사들은 큰 혼란을 일으키며 싸울 생각도 하지 못하고 도망치기에 급급해진다. 원소는 군사를 수습할 시간적 여유가 없어 군사들에게 곧바로 퇴각명령을 내리고, 본진에서 30여 리나 떨어진 곳으로 물러나서 새로이 본영을 구축한다.

비록 원소가 패하여 30여 리까지 퇴각은 했으나, 아직도 10만에 이르는 병력을 보유한 원소를 공략하는 것이 결코 쉬운 일은 아니라고 생각한 조조는 다시 깊은 고민에 빠진다. 이때 순유가 조조에게 새로운 계책을 올린다.

"비록 원소가 대군을 이끌고 있으나, 주군께서도 그에 못지 않은 병력을 보유하고 있습니다. 장합이 이끄는 투항병이 2만에 달하고, 본진의 병력이 4만에 이르기 때문에 군사력 면에서도 원소에 비해 크게 부족하지 않습니다. 더구나 장합과 고람이 적군의 병기 창고를 불태워 버려, 적병들은 싸울만한 병기도 부족할 것입니다. 군수물자 보급 면에서도 오소가 초토화되어 적군은 우리와 마찬가지로 심한 식량난을 겪게 되었습니다. 똑같이 식량난에 몰린다면, 아군보다 병력이 월등하게 많은 적군에게 더욱 불리하게 작용할 것입니다. 이런 여러 가지 문제를 고려한다면, 원소를 위계로 속여 원소 본진의 병사를 둘로 분리하게 하고, 이들이 군사를 이분하여 작전을 펼칠 때, 아군이 신속하게 원소의 본영을 몰아치면 원소를 어렵지 않게 격파할 수 있을 것입니다. 주군께서는 간자(間者)들을 원소의 군영에 풀어 '조조가 오소를 통해 백마로 병력을 이동시켜 대장군 원소의 퇴각로를 막고, 장료와 서황, 우금 등을 보내 연무를 통해 여양을 빼앗은 후, 업성을 공략하려고 한다'라는 유언비어를 퍼뜨려 원소를 현혹시키시면, 원소는 이에 대항하기 위해 반드시 군사를 분리시킬 것입니다."

순유의 계책대로 조조는 원소의 본영 근처에 간자를 보내, 농민들을 선동하여 이들에게 유언비어를 퍼뜨리게 한다. 며칠 후, 원소가 유언비어에 흔들리면서 막내 원상에게 3만의 군사를 딸려 업성을 지원하도록 보내고, 차남 원희에게 후방지원 병사 2만과 장수 신명(辛明)을 딸려 화북의 도강 길목인 백마를 지키도록 보내자, 이제 원소 본진에는 조조의 병력과 큰 차이가 없는 7만여 명에 이르는 병력만이 남게 된다.

이들은 병기고의 화재로 인해 병장기도 제대로 갖추지 못한 채, 이제나저제나 퇴각명령이 내려지기만을 기다리고 있었다. 이런 정보를 입수한 조조는 장합과 고람을 선봉으로 삼아 원소의 본진에 대한 공격명령을 내린다. 원소는 땅에 떨어진 군사들의 사기를 우려하는 상황에서, 군사적 혼란이 채 가시기도 전에 장합과 고람의 2만 군사가 쳐들어오자, 조조가 퍼뜨린 유언비어에 속았음을 알아차리고 큰 혼란에 빠져든다. 그 틈에 원소 본영의 빈틈을 꿰뚫고 있는 장합과 고람의 군사들이 물밀듯이 쳐들어와서, 본영의 화학물질 저장창고를 급습하여 모든 군막에 불을 지르자, 원소는 크게 당황하여 병사들에게 영무 지역으로 철수할 것을 명한다.

 그러나 좌군장 장료는 이미 원소가 영무로 퇴각할 것으로 예상하고 영무의 길목을 지키고 있다가 원소가 나타나자, 원소의 앞을 가로막고 포위하여 원소를 위기로 몰아넣는다. 이때 원소의 장남 원담이 원소를 구하기 위해 장료가 형성한 포위망을 뚫고 들어와서 겨우 원소의 앞길을 열어준다.

 원소가 가까스로 포위망을 뚫고 정신없이 영무로 향하는데, 관도 뒤편 강가에 포진하고 있던 우군장 서황과 우금이 강변에서 원소의 무리를 향해 갑자기 화살 공세를 펼친다. 병기창고의 방화로 방패와 화살조차 제대로 갖추지 못한 원소의 군사들은 조조 군사의 총공세에 적절히 대처하지 못하고 살길을 찾아 도망치기에 급급해진다. 이리저리 갈피를 잡지 못하는 원소를 보호하려고, 장남 원담이 군사를 재정비하여 서황과 우금의 군사와 혈투를 벌이고 있을 때, 장료와 서황, 우금 그리고 장합과 고람까지 군사를 이끌고 원소와 원담의 패잔병을 에워싸자, 원담은 원소에게 긴급히 대피할 것을 청한다.

 "아버님, 소자가 적군을 대적하는 동안, 빨리 포위망을 뚫고 화북으로 피신하십시오."

"너는 어찌할 예정이냐?"

"소자의 일은 알아서 할 테니 신속히 몸을 피하십시오."

원소는 원담이 조조의 명장들 속에서 발버둥을 치면서 버티는 틈을 타서, 어둠에 의지하여 경호부대 기병 수십 명과 함께 관도와 영무 사이의 벌판 가운데에 있는 산속으로 급히 피신한다.

원소가 무사히 산속으로 피신한 것을 확인한 원담은 혼신을 다해서 조조의 포위망을 뚫고, 영무를 경유하여 연진에 도착한 후, 겨우 살아남은 기병 8백을 이끌고 원소의 뒤를 좇아 화북으로 도주할 방법을 모색한다. 이때 살아남은 원소가 후일 다시 재기할 상황을 우려한 조조는 서황, 우금에게 추상과도 같은 명을 내린다.

"장군들은 군사를 풀어 산속으로 도주한 본초를 끝까지 추적하여 생포하라. 원소를 잡아야 전쟁은 완전한 매듭이 지어지게 되노라."

14.
재기를 꿈꾸다가 유명을 달리하는 원소

14. 재기를 꿈꾸다가 유명을 달리하는 원소

1) 조조, 황하 이남을 깨끗이 평정하다

원소의 본진에서 소외되어 전략회의에도 참여하지 못하던 도독 저수는 퇴각하는 무리에 미처 동참하지 못하고, 주변을 배회하다가 조조의 병사들에게 붙잡힌다. 군사들은 저수를 조조에게 끌고 와서 조조의 앞에 무릎을 꿇리자, 조조는 저수의 능력을 아껴 저수에게 자신과 함께 천하를 평정하는 길에 동참하기를 간곡히 청한다.

"도독께서 투항하여 나를 따른다면, 나는 도독을 중히 모실 것을 약속하겠소."

"사공께서도 유학을 가까이하시어 아시겠지만, 군자는 불사이군(不事二君)이라고 했습니다."

"그렇기는 해도 본초는 도독과 같은 현사를 부릴 줄 몰랐지 않소? 나는 인재들을 매우 아끼고 그들의 능력을 항상 존중하오. 나와 함께 천하를 안정시켜 봅시다."

"사공께서 인재를 아끼는 것은 천하가 다 아는 사실입니다. 그러나 이것이 내가 두 수인을 섬겨야 하는 이유가 될 수는 없습니다."

조조는 한동안 저수를 바라보다가 부드럽게 말한다.

"본초가 부족하여 도독과 같은 인재를 활용하지 못했는데, 그대는 어찌 아직도 원소의 그늘에서 벗어나지 못하고 있소? 다시 한번 잘 생각해 보시구려."

조조는 친히 저수의 포박을 풀어주고 거처를 내어주며, 수하의 장수들에게 편히 모시도록 명한다. 그러나 저수는 며칠이 지난 어느 저녁, 처소에서 몰래 말 한필을 훔쳐 화북으로 달아나려다가, 순찰 중이던 조조의 병사에게 붙잡힌다.

다시 조조에게 끌려온 저수가 조조의 얼굴을 빤히 쳐다보며 입을 굳게 다문 채 어떤 언급도 하지 않자, 조조는 이런 저수를 바라보며 안타깝다는 듯이 최종적으로 다시 묻는다.

"그대는 그토록 내가 우대를 하려고 하건만, 어찌 이런 무모한 행위를 하는가? 마음을 새로이 하여 나와 함께 일을 해 보지 않겠는가?"

"군자는 불사이군(不事二君)이라 했습니다."

조조는 저수를 설득시키는 것이 불가함을 느끼고 살수에게 단호히 명한다.

"저수의 목을 쳐라."

조조의 말에 무표정하게 목을 드리우는 저수를 보면서, 조조는 크게 탄식을 한다.

"참으로 아까운 인재인데....."

조조는 저수를 예로써 후하게 장례를 치른 후, 충렬저수지

묘(忠烈沮君之墓)라는 묘비를 세워준다. 원소의 본영을 장악하고 대장군 막사로 들어간 조조는 이곳에서 원소가 미처 챙기지 못한 서책과 문서를 발견한다.

이 가운데 1단의 서신 꾸러미가 있어 얼핏 보게 되는데, 허도조정의 일부 대신들과 자신의 세력권에 있던 군현의 태수, 장수들이 원소를 두려워하여 원소와 몰래 내통한 문서들이었다. 이것을 보게 된 조조의 측근 장수들이 매우 분격하며 말한다.

"주군께서 위태한 지경까지 이르면서 목숨을 걸고 전장을 누비는 동안, 이들은 자기들 살길을 찾기 위해 기회주의적 행태를 자행했습니다. 이들을 모조리 잡아들여 척살해야 할 것입니다."

조조가 잠시 생각에 잠긴다.

'이 많은 대신과 장수들을 모두 제거하게 된다면, 과연 내가 하북에서 아직도 나보다 강대한 세력을 유지하고 있는 원소의 잔재세력을 도모할 수 있을까? 이들을 용서하여 이끌고 나간다면, 이들은 향후 나에게 목숨을 바쳐 충성할 것이다. 춘추시대 초장왕이 '투초의 난'을 평정한 뒤 공이 있는 장수들을 위로하기 위해 절영지연(絶影之宴)을 열었을 때, 초장왕의 애희 총희를 흠모하던 장수가 연회 도중, 갑자기 불어 닥친 큰바람에 촛불이 모두 꺼진 틈을 타서 총희의 가슴을 끌어안고 희롱을 했었지. 그때 총희가 비명을 지르며 그 장수의 갓끈을 잡아 뜯고는 초장왕에게 '갓끈을 뜯긴 자가 소녀를 희롱했다'고 고해바쳤지만, 오히려 초장왕이 모두 갓끈을 끊어 버리라고 명하여 그 장수를 보호했었지. 3년 후, 초나라가 중원의 패권국 진나라와 접전을 벌일 때, 결국은 그 장수가 죽음의 문턱에 있던 초장왕을 죽기로 싸워 구해냄으로써 초나라가 진나라를 물리치고 승리를 할 수 있었지.'

조조는 생각이 여기에 미치자, 대범하게 영웅다운 영웅의 면모를 드러내면서 입을 연다.

"본초의 세력이 강대할 당시에는 고(孤) 자신도 두려움에 떨었었소. 고 자신이 이러했는데, 하물며 다른 나약한 관료의 심정이야 어떠했겠소?"

조조는 곧바로 수하에게 명을 내린다.

"원소의 본채에서 나온 서책과 문서를 하나도 남김없이 불태워 버려라."

조조는 실로 남이 따를 수 없는 영웅다운 대범함의 면모를 보여준다. 대장군 원소와 수하의 지휘관 장수들이 뿔뿔이 흩어진 후, 오갈 곳이 없어진 7만에 이르는 원소의 병사들은 너나 할 것 없이 조조에게 투항을 청한다. 생각지도 않던 7만에 이르는 병사들이 투항함으로써, 기존 확보된 군량으로는 급식 배급에 머리가 쪼개질 정도의 고충을 겪게 된 조조는 책사들과 장수들을 불러들여 이들에 대한 처리를 논의한다.

"지금 7만에 이르는 원소의 병사들이 고에게 투항을 했소이다. 이들 속에 심어둔 밀정의 보고에 의하면, '우리들은 진정으로 투항한 것이 아니고, 지금은 오갈 곳이 없어 사항계(詐降計:거짓으로 투항)를 택한 것이다'라고 자기들끼리 스스럼없이 말한다고 하오. 그런 사실을 알면서도 이들에게 우리 병사들에게 지급해야 할 군량을 나누어 주면서까지 보호해야 하는지, 공들의 솔직한 의견을 듣고 싶소이다. 이들을 어떻게 처리해야 하겠소?"

순욱, 순유 등의 책사들이 조조에게 되묻는다.

"주군의 뜻은 어떠하신지요?"

"고(孤)도 답이 없어 공들에게 묻고 있는 것이오."

"한 가지 해결 방책은 이들을 포로의 입장에서 풀어주어 화북으로 돌아가게 하는 방법이 있습니다. 이 방책은 원소에게로 돌아간 포로들이 다시 원소의 병사로 무장하여 주군에게 칼을 들이댈 수 있다는 맹점이 있습니다. 그리고 또 다른 방책은 포로들을 가두고 우리 병사로 회유하는 방법입니다. 이 방책은 가뜩이나 우리 병사들에게 먹일 양곡도 부족한데, 이들과 식량을 나누다가 우리 군사들이 굶주리게 되면, 우리 군사들이 등을 돌릴 수 있을 뿐 아니라, 투항병들도 언제 돌아서게 될지 모른다는 것입니다. 마지막 방책은 이 포로들을 모두 땅에 파묻어 매장하는 방법인데, 이 방책은 현실적 어려움을 피할 수는 있으나, 과거 2차에 걸친 서주정벌의 과정에서 들었던 혹평을 다시 듣게 될 여지가 있다는 것입니다."

이때 실제로 각 지대의 군사들을 지휘하는 장수들이 한 목소리로 주장한다.

"지금 수하의 병사들에게 먹일 양곡도 부족한 형국인데, 포로들에게까지 먹일 양곡이 어디에 있습니까? 산토끼 잡으려다가 집토끼까지 도망가게 만드는 형국입니다. 비록 잔인하다고 하더라도, 마지막 방책 외에는 달리 취할 방법이 없다고 여겨집니다."

한참을 고민하던 조조는 장수들에게 명한다.

"원소의 투항병들을 모두 땅에 묻어 생매장하라."

200년(건안5년) 8월, 조조는 거의 7만에 달하는 원소의 포로를 모조리 땅에 묻어 생매장하니, 이때를 전후해서 죽은 원소의 병사가 7만여 명에 이르게 되고, 이로써 조조는 중국역사와 세계역사에서 더할 나위 없는 잔혹한 악행을 행한 인물로 기록되게 된다.

화북의 대군을 생매장한 조조는 후속으로 원소를 생포하기 위해, 업성으로 통하는 황하 이남의 모든 통로를 통제하는 등 사라진 원소의 행적을 뒤쫓았으나, 조조는 오랫동안 원소의 행방을 찾지 못한 채, 원소의 대군을 격파한 여세를 몰아 하북을 평정하여 화북을 완전히 장악할 계획을 세운다.

이때 순욱과 순유가 간곡히 만류한다.

"화북에서는 심배가 원상을 중심으로 업성을 굳건히 지키고 있어, 아직도 세력이 강대한 관계로 자칫 잘못하면 주군께서 역으로 화를 당하게 됩니다. 지금은 화북으로의 원정보다는 황하 이남의 세력권을 확실히 정비하면서, 화북에서 자중지란이 일어나기를 기대해야 할 때입니다."

조조는 책사들의 건의를 받아들여, 조조의 세력권에 있으면서 반란에 가담했던 군현을 토벌하고 200년(건안5년) 10월, 황하 이남에 있는 원소의 추종세력을 모조리 몰아내어 황하 이남의 지역을 완벽하게 평정한다.

2) 원소, 재기를 꿈꾸다가 깊은 한을 품고 타계하다

　조조의 추적을 뿌리치고 산속으로 숨어든 원소와 원담은 신분을 숨긴 채로 몇 달 간의 도피 생활을 하던 중, 이때 합류한 기병 8백과 함께 백마를 통해 도강하여 여양의 북쪽 강가에 당도한다. 이 당시 화북에서는 원소가 관도에서 대패하여 한동안 행방불명이 되어 영향력이 상실되자, 원소의 영지 곳곳에서는 원소의 세력권에서 벗어나고자 하는 반란이 우후죽순으로 벌어지고 있었다. 원소는 기병 8백기와 함께 여양을 지키고 있는 장의거의 위영으로 들어가서 장의거의 손을 잡으며 협조를 구한다.
　"내가 비록 대장군이요 화북의 맹주이기는 하나, 관도에서의 전투에 대패하여, 나의 세력권에 있는 많은 군현이 배반했다는 소문은 들어 알고 있네. 그대는 지금 곤궁에 처해 있는 나에게 힘을 보태줄 수 있겠는가?"
　"주공께서 지금 곤경에 처해 있다고 해도 엄연한 화북의 주인이신데, 어찌 감히 지엄한 주공의 뜻을 거스르겠습니까?"
　장의거는 원소의 간곡한 청을 받들어 충성을 맹세하고는 원소를 자신의 위영 안으로 모신다. 군막에 들어선 원소는 장의거에게 명하여 업성으로 전령을 보내 자신이 건재함을 알리도록 한다.

그 후, 장의거의 도움으로 업성에 무사히 입성한 원소는 자신이 관도에서 혈전을 벌일 때, 업성에서 심배와 함께 군수보급과 행정 처리로 탁월한 재능을 보여주었던 봉기가 마중을 나오자, 그를 높이 치하하며 속내를 내비친다.

"그대가 훌륭하게 군수보급과 행정업무를 수행해 주어서, 내가 관도에서 크게 어려움을 겪지 않았었네. 비록 패주하여 돌아왔으나 그대와 심배 선생의 공을 높이 치하하는 동시에 전풍에게는 실로 보기에 부끄러울 뿐이네. 내가 전풍의 말을 들었더라면, 이와 같은 굴욕은 없었을 터인데……"

평소 강직하고 주관이 강한 전풍을 항상 증오해 온 봉기가 원소에게 참언을 올린다.

"전풍은 주군께서 패배했다는 말에 옥 안에서 큰소리로 웃더랍니다. 이는 자기가 헤아린 바를 벗어나지 못하고, 그런 결과가 나타났다는 의미로 주군을 비방한 것이 아니고 무엇이겠습니까?"

남에게 비난을 받은 적이 거의 없을 정도로 처세에 조심하면서 세간의 평판에 신경을 쓰고 이를 중시해온 원소로서는 치욕적인 굴욕을 느끼며 분노하더니, 곧바로 전풍을 끌어내어 자결하도록 명한다.

이즈음 감옥을 지키던 옥리는 원소가 패주하여 돌아왔다는 소식을 전풍에게 전한다.

"별가 어른께서 기뻐하실 일이 있습니다."

"무슨 기쁜 일이란 말인가?"

"주공께서 조 사공에게 관도에서 크게 패배하여 업성으로 돌아오셨답니다. 이제 주공께서는 별가 어른의 능력을 인정하여 크게 발탁하실 것으로 여겨집니다."

전풍이 이 말을 듣고는 씁쓸한 표정을 지으며 입을 연다.

"나는 곧 죽게 될 것이네. 주공은 자존심이 강할 뿐만 아니라, 자신보다 뛰어난 사람은 없다는 자긍심으로 가득 찬 인물이네. 자신의 자존심과 자긍심이 손상되지 않았을 때는 무한한 관용을 보이는 듯하나, 내면으로는 시샘이 많아 자신의 존재에 도전한 사람에게는 냉정한 인물이네. 만일 전쟁에서 승리했다면 관용을 베풀듯이 나를 방면하겠지만, 전쟁에서 진 마당에는 본인의 부끄러움을 감추기 위해서라도 나를 징벌할 것이네."

옥리는 전풍이 겁에 질려 있어 오판하고 있는 것이라고 생각하고 있을 때, 형리가 와서 원소가 보낸 단검을 내보이며 전풍에게 말한다.

"전풍 선생은 즉시 이 단검으로 자결하라는 주공의 명을 받으시오."

"대장부가 태어나서 주인을 잘못 섬겨 허무하게 생을 마감하노라. 예부터 봉황은 나무를 가리고, 선비는 자신을 알아주는 사람을 위해 생명을 바친다고 했거늘, 사람을 제대로 보지 못하고 이제야 깨우친 내가 참으로 애석하도다."

전풍은 자조하듯이 몇 마디를 읊조리더니, 이내 단검으로 자신의 목을 찔러 자진한다.

원소는 조조의 철통과도 같은 포위망을 뚫고 구사일생으로 업성에 돌아온 후, 자신이 행방불명이 된 사이에 자신을 배반한 군현의 태수와 장수들을 징벌하기 위해, 업성의 책사와 장수들을 총동원하고 군사를 재정비한다.

조조는 관도대전에서 승리하여 황하 이남을 평정하였으나, 아직도 강성한 화북의 업성을 공략하기에는 형주에서 배후를 노리고 있는 유표의 존재 때문에 쉽사리 움직이지 못하고, 늘 유표를 거추장스럽게 생각하고 있었다. 조조는 하북의 정벌을 뒤로 늦추기로 하고, 유표를 정벌하기에 앞서 여남에서 허도의 배후를 귀찮게 괴롭혀온 유비를 공략하려고, 200년(건원5년) 10월 친히 군사를 이끌고 원정길에 오른다.

한편, 유비는 원소가 대패하여 화북으로 퇴각한 상황에서 조조의 대군과 상대하기에는 버겁다는 판단 아래, 손건과 미축을 유표에게 사자로 보내 망명을 타진한다. 이때 관우와 장비, 조운 등이 한 목소리로 건의를 올린다.

"조조의 대군을 맞아 싸우기에 상대가 되지 않더라도, 단 한번의 대응도 없이 퇴각하는 것은 군사들의 사기에 적지 않은 영향을 미치게 될 것입니다."

"그대들의 주장이 옳기는 하나, 병서에서 말했듯이 상대가 되지 않는 것을 알면서도 객기를 부리는 것은 병사의 생명을 책임진 장수가 할 일이 아닐세. 이는 결코 비겁한 행위가 아니요, 이런 형세를 알면서도 오기로 맞이하는 것은 만용일 뿐이네. 모두가 탈이 없어야 향후 때가 왔을 때, 우리의 뜻을 펼칠 수 있을 것이네."

유비는 현실을 주지시킨 후, 순건과 미축을 사자로 삼아 유표의 의중을 알아보도록 하고, 손건과 미축이 형주에 당도하여 유표와의 배알을 청한다.

"그동안 유황숙께서는 터무니없이 부족한 군사력으로도, 기울어져 가는 종묘사직을 지키고자 혼신을 다 바쳐 싸웠습니다. 한황실의 존립을 위해 황제를 능멸하는 조조와 굳건히 대적하여 싸워오던 유황숙께서 이제 더는 여남에서 조조와의 싸움은 어렵다는 판단이 들어, 유일하게 조조와 대적할 기반이 있는 황실 종친인 유경승께로 의탁하고자 하십니다. 형주는 오랜 전란에도 휘말려 오지 않았을 뿐만 아니라, 조조의 서주대학살 당시 서주에서 수많은 백성들이 형주로 피난하여, 유경승께서 서주자사를 지내신 유황숙에게 조금의 배려만을 제공하시더라도, 서주의 유민들이 단결하여 조조의 야욕을 막아내는 데 일조를 하게 될 것입니다."

손건의 말을 경청하던 유표는 깊은 생각에 잠긴다.

'조 사공이 조정을 장악한 이후, 나에게 순순히 자신을 따를 것을 요구하는 시점에서 황실의 정통성을 부여받은 내가 사공 따위에게 복종할 수는 없는 노릇이다. 본초가 화북에서 조조를 견제할 당시에는 조조가 전선을 방만하게 확장을 할 수가 없어서 형주에 대한 야욕을 숨겨왔지만, 이제 본초가 화북에서 칩거하는 이상 조조는 우리 형주를 차지하려고 눈독을 들일 것이다. 이런 중대한 시점에 유비가 나에게 의탁을 하게 된다면, 이는 황제의 밀명으로 조조의 독주를 견제하는 명분을 십분 활용할 수 있고, 조조의 협천자 지위를 깨뜨릴 명분을 얻게 되는 일거양득의 좋은 계기가 되리라.'

여기까지 생각이 미친 유표는 손건과 미축에게 반기는 표정을 지으며 말한다.

"전장군 유현덕은 고(孤)의 종친일 뿐만 아니라, 고(孤)와 함께 한황실을 지킬 인물이오. 비록 군사는 적고 비빌 언덕은 없으나, 흔들림이 없이 조조와 맞서 온 영웅이 아니오? 고(孤)와 힘을 합친다면, 능히 조조를 물리치고 한황실을 부흥시킬 수 있는 인물이니, 부디 전장군 현덕에게 고(孤)의 뜻을 가감이 없이 그대로 전해주시오."

유표가 흔쾌히 유비를 맞아들이려 하자, 채모가 갑자기 끼어들어 유표에게 경각심을 불어넣는다.

"유비는 결코 믿을 만한 인물이 못됩니다. 처음에는 공손찬에게 의탁했다가, 얼마 후 원소에게 귀의하더니, 곧바로 여포의 하수인 노릇을 하다가 여포를 배반하고, 조조의 그늘 아래 안주해 왔습니다. 그러다가 조조를 배신하고 나서 서주를 차지하고는 조조의 응징으로 오갈 곳이 없어지자 원소에게 귀의하여 객장 노릇을 하더니, 이제는 원소가 관도전투에서 대패하여 오갈 곳이 없어지자 우리에게 망명을 신청하고 있습니다. 이와같이 어떤 한사람도 끝까지 섬기지 않은 자가 다시 배반하지 말라는 법은 없습니다. 더구나 조조는 유비를 눈의 가시같이 여기는 관계로 대군을 이끌고 유비를 토벌하고자 출정했습니다. 이런 시기에 유비를 받아들이시면, 조조를 분격하게 하여 원하지 않는 전쟁에 휘말리게 될 수 있습니다."

채모의 말도 틀린 말은 아닌지라 유표는 잠시 깊은 생각에 잠긴다. 손건은 유표가 오랜 궁리에 접어들자 우려 섞인 표정을 지으며 말한다.

"유황숙께서 비록 여러 곳에 의탁해 온 것은 사실이지만, 결코 한 번도 정도에서 벗어난 배신행위는 없었습니다. 부덕하고 불충하며 신의가 없는 자에게는 일관되게 당신의 안락한 신변도 과감히 내버리고 떠났습니다. 더구나 지금은 황제폐하의 밀서를 받아 조조의 불충에 저항하며, 대의명분을 가지고 한황실의 부흥을 위해 헌신하고 있다는 것은 천하가 다 알고 있는 사실이 아닙니까?"

손건의 논리정연한 말에 유표는 자신의 뜻을 정리하고 주변에게 단단히 경고한다.

"나의 결심은 이미 정해졌노라. 이후는 아무도 이 문제에 대해서 함부로 논하지 말라."

유표는 손건에게 유비의 망명을 허락하는 증서를 내린다.

유표의 망명 허가 증서를 받은 유비가 군사를 이끌고 형주로 들어서자, 유표는 양양 인근 10리까지 나와서 유비를 영접하며 상빈의 예우로 맞아들인다.

유비는 유표에게 주군으로서의 예를 표한 후, 관우와 장비, 조운 등의 명장과 간옹, 손건, 미축 등의 문사들도 유표에게 주군으로의 예를 올리도록 지시한다. 유표는 매우 흡족해하며 유비에게 군사를 지원하고, 이들이 남양군 신야에 주둔하여 조조의 침공에 대비하도록 청한다.

조조는 유비가 유표에게 의탁했다는 소식을 듣고, 유비와 유표의 결속이 강해지기 전에 형주를 평정하려 하는데, 이때 순유와 정욱이 조조의 거병을 강력히 만류한다.

"용병에 있어서 선택과 집중은 가장 일차적으로 고려할 사항입니다. 주군께서 화북의 원소를 완전히 평정하지 못한 상태에서, 주군과 크게 반목하지 않는 유표를 상대로 싸우려는 것은 전선의 확장만을 꾀하게 될 뿐, 이익보다는 해악만을 불러오게 될 것입니다. 원소가 비록 관도대전에서 대패했으나, 우리 군사들도 많이 지쳐 있어 하북으로 출정할 경우에도 꼭 이긴다는 보장이 없습니다. 더구나 원소는 화북의 기름진 평원과 풍부한 물자, 넘치는 인재와 수백만에 이르는 백성들로 인해, 아직까지도 주군보다는 국력이 강성하다고 평가되고 있습니다. 주군께서 총력을 화북에 경주하지 않고 애매하게 형주를 치다가 전선만 확대되어 군사력이 분산된다면, 거대한 군사력을 가진 원소가 화북에서 다시 거병하여 유 경승과 손을 잡고 허도를 협공할 때는 누란지계(累卵之計)에 빠지게 될 것은 자명한 일입니다."

"아! 그대들은 내가 유비에 대한 응징만을 생각하는 바람에 간과하고 있던 점을 일깨워 주었네."

조조는 유표와 유비를 토벌하고자 하는 자신의 뜻을 접고, 아직도 연주 일대에 남아서 자신에게 저항하고 있는 원소의 잔류세력을 토벌하는 데 집중하기로 한다. 이 시점에 아직도 원소에게 일조하는 황하 이남의 교두보는 관도 북단의 창정인데, 조조는 창정에 있는 원소의 잔존세력을 몰아내고 황하 이남을 완전히 평정하기 위해, 새로이 군량미 확보와 군수품 확충에 나서는 등 정벌계획을 철저히 세운다.

드디어 201년(건안6년) 4월 초가 되어, 군사를 재정비한 조조는 순욱과 조인에게 허도의 행정과 정치를 맡기고, 스스로 대군을 이끌어 창정을 정벌하는 친정 길에 나선다.

조조는 최대의 결전을 치루었던 관도와 원소의 영향력이 아직도 미치고 있는 황하 이남의 최대 교두보인 창정의 가까이에 있는 동평현 안민을 식량 집결장소로 결정하고, 조조 자신의 세력권에 있는 주, 군에 명하여 식량을 최대한 갹출했으나 화북의 풍부한 물적 자원을 압도할 수는 없었다.

한편, 원소는 업성에서 군사의 재정비에 성공하여 201년(건안6년) 4월 말경에 이르러서는 반란을 일으킨 군현을 모두 평정하니, 관도대전의 패배에도 불구하고 원소의 세력은 아직도 조조보다 우위에 서 있게 된다.

그러나 관도대전의 패배로 인한 충격으로 깊은 마음의 병을 얻고 있던 원소는 조조가 창정을 탈환하기 위해 친정에 나서자, 벼랑 끝에 몰리는 듯한 위기의식을 느끼고 자신도 직접 군사를 이끌고 창정에서 조조에 맞서기로 한다.

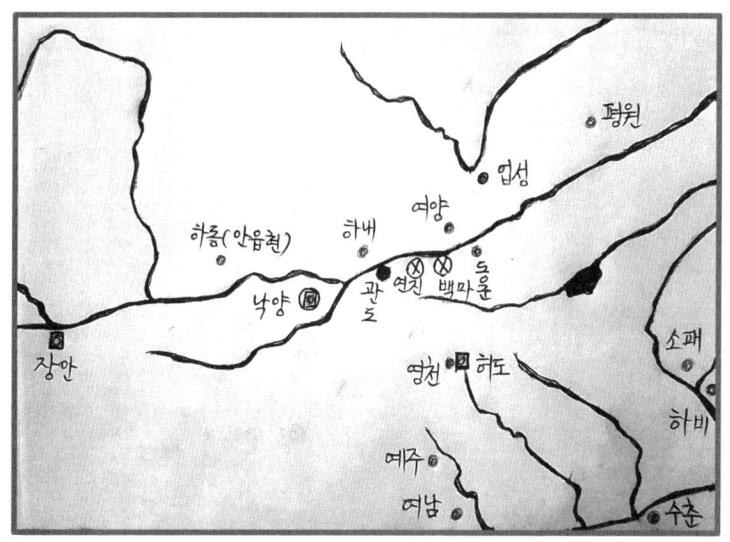

원소는 급히 창정으로 군사를 이끌고 이동하느라 늦은 시각임에도 백마 인근에 있는 험산의 초입까지 강행군을 감행한다. 원소는 어둠이 내리깔린 계곡을 지나는 위험을 피해, 북쪽 계곡의 초입에 펼쳐져 있는 벌판에 군영을 세우고 날이 밝기를 기다린다.

이튿날, 날이 밝음과 때를 같이하여 조조의 선봉장 허저가 기보 1만을 이끌고, 원소의 군영으로 공격해 들어오자, 원소는 원담과 사환, 장의거 등에게 방진의 진형을 구축하되, 원담은 기병으로 기전통(騎戰統:전투에 참여하는 기병)의 진법을, 사환은 보전통(步戰統:전투에 참여하는 보병)의 진법을, 장의거는 후방에서 보주통(步駐統:전투에 참여하지 않고 후방에 대기하는 보병)의 진법을 세우게 하고, 자신은 고간을 중군장으로 하여 유군(遊軍:유격대)의 진법을 세워, 전투의 양상에 따라 유연성 있게 군사적 전술을 시도하도록 한다.

　허저가 남쪽의 계곡을 빠져나와 원담과 사환의 방진을 향해 기병을 돌진시킬 때, 사환의 진형에서 빗발치는 화살 공세가 벌어지면서 허저의 기병이 우왕좌왕하는 사이, 원소의 외조카 고간이 유군을 이끌고 허저의 측면을 세차게 공략한다. 허저의 후방에 있는 보병들이 대열을 유지하지 못하고 흐트러지자, 원소는 전 군사들에게 총공격명령을 내린다.

　허저가 자신을 둘러싼 수백의 원담 기병을 뿌리치고, 기병을 수습하여 계곡으로 퇴각하기 시작하자, 원담의 경기병과 고간, 사환 등이 보병을 이끌고 퇴각하는 허저의 보병들을 신나게 주살하면서 계곡 깊숙이 들어서게 된다. 이때를 같이하여, 깊은 계곡의 협로 양쪽에서 마른 짚단이 산더미같이 던져지더니, 불화살과 화약이 협로에 무수히 떨어진다.

　원담과 고간이 긴급히 계곡을 벗어나고자 각기 자기 수하들을 수습하여 퇴각명령을 내리고, 북쪽 계곡의 넓은 하천까지 다다라서 안도의 숨을 잠시 돌리는데, 계곡의 하천 양편에 매복하고 있던 장료의 군사들이 무리를 지어 원담과 고간에게 기습적으로 공격을 감행한다.

혼비백산하여 계곡을 빠져나온 화북의 군사들은 진지로 돌아와서야 겨우 숨을 돌린다. 이 전투로 수만 병사의 절반 가까이를 잃은 원소는 군영을 단단히 방비하게 한 후, 조심스럽게 군대를 수습하여 여양으로 퇴각한다.

창정전투에서 승리한 조조는 창정에서 원소의 잔여세력을 철저히 색출하여 완전히 몰아내고, 자신의 수하를 수장으로 삼은 후 201년(건안6년) 9월 허창(허도)으로 돌아간다.

원소 또한 업성으로 돌아간 후, 관도대전에 이어 창정전투에서 대패한 후유증으로 마음의 병이 깊어진 탓에 심한 고통을 겪으면서도, 조조가 화북으로 정벌에 나설 것을 견제하여 전군에 총비상령을 내리고, 자신의 세력권을 안정시키는 일에 총력을 기울인다. 비록 조조는 창정을 장악하면서 황하 이남을 완전히 평정했다고는 하나, 아직도 우위에 있는 화북의 국력을 우려하여 경솔히 군사를 일으키지 못하고 수시로 기회를 노린다. 이런 상황이 지속되며 조조와 원소의 양대 세력은 황하를 사이에 두고 여전히 팽팽한 대치가 이어지던 중, 202년(건안7년) 5월21일, 원소는 갑자기 한 말이나 되는 피를 토하며 쓰러진다. 부인 유씨가 급히 심배를 불러들이지만, 원소는 한마디 유언조차 남기지 못하고 숨을 거둔다.

원소는 인품이 관아 했으며, 인의에 입각한 정치를 펼쳐 널리 백성들에게 칭송을 받았고, 인의에 입각한 정도를 펼쳐 백성들이 스스로 따랐다. 다만 공적인 인망과는 달리 개인적 문제에 있어서는 명성과 평판, 대의명분에 신경을 써서, 결정적인 순간에 결단보다는 평판을 우선하여 기회를 놓치는 단점이 있었다. 또한, 어린 시절부터 남에게 칭송만을 받아 왔던 결과인지, 자신보다 나은 사람을 인정하지 않으려는 독단성을 보였다. 좋아하는 사람과 거부하는 사람에 대한 편애가 심해, 좋은 정책을 제시하는 모사보다는 자신의 뜻을 따르는 참모의 자문을 더욱 경청했다. 자기 자신의 판단을 가장 중시하여 자신이 가장 뛰어난 책략가라는 독선에 빠져, 다른 모사의 뜻이 자신의 뜻과 다를 때, 자신의 판단에만 스스로 묶이는 한계성이 조조에게 패하는 가장 큰 요인이 됐다.

원소가 한마디 유언도 남기지 않고 갑자기 죽자, 지체 높은 사대부에서부터 비천한 군민들까지 화북의 모든 계층의 사람들이 진심으로 원소를 애도하여, 화북의 도처에는 연일 통곡 소리가 그치지 않았고, 어떤 사람들은 부모를 잃은 정도의 슬픔을 표하며 애틋이 원소의 상을 치르는 사람까지 있을 정도로 하층 서민들에게는 엄청난 존경의 대상이었다.

15.
패권을 놓고 요동치는 화북

15. 패권을 놓고 요동치는 화북

1) 원담과 원상, 동상이몽으로 연합하여 조조에 대항하다

원소가 타계한 후, 많은 신료들이 원담을 장자라는 이유로 추대하려 하나, 제2의 권력자 심배, 봉기 등은 원담을 꺼려하여 원소가 평소 내비친 뜻을 따르고자 한다.

원소가 평소 막내 원상을 총애하여 후계자로 거론했던 사실을 근거로 심배는 원소의 유명을 유추하여 원상을 후계자로 옹립한다. 심배가 업성의 모든 것을 장악한 관계로, 입지가 좁아진 곽도와 신평은 장남 원담을 후계로 세워 원상과 대립하기 시작한다.

원상이 후계로 확정된 이후에야 업성에 당도한 원담은 심배와 봉기에게 불만을 품고, 군사를 여양에 주둔시켜 원상에게 압박을 가하면서, 여양에서 원소의 후계자임을 백성들에게 직접 표방하기 위해 거기장군을 자칭한다. 거기장군은 반동탁 연합군의 맹주를 맡았던 원소가 자칭했던 의미가 깊은 군사적 직위로, 원담 자신이 원소의 진정한 후계임을 화북에 표방한 것이라 볼 수 있다.

원담이 장남의 지위를 내세워 원상의 후계를 인정하지 않고 막내 원상에게 계속적으로 압력을 가하자, 원상은 203년 (건안8년) 1월 여광과 여상에게 군사 수만을 내주고 원담을 정벌하도록 명한다.

원소가 타계한 이후 원담과 원상 형제간에 분열이 생긴 것을 확인한 조조 또한 하수(河水:황하)를 건너 여양의 원담을 공격하자, 조조와 원상에게 남북 양면에서 공격을 당해 버틸 힘을 잃은 원담이 조조에게 투항할 조짐을 보인다. 원담이 조조에게 투항할 것이라는 황당한 첩보를 접한 원상은 원담이 대군을 이끌고 조조에게 투항하게 되면, 하북의 안보가 위태로워질 것을 우려하고 군사를 물려 업성으로 되돌아간다.

원상이 퇴각한 후 위기에서 벗어난 원담은 다시 독자적으로 하북을 장악하려는 의도를 강하게 내비친다. 이로써 원담은 원상의 공격은 피하게 되었으나, 조조로부터 다시 위협을 받게 되는데 조조의 대군이 다시 밀려오자, 원담은 하는 수 없이 원상에게 조조를 대적할 군사를 지원해 주기를 청한다.

그러나 원담의 의도를 의심하는 심배는 봉기로 하여금 소수의 병력만을 이끌고 원담을 지원하는 선에서 마무리 짓고자 한다. 원담은 원상에게 불만을 품고도 없는 것보다는 낫다는 심정으로 봉기가 이끌고 온 수천의 병사와 함께 조조의 대군을 맞아 여양 벌판에서 대치한다.

조조가 서황에게 명하여 원담의 본진을 공략하도록 하자, 원담은 부장 왕소로 이에 맞서고자 하지만, 왕소는 결코 서황의 상대가 될 수가 없었다. 서황을 상대로 나선 왕소는 양측 군사들의 교전 중에 마주친 서황의 단칼에 목이 날아가고, 원담은 한 시진이 되기도 전에 대패하여 여양의 성안으로 쫓겨 들어가면서, 원상이 자신을 소극적으로 지원하여 패배하게 되었다는 생각에 이르자, 패배에 대한 분풀이로 원상을 원소의 후계로 추대하는 일에 일익을 담당한 봉기를 주살한다. 동시에 원상에게 반발의 뜻을 표하는 동시에 조조에게 항복할 의사를 다시 내비친다. 원담이 조조에게 투항할 뜻을 다시 표명했다는 것을 알게 된 원상은 황급히 심배 등을 불러들여 원담의 행위에 대한 대책을 논의한다.

"큰 형님이 비록 나에게 무릎을 꿇지는 않았으나 명명백백한 나의 혈육입니다. 이대로 사태를 방치한다면 화북은 결국 조조에게 복속될 것인데, 이렇게 되면 최악의 경우가 발생하는 것이 아니겠습니까?"

심배도 이에 동조하여 자신의 생각을 밝힌다.

"공자와 원담의 관계는 순망치한(脣亡齒寒)의 관계이외다. 조조가 원담의 군대를 흡수하게 된다면, 결국은 공자께서 그 대가를 치르게 될 것이오. 원담을 지원해야 함은 명약관화하지만, 문제는 공자가 군사를 원담에게 지원했을 때, 원담은 조조를 격파한 이후에라도 이 군사들을 공자에게 돌려주지 않을 것입니다. 공자께서 직접 군사를 이끌고 원담을 지원하게 되면, 이런 문제점은 해결될 수 있을 것이오. 내가 소유장군과 함께 업성을 지킬 테니, 공자는 군사를 이끌고 여양으로 가서, 원담과 힘을 합쳐 조조를 물리치는데 전력을 기울이도록 하시오."

　원상은 심배의 대책을 좇아 203년(건안8년) 2월, 심배에게 업의 수성을 맡기고 여양으로 떠난다. 원상은 여양에서 2월부터 수개월 동안을 여양성 앞에 군영을 세우고 조조와 대치하는데, 심배의 계책으로 여양성의 원담과 여양 벌판에서 기각지세(掎角之勢)를 형성한 원상을 장기간 공략하지 못하게 되자, 조조는 긴급히 대책회의를 개최하여 방안을 구한다.

"서로 주군이 되려고 다투던 원담과 원상이 다시 화해하고, 원소의 둘째 원희도 유주에서 군사를 이끌고 여양에 와서 형제들과 합류하고 있어, 전쟁이 장기화하면 화북을 정벌하는 것은 결코 쉬운 일이 아니리라 생각하오. 게다가 시간이 더 흐르면 병주의 고간까지 합류할 터인데, 이런 일이 발생하게 되면 아군 측에는 상정하기도 곤란한 사태가 벌어지게 될 것인즉, 빨리 여양을 함락시킬 방안을 강구해야 할 것이오."

　순유가 앞으로 나서며 강력히 기습전을 주장한다.

"양측 군사들이 장기간 대치하여 아군이 다소 불편한 점도 있었으나, 오히려 지금이 작전을 수행하기 좋은 시기입니다. 다행히 양쪽의 군사들은 여러 달을 대치하고 있어, 원상의 군영에서는 초기의 예민했던 긴장이 풀어져 다소 느슨해진 기미가 보입니다. 주공께서는 계속 아무런 공격의 징후를 보이지 말고 지금과 같이 장기간을 끌어나가시면 적병은 전쟁 중이라기보다는 휴전 중이라는 착각에 빠져 긴장이 더욱 느슨해질 것입니다. 이때를 노려 적을 기습적으로 공격하는 전략을 구사하심이 어떨까 생각합니다."

조조가 얼굴에 함박웃음을 띠며 되묻는다.

"그대는 만천과해(瞞天過海)전략을 펼치자는 말인가?"

"그렇습니다."

"그런 다음에는 어떤 전략을 펼치려고 생각하는가?"

"다음은 이일대로 전략으로 그동안 주공께서는 병사들에게 충분한 휴식을 취하게 하고, 밥을 배불리 먹여 사기를 진작시키게 한 후, 기회를 노려 적병들과 전면전을 펼치도록 하는 것을 구상해 보았습니다."

조조는 순유가 제시한 기본 계책을 받아들여 구체적으로 전술을 지시한다.

"각 부대장과 통대장들은 지금부터 병사들에게는 다른 일을 시키지 말고 편히 휴식을 취하게 한 다음, 작전명령이 떨어지면 신속히 작전에 투입될 수 있도록 만반의 준비를 갖추고 작전명령이 떨어질 때까지 대기하도록 명하라. 작전은 2단계로 나누어 실시한다. 첫 단계는 혼수모어(混水模漁)전략으로 유군들에게 화북군사의 복장을 입혀 그믐날 밤의 어둠 속에 경계가 가장 해이해진 서북방면의 야산에서 적의 군영 안으로 침투시킨다. 유군들은 적의 군영 안에서 유격대 활동을 펼치되, 가장 먼저 할 일은 군마들이 쉬고 있는 마구간을 탈취한 후, 고수들은 징과 꽹과리를 치고 마구간에 있는 병마들이 깜짝 놀라 마장 밖으로 뛰쳐나가게 하라. 군마들이 군영을 휘집고 다니면서 소란을 피우게 될 때, 나머지 유군들은 이와 동시에 군막 사이사이 간격을 두고 군막에 불을 질러 군영에 혼란을 유발시키도록 하라. 둘째 단계는 적의 군영을 교란시킨 유군들이 군영을 빠져나오면, 이전과 악진장군이 야밤에 은밀히 원상의 진지 가까이에 침투시킨 궁노수를 이끌고 적의 군막에 불화살을 쏘아 원상의 군영에서 최대한 혼란이 야기되도록 하고, 이때를 신호로 서황장군이 경기병 5천을 이끌고 영채로 쳐들어가서 군영을 인정사정없이 붕괴시키도록 하라. 곧이어 우금장군은 보병을 이끌고 전면전을 펼쳐 원상을 공략하도록 한다. 각 부대장과 위병장들은 이를 명심하여 작전수행에 차질이 없도록 하라."

조조가 전술을 제시하고 며칠 후 그믐날 밤에 원상을 공략한 결과, 작전은 대성공하여 원상은 초토화된 진지를 버리고 여양성 안의 원담에게로 퇴각해 들어간다.

조조가 그 여세를 몰아 대군을 이끌고 여양성을 포위하여 대대적인 공성에 임하자, 성이 무너질 위기를 맞은 원담과 원상은 그해 3월 말경, 야밤의 어둠을 무기로 여양성을 빠져나와 업성으로 도주하고 이튿날, 이를 알게 된 조조는 군사를 이끌고 업성을 향해 진군하여 업성의 남쪽 벌판에 본영을 구축한다. 원상은 원담에게 업성의 남쪽 벌판에 주둔한 조조를 견제하도록 군사를 지원한 후, 성안으로 돌아와서 책사들과 제장을 불러들여 조조를 퇴치할 계책을 묻는다. 장시간 깊은 생각에 잠겨있던 심배가 마침내 입을 연다.

"아군의 사기가 떨어진 지금은 외교적 수완으로 조조를 물리칠 방법을 고려해야 하오. 아군은 연일 패하여 군사들의 사기가 땅에 떨어져 있어 이런 상태로는 조조를 이겨낼 수가 없소이다. 외교력을 발휘하여 흉노족장 호주천과 지금보다 더욱 돈독한 동맹을 맺어, 평양에서 조조에게 대항하도록 사주하고, 병주목 고간과 곽원을 하동으로 파견하여 호주천과 연합하여 조조의 측방을 공략하도록 하시오. 서량으로도 사신을 보내 마등, 한수 등의 관서 군벌과 손을 잡고, 힘을 합쳐 조조를 후방에서 교란하도록 해야 할 것이오."

원상은 심배의 계책을 흔쾌히 받아들인다.

"감군의 계책이 추호의 어긋남이 없습니다. 감군의 뜻대로 실행에 옮기십시오."

심배가 용병을 성공적으로 이끌고자 원상에게 건의한다.

"흉노족장 호주천의 군대는 평양으로 출격시켜 하동태수 종요의 군사를 꼼짝 못하게 묶어놓고, 우리 측에서는 조조의 하동태수 종요를 상대할 대체 인물로 곽원을 하동태수로 새로이 임명하여, 병주목 고간과 함께 하동으로 출격하도록 하면 아군의 전략이 빛을 보게 될 것이오."

모든 것이 심배의 계책대로 착착 진행되면서, 곽원은 하동 주변의 군현들을 모조리 복속시키게 되어 관서지방은 다시 원상의 영향권에 들게 된다.

  이때부터 낙양과 허도는 관서 군벌의 위협을 받게 되어, 조조는 여양전투에만 몰입하기에는 어려운 상황에 처하게 된다. 이에 하동의 장수들과 군사들이 하동태수 겸 사례교위 종요에게 건의를 올린다.

  "사례교위, 지금의 형세로는 하동을 고수하기가 어렵습니다. 차라리 하동을 버리고 철수하여 군사를 재정비한 후에 다시 싸우도록 하시지요."

  이에 하동태수 종요는 이들을 나무라며 자신의 확고한 의지를 피력한다.

  "아니 될 말이오. 하동이 무너지면 낙양은 단숨에 원상의 손에 넘어가서 주공의 서부전선이 모두 무너지게 되오. 서부전선이 무너지면, 허도의 안위 또한 장담할 수 없을 뿐 아니라, 주공께서도 여양전투를 성공적으로 수행하기 어려울 것이오. 어떤 일이 있어도 하동을 지킬 방안을 강구해야 합니다."

  하동태수 겸 사례교위 종요는 위기에 빠진 하동을 건질 대책을 마련하느라 밤잠을 설친다. 뜬눈으로 며칠 밤을 설치던 종요는 불현듯이 한 가지 꾀를 생각해낸다.

  '심배가 활용한 외교전을 역으로 활용해 위기를 모면하리라. 하동을 사방으로 둘러싼 적들의 연합구도를 깨기 위해서는 이이제이(以夷制夷)전략이 필요하리니, 이에 가장 합당한 인사는 마등일 것이다. 최근 정보에 의하면, 원상이 마등에게 동맹을 청했을 때, 부간과 방덕 등의 측근이 마등에게 원상과의 동맹을 막았다고 하니, 우선적으로 중원에 대한 열등감이 있는 마등을 접촉하여 관직으로 회유하고, 이것이 성공하게 되면 곽원을 물리칠 수 있는 전략을 강구하리라.'

종요는 조조에게 전령을 보내 자신의 의견을 전한다.

"사공께서 서량의 마등에게 조정의 관직을 제수하신다면, 소장이 마등을 설득하여 곽원을 물리치고 위기의 하동을 구하겠습니다."

여양전투가 발생한 초기에만 여양성에서 겨우 이기고, 이후 업성 근처의 벌판까지 진출했지만, 업에서는 아무런 성과가 없이 원상과 장기간 대치를 계속하는 바람에, 하동에는 전혀 신경을 쓸 수 없던 조조는 종요의 의견을 수락한다. 이에 종요가 사자를 마등에게 파견하여 조조의 뜻을 전하자, 마등은 수하들에게 자신의 처신에 대한 의견을 묻는다.

이때 부간이 조조와 연합할 것을 마등에게 강권한다.

"원상이 아직은 화북의 최대세력을 형성하고 있으나, 형제간에 불화가 심하여 오래가지 못합니다. 그뿐만 아니라, 원상은 애송이로서 조조의 협천사에는 명분상으로도 미치지 못합니다. 장군께서는 조 사공과 뜻을 함께하여 우리 서량의 사람들도 중원으로 진출할 기회를 얻어내도록 해야 합니다."

방덕이 옆에서 부간의 말을 받아 마등을 설득한다.

"조 사공께서는 영웅을 우대합니다. 지금 서량의 최고 영웅이라면 마등장군 외에 누가 있습니까? 조 사공과 함께라면, 마씨 가문은 명문의 가문으로 천세만세 영속될 것이고 주변의 저희도 원님 덕에 나팔을 불 수 있습니다."

주변 측근 수하의 의견을 청취하던 마등은 마침내 조조를 돕기로 결정을 내린다.

"마초는 부장 방덕과 함께 1만의 병사를 이끌고, 속히 하동으로 가서 하동태수 종요와 합심하여 함께 곽원을 격파하도록 하라."

하동태수 종요는 서량에서 마초 등이 합류하자, 이들과 함께 곽원을 격파할 계획을 세우고 작전을 제시한다.

"허허실실(虛虛實實)전략을 써서 강변에는 소수의 노병으로 진형을 세워, 곽원을 교병계에 빠지도록 유인하고, 대다수의 정예병은 강나루 인근에 매복시킨 후, 곽원의 군사들이 반쯤 도강을 마칠 무렵 급습하여 곽원의 군사들이 양분되도록 군사를 배치하시오."

종요가 장수들에게 명령을 내리고 곽원이 도강하기를 기다린다. 이때 곽원은 종요가 배치한 강변의 군기 빠진 군사를 보고, 자신의 수하들에게 과감한 도강을 명한다.

"강변에 주둔한 병사는 지난 전투에서 우리가 일방적으로 몰아붙인 오합지졸이다. 궁노수들은 강의 건너편에서 보병이 도강을 안전하게 마칠 수 있도록, 화살을 아끼지 말고 과감히 적진으로 날려 보내라. 보병은 강을 건너는 즉시 유군(遊軍)의 역할로 전환하여 적의 진형을 맹렬히 파고들도록 하라."

강변에 진을 친 조조의 하동군사들이 전투력이 약한 소수의 노병이라고 판단한 곽원은 종요의 계략을 알아차리지 못하고 과감하게 도강을 개시한다. 곽원의 군사들이 거의 반 정도 도강을 마칠 때를 즈음하여, 종요는 매복시킨 마초의 1만 대군에게 공격명령을 내리자, 매복에 대한 대비가 없던 곽원은 필사적으로 저항하면서 전투는 치열한 공방전으로 돌입한다. 강 건너편에서 화살을 날려 도강을 지원하던 곽원의 궁노수들은 강을 건넌 자기 병사들을 닥치는 대로 도륙하는 마초의 군사를 향해 필사적으로 화살을 날리고, 이때 마초는 교전 중에 날아온 유시(流矢)에 다리를 맞고 말에서 떨어진다.

그러나 서량의 최고 장수인 마초가 화살을 맞은 다리를 감싸면서까지 최전선에서 군사를 독려하자, 그 의기에 감동한 군사들은 용기백배하여 곽원의 군사들을 더욱 세차게 몰아붙인다. 군사들이 난전을 벌이는 중에 마초의 부장 방덕은 곽원을 만나 일기토를 벌이더니 단칼에 곽원의 목을 베어 버리고, 이에 곽원의 군사들은 무기를 버리고 도망치기에 급급해한다.

승리의 확신을 얻은 종요는 사기가 오를 대로 오른 병사들을 이끌고 내친김에 평양으로 진격하여, 호주천의 항복을 받아내면서 하동 전역을 깨끗이 평정한다.

종요의 선전으로 관서지방이 안정을 이룬 덕에 조조는 다시 여양전투에서 원상과 총력을 기울여 싸울 수 있게 된다.

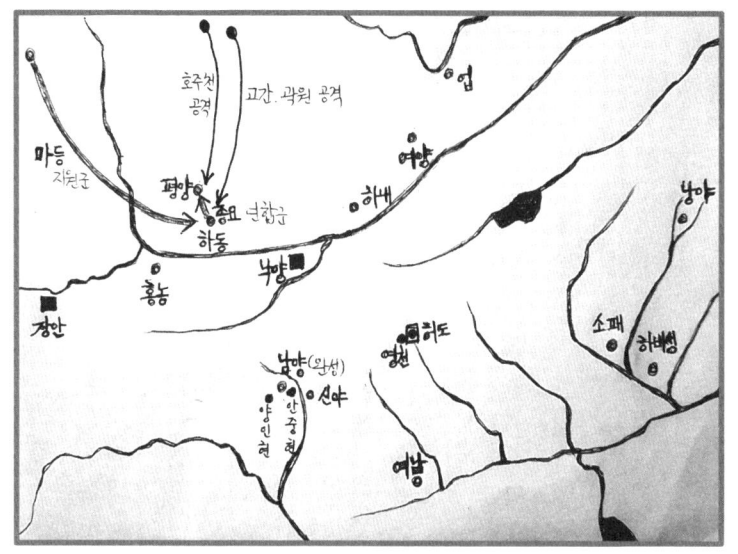

종요의 외교술로 비록 관서지방의 안정은 이루었으나, 심배의 계책으로 까딱 잘못했다가는 화북을 정벌하기는커녕 관서지방에서의 영향력까지 빼앗길 뻔했던 조조는 신속히 업성을 함락시켜야 여양전투를 마무리할 수 있으리라는 조급증에 무리하게 공성전을 펼치기 시작한다. 이를 간파한 심배와 원상은 조조의 심리를 역으로 이용하여 장기전으로 돌입할 듯 위장하는 위계를 쓰기로 하고, 군사를 업의 경비에 전념시켜 장기전에 돌입시키는 듯 위세를 부리면서, 실상은 원담에게 군사를 내어주며 무중생유(無中生有:허로써 실을 추구함) 전략으로 야음을 틈타서 조조의 영채를 기습하도록 지시한다.

그리고 이면으로 원상에게는 따로 원담 이후의 군사작전을 준비시키기 위해 이대도강(李代桃僵:큰 것을 얻기 위해 작은 것을 희생시킴) 전략과 포전인옥(抛磚引玉:미끼를 던져 상대를 유인함) 전략을 혼합한 계책을 펼친다.

"조조는 조만간 우리가 두드러지게 경비를 철저히 하는 것을 보고 아군이 조만간 기습할 것이라 생각할 것이오. 어쩔 수 없이 공자는 원담을 바둑판의 사석으로 활용해야 할 것이외다. 원담은 공자가 조조를 역격하기 위해 쓰는 불쏘시개 정도로 보면 된다는 말이오. 원담은 기습을 대비한 조조의 호구(虎口)전술에 말려들어 스스로 패주하고 동쪽 야산으로 도주하게 될 것인데, 이때 조조는 원담의 무리를 일거에 섬멸시키려는 욕심으로 원담을 공략할 것이고, 이때 공자는 원담을 미끼로 삼아 조조를 유인하여 격파하면 될 것이오. 즉, 조조의 군사들이 야산으로 패주한 원담을 포위하여 공세를 펼칠 때, 공자께서는 날랜 기병 5천을 이끌고 조조의 후방을 교란시키시오. 나는 조조의 포위망이 교란되는 것을 확인한 순간, 소유에게 궁노수와 보병을 딸려 조조의 후방을 공격하도록 하겠소. 조조의 군사는 필히 패주할 것이외다."

심배의 계책은 그대로 적중하여, 야음을 틈타 조조의 진지를 공격한 원담은 조조의 호구(虎口)전술에 빠져 텅텅 비어있는 조조의 군영 한가운데 갇히게 된다. 원담은 조조의 호구에서 벗어나기 위해 전력투구하며 겨우 야산으로 도주하여 처절하게 저항한다. 원담이 조조의 군사들과 혈투를 벌이고 있을 때, 원상이 경기병을 이끌고 조조의 후방을 들이치고, 곧이어 소유가 대군을 이끌고 성 밖으로 쏟아져 나오자, 조조의 군사들은 큰 혼란에 빠져 20여 리를 물러나서야 가까스로 수습되기에 이른다.

  결국 203년(건안8년) 5월, 우여곡절 끝에 업성의 앞까지 진출하여 장기간 대치한 성과도 없이 원상의 역격을 받아 패배하게 된 조조는 원가의 본거지를 함락시키는 것이 생각만큼 쉽지 않음을 인지하고 다시 허도로 돌아간다. 손쉬운 상대로 여긴 원상에게 어이없는 역격을 당하고, 여양전투에서 대패하여 허도로 돌아온 조조는 장수들에게 엄숙히 공표한다.

  "전국시대 사마법에서 '삼군을 이끈 장수가 패배하면 그 일족을 친다.'라고 하여, 조괄의 모친은 능력이 부족하다고 생각되는 아들 조괄이 지휘관이 되자, 부족한 아들 탓에 가족들이 연좌되어 목숨을 잃는 불상사가 없기를 조(趙)의 효성왕에게 확답을 받고서야 아들 조괄을 전쟁에 내보낸 역사가 있소. 나는 여태까지 여러 전투에 출정한 이래, 장수들에게 공에 대해 상을 내릴 뿐 벌을 내리지 않았으나, 이는 국전(國典)이 아님을 이번 전투에 임해서야 확실히 깨달았소. 이제부터는 제장이 혼신을 다해 싸우도록 하기 위해서라도, 패한 장수는 패배에 상응하는 징벌을 내릴 것이며, 전투에서 실기한 장수는 관직을 삭탈할 것이오."

2) 원담과 원상은 원소의 후계를 놓고 피 튀기게 싸우다

조조가 여양전투에서 패배하고 군사를 돌려 허도로 회군한 후 얼마 지나지 않아, 허도에서 장시간 칩거하던 곽가가 뜬금없이 조조에게 형주를 정벌할 필요성을 강력히 주장한다.

"주군, 이제는 방향을 바꾸어 화북을 겨냥하던 군사력을 형주로 집결시키는 것이 어떻겠습니까?"

조조 또한 하북에서 회군한 후 형주정벌을 구상하고 있었는데, 곽가가 자신의 의중을 꿰뚫고 형주정벌을 주장하자 호기심에 되묻는다.

"봉효는 어떻게 그런 생각을 하게 되었는가?"

"원소가 수십 년 동안 다져놓은 하북(황하의 북부)의 기반을 자식들이 아무리 무능하더라도 이들이 단합하고 있는 한, 주군께서 하북을 단기간에 붕괴시키는 것은 어려운 일입니다. 결국은 이들을 분열시켜야 하는데 욕금고종(欲擒姑縱:궁지에 몰린 쥐가 고양이를 공격)이라고, 이와 입술의 관계에 있는 이 형제들이 지금은 궁지에 몰려있기 때문에 서로 살기 위해 굳게 단결해 있습니다. 주군께서 이들에게 관심을 끊은 듯이 방향을 형주로 돌리게 되면, 이들은 주군에 대한 경계심이 풀리게 되면서 다시 반목하게 될 것입니다."

"그대는 격안관화(隔岸觀火)전략으로 '강 건너 불구경'하듯

이 하며, 이들이 다시 반목하여 분열되기를 기다렸다가 그때 정벌하자는 뜻이 아닌가?"

"네, 그렇습니다."

조조가 파안대소하며 말한다.

"어쩌면 그대는 고의 생각과 조금도 벗어나지를 않는가?"

조조는 곽가의 진언을 받아들여 허창으로 돌아오자마자 군사를 독려하며, 수로 및 토목공사에 착수하는 동시에 형주를 정벌하는 대역사를 실행에 옮기기로 한다. 이에 화북에서는 조조로부터의 공포에서 벗어나게 되었다고 생각한 원담이 다시 원상과 반목하기 시작한다.

"여양전투에서 펼친 심배의 계책은 나를 불쏘시개로 이용하여 궁지로 몰아넣기 위한 꼼수로밖에는 볼 수가 없습니다. 이로 인해 나는 대부분의 수족을 잃었으나, 크게 개의하지 않았습니다. 이보다도 더욱 분개할 일은 '여양전투에서 패주하는 조조가 황하를 건너 도하하기 이전에 총공세를 펼치면, 나는 조조를 궤멸시킬 수 있다'라고 주장했으나, 나의 계책을 심배와 원상이 받아들이지 않았을 뿐만 아니라, 동시에 내가 요구하는 갑주와 병사지원을 통제하여 조조를 추적하지 못하게 했다는 것입니다. 이것은 나의 공적을 막아 화북에서 백성들에게 원상의 영향력을 강화시키려는 비열한 술책에만 혈안이 되어있다는 것을 보여주는 증거입니다. 더는 원상과 함께 천하를 논할 수가 없습니다."

격노한 원담이 격분하며 의분을 토하자, 주변의 신료들이 침묵을 지키고 있는 가운데, 곽도와 신평이 옆에서 분란을 부채질한다.

"이번 여양전투에서 원담 거기장군의 군사가 대패한 것이나, 원상을 대장군의 후계로 세운 것이나, 멀게는 주군 원소 대장군께서 장군을 백부의 양자로 들인 것이나, 이 모든 것이 심배의 장난으로 보입니다. 심배가 원상에게 있는 한, 주공과 원상의 화해는 불가능할 것입니다."

원담이 곽도와 신평의 의견에 더욱 분노를 일으키며 원상과의 반목이 더욱 심해지자, 별가 왕수가 청주에서 관민을 이끌고 급히 원담에게로 달려온다.

"장군, 형제란 수족과 같습니다. 한쪽 손을 잃고 싸움에 임하고서 승리를 장담할 수 있겠습니까? 더구나, 형제간에 반목하는 지도자를 천하의 누가 따르겠습니까. 자기 자신의 한순간 이익만을 위해 이간질을 일삼는 소인배의 말에 귀를 기울이지 마십시오. 간신들을 주변에서 정리하고 형제간에 다시 화목을 한다면, 지난날 주군이셨던 원소 대장군의 태평성대를 다시 누릴 수 있을 것입니다."

원담은 왕수의 간절한 충언을 무시하고 공언한다.

"나는 기필코 업성을 도모하여, 아버님이 이룩하신 천하의 명성을 다시 찾아오겠소."

조조가 형주정벌에 나서기로 하면서 형제가 반목하며, 원담이 업성을 탈취하려고 하는 한편, 원상은 조조에 대한 경계심을 푸는 듯이 보이자, 심배가 원상에게 깊은 우려를 표명하는 가운데 조조의 심려에 대해 고한다.

"조조는 형제간의 분열을 고착화하기 위해 격안관화(隔岸觀火)계책으로 '하북 무관심 전략'을 펼치면서 동시에, '하북을 도모하기 위한 성동격서'를 꾀한 것이외다. 조조에 대한 경계를 푸는 즉시 우리는 조조에게 농락을 당할 것이오. 원담을 설득하여 주공의 밑으로 들어와, 함께 조조를 방비할 방법을 찾아오도록 하시오."

심배의 말에 따라 원상은 다시 원담과 화의를 시도한다.

"형님, 형제간의 싸움은 순망치한(脣亡齒寒)이라는 사실을 인지하여, 부디 자중하시기를 바랍니다."

그러나 원상에 대한 신뢰가 틀어질 대로 틀어진 원담이 쉽게 원상의 제의를 받아들일 리가 없다. 원담이 원상의 제의를 거부하고 업성을 도모할 계획을 밝히자, 원상은 조조가 형주정벌을 끝내기 전에 빨리 원담을 굴복시켜 화북을 안정시킬 필요성을 느끼고 신속히 청주정벌의 길에 오른다.

조조가 유표에 대한 형주정벌에 나서고 얼마 후, 곽가가 예측한 대로 원담과 원상이 다시 반목을 일으켜 화북이 뒤숭숭해지자, 조조는 화북의 정세변화에 세세히 귀를 기울인다.

기주의 든든한 군사력과 경제력, 국력을 바탕으로 한 원상에게 원담은 연패하여 평원국으로 내몰리고, 평원성을 포위한 원상은 원담의 근본을 뽑아내기 위해 총공세를 펼친다. 이때 곽도가 원담에게 궁여지책을 제시한다.

　"주공의 세력은 경제력으로나, 군사력, 재정확보 면에서도 원상을 감당하기 어렵습니다. 조조를 이용하여 원상을 정리하는 것이 어떻겠습니까? 용병을 아는 조조는 주공으로 원상을 대적시켜놓고, 조조 자신은 업성을 공략할 것입니다. 원상은 업성이 위기에 처하면 곧바로 업성으로 돌아가게 될 것입니다. 그 틈을 타서 장군께서 서쪽으로 군사를 돌린다면, 업의 북부지방을 모조리 차지할 수 있을 것입니다. 만일 원상이 조조에게 패한다면 금상첨화가 되어, 원상의 패잔병을 취하여 군세를 보강하고 조조와 대적하면 됩니다. 장군께서 세력을 확장하는 동안, 원정길에 올라 원상과 오랜 전투를 벌이게 될 조조는 군수품의 공급이 어려워져 반드시 회군할 것입니다."

　곽도의 궁여지책을 받아들여 낙성의 위기에 놓인 원담이 신비를 조조에게 보내 구원을 청한다.

　조조는 원담이 구원을 요청하자, 이 틈을 이용하여 유표에 대한 공략을 멈추고 하북정벌을 통해 화북을 완전히 장악하기로 방향을 돌리기로 할 때, 장수들이 반대를 표명한다.

　"주군께서 이제 와서 형주를 버리고 하북으로 다시 출정하시면, 유표가 허도의 후미를 공략할 우려가 있습니다."

조조 진용의 장수들이 모두 조조가 방향을 틀어 하북으로 출정하려는 의도를 반대하나, 순유는 황하를 건너 원담의 투항을 받아들이기를 강력히 권유한다.

"제장과 책사들이 모두 의심하듯이 원담이 간사한 마음을 품고 거짓 항복을 하더라도, 이번 기회에 원상을 도모하여 그의 영지를 거두어들여야만, 하북에서 영향력을 발휘하게 되어 화북을 평정할 수 있는 최적의 시기가 될 것입니다."

조조는 군략에서 뛰어난 순유의 생각이 항상 자신의 군략에 맞아떨어지기 때문에 크게 뒤돌아볼 여지도 없이 순유의 뜻을 받아들여 단호히 자신의 의지를 표명한다.

"지난날, 내가 여포를 공략할 당시에도 유표는 나에게 비수를 들이대지 않았고, 원소와 관도에서 일대결전을 벌일 때에도 유표는 나를 도모하려고 하지 않았소. 이런 여러 가지를 고려하여 보면, 유표는 자기 영지를 지키는 일 외에는 큰 야망이 없는 인물일 것이오. 반면, 원담과 원상은 능력이 모자라면서도 흑심을 가진 자들로써 이들은 언제든지 나를 피곤하게 할 자들이외다. 지금 형제가 반목하여 어지러울 때 이들을 정벌해야만 화북을 장악하는 것이 용이하리라 생각하오."

조조는 형주를 정벌하러 출정했던 병사를 돌려 203년(건안 8년) 10월, 위군 여양으로 대규모 군사를 이끌고 출병한다. 조조가 원담과 동맹을 결성하기 위해 황하를 건너 하북으로 진격하여 여양에 이르자, 원상은 협공을 두려워하며 평원성의 포위망을 풀고 서둘러 업성으로 돌아가면서 여광과 여상에게 엄명을 내린다.

"그대들은 원담이 이끄는 군사의 진로를 막고, 철군하는 우리 병사들의 후방을 엄호하라."

원상이 평원성의 포위를 풀고 퇴각하는 것을 확인하고, 원담은 곧바로 군사를 이끌고 원상의 후미를 따라 수십리 추격하여 야산의 계곡에 이를 때, 화주포 소리와 함께 야산 양쪽에서 여광과 여상이 이끈 복병이 일제히 쏟아져 나오자, 원담이 크게 당황해하며 이들에게 호통을 친다.

"나는 내 아버님이 살아계실 때부터 그대 형제를 우대하여 왔는데, 오늘날 어찌 그대들은 나의 아우에게 맹종하여 나를 핍박하려 하는가?"

여광과 여상은 이전부터 내심 원담을 원소의 후계로 생각하던 장수들이었다.

"거기장군, 저희는 법도에 따라 장자를 따르려 했으나 여의치 않아 원상의 수하에 머물러 있었습니다. 이제야 때가 이르렀는지 거기장군을 만났으니, 이제 저희 형제는 하늘의 뜻에 따라 장군에게 귀의하겠습니다."

원담은 심히 기뻐하며 이들을 데리고 조조에게 문안을 드리러 가자, 조조는 크게 기뻐하여 자신의 아들 조정과 원담의 딸과 정략결혼을 하기로 약속하며 원담을 회유하고, 여광과 여상에게는 장수의 인수를 내리며 열후에 봉한다.

원담은 조조가 구원하여 원상의 공격에서 위기를 벗어나게 되자, 조조를 역이용하여 기주를 얻을 계략을 실행에 옮기기 시작한다.

"지금이 사공께서 기주를 공략하여 손에 넣을 좋은 시기입니다. 업성으로 출병하시면 소장이 측방을 돕겠습니다."

　조조는 이미 이중적인 원담의 속내를 읽고 있었는지 완곡히 거절의 뜻을 토로한다.

"지금은 황하의 수로가 부실하여 군수품 공급이 원활하지 못하고, 운반에도 엄청난 애로를 겪고 있네. 일단 나는 허도로 돌아가서 대대적으로 수로 및 토목공사를 완료한 후, 기수(淇水:황하 지류)를 막아 물길을 백구로 돌려놓고 군수품을 운송할 길을 낸 다음, 다시 군사를 기주로 출병시킬 것이네. 그대는 군사를 이끌고 평원으로 돌아가도록 하라. 여광과 여상은 나의 군영에서 주둔하여 나의 지시에 따라 수군(隨軍)할 수 있도록 대기하라."

　조조가 곧바로 허도로 돌아갈 채비를 갖출 때, 평원성에서는 곽도가 원담에게 자신의 구상한 바를 밝힌다.

"조조가 주공에게 딸을 주겠다는 것은 진의가 아닐 것입니다. 지금 조조는 여광과 여상을 주공에게서 떼어내어, 열후로 봉해 자신의 수하로 두고 온갖 정성을 다 기울이고 있습니다. 소장이 살펴 보건데, 조조의 이런 행위는 이들뿐만 아니라 화북장수들의 인심을 마음대로 농락하려는 것입니다. 이에 대한 대비가 없으면 후일 반드시 우리에게 화가 올 것입니다. 주군께서는 장군의 인수(印綬) 두개를 새겨서 각각 하나씩 이들 형제에게 은밀히 보내주고, 조조가 원상을 격파할 때까지 조용히 조조의 수하에서 기회를 노리다가, 기다리던 때가 오면 조조의 내부에서 교란을 일으켜 주군에게 호응하도록 지시해 두십시오. 이것만 성공하면, 주군께서는 조조와 원상 사이에서 어부지리를 얻게 될 것입니다."

곽도의 판단이 틀리지 않았다고 생각한 원담은 여광과 여상에게 장군의 인수를 보내고, 향후 자신의 구상에 따라 움직이도록 은밀히 지시한다. 그러나 통이 크게 베푸는 조조의 따뜻한 호의를 입기 시작한 여광과 여상은 원담이 꾸미는 모사를 그대로 조조에게 고변한다.

조조는 여광과 여상을 통해 원담의 흑심을 확인하지만, 일단은 원담을 안심시키기로 전략을 세운다. 조조는 원담과의 혼사를 틀림없이 이행할 것임을 다시 한번 강조한 후, 군대의 재정비를 위해 군사를 돌려 허도로 돌아간다.

조조는 향후 하북에서 벌리게 될 장기전을 대비하여, 황하 이남의 군수품 수송이 하북으로 원활히 보급될 수 있도록, 한동안 기수(淇水)의 물길을 바꾸는 황하의 수로 및 토목공사를 대대적으로 벌이기 시작한다.

3) 조조, 업의 솥발형세를 무너뜨리고 업성을 장악하다

원상과 심배는 조조가 장기적 구상을 가지고 허도로 돌아가자 다시 원담과의 화의를 청한다.
"거기장군, 원소 대장군께서 승천하신 이후 벌어진 형제간의 모든 오해는 곽도에 의해 확대 재생산된 것이오. 지금이라도 형제간의 단합이 이루어지게 되면, 조조는 결코 화북지방을 넘볼 수 없을 것이오. 곽도를 처결하고 형제간에 단합하여 조조를 대항한다면, 나는 공자의 뜻을 높이 받들어 예우하겠소이다."
원담에게 불신의 원조로 낙인찍힌 심배가 사자를 통해 곽도를 처결하라는 전서를 전달하자, 원담은 심배의 전서를 읽고 혼란에 빠진다. 이때 입지가 위태로워진 곽도가 원담에게 자신의 뜻을 강권한다.
"주군, 결코 원상과는 화의가 어렵습니다. 이미 청주의 생매장을 당한 7만에 달하는 병사와 그들의 부모 형제들이 흘린 피의 대가는 어떤 것으로도 돌이킬 수 없는 상황에 도달했습니다. 주군께서 원상과 화해하려는 순간, 나를 위시한 청주의 장수들은 모두 장군에게 등을 돌릴 것입니다."
원담이 주변의 분위기를 전하며 원상과의 화의가 불가함을 표명하자, 이런 사실을 전해들은 원상은 속히 원담을 도모하

여야만 황하 북방의 힘을 하나로 통합할 수 있다는 강박감에 빠져든다. 결국에는 원상은 업성의 경계를 심배와 성주 소유에게 맡기고, 조조가 다시 원정길에 오르기 전에 원담을 공략하기 위해 재차 평원을 향해 원정길에 오른다.

204년(건안9년) 3월, 원상이 평원으로 원담을 소탕하기 위한 출정에 오르자, 조조는 원가 형제의 반목이 다시 일어났음을 확인하고 빈집털이 전술에 나선다.

이미 황하의 수로 공사를 완료한 조조는 장기적으로 군수품을 공수하려고 준비해둔 수로를 통해, 대군을 이끌고 다시 화북공략의 기나긴 원정길에 오른다. 조조가 대군을 이끌고 업을 향해 강행군을 시작하자, 업성의 성주 소유과 장수, 백성들이 걷잡을 수 없는 두려움에 떨고, 이때 소유는 은밀히 투항을 결심하고 주변의 세력을 규합하려고 부산하게 움직인다.

심배는 성주 소유가 조조에게 투항하려는 기미를 알아차리고, 측근들과 은밀히 소유를 제거할 대책을 강구한다.

"성주 소유의 주변에 심어둔 밀정의 보고에 의하면, 소유는 조조에게 성을 통째로 바치려는 모사를 꾸미고 있다고 하오. 소유를 제거할 방법을 강구합시다."

측근들이 깊은 생각에 빠져들고 있을 때, 심배가 오랜 침묵을 깨고 비로소 입을 연다.

"성안에서 투항을 고려하는 자는 소유의 주변에 있는 몇몇 장수들뿐인 것으로 보고가 되고 있소. 병법에서 말하는 금적금왕(擒賊擒王:우두머리만 제거하면 무리는 무너짐)의 전략대로 소유만 제거하면 모든 일이 정리될 것이니, 속히 소유를 도모하여 주변의 암적 존재를 정리해 버립시다."

심배는 조조가 업에 당도하기 전에 소유를 도모하려고 소유의 관부를 급습하는데, 소유는 갑자기 들이닥친 심배를 상대로 급히 자신을 지지하는 장수와 군사를 소집하여 대항하기 시작한다. 심배의 준비된 다수의 병사를 대책이 없는 소유의 소수 병사가 대적하기에는 무리가 따르는 것은 자명한 일이다. 심배는 소유를 시가전으로 끌어내어 성안에서 간단히 물리친다.

소유는 패배하여 조조에게로 달아나는데, 업성에서 심배와 소유가 시가전을 벌여 싸우는 덕에 조조는 원상의 군사로부터 제대로 된 저항을 받지 않은 채, 업성에서 50리 떨어진 원수(洹水)까지 별다른 무리가 없이 당도한다. 얼마 후, 조조가 총력을 기울여 업성을 포위하고 세차게 공략하지만, 원상이 평원의 원담을 정벌하러 떠나면서 구축해 둔 기주와 병주의 경계지역인 모성과 모성의 지원을 받아 업성의 측면을 방비하는 한단의 솥발형세로 유기적인 공조를 유지하고 있는 업성을 함락시키는 것은 결코 쉬운 일이 아니었다.

조조가 토산을 쌓으면 심배는 한단에 주둔하고 있는 저곡에게 신호를 보내, 토산을 쌓는 조조의 군사들을 기습하게 하고, 조조의 군사들이 한단에 주둔한 저곡의 군사를 추격하면, 모성에서 무안현령 윤해가 원병을 이끌고 와서 조조의 군사를 막아낸다. 조조가 땅굴을 파서 업성을 향해 접근하려 하면, 심배가 군사를 이끌고 성문을 나와 조조 군사들의 작업을 방해한다.

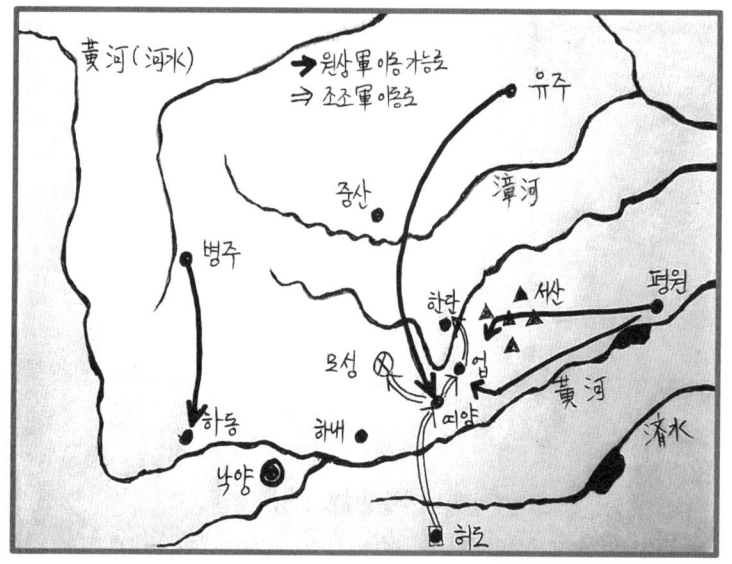

동시에 후방에서 솥발형세를 구축해 놓은 한단과 모성의 병사들이 땅굴을 막고 불을 질러 조조의 땅굴작업을 방해하는 등으로 조조는 공성에 큰 어려움을 겪게 되어, 조조가 깊은 고민에 빠져 있을 때, 곽가가 조조에게 다가가서 계책을 내어놓는다.

"심배는 자신이 철저하게 성을 지키고, 윤해에게는 병주의 경계지역인 모성에 군사를 배치시켜 병주와의 소통을 원활히 구축하고, 성 밖의 야영지 한단에는 저수의 아들 저곡을 지휘관으로 삼아 모성으로부터 지원을 받으며 업성의 방어에 협조하도록 솥발형세를 구축했습니다. 그리고 견초를 병주자사 고간에게 보내, 업으로 군수물자를 차질 없이 수송하도록 배치하여, 이런 배치는 일단 주변이 업성과 유기적 협조를 제대로 형성하도록 구성되었습니다. 그러나 심배가 구축한 솥발형세를 깊이 관찰해보면, 숨겨져 있는 큰 약점을 발견할 수 있습니다. 솥발형세가 제대로 구축되려면, 군영 모두가 비슷한 수준의 세를 비축하고 있어야 합니다. 그러나 업성과 모성, 한단을 자세히 살펴보면, 업성은 견고하여 난공불락입니다. 모성은 어느 정도의 견고성을 지니고 있습니다만, 야영지와 별반 큰 차이가 없는 한단은 허허벌판에 버려진 독도와 같습니다. 병법에 '솥발형세를 붕괴시키려거나 포위망을 뚫으려 하면, 가장 취약한 곳을 집중적으로 타격을 가해야 한다.'고 합니다. 마침 업성과 솥발형세를 구축한 세 곳의 형세가 크게 차이가 나기 때문에, 주군께서 공략하기 쉬운 모성과 한단 중 한 보루만 무너뜨리면, 솥발형세는 무용지물이 될 것입니다. 한단 벌판에 형성된 위영은 가장 취약하여, 야밤에 기습을 가하면 큰 어려움이 없이 무너뜨릴 수 있겠지만, 만일 한단을 먼저 공격하면 모성에서 원병이 나와 협공으로 한단을 지원할 것입니다. 모성은 다소 견고하여 쉽게 공략하기 어렵지만, 모성을 먼저 공격하면 모성의 후원에 의존하는 한단에서는 모성에 원병을 보낼 수 없을 것입니다. 주군께서 모성을 격파한 후, 한단을 함락시키면 업성은 고립될 것입니다. 원상이 평원의 원담을 정벌하러 떠나면서 구축해 둔 병주의 경계지역인 모성과 모성의 지원을 받아 업성의 후방을 방비하는 한단을 활용한 솥발형세는 이런 취약점을 벗어날 수 없습니다."

조조가 흡족하다는 듯이 곽가의 등을 두드리며 말한다.

"공의 뜻이 고의 뜻과 같소."

조조는 조홍에게 업성의 포위를 더욱 철저히 강화하도록 지시하고, 자신은 직접 군사를 이끌고 모성과 한단을 공격하기로 결정한다. 조조가 군사를 이끌고 친히 모성을 공격하자, 모성의 성주 윤해는 곧바로 병주자사 고간에게 구원을 요청하고 업성에도 지원병을 청하지만, 업성은 조조의 군사에 의해 겹겹이 포위되어 있는 탓에 포위망을 뚫고 모성을 지원할 수 없는 상황이 된다.

모성의 성주 윤해는 오로지 병주에서 고간이 병사를 지원해 주기를 기대하며, 조조와 버티기를 하면서 연통을 꾀하지만, 조조가 병주로 통하는 도로를 완전히 봉쇄한 탓에 병주자사 고간도 모성으로 지원병을 파병할 수 없는 그야말로 고립된 섬의 형국이 된다.

한단으로부터의 지원은 더욱 기대할 수 없는 것이 강아지가 범을 보고 사지가 얼어붙듯이, 조조의 대군에게 놀란 한단의 위영에서는 아예 아무도 위영의 밖으로 나서려고 하지를 않는다는 점이다.

결국은 곽가가 조조에게 제안한 모성의 공략은 업성의 솥발형세를 깨는 '신의 한수'가 된다.

조조는 군사를 4교대로 돌려 밤낮을 가리지 않고 공략하자, 지칠 대로 지친 모성의 군사들은 성문을 열고 투항을 함으로써, 조조는 어렵지 않게 모성의 성주 윤해를 생포하고, 곧바로 한단으로 향하여 지휘관인 저수의 아들 저곡을 주살하고 병주와의 연결고리를 붕괴시킨다.

이로 인해 업성은 심배가 심혈을 기울여 구축한 솥발형세도 무너지고, 병주자사 고간과의 전통도 불가능해진다. 모성과 한단이 붕괴된 이후부터 병주자사 고간은 무리하게 조조에 항거하는 것은 자신에게 도움이 되지 않으리라는 이기적인 생각을 하고 관망으로 돌아선다. 업성의 솥발형세를 무너뜨린 조조는 업성을 삼중 포위하여 외부와의 전통을 철저히 차단하고 효율적으로 업성을 공략할 계책을 논의한다.

"이제 업성은 완전히 고립된 상태에 놓여있어 이 상태에서 아군의 피해를 최소화하면서 최대의 효과를 얻을 수 있는 전략을 수립해야 할 텐데, 특별히 채택할 만한 계책이 있으면 기탄없이 의견을 제시해주시오."

정욱이 조심스럽게 자신의 생각을 피력한다.

"과거 원소가 공손찬의 철옹성을 점령했을 때 인용했던 땅굴작전을 펼친다면, 아무리 업성이 철옹성일지라도 공략하는

데 도움이 될 것입니다."

조조가 정욱의 제안을 받아들여 업을 에워싸고 40여 리에 이르는 땅굴을 파기 시작한다. 심배는 조조가 한동안 아무런 공략을 펼치지 않자, 정찰병을 보내 조조의 움직임을 철저히 관찰하도록 지시한다.

"너희들은 즉시 조조의 군영에서 벌어지는 일들을 낱낱이 보고하도록 하라."

이틀 후, 조조의 군영을 둘러본 정찰병들이 심배에게 정황을 보고한다.

"적병은 분주히 땅속에서 흙을 퍼내어 인근의 벌판에 산처럼 흙을 쌓아두고 있습니다."

정찰병의 보고를 받은 심배는 조조가 땅굴작전을 펼치고 있다는 판단을 내리고, 성안에서 깊이 참호를 파고 성문 밖 해자의 물을 가득 채우는 등 신속한 대응을 시작한다. 심배가 자신의 땅굴전략에 신속히 대응하는 것을 알게 된 조조는 새로이 전략회의를 소집한다.

"아무래도 심배는 우리가 땅굴작전을 펼치고 있다는 것을 간파한 것 같소. 이 작전을 계속하는 것이 효과적인지 다시 한번 생각해야 할 것이오."

순욱이 이미 이에 대한 대책을 구상했다는 듯이 자신있게 견해를 밝힌다.

"처음에는 땅굴을 얕게 파서 심배가 얕보도록 방심시킨 후,

며칠 밤사이에 몰래 깊이와 너비가 2장(丈)에 이르게 파고, 장수(漳水)의 물길을 끌어들여 갑자기 수공을 펼친다면, 심배도 어찌할 도리가 없을 것입니다."

조조는 순욱의 계책을 받아들여 처음에는 얕은 땅굴을 파서 심배의 눈을 속이고 철저히 위장하다가, 그해 5월에 이르러 깊이와 너비가 2장(丈)에 이르는 땅굴을 완성시킨 후, 장수(漳水)의 물길을 바꾸어 땅굴을 통해 장수(漳水)의 물을 업성으로 흘려보낸다. 5월에 시작된 수공은 8월까지 계속되어 업성 안의 식량창고에 있는 양곡이 거의 썩어 버려지면서, 과반에 이르는 백성이 굶어 죽는 등 백성들의 생활이 도탄에 빠져들기 시작한다.

원상이 업성에서 벌어지는 참상을 전해 듣고, 병사 1만여 명을 이끌어 업성으로 되돌아오기 시작한다. 원상이 업으로 군사를 돌려 돌아오는 과정에, 두 갈래의 갈림길을 두고 고민하던 끝에 장수들과 토론을 펼친다.

"평원에서 기주의 업성으로 가는 방법은 '서산을 경유하는 소로'와 '기주 남부로 돌아가는 대로'를 통하는 두 갈래의 길인데, 어떤 길을 택하는 것이 가장 효과적인지를 아직 정하지 못했습니다. 이에 대해 제장과 책사들은 기탄없이 의견을 밝혀주시기 바랍니다."

마연이 앞으로 나서며 자신의 뜻을 밝힌다.

"서산은 업성의 주위에 있는 지형으로 서산을 통해 지름길을 경유하여 한단으로 들어가서, 모성과 한단 일대의 패잔병을 규합하여 군사를 보강하고, 병주자사 고간과 합류하여 함께 조조와 일전을 벌이는 것이 최선이라 생각합니다."

마연의 주장에 대해 많은 장수들이 뜻을 함께 한다.

이때 별가 왕수가 색다른 주장을 펼친다.

"신은 서산의 소로보다는 청주에서 기주의 남부로 연결되는 대로를 통해 회군하는 것이 효과적이 아닐까 생각합니다. 군사를 몰아 대로를 취해 나아가게 되면, 조조의 군수물자 보급로를 쉽게 붕괴시킬 수 있을뿐더러, 조조가 세운 포위망의 후방을 공략하여 업성과 협공을 취할 수도 있습니다."

한참을 고심하던 원상이 자신의 결심을 밝힌다.

"조조는 병참의 가치를 가장 중요시하는 사람입니다. 분명 대안을 가지고 있을 것입니다. 이런 경우 대로로 향해 행군하다가 자칫 잘못하면, 업에 도착하기도 전에 큰 전투가 벌어져 아군이 업성으로 지원병을 보내기가 어려울 수도 있습니다."

원상은 서산을 끼고 한단으로 돌아가는 소로를 선택한다.

이때 조조는 원상이 1만여 명의 구원병과 모성의 패잔병을 이끌고 업으로 향했다는 소식을 듣고 잔뜩 긴장하고 있었다. 수시로 원상의 진군 방향에 귀 기울이며 대책을 마련하기에 절치부심하던 조조는 '원상이 서산으로 통하는 소로를 선택하여 진군하고 있다'라는 첩보를 전해 듣고는 파안대소한다.

"이제 업성전투는 우리의 승리로 끝날 것이외다. 만일 원상이 경기병을 이끌고 기주를 통하는 대로를 택해 업성을 포위한 아군의 후방을 신속히 공략한다면, 군량을 수송하는 도로로 활용하는 백구가 위험에 빠져 우리는 포위망을 풀지 않을 수 없었을 것이오. 우리의 포위망이 뚫리게 되면 원상은 위기에서 벗어나게 되고, 아군은 업성의 심배와 후방으로 들이치는 원상의 원군에 의해 협공을 받아 큰 타격을 입을 뻔했소이다. 그런데 원상은 다행히도 서산을 끼고 도는 지름길인 산길을 택했소. 이것은 원상이 전면전을 선택하기보다는 야음을 이용한 기습전을 택했다는 뜻일 것이오. 원상이 산길을 가로질러 오는 동안, 우리는 지형상 요새지를 택해 미리 복병을 숨기고 기습에 대비한 전략을 잘 세우면, 이번 기회에 원상을 완전히 궤멸시킬 수 있을 것이오."

조조는 원상이 기습전을 펼칠 것에 대비하여 군사들을 군영의 외곽으로 빼돌려 매복시켜 놓고 철저한 대비를 당부하는데 이때, 서산을 끼고 기주로 진입한 원상이 업에서 70여 리 떨어져 있는 부수(滏水) 인근의 양평정(陽平亭)에 이르자, 마연을 업성에 있는 심배에게로 보내 횃불을 신호로 업성과 양평정에서 조조를 협공하기로 약속한다.

원상이 부수(滏水)에서 횃불을 들어 올리는 것을 신호로 하여, 심배가 음기를 선봉으로 삼아 업성의 동문을 열고 출병시키지만, 이미 조조가 굴항대호(掘港大虎) 전략을 세우고 텅 빈 영채에 함정을 파놓고 기다린 탓에 원상은 빈 진지를 급습하는 황당한 일이 발생한다.

원상이 텅빈 군영의 중앙에 갇힌 채로 서황, 허저 등의 화공에 속수무책으로 당하고 있을 때, 조조가 심배의 기습에 대비하여 매복시켜 놓은 군사들이 심배의 군사들을 공략하여, 심배가 보낸 선봉장 음기는 조조의 복병에게 속수무책으로 역격을 당한다. 음기가 업성으로 돌아가는 길을 뚫지 못하고 봉쇄당하자, 원상은 업성으로 들어가는 길을 포기하고, 패주한 군사를 수습하여 곡장(曲漳)에서 진형을 세운다.

조조는 대군을 이끌고 곡장을 삼면으로 포위하여 업과의 연통을 철저히 차단하면서, 원상이 음기와 합심하여 조조의 빈틈없는 포위망을 뚫으려고 여러 차례 시도하지만, 번번이 실패하고 궁여지책으로 진림과 음기를 조조에게 보내 투항을 타진하게 한다. 조조가 이를 받아들이지 않고 곡장을 맹공하자, 원상은 필사적으로 곡장의 포위망을 뚫고 남구(濫口)로 피신한다. 이때 원상의 장수 마연과 장의가 조조의 포위망을 뚫지 못하고 조조에게 투항을 청한다.

조조가 심리전을 펼치기 위해, 병사들에게 햇빛에 번쩍이는 견고한 갑옷을 입히고, 병기를 날카롭게 부여잡아 햇빛에 창칼 등 병기가 번쩍이게 하고, 붉은 깃발을 하늘 높이 들게 하여 불타는 햇살을 상대편에게 반사시키도록 지시한다.

동시에 이런 외형적 압박을 가하는 심리전술에 더하여, 군사들에게 벽력같은 함성을 지르게 하며 남구(濫口)를 몰아치자, 원상의 부곡들과 군사들은 정신이 아찔해져 검(劍:긴 칼), 과(戈:끝이 두 갈래로 갈라진 창), 모(矛:끝이 갈고리 모양으로 꼬부라진 창), 순(盾:방패), 궁(弓:활), 극(戟:끝이 세 갈래로 된 창)을 버리고 도망치기 시작한다. 이로 인해 원상의 군영은 호수의 둑이 무너지듯 걷잡을 수 없이 무너지고, 원상은 단기필마로 중산국으로 달아나는데, 이때 버려진 투구가 2만 매에 이르고, 창, 방패, 활, 칼이 동산을 이룬다.

이때부터 병주자사 고간은 원상과의 인척 관계를 끊고 독자적인 길을 갈 것이라고 선언한다.

4) 조조는 업성을 함락시키고 심배에게 투항을 청하다

조조가 업성으로 돌아와서 원상의 수하들이 버리고 간 인수와 절월 등을 성민들에게 보여주자, 업성의 군사들은 유주자사 유희의 원병이 끝내 오지 않고, 병주자사 고간에게도 도움을 청할 수 없게 되어 큰 혼란에 빠진 상황에서 마지막 구원의 희망까지 사라지자 싸울 투지를 잃기 시작한다.

조조는 이런 업성의 분위기를 읽고 방심하여 성문 앞 가까이에까지 가서 성민과 군사들에게 투항을 권유한다.

"이제 원상은 단기로 중산으로 도주했고, 하북에서 원상의 자취는 사라졌노라. 속히 성문을 열고 투항하면 모든 성민에게 선처를 베풀겠노라."

이때를 기다리고 있던 심배는 성가퀴에 매복시킨 궁노수들에게 명을 내린다.

"궁노수들은 자리에서 속히 일어나서, 지니고 있는 화살을 집중적으로 조조에게 날려라."

심배의 명령에 따라 성가퀴에 숨어있던 궁노수들이 조조를 향해 화살을 사정없이 날리자, 날아온 화살이 조조의 팔과 다리를 스쳐 지나가며 조조는 작은 부상을 입는다. 무방비 상태로 방심하고 있던 조조에게로 화살 공세가 쏟아져 조조가 가벼운 상처를 입자, 곁에 있던 장수들이 몸으로 조조를 막으며 급히 군영으로 피신시킨다. 얼마 후, 군막으로 돌아온 조조는 장수들에게 철저히 당부한다.

"적병은 이제 독 안에 든 쥐 꼴이다. 병법에 욕금고종(欲擒姑縱)이라 했다. 궁지에 몰린 적을 공격하면 필사적으로 대항하게 될 것이니, 이들이 스스로 내분을 일으켜 항복을 청할 때까지 자극하지 말고 기다리도록 하라."

조조의 명을 받은 군사들이 포위망을 더욱 강화하는 한편, 업성의 병사와 군민들이 투항하기를 인내하며 기다리던 중, 업성의 동문을 지키던 심배의 조카 심영은 심배에게 성안의 민심을 전하며 조심스레 투항을 청한다.

"조 사공이 수공을 펼친 이후, 성안에는 양곡이 썩어 식량이 부족한 탓에 많은 백성들이 기아로 죽어 나가면서 분위기가 생지옥과도 같습니다. 그러나 군사들은 주군인 원상장군이 반드시 구원해 줄 것이라 기대하여 생지옥에서도 마지막 희망의 줄을 놓지 않고 잡고 버텨왔는데, 마지막 희망 줄까지 사라진 지금은 모두가 도살장에 끌려가는 심정으로 넋을 놓고 있습니다. 저의 생각으로 이 이상은 전투가 불가능하다고 여겨지므로, 이 정도의 상황에서 투항을 청하는 것이 순리가 아닌지 생각합니다."

"성을 지키는 장수가 투항을 거론하는 것은 일생에서 가장 큰 수치인 것을 정녕 네가 모른다는 말이냐? 이후에는 투항이라는 말을 입에도 담지 말거라."

심배의 엄한 질책을 받은 조카 심영은 은밀히 조조와 내응을 시작한다.

"소장은 이미 업성전투는 패망한 것으로 인식하여 백부께 투항을 권유했으나, 백부께서는 투항을 완강히 거부하여 지금에 이르고 있습니다. 소장은 성민과 군사들을 살리기 위해 백부의 뜻을 거스리고 투항을 하고자 하오니, 사공 어른께서 소장이 지키는 동문으로 쳐들어오시면 소장은 동문을 열고 어른의 군사를 성안으로 받아들이겠습니다. 부디 소장의 뜻을 의심하지 마시고 받아들이시어, 속히 전쟁을 마무리 지어주시기를 간청합니다."

이때 조조의 장수들이 심영의 투항에 의문을 제기한다.

"심영은 심배의 조카로서 독자적으로 투항을 청한다는 것이 믿어지지 않습니다."

조조는 주변의 장수들이 투항을 의심하는 말에도 흔들림이 없이 투항을 전제로 한 전략을 제시한다.

"일단은 심영의 현 심리를 살펴볼 필요가 있소. 만일 심배가 투항을 빙자하여 고를 함정으로 끌어들이려 했다면, 굳이 자신의 조카를 내세웠겠소? 자신의 조카를 앞에 내세워 투항을 청한다면, 고가 심배의 투항이 사실인지 아닌지를 의심하리라는 생각을 할 것이오. 이렇게 되면 투항을 신청하는 것이 성공할 확률이 없는 관계로 심배는 결코 심영을 내세워 이런 계략을 펼치지 않을 것이오. 일단은 심영의 투항을 받아들이기로 하고, 그 대신 성안의 입성은 신중히 행해야할 것이오."

조조는 심영의 밀서에 대해 동감의 의사를 표하고 심영에게 은밀히 답서를 보낸다.

"그대가 지키는 동문으로 내일 선봉장을 파견할 테니, 그대는 고의 선봉장이 동문의 해자 앞에 당도하여 사공기를 세 차례 흔들거든 곧바로 가교를 내려, 고의 선발대가 즉시 성안으로 입성하도록 조처하라."

조조는 심영에게 밀서를 보낸 후, 장수들에게 각각의 임무를 부여하고, 따로 서황을 불러내어 동문에서 심영과 내응하도록 지시한다. 조조의 명을 받은 서황이 업성의 동문에 당도하여 사공기를 세 차례 휘두르자, 동문을 지키고 있던 심영이 동문을 열고 서황을 성안으로 끌어들인다. 업성에 입성한 서황은 곧바로 기병을 이끌고 남문으로 쳐들어가서, 남문을 지키는 화북의 군사들을 무찌르고 남문을 열어 조인을 성안으로 들어오게 한다.

성안에서 일대격전이 벌어지는 통에 서문과 북문의 방비까지 무너지고 결국 업성은 조조에게 함락되고 만다.

심배는 조카 심영이 성문을 열고 조조의 군사를 끌어들였다는 사실에 허탈해하며, 더 이상 싸워보았자 아무런 의미가 없다는 생각에 저항을 포기한다.

조인이 저항을 포기한 심배를 사로잡아 조조 앞으로 끌어오자, 조조가 심배에게 심문을 시작한다.

"고가 업성을 포위했을 때, 공은 무슨 궁노를 그리도 많이 쏘아대어 나를 곤궁에 빠뜨렸소?"

"그대에게 더 많은 궁노를 날리지 못한 것이 이내 한스러울 뿐이오."

조조는 심배의 출중한 지략, 충렬하고 강개한 절개를 아끼고 있었기에 부드럽게 투항을 권유한다.

"경이 원씨를 섬겼으나 그들이 몽매하여 지금의 상황에 이르렀는데, 이제는 고에게 힘을 실어주어 그대의 포부도 펼치고, 고와 함께 천하를 안정시키고자 하는 대업에 기여할 생각은 없소?"

이때, 옆에 있던 장자겸이 심배를 경멸하듯이 쳐다보며 투항을 권유한다.

"정남, 그대가 한때는 대단한 척했으나 이제는 그대의 시대가 저물었으니, 경도 나처럼 투항을 청하여 새로운 시대를 맞는 것이 어떻겠소?"

심배 또한 장자겸을 경멸하듯이 쳐다보며 자신의 결연한 의지를 밝힌다.

"너는 항복한 포로로 개와 같은 신분일 뿐이고, 나는 죽임을 당할 충신인데 어찌 그대가 나에게 이래라저래라 말을 걸 수 있겠는가? 나는 그대처럼은 살지 않으리라."

조조는 심배의 뜻을 높이 평가하며 아쉬움을 뒤로한 채 심배의 뜻을 고결하게 받아들인다. 심배는 사형을 집행하는 살수들이 몸을 일으켜 세우자, 살수들의 손을 뿌리치며 말한다.

"나의 주군이 북쪽에 계신다."

심배가 북쪽을 향해 겸허히 고개를 숙이고 절을 올리자, 조조는 숙연하면서도 착잡한 마음으로 심배를 바라본다.

조조는 심배를 명예롭게 보낸 후, 업을 수습하기 위해 순욱에게 업성의 정비를 맡긴다. 이때 고간은 업성의 상황을 측근으로부터 보고 받은 후, 그동안 관망하고 있던 어정쩡한 입장에서 벗어나 조조에게 병주를 바치고 항복을 선언한다.

조조는 병주의 북방으로부터 받을 수 있는 외부의 위협을 봉쇄하기 위해, 고간을 병주자사로 삼아 후방의 위험을 불식시키는 전략을 취하고, 원상과 원담을 원천적으로 정벌하는 작업에 더욱 피치를 올리기 시작한다.

16.
화북 7년 전쟁의 종언

16. 화북 7년 전쟁의 종언

1) 형제간에 반목하여 화북의 분열을 일으킨 원담의 최후

조조가 원상, 심배와 업성전투에 몰입하고 있을 때, 원담은 감릉, 안평, 발해, 하간을 공략해 기주의 절반에 이르는 지역을 영향권으로 편입하고, 기세를 몰아 중산에 도피해있는 원상을 공격하자, 조조에게 큰 타격을 입은 탓에 설 땅이 없어진 원상은 원담의 공략을 감당하지 못하게 되면서, 중산을 버리고 원희를 찾아 유주 고안(故安)으로 대피한다.

원담은 지난해부터 조조와 원상이 업성에서 일대격전을 벌이고 있는 기간 동안, 원소의 장남이라는 신분을 십분 활용하여 원소가 관장하던 지역을 순회하면서 기주의 우호세력을 결집하면서, 기주의 절반에 이르는 영역을 차지한 여세를 몰아 중산에 남아있던 원상의 수하를 모두 거두어들인 후, 곧 평원과 남피를 병합하고 용주를 손에 넣는 등 기주의 대부분을 차지하게 된다.

조조는 자신과 동맹하는 척하면서 기망술을 펼쳐 기주에서 세력을 늘리는 원담에 분격하여 원담을 응징하고자, 204년(건안9년) 12월, 원담과의 동맹을 파기하고 원담의 딸을 청주로

돌려보낸 후, 친히 대군을 이끌고 용주의 원담을 정벌하고자 친정 길에 오른다. 조조의 원정군을 상대하게 된 원담은 곽도 등 책사를 불러들여 대책을 수립하는데 이때, 곽도가 원담에게 전선을 새로이 구축할 것을 제안한다.

"기주 전역에 분산되어있는 군사를 집결시키기 불리한 용주에서는 조조와 싸워 승산이 없습니다. 한밤중의 야음을 틈타 남피로 도피하여 기주의 군사들을 총집결시켜 새로이 전선을 구축해야 합니다."

그동안 원담은 조조와 원상이 싸우는 틈을 이용하여 단기간에 기주의 대부분을 차지했던 관계로, 군사들이 한곳에 집결되어 있지 못하고 기주의 각처에 분산해 있었다. 그렇기에 원담은 곽도의 전술이 현실적으로 가장 타당하리라는 생각을 하고 장수들에게 명한다.

"지금 즉시 장수들은 기주 각처에 소규모로 분산되어있는 화북의 장수들에게 전통을 보내, 군사를 한곳으로 집결시켜 저항하기 유리한 지역인 발해군 남피로 총집결하도록 명하고, 조조와 대대적으로 싸울 수 있는 전투 진형을 속히 갖추도록 하시오."

그러나 화북의 군사들이 전통을 받고 발해군 남피로 출병하기도 전, 드디어 조조가 남피로 대군을 이끌고 총공격해 들어오자, 원담은 소수의 병력으로 게릴라전을 펼치며 강력히 저항하면서 장수들이 화북의 각처에 분산되어있는 병사들을 이끌고 남피로 집결하기를 학수고대한다. 그러나 원담의 소집 명령을 받은 각처의 장수들은 대세가 이미 기울어진 것을 확인하고, 조조를 심히 두려워하여 남피로 집결하기를 꺼린다.

화북 군사들의 집결이 늦춰지면서 심각한 위기에 처한 원담은 평원 남피에서 지형적으로 유리한 지형을 찾다가, 그나마 상대방을 방어하기 유리한 강변 청하(淸河)를 찾아내어 청하(淸河)를 사이에 두고 조조의 대군과 대치한다.

205년(건안10년) 정월에 이르러 조순의 호표기가 기병을 이끌고 청하를 포위하여 맹렬히 공략을 시작하자, 자포자기의 상황에 이른 원담은 단신으로 말에 올라 전력을 다해 달아나고, 원담이 도주하는 것을 발견한 호표기 몇 기가 원담을 추적하지만, 워낙 전속력으로 내달리는 원담을 포기하고 돌아가는데, 그런 와중에도 조순의 호표기 대원 한사람이 단신으로 남피의 청하 하천 끝까지 끈질기게 원담을 추적해온다.

원담은 끈질기게 자신을 추적하는 호표기를 따돌리려 하지만, 자신의 애마가 돌부리에 걸려 쓰러지면서 말에서 떨어진다. 단신으로 청하 상류 끝까지 끈질기게 원담을 추적해온 조순의 호표기 대원이 원담에게 창을 들이대자, 원담은 그에게 목숨을 구걸한다.

"여보게, 이곳에는 그대와 나, 단 둘뿐이네. 그대가 나의 목숨을 살려준다면, 나는 그대와 함께 청주로 돌아가서 그대가 원하는 대로 부귀와 영화를 마음껏 누리도록 해 주겠네."

원담의 말이 끝나기도 전에 원담의 목은 이름도 전해지지 않는 한 무명의 병사에 의해 몸과 분리되어 떨어져 나가고, 원담에게서 따로 떨어져 도피해있던 곽도는 병사들에게 사로잡혀 조조의 앞으로 이끌려온다.

조조는 한 번쯤 곽도의 인간성을 시험하고자 하는 심리가 발동하여 곽도에게 투항을 청해 본다.

"그대는 신평, 신비와 함께 출발부터 대장군 원소의 최측근이었는데, 이제 그대가 모시던 주군이 모두 타계했으니 나에게 의탁할 의사는 없는가?"

이에 곽도가 기다렸다는 듯이 조조의 제안을 단박에 받아들이며 화답한다.

"사공의 말씀을 따라 천하를 안정시키는 과업에 동참하고자 합니다."

조조는 곽도의 답변을 듣고는 허탈하다는 듯이 곽도를 한참 쳐다보더니 입을 연다.

"그대가 나에게 투항을 하면 먼저 저세상으로 간 대장군 원소와 원소의 장남 원담이 섭섭해 하지 않겠는가?"

곽도는 투항을 권유하던 조금 전의 태도와 갑자기 달라진 조조의 물음에 의아해하며 조조를 쳐다본다. 이때 조조가 곽도를 날카롭게 쏘아보더니 싸늘한 어조로 훈계하듯이 말한다.

"그대는 원씨 가문의 엄청난 비호를 받으며 중심적 책사로 성장했음에도 화북의 단합을 깨뜨리고, 번번이 실책을 저지르고도 모든 실책을 남에게 전가하는 비겁한 행위를 저질렀다.

 그대의 야비한 심성 덕에 나는 장합이나 고람과 같은 명장을 얻어서 고맙기는 하지만, 대장군 원소가 관도대전에서 대패하고 원씨 가문을 몰락하게 만드는 데 그대의 역할이 지대했노라. 그 후에도 원씨 가문의 재기를 위해서는 그대가 자신의 위상과 안위만을 생각하기보다, 원상과 원담의 단결을 최우선으로 삼는 자기희생을 보였어야 함에도, 사리사욕이 앞서 원담을 부추겨 형제의 단합을 끝까지 방해했다. 이런 행위는 적군인 우리도 이해할 수 없다고 비난을 할 정도로써 신평과 그대는 하북의 원씨를 몰락으로 몰아간 최악의 인물이다. 오죽하면 동맹을 맺은 형주자사 유 경승조차 그대와 신평에게서 원소의 모든 재앙이 비롯되었다며 그대들을 제거해야 하북이 안정이 될 것이라고 평했겠는가? 백성들을 수탈하여 도탄에 빠지게 하면서, 그 재물로 이민족이나 도적 무리들을 우군으로 취하여 정의를 말살시키고, 원상을 척결한다는 명분으로 노모를 봉양하는 외아들까지도 억지로 군대에 징용하는 등으로 아군에게서도 비난을 받으니, 아군과 적군, 심지어는 제3의 동맹국에서까지도 그대를 비난하는 것은 그대의 행위가 얼마만큼 천하의 정도에서 어긋난 것인지를 적나라하게 보여주는 것이다. 이와같이 본초에게 지은 죄가 지대한데도 죽어 본초의 앞에 가서 사죄를 청하기는커녕, 이제는 살고자 비열한 세치의 혀를 나불거리는 행위를 하는가?"

조조는 자신이 곽도에게 평소에 하고 싶었던 말을 마치자마자, 살수에게 명하여 곽도를 주살하도록 한다.

이로써 원담을 물리치고 사실상 화북을 평정한 조조는 허도에는 황제를 주재하게 하는 상징적 수도로 경정하고, 자신은 업성에서 정무를 관장함으로써 실질적인 수도로의 의미를 업성에 부여한다.

원상과 유주자사 원희는 원희의 수하 장수 초촉과 장남에게 의지하다가, 어느 순간에 이들에게 배신을 당하여 유주에서 쫓겨나면서 205년(건안10년) 1월 말, 만리장성을 넘어 오환으로 달아난다. 초촉은 스스로 유주자사가 되어 유주의 태수들과 현령, 현장들과 수만의 병사들을 이끌고 조조에게 투항할 것을 공표한다.

"나는 유주의 백성을 지킬 수 없는 원희를 몰아내고 유주자사에 등극했노라. 내가 유주자사의 직분으로 감히 공표하건데, 나는 유주의 백성을 지키기 위해 조 사공에게 투항할 것을 결심했으니, 모든 군사와 백성들은 나의 뜻에 따르기를 바란다. 만일 투항명령을 어기는 자가 있다면, 이런 자는 즉각 이 자리에서 참수하겠노라."

"원공 부자로부터 두터운 은공을 입은 나는 지혜로 원공을 구하지 못하고, 용맹으로는 죽지 못하나, 오직 내게 남아있는 충의에서만은 벗어날 수가 없소이다. 그런 연유로 조 사공에게 북면할 수는 없소."

초촉이 살벌하게 분위기를 몰아가며 백성과 병사들을 겁박하는 와중에도 별가 한형이 초촉에 반하여 의기롭게 나선다.

한형의 의기에 많은 사람들이 탄복하여 분위기가 흉흉하게 돌아가기 시작하자, 초촉은 당황해하면서도 유주에서 인망이 있는 한형을 처치할 경우 발생하게 될 민심의 동요를 우려하여, 한형을 의도적으로 외면하고 징벌을 회피하면서, 우회적인 방법으로 성민을 설득한다.

"무릇 대사를 정함에는 모든 사람이 함께할 수는 없는 법이니, 한사람 때문에 대사를 망칠 수는 없소이다. 별가께서는 당신의 뜻대로 하시도록 하고, 우리는 모두 일사불란하게 조사공을 섬기도록 합시다."

조조는 초촉이 투항의 의사를 전하자 이를 받아들여 유주를 접수한 후, 유주에서 한형의 일화를 전해 듣고는 그의 기개를 높이 사서 열후에 봉하고 극진히 대우하도록 명한다.

2) 고간, 반란을 꾀하다가 조조에게 죽임을 당하다

오환으로 달아났던 원상은 오환족을 사주하여 205년(건안 10년) 4월, 유주에서 조독과 곽노 등과 은밀히 내응하여, 원씨 형제를 몰아내고 유주자사가 된 초촉과 탁군태수가 된 장남을 제거하기로 모의한다.

"두 분의 종사께서는 오랜 세월을 우리 원씨 가문을 위해 종사해 오셨으나, 지금은 심정이 매우 심란하리라 여겨집니다. 그러나 유주자사 자리를 빼앗은 조촉과 탁군태수 장남과 거리를 두게 되면 영원히 격리될 수 있으니, 이들에게 친밀하게 접근하여 신임을 얻도록 하시오. 조촉과 장남이 완전히 두 종사를 신뢰하게 되면, 그때 이들을 제거할 계획을 세우고 전통을 보내주시오. 그리하면, 나는 오환족장과 함께 이들의 치소를 급습하여 이들을 제거하고, 두 종사에게 공적에 상응하는 답례로 은혜에 보답하겠소이다."

조독과 곽노는 유주자사 조촉과 탁군태수 장남을 상대로 소리장도(笑裏藏刀:웃음 속에 칼을 숨김) 전략을 펼쳐 그들을 제거하면서, 원상과 원희는 다시 유주에서 영향력을 확보하기 시작한다. 원상이 재기하는 것을 우려한 조조가 그해 8월, 오환을 정벌하여 원상과 연합하는 것을 봉쇄하려고 친히 유주로 출정하여, 원상의 사주를 받고 있는 조독, 곽노와 광평에서 장기적으로 대치하기 시작하는데, 이때 고간은 조조가 오환을 정벌하려고 출정하여 광평에서 장기전에 돌입했다는 소문을 듣자, 측근들을 소환하여 자신이 그동안 가슴 속에 숨겨온 속내를 밝힌다.

"내가 한동안 조조에게 투항하여 하북의 변화를 예의주시하던 중, 이제는 우리 병주가 어느 정도는 안정이 되어 나름대로 힘을 갖추게 되었소이다. 마침 조조가 오환족과의 전투로 국력이 소진되고 있는 지금, 나는 조조에게서 독립하여 새로이 나의 길을 가기로 했소."

고간이 그동안 숨겨왔던 속내를 드러내고 태도를 바꾸어 조조에게 반기를 들자, 조조는 곤혹스러워하는 가운데 서둘러 오환을 도모하는 것만이 현실을 타개하는 최선의 방책이라고 여긴다.

"고(孤)가 군사력을 손상하지 않으려고 장기전을 펼치면서 조독, 곽노의 투항을 기다렸으나, 병주에서 고간이 반기를 드는 바람에 이제는 속전속결로 조독, 곽노를 제거하고 고간의 발호를 응징하기로 전술을 바꾸었노라. 격안관화(隔岸觀火)전략에서 금적금왕(擒賊擒王: 핵심을 제거하면 자연히 정리됨)의 전략으로 전환하여 단시간에 조독, 곽노만 제거하게 되면, 오환족은 수괴가 없는 전투에 개입할 실익이 없어 오환으로 되돌아갈 것이오. 허저장군은 속히 동문으로 향하여 동쪽 방면을 집중적으로 공략하고, 우금장군은 서문으로 가고, 장합장군은 남문으로, 장료장군은 북문으로 출진하여 적병이 잠시도 숨 쉴 틈이 없도록 맹공을 펼치도록 하라."

조조는 전술을 속전속결로 바꾸어 오환족과 연합한 조독, 곽노를 정공법으로 공략하면서, 수많은 병사의 목숨을 담보로 순식간에 성을 함락시키고 이들을 사로잡아 참수한다. 조조의 예상대로 조독, 곽노의 패망을 지켜본 오환족장은 더는 조조와 척을 질 이유가 없다고 생각하고, 오환족을 이끌고 만리장성을 넘어 오환으로 되돌아간다.

유주에서 조독과 곽노가 조조에게 참수되고 오환이 요서로 돌아가자, 고간은 하북에 만연되어 있는 '反조조 정서'를 부추기면서 하내, 하동, 홍농 등 사례지방의 3개 군을 신속히 장악한 후, 업성으로 밀정을 급파하여 성안에서 업성의 전복까지를 계획하는 등 대규모 반란을 시도한다.

그러나 업성을 전복시키고자 하는 모의가 감군교위 순연에게 발각되고 고간에 호응하던 수많은 주모자들이 주살되면서 실패로 돌아가자, 고간은 상당태수를 인질로 붙잡고 호관을 점령하여 기주로 통하는 길을 봉쇄한 후 사례주를 복속시킨다. 이로 인해 조조는 엄청난 위기에 직면하게 되어, 이전과 악진을 보내 호관을 공략하도록 명하고, 사례교위 종요에게는 사례주를 수복하도록 지시한다.

이전과 악진이 수차례 호관을 공략했으나, 호관은 난공불락의 요새로 이들은 아무런 소득도 없이 퇴각하고, 사례주는 고간에게 호응하는 세력들이 점점 늘어나며 이들이 군사를 통솔하게 되면서, 종요는 최소한의 사례교위로서 역할다운 역할도 변변히 하지 못하는 상황으로 내몰린다.

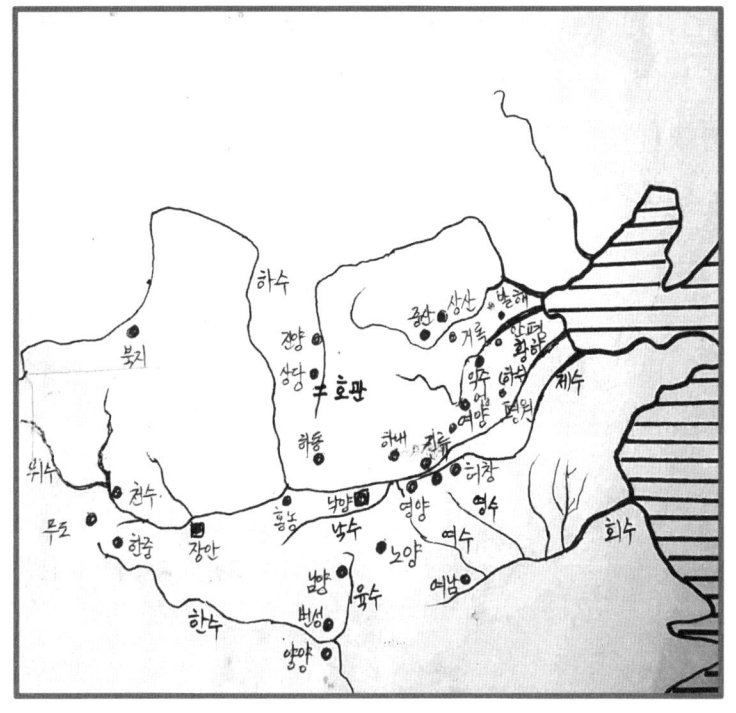

이에 조조가 허도로 긴급히 전령을 파견한다.

"내가 직접 원정군을 이끌고 호관의 공략에 나서겠으니, 사례의 반란은 누가 나서서 평정할 것인지를 의논하라."

허도에서 온 전령은 조조에게 하후돈이 신청한 내용이 담긴 전서를 전달한다.

"복파장군 하후돈, 직접 앞장서서 고간을 물리치고 사례주를 평정하겠습니다."

전서를 읽은 조조가 못미더운 표정으로 전령에게 명한다.

"전령은 나의 뜻을 정확히 전하라."

곧이어 조조는 허도의 순욱에게 전서를 보낸다.

"사례주는 군사력으로만 평정할 수 있는 지역이 아니다. 사례는 고도의 전략과 심리전을 병행해야만 하는 특수한 지역이니, 사례를 평정하기 위해서는 하동을 잘 알고, 민심을 수습할 수 있는 인품과 지혜를 지닌 자를 하동태수로 천거하여야 하노라. 하동은 삼면이 산으로 둘러싸여 있고 옆으로 강물이 흘러 천연의 요새로 부족함이 없어 군사력으로 접근하기보다는 하동태수를 잘 선정하여 하동의 민심을 수습하는 방안을 찾는 것이 사례를 평정하는 핵심이다. 나는 만세정후 순욱을 감군으로 삼아 파견할 테니, 하후돈 장군은 순욱의 지휘를 받으며 허도의 중앙군을 이끌고, 실시간 상황에 맞는 전략을 펼치도록 하라. 이번 출정에는 사례교위 종요도 함께 종군하여 하후돈에게 전략을 제공하라."

조조의 전서를 받은 순욱은 즉석에서 호강교위 두기를 천거하는 답서를 조조에게 전하고, 하후돈과 종요를 불러 작전 지시를 내린다.

"지금의 사례는 군사력으로 대응했다가는 사태를 고착화할 뿐 큰 성과를 얻기는 어렵소. 나는 두기를 하동태수로 삼아 하동으로 잠입시키고, 두기로 하여금 고간과 주군의 사이에서 어느 쪽에 붙는 것이 유리한지를 노리는 자들을 규합하게 하여, 고간을 버리고 주군께 돌아서게 하는 회유책으로 사례의 평정을 꾀하겠소. 장군들은 고간이 하동으로 출병하지 못하도록 고간을 강력히 저지하여, 하동태수 두기가 하동의 민심을 회유하는 데 필요한 시간을 벌어주도록 하시오."

순욱이 두기를 천거한 것은 결국 '신의 한수'가 된다. 두기가 섬진에 이르러 강을 건너려 하지만, 실제로는 고간에게 호응하면서도 겉으로는 조조의 편에 있는 척하는 위고, 범선 등이 병사 수천을 이끌고, 섬진을 차단하여 하동태수 두기는 강을 건너지 못한다. 순욱이 심히 우려하면서 자문을 건넨다.

"적이 대군을 이끌고 있어 하동에 들어가면 위험이 따를 수 있겠는데, 태수는 어떤 묘수를 가지고 있소?"

"하동에는 삼만의 가호가 있는데, 모두가 반란에 가담한 것은 아닐 것입니다. 지금 우리가 하동을 물리력으로 밀어붙이면, 하동의 민심은 위고에게 넘어갈 수 있을 것입니다. 위고는 계략은 있으나 결단력이 없는 인물이어서, 소신이 정성을 기울이면 소신을 진심으로 받아들일 것입니다. 소신이 한달 정도 하동에서 조심스럽게 전략을 펼치면, 이들을 능히 제압할 수 있을 것입니다."

"하동태수는 어떤 방법으로 이들을 제압하려 하시오?"

"소신은 소리장도(笑裏藏刀)계책으로 임하려 합니다."

두기는 말을 마치고 곧바로 섬진을 건너 하동으로 들어간다. 하동태수로 임명된 두기가 하동으로 들어오자, 범선은 두기를 경계하여 그를 살해하기 위한 명분을 쌓기 위해 고심하며 의도를 가지고 오랫동안 두기의 처세를 지켜보지만, 두기는 전혀 위고와 범선에게 위해가 될 만한 행위를 펼치지 않는다. 그러함에도 불구하고 두기의 존재 자체가 두려운 범선은 위고에게 두기를 살해하자고 부추기고, 위고는 이런 범선을 논리적으로 설득한다.

 "하동태수 두기는 우리에게도 잘하지만 하동군민에게도 잘하고 있소. 그렇더라도 만일 두기가 우리에게 위협이 된다면 그를 살려둘 수는 없지만, 그는 혈혈단신으로 하동에 들어온 상태로 오히려 우리에게 통제를 받고 있소. 그런 사람을 죽여 우리가 천하에서 악명을 뒤집어쓸 일은 없지 않겠소?"

 범선이 위고의 말을 받아들여 어쩔 수 없이 두기를 거두자, 두기는 하동태수로서의 지위를 활용하여 이들에게 임무를 부여하며 말한다.

 "내가 하동태수라고는 하지만, 두분은 하동의 덕망가이고, 나는 이제 겨우 하동에 발을 디딘 이방인이올시다. 그러나 태수라는 직분이 있으니 규정을 따르기는 하되, 중요한 현안의 문제는 두분과 함께 결정하겠습니다. 위고 선생은 도독으로 하여 공조와 군승의 직무를 행하시고, 범선 선생은 예하의 장수와 3천여 관병을 감독하시기 바랍니다."

하동태수 두기는 자신이 독자적으로 행할 수 있는 실권조차도 위고와 범선에게 위임하자, 이들은 더 이상 두기를 의심하지 않고 함께 군무를 이끌어 나가기 시작한다. 그러는 동안에도 위고는 하동태수 두기도 모르게 은밀히 병주자사 고간과 밀약을 맺고, 이에 따라 하동에서 대대적으로 고간에게 협조할 병력을 징발하고자 한다.

"주변 하내와 홍농에서는 자위대를 결성하기 위해 병사를 대규모로 징발했다고 합니다. 우리도 병사를 대대적으로 징발해야 향후에 벌어질 변혁에 대비할 것입니다."

하동태수 두기가 위고의 의도를 알아차리고 우려의 뜻을 표하며 제동을 건다.

"공조께서 구상하는 바를 잘 알겠습니다만, 민심을 거슬려서는 큰일을 도모하기 어렵습니다. 대대적으로 군사를 징발하다가는 백성들로부터 큰 반발을 살 수 있으니, 천천히 하동의 자금과 경제적 상황에 맞추어 병사를 모병하는 것이 나을 것 같습니다."

위고가 두기의 말이 옳다고 여겨 천천히 모병을 통해 병력을 확충하기로 동의하여, 하동군은 군사를 수십여 일에 걸쳐 천천히 모집한 탓에, 병주자사 고간이 장욱 등과 함께 상당군, 홍농군 등에서 조조에 대한 반란을 시작하며, 상당군과 홍동군의 태수와 장관들을 살해하고 인질로 잡아 복속시키는 동안에도 하동군은 병력이 모자라 반란에 가담하지 못한다.

그동안 하동태수 두기는 천천히 병사를 모병하면서 병사들의 성분을 상세히 분석하여 피아를 구분함으로써, 조조를 지지하는 군사들을 따로 분리하여 이들을 수하로 포섭하면서, 세력을 결집하는 작업에 성공하여 자신에게 호응하는 병력이 4천에 이르자, 장벽으로 나아가서 방어진을 굳히고 반란군 수괴 병주자사 고간과 장욱, 위고 등에게 전쟁을 선포한다.

위고가 병주자사 고간, 장욱과 함께 두기에 대항하여 강변에서 대치하는데, 이때에는 군민의 다수가 하동태수 두기의 인덕에 매료되어 그의 편에서 위고, 범선을 상대로 철저히 대항하며 하동을 지켜낸다.

위고, 범선 등이 두기를 맹렬히 공격했으나, 이들은 두기를 격파하지 못하고 주변의 현들을 약탈하는 정도의 수준으로 그치고 만다. 결국은 두기의 소리장도(笑裏藏刀:속으로 비수를 숨기고 겉으로 우호적으로 접근) 계책이 성공하여 사례주에서 고간의 입지가 크게 흔들리자, 고간은 두기를 토벌하기 위해 직접 군사를 이끌고 하동군으로 침입한다.

그러나 고간은 초도에 군민의 민심을 장악한 두기를 격파하지 못하고 팽팽하게 대치하게 되는데 이때, 종요와 하후돈이 시의적절 하게 군사를 이끌고 하동에 당도한다.

고간은 급히 병력을 모집하였던 연유로 군의 수습이 제대로 이루어지지 못하고, 정규군사인 하후돈의 중앙군과 종요의 사례군을 대적할 만한 군사력을 확보하지 못하고 있었다.

설상가상으로 순욱이 마등과 외교적 협상을 성공적으로 이끌어내어 마등이 하동전투에 가세하면서, 고간은 양측의 협공을 받아 진형이 붕괴되며 사례주의 영향력을 모두 잃게 된다.

이와 동시에 오환족을 물리친 조조가 동쪽에서 호관을 공략하고, 서로는 마등, 남으로는 순욱이 공격하여, 고간은 삼면으로 공격을 받게 되자, 고간은 죽을힘을 다해 포위망을 뚫고 호관으로 퇴각한다.

조조가 숨쉴 틈을 주지 않고 호관을 포위하여 맹공을 펼치자, 고간은 호관을 부장인 하소와 동승에게 맡기고 흉노족 좌현왕에게 가서 원군을 요청하기에 이른다. 그 사이 호관을 포위한 조조가 석 달 이상에 걸친 공성을 벌인 끝에 호관을 함락시키게 된다.

중원의 형세를 굽어보고 있던 흉노족 선우는 쓸데없이 남의 전쟁에 끼어들어 공연히 조조의 분노를 불러올 필요가 없다는 생각으로 고간이 요청한 원군을 거부하고, 이에 고간은 생명의 위협까지 느끼게 되어 형주의 유표에게로 망명할 결심을 굳힌다. 그러나 고간은 형주를 향해 도주하던 중, 상락(上洛)에 이르러 상락의 도위(都尉) 왕염에게 붙잡혀 참수를 당하게 된다.

3) 조조, 원상과 원희를 제거하고 화북을 평정하다

조조가 고간과 전투를 벌이기 위해 호관으로 군사를 빼돌리는 바람에 북방을 평정할 여력이 없게 되었을 때, 원상은 오환족과 재차 손을 잡고 유주를 공격하여 10만 호를 겁략하면서 다시금 세력을 키워나가기 시작한다.

오환은 전한(前漢)초기 흉노족의 모돈 선우가 동호족을 격멸시키자, 살아남은 소수가 일부는 오환산에 모여 스스로를 오환족이라 부르고, 일부는 선비산에 모여 선비족이라 부르며 모두 요서지방을 중심으로 종족을 유지해 왔다.

이들은 수시로 요동지방의 고구려와도 때로는 협력, 때로는 갈등을 빚기도 했으나, 전한과는 주로 많은 문물교류를 통해 대체적으로 긴밀한 생활권을 유지해 왔었다. 그러나 후한(後漢)시대에 이르러서는 특히 공손찬에게 많은 핍박을 받게 되면서 한에 대한 반감이 깊었다. 원소가 화북의 최고실력자가 되면서부터 각 부락의 추장을 선우로 삼아, 그들의 생존권을 보장해주고 독자적 행정권을 부여하는 등 유화책을 쓴 관계로 오환족은 원소에게 깊은 사은심을 가지고 있었다.

그런 연유로 화북 4개주와 변방에서는 아직도 원소에 대한 향수가 깊어, 이들은 형제간에 반목하여 화북 4개주에 대한 군사력을 상실한 원상을 아직도 의지하고 있다는 것을 조조는 확실히 인식하는 계기가 된다. 좀 더 정확하게 표현을 하자면, 북방이민족은 단순히 원소의 막내 원상을 보호하려는 것만이 아니고, 오히려 원상이 세력을 키워 옛 영토를 다시 수복하도록 적극적으로 협조하고 있다는 것을 확인하고, 조조는 원가의 뿌리가 아직도 북방에서는 견고함을 인지하고 깊은 고민에 빠진다. 한동안 깊은 고민에 빠져 있던 조조는 북방에서 다시 세력을 키워나가는 원상을 재기하지 못하도록 뿌리를 뽑기 위해서는 북방이민족이 자신에게 복종하도록 만드는 것이 최우선적 과제임을 인식한다.

조조는 이에 대한 방책으로 원소와 같은 유화책을 쓸 것이냐 아니면, 군사적 정벌에 의한 강경책을 쓸 것이냐를 두고 여러 가지 경우의 수를 두다가, 결국 207년(건안12년) 1월에 이르러 강경책을 쓰기로 최종적으로 결정한다.

조조는 도로의 사정이 열악한 북방이민족을 복속시키기 위해서는 최우선적으로 군량을 원활히 운송하기 위한 운하건설이 일차적 과제임을 인지하고, 일단 군사를 거두어 업으로 돌아가서 운하의 건설에 매진하기로 하고, 구체적으로 운하를 건설하는 계획에 착수한 후, 호타(呼沱)로부터 고수(泒水)로 통하는 평로거(平虜渠)운하를 개설하고, 지속적으로 대규모의 운하건설을 계속하여 구하(泃河)입구에서 노하(潞河)까지 이르는 천주거(泉州渠)운하를 건설한다.

이로써 군수물자 운송이 바다로까지 가능하게 되자, 조조는 곧바로 원상, 원희 형제를 완전히 제거하려고, 오환정벌 계획을 다시 꺼내어 요서로 출정할 것을 발표한다.

이때 대다수의 장수들이 우려를 표방한다.

"원상은 단지 도망자에 불과한데 주군께서 원상을 치려고 삼군오환의 정벌에 나선다면, 군사를 부림에 있어 선후(先後)를 잃는 것이 아닌가 우려됩니다. 원상을 그냥 두어도 오랑캐들은 그를 버리게 될 것입니다. 이러한데도 주군께서 오환정벌에 나서신다면, 이는 유표가 유비를 앞세워 허도를 공략할 명분을 제공할 수도 있습니다. 이점을 깊이 고려해 결정해주시기 바랍니다."

조조가 깊은 생각에 잠길 때 곽가가 조언을 올린다.

"주군께서는 강한 군사력을 바탕으로 하북 4개주를 평정하였으나, 하북 4개주 백성들은 아직도 인의, 인애정책을 펼친 원소를 그리워합니다. 원상의 형제가 여전히 북방에서 세력을 키울 수 있는 것은 바로 이러한 연유 때문입니다. 주군께서 원상을 무시하고 유표를 먼저 공략한다면, 원상은 이 기회를 틈타서 과거 원소의 은덕을 입은 자들을 규합하여 다시 주군을 위협할 힘을 키울 것입니다. 결국은 잘못된 판단으로 형주의 유표와 화북의 원상을 상대로 전선(戰線)만을 확장하게 되는 것입니다. 유표는 형주자사라는 직분 그대로 자신의 영토인 형주를 지키기에만 신경을 쓰는 청객(淸客)이지, 결코 다른 영토를 도모할 만한 위인이 못됩니다. 그뿐만 아니라,

자기 자신이 유비를 거두어 담을 만한 그릇이 아니라는 것을 족히 알기 때문에, 만일 자신이 적극적으로 유비를 앞장세운다면 형주에서 유비에게 날개를 달아주게 되어, 최악의 경우 자신이 당할지도 모르는 모험을 감수하지도 않을 인물입니다. 동시에 영악한 유비는 자신에게 전권이 주어지지 않는 한, 쉽게 유표의 하수인 노릇을 하지도 않을 것입니다. 따라서 유표는 주군께서 오환정벌에 임해있는 동안 결코 주군을 공격하는 모험을 취하지 못합니다. 주군께서 원상이라는 불씨가 화북에서 활활 타오르기 전에 불씨를 끄는 것이 곧, 원상을 척결하고 북방을 손아귀에 쥐는 대사를 결정할 수 있는 사안의 선후(先後), 경중(輕重), 완급(緩急)에 가장 합당한 판단이 아닌가 생각됩니다."

조조가 곽가의 의견을 듣고 깊이 생각에 잠기더니 이내 오환을 향한 정벌길에 돌입할 것을 공식적으로 표명한다.

"고는 여러 책사들과 장수들의 의견을 총괄적으로 수렴하여 삼군오환을 정벌하는 일에 치중하기로 결정했노라. 역현 인근의 장수들은 신속히 역성으로 집결하여 출정명령을 기다리도록 하라."

며칠 후, 수만의 군사들이 역성에 집결하자, 조조는 대군의 사기를 고려하여 그동안 공적이 높았던 인사들을 천거하게 하고, 이들에게 열후를 봉하며 공적에 따라 합당한 관직을 부여한다.

"오늘 대군은 고와 함께 오환을 정벌하고, 원상을 천하에서 완전히 몰아내기 위해 대원정의 길에 오르노라. 고는 여태까지 승리의 열매를 혼자서 독식한 적이 없도다. 그것을 확인시키기 위해서 오환정벌에 나서기 전에 공적이 있는 인사들에게 그에 상응하는 보상을 지불할 것이며, 이번 오환정벌에서도 제군들이 나와 함께 소기의 목적을 이룬다면, 고는 제군들과 승리의 기쁨을 함께 나눌 것이다. 각자가 이룬 공적에 걸맞는 보상이 반드시 돌아가도록 천지신명에 두고 맹세하노라. 제군들은 고를 따라 위대한 승리를 이루어 보지 않겠는가? 이번 오환정벌이 성공적으로 끝나면, 그동안 수십 년 전란을 겪어온 백성들이 고난과 환란에서 벗어나, 태평성대의 평안한 삶으로 돌아가게 될 것이다. 고와 함께 합심하여 화북을 평정하고 천하의 평화를 찾아오도록 하자."

조조가 원정에 앞서 격정적으로 열변을 토하자, 드넓은 벌판에 운집한 수만의 군사들은 하늘을 찌르고 땅을 뒤흔드는 함성을 지르며 투혼을 불사른다.

조조가 사기충천한 군사들을 이끌고 오환을 향해 진격하는 과정에서 태행산맥에 이르러 지극히 험난한 산길을 오르내리게 되면서, 군사들의 기력이 쇠진해지며 사기가 꺾이기 시작하자, 조조 자신이 행군의 선두에서 진두지휘하며 겨우 병사들을 위무하는가 했더니, 고난의 산길이 끝나는 지점에서 광활한 대동분지를 접하게 된다.

대동분지는 길이가 4백리에 이르고 너비가 8십리에 달하는 분지로서 분지의 습성 그대로 밤낮의 기온 차가 현격히 변화하는 습한 지형이어서, 행군으로 지친 병사들이 고뿔에 걸리기 딱 적합한 지역이었다.

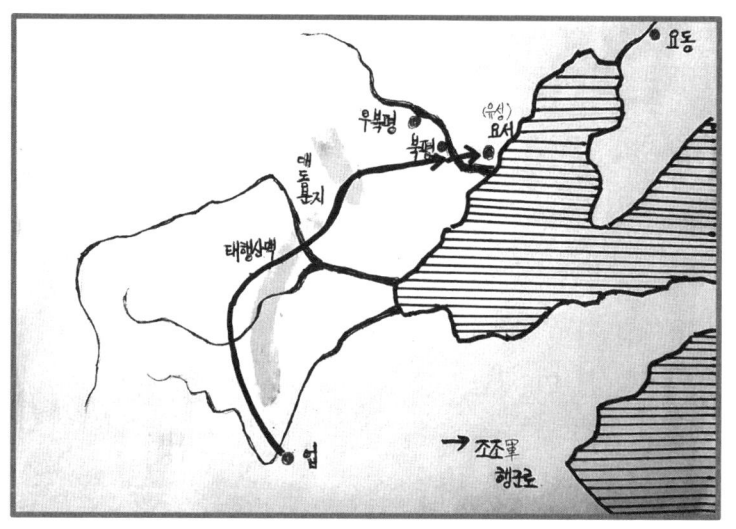

조조는 고통을 호소하는 병사들에게 진군 이외에는 선택의 여지가 없음을 주지시키며 억지로 병사를 요서를 향해 내몰아 간다. 겨우 분지를 벗어나서 무종(無終)을 통하는 대로를 향해가는 도중 사막에 이르는데, 황량한 사막에서는 시시때때로 광풍이 사방에서 일어나며 모래바람이 밀려와서, 군사들은 한 발짝도 전진하기가 어려운 지경에 이른다. 조조는 입안으로 들어오는 모래밥을 씹으며, 눈과 코, 귀로 불어대는 모래바람으로 도처에서 쓰러지는 병사들을 독려하면서도 굳세게 행군을 강행하여 습지에 이르게 된다.

대동분지와 사막을 벗어나자마자 나타난 습지의 험로는 숱한 구덩이와 돌부리로 인해 군사들이 정상적으로 행군하는 것이 불가능할 지경이 되자, 조조는 더 이상의 진군은 의미가 없으리라는 생각을 하기에 이른다. 엎친 데 덮친 격으로 군사들 사이에서는 북방의 풍토병까지 돌고, 곽가도 예외 없이 풍토병을 견디지 못하고 쓰러진다. 곽가가 수레에 실린 채로 오환정벌에 임해야 하는 상황까지 이르자, 조조는 한참을 고민하더니 안타깝다는 듯이 곽가에게 묻는다.

"고가 북방의 오랑캐를 평정하려고, 이 험한 요서의 땅으로 봉효를 대동하여 와서 풍토병을 얻게 했으니, 고의 마음을 어디에 두어야 할지 모를 정도로 불안하네."

"이 부족한 사람이 주군의 크나큰 은혜를 입고도 지우지은(知遇之恩:인격이나 학식을 인정하여 대우해 준 은혜)의 만분의 일도 보답하지 못하고 풍토병을 얻어 짐이 되고 있으니 오직 송구할 뿐입니다."

곽가가 오히려 송구스러움을 밝히자, 조조는 마지못해 자신의 속내를 비친다.

"오환에 이르는 북녘이 이다지도 험하여 군사들의 사기가 땅에 떨어졌는데, 과연 아군이 오환을 정벌할 수 있겠소? 고(孤)는 여기에서 그만 군사를 돌려 그대와 함께 업성으로 회군을 하고자 하는데, 유양정후는 어떻게 생각을 하시는가?"

곽가가 조조의 뜻을 급히 막으며 강력히 주장한다.

"주군께서 여기까지 와서 회군하심은 스스로 원상에게 패배를 자인하시는 일입니다. 주군께서는 오환을 정벌할 수 있는 길이 있습니다. 병법에서 말하듯이 병귀신속(兵貴神速)이라고 병사는 신속히 움직여야 합니다. 그러나 아군은 멀리 원정을 나온 까닭에 지나치게 치중이 많습니다. 따라서 아군이 신속하게 오환으로 가기에는 어려움이 있으므로 치중은 뒤에 따라오게 하고, 주군께서는 경병을 이끌고 이틀 길을 하루에 달려 생각지도 않게 오환과 원상을 기습한다면, 이들은 전혀 예기치 못한 기습을 받아 제대로 방비하지 못하고 있다가 궤멸하고 말 것입니다."

조조는 곽가의 뜻을 존중하여 오환정벌은 계속 강행하되, 곽가를 역성으로 보내 병을 보살피게 하고, 자신은 경병을 뽑아 전속력으로 오환을 향한다. 군사들의 건강상태와 사기가 현저히 저하되어 도저히 싸울 수 없는 상황에 이르렀는데도 참모의 자문이 의미가 있다고 여겨지자, 병법에서 말하는 '상대가 예기하지 못하는 때에 예기하지 못하는 장소를 찌르는 것이 가장 효과를 올릴 수 있는 전술이다'라는 것을 행동으로 보여주기 위한 영웅적 결단이었다.

이윽고 조조가 바다 가까이 접해 있는 도로에 이르렀는데, 며칠 동안을 쏟아져 내린 홍수로 인해 길이 붕괴된 탓에 더 이상의 진군은 어려운 상황이 된다. 조조가 다른 길을 찾으려고 하나, 주변 지리에 밝은 원상과 원희가 답돈과 함께 오환으로 통하는 협로를 모두 장악하고 길목을 막고 있어, 이 또한 뜻대로 진척되지 못하고 있었다. 조조는 원정군의 약점인 시간적 제약으로 인해 큰 부담을 안고 고전하기에 이른다.

조조가 이를 타개할 방책을 찾기 위해 전방위로 고심하고 있을 때, 오환의 족장 답돈에 의해 많은 고초를 겪어온 수현의 현령이었던 전주가 찾아온다.

"사공 어른께서 원상과 답돈이 펼치는 병목 전술로 큰 고초를 겪고 있다는 소문을 듣고, 저를 추종하는 무리를 이끌고 사공 어른께 합류하고자 달려왔습니다. 소인이 이를 붕괴시킬 묘안이 있습니다."

조조는 '치세에는 덕행이 중요하지만, 난세에는 능력이 우선한다(治平尙德行 有事賞功能)'는 점을 인사의 핵심으로 삼고 있었다. 조조의 용병에 있어 가장 큰 장점 중 하나는 인물의 귀천을 따지지 않고, 좋은 계책이나 능력이 있으면 이를 우대한다는 점이다. 조조는 기꺼이 자신을 찾아와서 헌책을 제시하는 전주를 자신의 가까이 불러들여 묘책을 청한다.

"청컨대 좋은 묘책이 있으면, 그대는 기탄없이 나에게 일러주시게."

"지금 사공 어른께서 접하신 길은 바다에 가까이 있어 지세가 낮아 웅덩이가 많고, 길이 진흙으로 질척거려 보행이 어렵습니다. 게다가 웅덩이에는 물이 가득하고 골이 깊어 거마가 지나기에도 거의 불가능합니다. 다행히도 오환으로 통하는 샛길 중에는 비밀로 통하는 샛길이 하나 있는데, 이 길은 워낙 험악하여 2백여 년 동안이나 이용이 끊겨있던 노룡(盧龍) 옛길입니다. 과거 북평군의 치소가 평강(平岡)에 있었는데, 길이 노룡을 지나 요서의 유성으로 이어집니다. 광무제 건무(建武) 연간 이래 잔도마저 소실되어 통행이 끊긴 지 이미 2백여 년이나 된 탓에, 이 길의 존재는 일반주민은 물론 답돈조차도 모르는 폐로입니다. 이 길을 통하면, 원상과 답돈의 눈을 속이고 오환으로 곧바로 잠입할 수 있을 것입니다."

조조는 전주의 정보를 활용해서 원상과 답돈을 상대로 만천과해(瞞天過海:눈에 익숙한 것에는 경계심을 품지 않음) 전략을 펼치기로 결정한다.

"군사들은 이제부터 업성으로 철수할 만반의 준비를 갖추도록 하라."

조조는 병사들에게 거짓으로 철수 명령을 내리고는 이내 장수들을 다시 불러들인다.

"장수들은 지금부터 고의 계책을 정확히 숙지하도록 하라. 원상과 답돈은 물론 아군 병사들까지도 고의 계책을 모르도록 하여 원상과 답돈에게 긴장을 풀게 하고, 그사이 고는 노룡의 폐로를 통해 은밀히 오환의 본거지로 잠입하고자 한다. 아군이 어설프게 위계를 써서 퇴각한다는 인상을 받게 되면, 원상은 고의 계책을 간파할 것이므로 완벽하게 원상을 속이기 위해, 철저히 금선탈각(金蟬脫殼)에 입각한 퇴각절차를 따르라. 장군들은 수하의 장수와 병사들을 이끌고 무종까지는 퇴각의 수순에 맞춰 철수하는 듯 위장하다가, 밤이 되면 신속히 노령 옛길로 접어들어 은밀히 잠행을 행하고, 먼저 유성에 잠입한 장수들은 신속히 유성 앞 벌판에서 공격 진형을 구축하고 대기하도록 하라."

조조는 작전지시를 내린 후, 물가의 옆으로 놓여있는 길에 큰 목패를 세우고 글을 새겨 넣는다.

"바야흐로 여름이 되어 무덥고 길이 질척거려 진군이 어려우니, 가을이나 겨울에 다시 찾아오리라."

오환의 척후병이 이 글을 보고 답돈에게 조조가 철수할 준비를 한다는 보고를 올린다.

며칠 후, 조조의 명에 따라 조조의 군사들이 이동을 시작하자, 답돈은 여러 차례에 걸쳐 척후병을 보내 조조의 동향을 면밀히 관찰하게 한다. 회군을 시작한 조조의 모든 병력이 무종 앞길에서 갑자기 사라지자, 원상과 답돈은 조조가 완전히 철수한 것으로 착각하여 경계심을 풀게 되는데 그때, 조조는 무종 앞길에서 서무산을 기어오른 후, 산과 골짜기를 지나 5백여 리를 거쳐 다시 백단과 평강을 지나 선비족의 집단거주지를 피해서 동으로 이동하여 유성에 당도한다.

조조의 군사들이 사라진 지 보름이 지나고, 총사령부가 있는 유성에서 불과 2백리 되는 지점에 조조의 대군이 갑자기 나타나서 공격 진형을 구축하기 시작하자, 답돈은 화들짝 놀라며 황급히 군사를 끌어 모으기 시작한다.

그러나 답돈은 군사를 총동원하지 못한 가운데 조조의 군사들이 형성한 철통같은 진형을 뚫지 못하고, 조조의 군사들이 펼치는 총공세에 대해 산발적인 전투로 임할 수밖에 없게 된다. 8월에 이르러, 조조는 백량산에 올라 적진의 상태를 살피다가, 원상의 형제가 답돈과 요서의 선우 누반, 우북평의 선우 능신저지, 요동의 선우 속복환 등과 함께 수만의 기병을 이끌고 백량산으로 오는 것을 발견한다.

조조는 오환의 군사들이 생각보다 많아 우려하면서 백량산 고지에 올라 오환의 진형을 굽어보는데, 오합지졸로 형성된 군사들이 세운 진형인 듯이 군율이 해이해 보이자, 조조는 자신감을 가지고 즉시 장료를 불러 서황, 우금, 장수와 함께 4갈래의 길로 총공격을 감행하도록 명을 내린다.

네 갈래의 길에서 물밀듯이 쏟아지는 조조 군사들의 파상적 공세에 밀린 원희, 원상은 완패하여 백량산으로 대피하는데, 이 전투에서 답돈과 각처의 추장들은 장료에 의해 목숨을 잃고, 원상은 원희와 함께 기병 수천을 이끌고 요동의 공손강에게로 달아난다. 조조가 만천과해(瞞天過海)전략을 펼쳐 단 한 번의 싸움으로 오환족을 일거에 붕괴시키는 큰 성과를 보이자, 사기가 충천한 장수들이 조조에게 계속 요동으로 진격할 것을 청한다.

"주공, 이 기회에 요동의 공손강까지 섬멸시키시지요."

조조가 깊은 생각에 잠기자, 순유가 조조에게 신중히 처신할 것을 권한다.

"공손강이 화북의 원가를 경멸하고 두려워하는 것은 천하가 다 아는 사실입니다. 아군이 비록 단숨에 오환을 정벌했으나, 이는 전주라는 귀인을 만난 행운의 결과였습니다. 요동정벌도 요서에서와 같은 행운이 찾아온다는 보장은 없습니다. 단기간에 끝난 전투로 인해 아군의 군량과 군수품이 거의 보존되어 있다고는 하나, 공손강의 강력한 저항을 받아 장기전에 돌입하게 되면, 아군은 업성으로부터 군량과 군수물자를 공수 받는 일에 큰 어려움을 겪게 될 것입니다."

이때 조조가 순유의 주장에 힘을 싣는다.

"내가 원상을 좇아 공손강의 영역을 침범하면, 공손강은 나의 속내를 의심하여 원상 형제와 함께 나에게 대항할 것이다. 그러나 만일 내가 군을 돌려 회군하면, 공손강은 반드시 원상 형제의 목을 베어 나에게 바칠 것이다."

조조는 즉시 병사들에게 퇴각명령을 내린다.

"제장과 병사들은 즉시 군사를 돌려, 업성으로 되돌아갈 채비를 갖추라."

조조는 북방의 오환과 원상을 물리치고 회군하는 길에 갈석산에 올라 관창해(觀滄海)라는 시조를 읊는다.

東臨碣石 以觀滄海

동쪽 갈석산에 올라 푸른 바다를 바라본다.

水何澹澹 山島竦峙
물은 맑디맑고 산과 같은 섬들이 우뚝 솟아있는데
壽木叢生 白草豊茂
수목은 빽빽이 들어차 있고 각종 수풀이 우거져 있다.
秋風蕭瑟 洪波涌起
가을바람 으스스하여 쓸쓸하고 거센 파도 용솟음치는데
日月之行 若出其中
해 그리고 달이 바다 가운데에서 솟아나는 듯하고
星漢燦爛 若出基里
은하수 또한 눈부시게 바다 속에서 솟아나니
幸甚至哉 歌以詠志
이를 보는 마음이 너무 감격스러워 노래하노라!

조조는 갈석산에 올라 시조를 읊어 호연지기를 토하고 본격적으로 회군을 시작한다. 업성으로 돌아가는 길은 조조가 오환정벌의 장도에 올랐을 때 당했던 고생보다도 더 큰 고통을 안겨준다.

북방의 매서운 가을철 칼바람은 조조 군사들의 행군을 더디게 하여, 부상을 입은 병사들을 부축하고 돌아가는 병사들은 자신의 몸도 제대로 가누지 못할 상태에서 동료의 수발을 들게 되는 이중고(二重苦)로 기력이 완전히 탈진될 지경에 이른다. 군사들이 힘겹게 산맥, 사막과 분지를 경유하는 동안 원정길에 가져왔던 군량과 식수도 거의 소진되어, 군사들은 기아를 견디지 못하고 극심한 고통을 호소한다. 야영을 위해 분지와 사막의 한가운데 벌판에 세운 군영은 지난 여름철 혹심한 가뭄의 영향으로 2백리 근처에는 물을 구할 수 있는 샘이 없어, 군영 주변의 땅을 30여 장(丈)을 파내어 얻은 흙탕물로 식수를 대체하고, 군사들은 먹을 식량이 떨어져 수천 마리의 말을 잡아먹으며 기아를 헤쳐 나간다.

군사들이 심각한 식수난과 식량난으로 심기가 크게 동요하는 기색이 보이자, 조조는 제장과 군사들 앞으로 나아가 군사들의 사기를 진작시키기 위한 신상발언이 필요함을 통감한다.

"고가 수많은 전투를 벌여 패배도 경험해보았지만, 패하여 목숨이 경각에 달렸던 전투보다도 더욱 힘든 전쟁이 있다는 것을 이번 기회에 알게 되었다. 고가 생애 처음으로 참전한 변방의 전투가 바로 그런 전투이다. 수없이 많은 부하들이 추위에 떨면서, 처참한 식량난과 식수난으로 고통을 받는 것을 볼 때, 고가 받는 고통은 각각 수만의 병사들이 겪는 고통의 수효보다도 훨씬 큰 수만의 고통 그 이상이다. 제장과 군사들이 혼신을 다 바쳐 싸워준 덕에 북방은 평정이 되었고, 이제 우리가 얻게 될 열매는 안정과 평안이다. 고는 업으로 돌아가면 제군들이 받은 고통, 그 이상의 보답을 할 것이고, 제군들이 이룩한 성과의 이상을 포상할 것이다."

조조의 사기진작책은 실로 무서운 용병술로서, 조조의 마음은 어김없이 그대로 군사들에게 잘 전달된다. 이로써 조조는 최악의 어려운 고비를 무리 없이 잘 넘기고 무사히 업으로 돌아오게 된다.

한편, 조조가 유성에서 회군하여 업으로 돌아갈 때, 원상과 원희 형제 또한 깊은 고민에 빠진다.

"아우님, 공손강은 아버님 시대부터 지금까지 역대로 우리 집안을 경계해 왔는데, 과연 공손강이 몰락한 우리를 아무런 이유도 없이 받아들여 주겠는가?"

원희가 조심스럽게 자신의 의사를 밝히자, 용력이 방대한 원상은 원희에게 자신의 뜻을 밝힌다.

"물론 공손강이 우리 형제를 환대할지는 알 도리가 없으나, 지금으로는 이 방법밖에는 없습니다. 그래서 우리가 요동에 들어가는 즉시, 형님과 내가 손을 합쳐 공손강을 도모해야 합니다. 그런 연후, 요동을 소유하게 되면, 우리는 다시 조조와 대적할 힘을 비축할 수 있습니다. 지금은 일단 요동으로 들어가서 기회를 노려 그를 도모합시다."

원상 형제가 이런 논의를 하고 있을 때, 요동의 공손강 또한 다른 마음을 품고 있었다.

"원상과 원희를 취하지 않으면, 조조에게 달리 설명할 방법이 없으리라."

공손강은 원상과 원희 형제가 요동의 자신을 찾아오자, 낭청의 밀실에 자객들을 숨겨두고, 원상과 원희를 초청하여 이들이 들어오자마자, 공손강은 자객을 풀어 두 형제를 결박하고 결빙된 못에 꿇어앉힌다.

원상이 얼어드는 발을 일으키며 요청한다.

"우리를 죽일 때 죽이더라도 얼음 위에 꿇어앉히는 것은 너무 심하지 않소."

원상이 포박당한 자리를 옮겨줄 것을 요청하자, 원희가 만사를 체념한 듯 아우를 나무란다.

"아우님. 이제 곧 수급이 만리의 길을 떠나게 되었는데, 따듯한 자리를 청해서 무엇 하겠는가. 잠시 참고 조용히 떠날 길을 가세."

원희의 말에 원상은 모든 것을 포기하고 죽음을 달게 받아들인다. 공손강이 원씨 형제의 수급을 취하여, 유성에서 업으로 회군하는 조조에게로 보낸다.

이로써 조조는 7년간에 걸친 화북전쟁을 성공적으로 마무리하여, 원소의 잔여세력을 완전히 척결하고 명실상부하게 '하북의 화북 평정'이라는 대업을 완료한다.

업으로 돌아온 조조는 약속대로 원정에 참여했던 제장과 제군들에게 후한 상을 내리고, 사공부에 들려 서리에게 뜬금없는 지시를 내린다.

"지금 당장 오환의 정벌을 반대했던 인사들을 사공부로 불러들여라."

서리가 조조의 명을 받아 이들을 색출하여 불러들이자, 이들은 온몸에 식은땀을 흘리며 심히 두려운 마음으로 사공부로 몰려들더니 조조의 심기를 살피기 시작한다.

"최초에 그대들이 오환의 정벌을 반대했을 때, 고(孤)는 그 정도로 험난하고 고통스러운 원정길인지를 몰랐소. 고(孤)가 출정에 임하여 갖가지 위험을 접하면서 그때마다 요행이 뒤따르기를 바랐을 정도이외다. 요행히 승리는 하였으나 이는 천운이 따랐기 때문이지, 결코 통상적인 규율로 삼을 정책은 아니었소. 그대들의 간언은 이제 내게 많은 가르침을 주었소. 이후에도 그대들은 기탄없이 내게 직언해 주기를 바라오. 이를 격려하는 뜻으로 참전용사들과 똑같이 상을 내리겠소."

처음 사공부로 불려올 당시에는 두려움에 떨던 인사들은 조조의 배포와 포용력에 찬사를 아끼지 않는다.

조조는 원정에 따른 뒤처리를 끝내고, 원정길에서 풍토병을 얻어 고생하는 곽가를 위문하기 위해 허도로 향하여, 수시로 곽가에게 문병하며 명의의 진찰을 받도록 배려하는 등 총력을 기울였으나, 곽가는 전혀 나을 기미가 없이 병세는 점점 더 위중해지더니 급기야 사망에 이르자, 상가를 방문한 조조는 목을 놓아 대성통곡을 한다.

"봉효가 죽은 것은 하늘이 나를 시샘한 것이다."

조조는 대성통곡을 하다가 순유 등을 둘러보며 말한다.

"여러분은 모두 나와 비슷한 연배이지만, 봉효는 가장 나이가 어리기에 훗날 큰일을 맡기려 했는데, 불행하게도 젊은 나이에 요절하니 내 가슴이 찢어지고 창자가 끊어지는 듯하오."

　조조는 장례식이 끝난 후, 황제에게 표문을 올려 곽가의 공을 기리도록 주청한다.

"유양정후 곽가는 군무에 임한 지 11년이 되었습니다. 수많은 전쟁에서 신이 미처 책략을 결정하지 못하고 있을 때, 변화에 대처하는 기묘한 책략을 제시하여 천하를 평정하는 데 지대한 기여를 했습니다. 불행히도 대업을 완수하기 전에 젊은 나이로 세상을 등졌으나, 유양정후의 공은 말과 글로는 표현할 수 없을 정도로 지대합니다. 유양정후에게 식읍 8백호를 더하여, 모두 1천호가 되도록 명하여 그의 공덕을 기려주시기를 주청합니다."

17.
손권의 복수전 - 강하전투

17. 손권의 복수전 - 강하전투

208년(건안13년) 이른 봄, 강동에서는 손권이 부친의 복수와 더불어 장강의 수상 무역권을 장악하기 위해 강하의 황조를 도모하려고 한다. 이 당시는 형주의 유표가 조조에 대한 반발로 황제에게 바치는 공물을 끊고, 자신이 스스로 천지에 제사를 지내며 천자와 준하는 행위를 시작한 시기였다.

이런 와중에 북평도위 여몽이 손권에게 급보를 전한다.

"소장이 용추의 수구를 지키고 있는데, 황조의 부장 감녕이 찾아와서 귀순의사를 밝혀 장군께 데리고 왔습니다."

손권이 깜짝 놀라며 묻는다.

"감녕이라니....."

여몽이 손권의 의도를 알고 있다는 듯이 말을 잇는다.

"네, 지난 강하전투에서 능조장군을 화살로 죽인 바로 그 감녕입니다. 감녕은 원래 형주 남양군 출신인데, 자를 흥패라 하며 익주 파군 임강현으로 이주하여, 젊은 시절에는 협객으로 주변 동료들과 무리를 지어 지역자경단을 만들었답니다. 외부의 침입과 지역의 치안을 유지한다는 명분 아래 방약무인한 짓을 일삼아, 지역민들이 감녕의 허리에 찬 구리방울 소리만 들어도 기겁을 할 정도로 악명이 높았던 인물입니다.

후에 철이 들면서 나라를 위해 일하겠다는 생각에 익주 유장을 몰아내는 난을 일으켰다가 실패하고, 형주목 유표에게 의탁했다고 합니다. 그가 8백의 무리를 이끌고 유표에게 찾아갔으나, 유표는 큰 포부를 지니지도 못한 채 오직 형주만을 고수하면서 황제의 흉내를 내고, 군사에 대해서는 문외한이면서도 실력보다는 평판을 중시하는 사람이어서, 그에게 미래를 맡길 수 없다는 생각에 동오로 오려고 했다고 합니다. 그러나 황조가 하구를 막고 있어 어쩔 수 없이 황조에 의탁하여 하구에 머물게 되었답니다. 지난 건안 8년 장군께서 강하로 출병하여 황조를 격파하고, 강하를 수중에 넣게 될 임박에 감녕이 파적교위 능조장군을 화살로 사살하여 황조가 무사히 목숨을 구했던 적이 있었습니다. 그런 은혜를 입고도 황조는 평판만을 따져 '도적 출신을 어떻게 우대할 수 있겠는가?'라고 하면서 3년간이나 폄하를 하는 바람에, 더 이상은 황조와 함께할 수 없다고 생각하게 되었답니다. 강하도독 소비가 감녕을 황조에게 주현(邾縣)의 장으로 천거하자, 이를 기회로 황조의 영향권에서 벗어나게 되어 황조를 떠나 강동으로 넘어올 수 있었다고 합니다. 감녕이 귀순하게 되면 장군께는 엄청난 복이 될 것입니다."

  손권은 형주 제일의 용장 문빙보다도 뛰어나다는 감녕이 자신에게 귀순 의사를 밝히자, 기쁘면서도 한편으로는 능통의 반발이 우려되어 조심스럽게 묻는다.

"흥패가 나에게 의탁한다면 그보다 기쁜 일이 없겠지만, 별부사마 능통이 이를 받아들이겠소?"

주유가 앞으로 나서며 여몽의 의견에 힘을 보탠다.

"능조장군의 사망은 감녕이 사사로운 감정에서 일으킨 사건이 아닙니다. 지금 동오는 하북을 평정한 조조가 어느 때 침략할지 예측조차 할 수 없는 중대한 시점에 놓여있습니다. 별부사마 능통도 이런 상황판단은 하고 있을 것입니다. 이런 중차대한 시기에 감녕과 같은 용장이 장군에게 굴러들어온 것은 동오의 미래를 밝혀주는 대사건으로 역사에 기록될 것입니다."

손권은 기쁨에 들떠 여몽에게 명한다.

"북평도위는 감녕을 안으로 들게 하시오."

얼마 후, 손권을 만난 감녕이 큰절을 세 차례 올리며 주군에 대한 예를 올리자, 손권은 몹시 만족스런 표정을 짓는다.

"흥패가 나에게 의탁하여 충성을 맹세하니 백만 대군을 얻은 것만큼 기쁩니다. 부디 나에게 좋은 길잡이가 되어주시기를 바라오."

손권이 자신을 극히 우대하며 반기자, 이 자리에서 감녕은 황조를 도모하여 형주를 차지한 다음, 파촉을 정복하자는 '천하이분지계(天下二分之計)'라는 큰 그림을 제안한다.

"지금 한실은 날로 쇠잔해져 가고 있고, 하북을 평정한 조조는 드디어 삼공의 제도를 폐지하고 승상에 올라 대장군 겸

승상으로서, 공식적으로 인정되는 한실의 정권과 군권을 모두 장악하였습니다. 이전까지는 조조가 천하의 이목을 생각하여 다소 근신했으나, 곧 형주를 침탈하고 강동을 점령한 후, 천하의 이목을 두려워할 일이 없어지게 되는 때에는 기어코 제위를 찬탈할 것입니다. 거기장군께서는 이에 대비해서 국력을 강화하기 위해서라도 형주를 정벌해야 합니다. 형주의 남부 땅은 산세가 좋고 강과 하천의 흐름이 원활하며, 동오의 서쪽에 위치하여 동오를 확장시키기에 유리한 형세입니다. 형남의 땅을 조조가 차지하기 전에 장군께서 먼저 차지하셔야 합니다. 소장은 이미 유표와 그 후손을 간파하였는바, 이들은 대업을 이룰 만한 인물이 아닙니다. 장군께서도 이를 알고 계신다면, 결코 조조에게 형주를 내어줄 수 없을 것입니다. 형주를 취하기 전에 우선할 일은 먼저 강하의 황조를 도모하는 것입니다. 황조는 연로하여 정신이 매우 혼미해져 있고 탐욕 또한 심해서 수하들의 공을 자신이 홀로 차지하여, 황조의 수하장수들은 성심으로 황조를 따르지 않습니다. 그뿐만 아니라, 그의 수하에 있는 관료들은 노골적으로 그를 속이고 백성들을 수탈하는데도, 황조는 아무런 대책을 내어놓지 못하고 있으며, 황조 자신이 연로한 탓인지 심신이 극도로 피폐해져 있어 장강을 관리하는데 필수적인 선박은 정비되지 않은 채로 이리저리 내버려져 있고, 영토를 지킬 군사들도 제멋대로 방치하여 이들은 나태해질 대로 나태해진 탓에 군령도 이미 의미가 없어졌습니다. 백성들은 이미 농사짓기를 게을리 하고, 산업도 붕괴되고 있는 까닭에 세수가 무너져서 군량미와 군수품을 충당하기에도 부족한 실정입니다. 장군께서 이때를 놓치지 않고 황조를 도모한다면, 황조는 삽시간에 무너질 것입니다. 황조를 무너뜨리고 서쪽으로 나아가 초관에 터를 잡고, 대세를 확충하여 즉시 파군과 촉군을 도모한다면, 장군께서는 가히 대업을 이룰 수 있을 것입니다."

제갈공명이 융중대에서 행하게 될 '천하삼분지대계(天下三分之大計)'와 흡사하게 당시의 정세를 그린 그림으로서, 후에 동오의 지략가 주유가 다시 발안한 '천하이분지대계(天下二分之大計)'의 전장인 것이다. 손권과 주유가 흡족한 표정으로 듣고 있을 때, 고명대신인 장사(長史) 장소가 끼어들어 강력히 이를 제지한다.

"그대는 어찌하여 함부로 입을 놀리는가? 천하의 일은 입에서 나오는 대로 그리 가볍게 논할 만한 것이 아니다. 그대는 장군에게 위험한 행위를 절대로 권유하지 마라."

장소의 면박에 감녕이 격분하여 강력한 반론을 펼친다.

"지난날, 한고조께서 위기에 놓여있던 시절, 소하는 당시 한왕에게 권유하여 초패왕으로부터 형주와 파촉을 이분시켜 얻어내는 '천하이분지계'로 결국은 천하를 거머쥘 수 있었습니다. 지금 강동의 국력이라면, 한고조 당시보다 더욱 강하게 천하를 분리할 힘이 있어 얼마든지 대망을 꿈꿀 수 있습니다.

고인이 되신 손책장군은 소하의 임무를 장사 어른에게 맡겼거늘, 장사 어른께서는 어찌 강동이 나아갈 큰 방향을 논하지 않고 안전한 길만을 모색하려 하십니까?"

손권은 처음 자신과 접견하는 자리에서 맹랑한 발언으로 고명대신까지 면박을 주는 감녕에 당혹해하면서도 감녕을 대견스럽게 생각한다. 감녕이 제시한 큰 그림에 주유, 노숙까지 합류하자, 손권은 주유를 대도독으로 수륙의 군사를 모두 다스리게 하고, 여몽을 선봉장으로 하여 감녕과 동습에게 부장을 맡겨 황조를 공략하는 전투에 나설 것을 명한다.

손권이 강하를 침공할 것이라는 소문을 전해들은 황조는 소비를 도독으로 하여 진취와 등룡을 선봉으로 세운 뒤, 강하의 군사를 총동원하여 손권의 공격에 대비한다.

그러나 황조의 군사적 배치를 잘 알고 있는 감녕이 황조의 허술한 경계를 찾아 1만의 군사를 이끌고 공략에 나서자, 황조는 면구(沔口)에 몽충(큰 전투함) 2척을 엮고 가로로 배치하여 강물을 막고 고정시킨다.

그 뒤, 종려나무로 만든 큰 밧줄로 매달은 돌을 닻으로 삼아 몽충선을 고정시키고, 몽충선 위에 1천여 명의 궁노수를 세워 쇠뇌와 화살을 퍼붓자, 동오의 군사들은 더 이상 진격을 하지 못하고 10여 리를 후퇴한다.

감녕은 전투상황이 이런 지경에 이르자 여몽에게 긴급히 대책회의를 개최하도록 청한다.

"황조의 몽충선을 무기력하게 하는 방법은 몽충선을 묶고 있는 밧줄을 끊어, 몽충선이 물살에 표류하도록 하는 것입니다. 이를 성공시키기 위해서는 결사대를 편성하여, 목숨을 걸고 몽충선에 접근하게 하는 수밖에는 없습니다. 수군을 공략하는 동습장군이 이에 대한 결기를 행한다면, 좋은 방법이 나오지 않을까 생각합니다."

여몽이 감녕의 말에 동조하여 대답한다.

"아무래도 우리보다는 강하의 수비형태를 장군이 잘 알겠지요. 장군의 의견을 받아 대책을 마련하겠습니다."

본진으로 돌아온 여몽은 형주의 수군을 공략하는 총책임을 진 동습과 그의 수하들을 불러놓고 대책을 논한다.

"황조의 몽충선을 격파하는 방법은 몽충선을 묶은 밧줄을 끊어, 두척의 선박이 서로 부딪치면서 균형을 잡지 못하도록 하여야 한다고 하오. 우리가 결사대를 편성하여 목숨을 걸고 나서지 않으면, 아무런 성과도 없이 아군의 피해만 증대시킬 뿐이라고 하니, 돌격대를 편성해야 하는데 어찌하면 좋겠소?"

젊음의 기개를 몰아 능통이 앞으로 나선다.

"장군, 소장이 앞장서서 결사대를 구성하여 몽충을 함몰시키겠습니다."

능통이 젊음의 혈기를 내세우자 노련한 동습이 우려를 표명하며 앞으로 나선다.

"이번 거사는 혈기로만 되는 것이 아니네. 수전의 경험이 많은 내가 목숨을 걸고 임무를 수행해야 가능한 일이네."

"아닙니다. 이번 작전은 젊음의 혈기로만 해결할 수 있는 위험한 일입니다."

두 장수가 서로 지지 않으려고 나서자, 여몽은 편장군 동습과 별부사마 능통을 모두 동·서의 결사대장으로 선정하여, 이들은 각각 돌격대 1백여 명을 이끌고, 동과 서에서 돌진하여 빗발치는 화살 공세를 뚫고 몽충선 앞으로 진입하는 데 성공한다. 몽충선에 진입한 동습이 닻줄로 쓰던 밧줄을 끊자, 표류하기 시작한 몽충선이 서로 부딪치고 흔들리는 바람에 황조의 궁노수들이 제대로 화살과 쇠뇌를 날리지 못하게 된다.

이때를 놓치지 않고 손권의 대군이 수륙 병진해서 황조의 수군을 궤멸시키고 강하성을 향해 진격한다. 별부사마 능통은 오강 방면으로 진격하여 황조의 부장 장석을 죽이자, 황조가 선봉장 진취에게 수군을 독려하게 한다.

그러나 몽충이 무너지고 황조의 수군이 공세를 취하지 못하고 붕괴되는 와중에, 진취는 배를 몰아 강변으로 이동하다가, 평북도위 여몽이 진취의 배에 불화살을 날리자, 진취는 배를 버리고 강변에서 내려 언덕을 향해 내달린다. 여몽이 진취를 끝까지 따라가서 단칼에 진취를 주살하고, 강하성을 향해 맹렬하게 진격한다.

황조의 도독 소비가 붕괴된 군사를 수습하여 강기슭에 진형을 구축하여 대비하지만, 승세를 몰고 새까맣게 돌진하는 동오의 군사들에게 사기가 꺾인 군사들이 무기를 버리고 달아나기 시작하자, 소비도 견디지 못하고 황망히 달아나기 시작한다. 이때 손권의 무맹교위 반장이 소비를 끝까지 추적하여 사로잡아온다. 황조는 옥죄어오는 압박 공세를 견디지 못하고, 야밤에 도주할 요량으로 지형이 험난한 성의 동문을 택해 달아날 궁리를 마친다.

 그러나 강하의 지형과 시설을 이미 알고 있는 감녕은 황조가 경비가 취약한 동문을 통해 양양으로 도주할 것을 예측하고 동문 밖 야산에 군사를 매복시킨다. 황조는 동오의 군사들이 동문의 비밀통로를 모르리라 생각하여, 기병 수십기 만을 대동하고 야밤에 몰래 성을 빠져나가, 10여 리를 지나 야산의 근처에 다다랐을 때, 감녕이 쏘아 올린 불화살을 신호로 동오의 병사들이 황조의 무리를 둘러싼다.

 황조가 포위망을 뚫고 양양을 향해 달아나다가, 길목 앞을 지키고 있던 감녕의 기병 풍칙에게 잡혀 목숨을 잃고, 감녕은 황조의 목을 베어 수급을 손권에게 바치자, 손권은 선친 손견의 영전에 황조의 수급과 함께 옥에 갇혀 있는 소비의 수급을 올리려고 소비를 끌어낸다.

 "황조와 황조의 하수인 소비의 목을 베어 선친의 혼을 달래려 한다. 즉시 소비를 끌어내어 형을 집행하라."

 군사들이 소비를 끌어내어 형을 집행하려 할 때, 감녕이 손권의 앞에 무릎을 꿇고 고개를 조아리며 간청한다.

"장군께 감히 청을 올립니다. 도독 소비의 죄악은 황조에 못지않으나, 지난날 도독 소비가 없었더라면, 이 몸이 장군 휘하에서 어떻게 일을 할 수 있었겠습니까? 도독의 지은 죄는 죽어 마땅하나, 그가 소장에게 베푼 은혜와 정을 생각하셔서 도독을 선처해 주시기 바랍니다. 그리해주신다면 대신 소장이 장군께 할 수 있는 모든 충성을 다 바치겠습니다."

손권이 한동안 생각에 잠기더니 조용히 입을 연다.

"그대가 그토록 선처를 구하니 소비를 용서해 주겠소. 다만 내가 우려하는 것은 소비가 다른 마음을 먹는 것인데, 만일 그리된다면 그때는 어떻게 하겠소?"

감녕이 결연한 의지를 나타내며 대답한다.

"만일 도독이 딴마음을 먹고 장군의 명성에 해를 입힌다면, 소장이 도독을 처단한 후, 저의 목을 장군께 바치겠습니다."

"그대의 의리와 신의에 크게 경의를 표하오. 그대는 지금의 맹약을 잊지 말고, 충성된 마음으로 동오를 위해 혼신을 다하도록 하시오."

손권이 감녕의 청을 받아들여 소비를 풀어주려 할 때, 젊은 장수가 큰소리를 지르고 칼을 휘두르며 감녕에게로 달려든다.

"장군, 이 자는 장군의 눈과 귀를 가리고 장군의 위엄을 폄하시키고, 동오의 한을 우습게 여기고 있습니다. 소장의 부친도 강하를 도모하다가, 감녕의 화살에 억울하게 목숨을 잃었습니다. 감녕을 처치하지 않고는 같은 하늘의 아래에서 결코 소장이 몸을 둘 곳은 없습니다."

모두가 고개를 들어보니 다름 아닌 별부사마 능통이었다. 손권이 황급히 능통에게 달려가 손을 잡아끌며 말한다.

"홍패가 그대의 부친을 죽인 것은 각기 주군이 달라 주인을 위해 최선을 다하던 과정에서 벌어진 사태일세. 이제는 홍패가 나에게 의탁하여 한 식구가 되었네. 내 얼굴을 보아 그대는 과거를 묻지 말고, 새로운 시대로 나아가기로 하세."

능통은 분기를 삭이지 못하고 '씩씩' 거리며 말한다.

"아비를 범한 자와는 하늘을 함께 하지 않는다고 합니다. 어찌 감녕을 용서할 수 있겠습니까? 그와 정정당당한 결투를 청할 뿐입니다."

손권뿐만 아니라 주변의 장수들이 모두 능통을 설득해도 능통은 막무가내로 항변한다. 손권은 별도리 없이 감녕을 강하에 남겨두어 하구를 지키게 하고 군사 5천과 선박 1백 척을 내어준다. 동시에 능통에게도 벼슬을 올려 승렬도위로 삼고, 이번 전투에서 최고의 수훈을 올린 동습에게는 편장군을 제수하여 공적에 대한 보상을 마무리한다.

이때부터 강하는 형주의 권력 암투에서 패한 유표의 장남 유기가 후임태수로 부임할 때까지 한동안 손권의 영향력 아래에 놓이게 된다.

18.
천명을 받은 유비 - 단계의 기적

18. 천명을 받은 유비 - 단계의 기적

강동에서 비록 손권의 세력이 급격히 확대되었다고는 할지라도, 이는 어디까지나 부분적 성공이었을 뿐, 강동은 손책과 손견이 지방호족을 토벌하기 시작하면서 이룩한 신흥군벌일 뿐이었다. 따라서 손권은 대대로 이어온 남양주의 토착세력인 대호족의 입김을 무시할 수 없는 호족연합체의 수장 입장을 벗어나지 못한다.

이런저런 이유로 손권이 형주에서도 서서히 세력을 넓힐 구상을 하기 시작할 때, 형주에서는 형주자사 유표가 조조에 대한 반발로 황제에게까지 반감을 나타내더니, 급기야 허도의 황제에게 바치는 공물을 끊고, 황제를 대신하여 자신이 종묘사직에 제사를 지내며 천자에 준하는 행위를 하기 시작한다.

유비는 자신의 입지를 고려하여 어쩔 도리가 없이 그런 유표에게 의탁하고, 유표의 명으로 조조의 침략에 대비하여 신야에서 형주의 북방을 지키고 있었다. 유표의 입장에서 보면 행운이라고 볼 수 있는 것이 조조가 원상을 섬멸시키기 위해 7년간 북방의 하북을 평정하는 일에 치중하는 바람에, 오랫동안 형주는 전쟁이 없는 평온한 시기를 보낼 수 있었다.

청춘을 전장에서 세월을 보내던 유비는 7년이라는 세월을 전장에 나갈 일이 없게 되자, 무료한 시간을 군사들이 베어온 골풀로 돗자리를 짜면서 보낸다. 그러던 어느 날, 유비는 문득 화살같이 지나간 형주에서 보내온 7년의 세월이 참으로 무의미하고 끔찍하다고 생각을 하기에 이른다.

"내가 유 경승에게 의탁한 기간도 여섯 해가 지나고, 나의 나이 벌써 마흔일곱, 이 나이에도 나는 아직 남의 식객 노릇으로 만족하고 있으니 참으로 답답한 일이로다. 나를 믿고 평생을 따라온 수하들에게도 참으로 면목이 없고……"

유비는 이런 생각에 잠겨 짜고 있던 돗자리를 내려놓고 깊은 잠시 시름에 빠지는데, 이때 양양에서 유표가 유비를 소환하는 급전이 날아온다.

"좌장군은 나의 치소로 들어와 회포나 풀어봅시다."

유비는 자신에게 양양의 길목인 신야를 방비하도록 맡기고는 좀처럼 자신을 찾지 않던 유표가 갑자기 소환하자, 다소 의아하다고 생각하면서 양양으로 향한다. 유표는 성문 밖까지 나와서 유비를 정중하게 맞이하더니, 유비를 자사부로 초대하여 연회를 베풀며, 유비가 그간 지내고 있는 생활 등에 관심을 보이며 다정히 묻는다.

"현제는 그간 신야에서 어려움 없이 잘 지내고 계셨는가?"

"지난 수십 년 동안, 이 아우는 한시도 말안장을 떠난 적이 없어, 넓적다리에 살이 붙어있을 여지가 없었습니다. 그런데 형주에 의탁한 이후 여섯 해 이상을 전장에 나서지 않아, 말에 오를 기회가 없이 편히 지내다 보니 넓적다리에 살이 붙어, 이제는 전장에서 제대로 역할을 할 수 있을지 우려가 될 정도입니다. 세월은 무심히 흐르고, 나이는 마흔일곱이 되도록 한실의 부흥을 위해 이룬 공적이 없으니, 이를 한탄하며 지내고 있습니다."

유비가 비육지탄(髀肉之嘆)이라는 고사성어를 만들어내며 푸념조로 한탄을 하자, 유표는 유비를 위무하여 말한다.

"현제가 여러 해를 신야현에 묻혀 형주의 북단을 지켜주어, 조조의 흑심을 막아주고 있는 것을 늘 감사히 생각하고 있네. 고(孤)가 현제를 신야에 오랫동안 방치하고 있다가 이제 돌이켜보니, 신야는 현제가 거하기에는 너무도 작은 고을이라는 생각이 들어, 이제는 현제에게 뜻을 펼칠 수 있는 넓은 세상을 제공하려는데 현제의 뜻은 어떠하신가?"

유비는 유표의 질문을 받는 순간, 제갈량의 조언이 갑자기 뇌리를 스친다.

'형주의 토호들은 황숙께서 형주를 탐하고 있다고 유표에게 모함을 한 관계로, 유표는 주군을 심히 경계하고 있습니다. 이점을 유념하시기 바랍니다.'

제갈량의 조언을 복기한 유비는 정중히 거절한다.

"경승 어른의 뜻은 고마우나, 아우는 그 뜻을 받들기에 너무도 미력하여 신야를 지키는 것만으로도 버거운 실정입니다. 이점을 감안하여 주시기 바랍니다."

유표는 재삼재사 자신이 품은 뜻을 피력하나 유비가 완강히 사양하자, 더 이상의 논의는 무의미하다는 생각으로 논의를 멈추고 곧바로 술자리를 베푼다.
　"현제, 사실 나는 요사이 들어 건강이 계속 나빠지고 있네. 오늘 현제를 양양으로 불러들인 것은 나의 후사 문제를 논의하고 싶었기 때문일세. 전처 진부인에게서 맏아들 기와 둘째 종을 얻었는데, 군사 채모와 후처 채부인의 조카딸을 둘째 아들 종에게 시집을 보낸 이후부터, 형주의 최대호족인 채씨 일족이 종을 후계로 밀고 있다네. 나는 차남 유종에게 가업을 잇게 하는 것은 유가에서 중시하는 장자를 우선시하는 예법에 벗어나서 결정을 내리지 못하고, 그렇다고 호족 채씨의 배경을 무시했다가는 훗날 형주의 안정을 기대하기 어렵고 해서 밤낮을 고민하고 있다네. 이런 연유로 현제와 술잔을 기울이며 현제의 의견을 듣고 싶어 불러들인 것이네."
　"경승 어른의 말씀을 듣고 보니, 섣불리 결정하기 어려운 상황인 것은 확실한 듯합니다. 허나, 동서고금을 통해 맏이를 제치고 동생을 후사로 삼는 일은 영지를 혼란케 하는 일임이 증명되었습니다. 그 막강하던 화북의 원소도 장자를 배제한 후사로 폐망에 이르지 않았습니까?"
　이미 유종에게 후사를 맡길 생각을 가지고, 유비의 의중을 떠보려던 유표는 얼굴색이 확연히 변한다. 그동안 유표는 신야를 중심으로 형주의 북단에서 백성들의 민심을 얻어가고 있는 유비를 경계하여 대여섯 해를 감시해 왔으나, 유비가 별다른 흑심을 보이지 않고 있다고 여겨지는 바람에 내심 안심하고, 유비에 대한 견제를 풀고 변방을 지켜주는 역할에 대한 고마움으로 위로도 할 겸 연회에 초대했던 것이다.

그러나 유비가 유기에 대한 지지를 은근히 내보이자, 유표는 내심 유비가 유기와 연합하여 다른 뜻을 품을 수도 있겠다고 하는 의구심을 갖기에 이른다.

"현제가 조조에게 귀의하여 허도에 의탁하고 있었을 당시, 협천자의 위세와 절대적 정무 기반을 지닌 조조가 사공부에서 논영회를 열고, 그 자리에서 화북 최고의 세력가 원소 등을 모두 제치고 자신과 현제만이 영웅이라고 칭했다는데, 이 시점에 이르러 현제는 달리 천하를 종횡할 계획은 없는가?"

유표는 유비의 속뜻을 좀 더 깊이 파악하고자, 이미 철이 지난 조조와 유비가 펼친 논영회에서의 영웅담론을 꺼내든다. 유비는 울적한 마음을 달래려 계속 술잔을 들이키다가 취기가 꼭지에 오르자, 어느 순간 자신도 주체할 수 없는 호기를 드러낸다.

"경승 어른의 말씀은 점점 나약해져 가는 이 비에게 큰 위안이 되고 있습니다. 사실 이 아우에게 제대로 된 지역의 기반과 배경만 있다면, 조조 등 어떤 세력가도 이 손안에 휘어잡을 자신이 있습니다."

술에 취해 호방하게 자신의 호기를 펼치던 유비가 고개를 들어 유표를 바라보다가, 유표의 얼굴이 심각하게 굳어있는 것을 발견한다.

'아차. 내가 큰 실수를 했구나.'

유비는 순간의 위기를 벗어나고자 술기운에 헛소리를 읊는 척하더니, 수판에 엎어져 곯아떨어지는 시늉을 한다.

유표는 유비에 대한 경계심이 다시 발동되어, 유비와 대척점에 있는 채씨 가문의 후원을 받는 유종에게 후계를 넘길 생각을 더욱 굳힌다. 유표의 시종에 의해 역관으로 옮겨진 유비는 한참 동안 자신의 객기를 책하며 속앓이를 한다.

이때 유비를 깊이 흠모하던 이적이 긴급히 유비를 찾아와 문을 두드리며 말한다.

"황숙. 기백입니다. 빨리 대피하십시오. 머지않아 자객이 황숙을 해치려고 올 것입니다."

"자객이라니? 누가 보낸 자객이란 말이오?"

유비가 의아하다는 듯이 묻자, 이적은 구체적인 대답은 보류한 채 유비에게 다급하게 재촉한다.

"그것은 말씀드릴 수 없으나, 곧 자객이 들이닥쳐 황숙의 생명을 노릴 것입니다. 지금 급히 대피하시되, 동문 쪽 현산으로 가는 큰길과 남문 밖 야산 쪽 방면, 북문 쪽에는 자객이 배치되어 있습니다. 오직 서문 쪽에만 자객이 없는데, 그쪽에는 단계의 깊고 험한 물길이 가로막고 있어 벼랑을 뛰어내리기가 불가능한 지형입니다. 황숙께서는 일단 서문 밖으로 나가셔서 다시 피할 길을 새로이 찾으셔야 할 것입니다."

이적의 다급한 재촉에 유비는 역관 밖의 조운에게도 알리지 못하고 황급히 역관을 빠져나간다. 유표와 유비의 술자리에서 벌어진 영웅론을 엿듣던 채모가 유비가 있는 한, 유종의 후계승계는 순탄치 않을 것이라는 생각에 유비를 해칠 음모를 꾸몄으나, 드러내놓고 자신이 유비의 목숨을 해칠 경우에 벌어질 천하의 이목을 두려워하여, 자신은 뒤로 숨고 대신 자객을 부려 뜻을 펼치려고 공작한 것이다.

유비는 급히 적로에 올라 서문을 향해 내달릴 때, 서문의 수문장이 황급히 유비를 막아서며 묻는다.

"좌장군께서는 어찌 그리 황급히 말을 달리십니까?"

"빨리 문을 열어주시게. 지금 신야에 큰 변고가 생겨 급히 돌아가야 할 일이 생겼네."

수문장은 인시(寅時) 깊은 밤에 황망히 말을 내달리는 유비를 아무런 의심없이 성문을 열어준다. 유비는 뒤도 돌아보지 않고 신야를 향해 내달린다. 얼마 후, 역관을 들이닥친 자객들은 유비가 감쪽같이 사라진 것을 알고는 채모에게 보고를 올리자, 유비가 이미 서문을 빠져나간 것을 보고받은 채모는 역관을 습격했던 자객들에게 끝까지 유비를 추적하도록 지시한다. 유비가 정신없이 말을 달려 몇리를 가기도 전에 길은 험한 벼랑으로 좁아지고, 그 아래에는 단계라는 큰 계곡 아래 푸른 물결이 넘실거리고 있었다.

단계 물길은 양강(襄江)으로 이어지는데, 너비가 수 장(丈)에 이르며 물결의 흐름이 억센 지형이었다. 벼랑에서 밑을 내려다본 유비는 도저히 벼랑을 건너뛸 자신이 없어 머뭇거리는데, 뒤에서 자객들이 말을 몰고 내달려오는 것이 보인다.

'이판사판이다. 더 이상 지체할 수 없으니 뛰어내리자.'

유비가 벼랑에서 급히 단계를 뛰어내려 건너려 하는데, 애마 적로가 몇 발짝을 가지 못하고 앞발굽이 꺼지며 온몸이 물에 잠긴다.

"적로야! 너는 나와 함께 십 수 년 동안 전장을 누려왔는데, 이제 와서 나를 버리려 하느냐? 다시 한번 도약해 보자구나! 적로야!"

유비가 사자후를 날리자마자 놀라운 일이 벌어진다. 물에 잠기던 적로가 갑자기 몸을 솟구치니, 유비는 하늘을 나는 듯이 솟아오르는 기운을 느낀다. 순식간에 적로는 물속에서 삼 장(丈)이나 뛰어올라 반대편 언덕에 올라선다. 자객이 뒤따라오자 위기를 벗어나려고 이판사판이라는 심정으로 단계를 뛰어내린 유비는 반대편 언덕을 오른 후 뒤돌아보니, 유비를 추적하던 자객들이 '닭 쫓던 개가 지붕 쳐다보듯이' 입을 '쩍' 벌리고 그 신비한 현상에 넋을 놓고 있었다. 자신도 모를 신비한 기운에 의해 생명을 구한 유비는 스스로에게 감탄한다.

'천지신명이 나에게 무언가 사명을 주려고 하심이리라.'

적로에 의지하여 한참을 달리던 유비는 해가 서산으로 기울기 시작하자 하룻밤을 묵을 거처를 찾다가, 저만치 먼 곳에서 피리를 불며 소를 몰고 오는 목동을 발견하고, 유비는 동자에게 다가가 하룻밤 거할 곳을 묻는다.

"차림이 남다른 어른께서 어찌 홀로 이 어스름한 저녁, 하룻밤 거할 처소를 찾으시는지요?"

"나는 신야에 사는 유공이라고 하네. 사정이 있어 홀로 이 저녁을 헤매고 있다네. 혹여 근처에 하룻밤을 묵을 처소가 있다면 알려주게."

"저 앞에 보이는 저 숲속에 저의 스승님이 사시는 장원이 있습니다. 따라오시지요."

동자가 앞장서서 길을 안내하여 동자를 따라 장원에 들어선 유비는 은은히 들려오는 거문고 소리를 듣고는 적로에서 내려 동자에게 청한다.

"거문고 소리가 끝나거든 신야의 유공이 하룻밤 묵기 위해 왔다고 전해주게."

유비가 기다린 지 한참을 지난 후, 거문고 소리가 그치더니 소나무같이 청정하고, 학처럼 우아한 풍모의 노인이 유비 앞으로 다가와서 인사를 한다.

"본인은 성이 사마요, 함자는 휘이며, 자는 덕조라 합니다. 영천 사람으로 사람들은 나를 수경선생이라 부릅니다. 하옵고 남다른 풍모를 지니신 공은 예사 사람이 아닌듯한데 어디 사시는 뉘신지요?"

유비는 범상치 않은 노인의 풍모에 이끌리어 앞으로 나아가 예를 갖추며 묻는다.

"신야에 사는 유(劉)라는 성을 가진 사람으로, 양양에 일이 있어 들렀다가 일이 어그러져 일행과 헤어지고, 홀로 하룻밤 묵을 거처를 찾게 되었습니다."

유비의 말에 노인은 정색하며 유비를 안채로 맞아들인다.

"일곱 자 다섯 치의 신장에 손이 길어 무릎에 이르며, 눈이 스스로 귀를 볼 수 있을 만큼 길게 늘어진 것이 분명 유황숙을 말합니다."

유비는 단번에 자신을 알아보는 노인에게 실체를 기꺼이 알리며 도움을 청한다.

"예, 유비 현덕이 바로 본인입니다. 어제 유경승의 부름을 받아 양양성에 들렀다가, 누군가가 잘못된 판단을 하였는지 자객을 보내 본인의 목숨을 노렸습니다. 다행히 미리 알고 인시를 기해 성을 빠져나오게 된 것입니다."

"자객이라니요? 누가 보낸 자객입니까?"

"누가 보낸 자객인지는 알 수가 없으며 오직 추정만이 가능할 뿐입니다."

"자객을 보낸 사람이 누구하고 추정하시는가요?"

"그것은 쉽게 말씀드리기 어려운 점을 양해하여주시기 바랍니다."

사마휘는 유비의 입장을 헤아려 다른 쪽으로 말을 돌린다.

"나는 평소에 명공의 크신 포부와 백성을 아끼는 명성을 흠모해 왔습니다. 그런데 어찌 된 연유로 이같이 큰 고난과 역경의 세월을 보내고 계신지요?"

"본인의 능력이 지지리도 못나서 주변 사람들에게 어려움을 끼쳐주고, 지금 이 순간에도 주변의 많은 사람들을 곤혹스럽게 만들고 있는 것 같습니다."

유비가 신세를 한탄하는 조로 말하자, 사마휘는 그 말을 즉시 부정하며 말을 잇는다.

"황숙께서는 자신의 능력이 모자란다는 생각을 버리십시오. 단지 황숙 곁에는 너무도 사람이 부족하기 때문입니다. 어찌 인재가 부족하여 이 고난을 겪고 있는 것이라고는 생각하지를 않습니까?"

"제 곁에 사람이 없는 것은 아닙니다. 책사로는 손건, 미축, 간옹 등이 있고, 장수로는 만인지적(萬人之敵:만명의 적병을 상대할 수 있는 장수)이라는 관우, 장비와 조운 등이 있습니다. 그들은 모두 다른 마음 없이 충심을 다해 이 몸을 도와주고 있습니다. 단지 본인이 재주가 없어 그들을 곤궁에 빠뜨리고 있을 뿐입니다."

수경선생이 유비의 말에 고개를 가로저으며 답한다.

"천하에서 이르기를 관우 운장, 장비 익덕은 홀로 만인을 상대할 만한 장수, 조운 자룡은 당대 범접할 수 없을 정도로 뛰어난 명장이라고는 합니다만, 미축, 손건, 간옹 등은 천하를 운용하고 세상을 다스릴 만한 재능을 지녔다기보다는 현실을 근근이 영위해 나가는 백면서생에 불과합니다."

유비는 사마휘의 말에 할 말을 잃는다. 유비 자신도 국가를 운용할 만한 책사와 참모들이 부족함을 뼈저리게 느끼고 있었는데, 사마휘가 자신의 폐부를 찌르는 말을 하자 사마휘에게 좀 더 겸손한 자세를 보이며 정중하게 요청한다.

"소장도 오래전부터 몸을 굽혀가며, 산하에 숨어 지내는 뛰어난 선비들을 찾은 지 오래됐습니다만 아직 만나지를 못하고 있습니다. 수경선생께서 그런 현사들을 만날 기회를 만들어 주실 수 있겠습니까?"

"황숙께서는 공자님께서 말씀하신 '열 가구 정도의 작은 고을에도 충성스럽고 믿을 만한 사람이 있다'라는 문장을 알지 않습니까? 어찌 찾아보면 인재가 없겠습니까?"

"소장이 눈이 밝지 못해 그런 현사를 찾지 못하고 있습니다. 수경선생께서 이 아둔한 유비의 눈을 밝혀주시기를 간절히 청합니다."

"지금 이 양양 근처에 천하의 기재들이 몰려있으니, 황숙께서는 속히 찾아 나서시지요."

"그런 기재가 이곳 형주 주변에 있다는 말씀이신가요?"

"황숙께서 와룡과 봉추 중에서 한 사람만 얻어도 천하를 운용하는 데 어려움이 없을 것입니다."

"와룡과 봉추는 어떤 사람들인가요?"

사마휘는 손뼉을 치며 '좋지요, 좋아'라고 할 뿐 더 이상 말을 잇지 않는다.

유비는 더는 사마휘를 불편하게 하지 않으려고 그를 채근하지 않고, 사마휘가 제공하는 잠자리에 들어 곧바로 꿈길로 접어든다. 아침이 되어 유비는 사마휘에게 감사의 인사를 올리며 다시 한번 사마휘에게 청한다.

"이 사람이 언제 즈음, 와룡선생과 봉추선생을 한번 만나볼 기회가 있겠습니까?"

사마휘는 유비의 질문에는 대답하지 않고, '좋지요, 좋아'만을 거듭한다. 유비는 사마휘를 더 이상 불편하게 해서는 안 되리라는 생각으로 사마휘에게 작별인사를 하고 떠나려 하는데, 사마휘가 유비에게 한 장의 편지를 주며 말한다.

"황숙께서는 신야 가까이에 이르면, 나의 편지를 읽어 보십시오." 하고는 곧바로 장원 안으로 들어간다.

한편, 묘(苗)시까지 기다려도 유비가 돌아오지 않자, 조자룡은 불안한 생각이 들어 유비가 있던 연회장으로 가 보았다. 그러나 그때는 이미 유비가 그곳에서 역관으로 옮겨진 후, 새벽녘에 갑자기 사라졌다는 말을 듣고 날밤을 지새워가며 유비를 찾아 나섰다가 다음 날 아침이 되어 동이 틀 즈음, 사마휘의 장원에 당도하여, 유비가 장원에서 하룻밤을 묵고 새벽 일찍이 신야를 향해 출발했다는 말을 듣고 조자룡은 곧장 말을 달려 유비를 만나게 된다.

이때부터 유비는 조운의 호위를 받으며 밤낮을 가리지 않고 신야를 향해가던 도중, 신야 부근의 저잣거리에서 갈건에 베옷을 입은 선비 하나가 길가에 누운 채로 목청껏 노래를 부르는 것을 목격한다.

天地反覆兮 火欲殂

천지가 뒤집히고, 불의 기운이 사그러진다

大廈將崩兮 一木難扶

큰집이 무너지려는데, 나무 하나가 버티고 있다

山谷有賢兮 欲投明主

산중에 현자가 있어, 밝은 주인을 만나려 하는데

明主求賢兮 却不知吾

밝은 주인은 현명한 자를 구하면서도

나를 알아보지 못하누나.

'이 선비가 부르는 시문은 어젯밤에 수경선생과 대화하던 과정에 나온 내용과 너무도 흡사하구나. 혹시 이 선비가 와룡이나 봉추 가운데 한 사람이 아닐까?'

유비는 문득 이 선비가 범상치 않은 인물이라는 생각에 미치게 되자, 급히 수경선생이 건네준 편지를 뜯어본다.

"황숙께서 신야로 가시는 즉시 곧 좋은 사람을 만나게 될 것입니다."

유비는 수경선생의 편지를 읽고 황급히 말에서 내려, 선비에게 예를 표하며 성안의 현청으로 이끈다.

"선비의 노래가 매우 심오한 의미를 내포하고 있어, 나의 흉중을 깊이 뒤흔들었소이다. 함께 현청에 들어 술자리나 함께하면서 고견을 듣고 싶소이다."

유비의 간청을 못 이기는 척 받아들여 현청에 함께 들어선 선비는 유비에게 자신의 신상에 대한 모든 것을 털어낸다.

"소생은 성을 서라고 하며, 함자를 서라고 합니다. 예주 영천 출신으로 자를 원직이라 하는데, 원래 이름은 서복으로서 젊은 시절 유협생활을 하다가, 중평 말년(189년) 지인과의 의리를 지키기 위해 능숙한 격검을 활용하여 모리배를 살인하게 되었습니다. 그 후, 이름을 서서로 바꾸고 도피생활을 하면서부터 칼과 주를 버리고 공부에 전념했습니다. 초평 연간(190년)에 중원에서 전쟁이 일어나 동향친구 석도와 함께 형주로 대피하여 제갈량, 황승언, 최주평, 석광원, 맹공위 등과 함께 수학을 했습니다. 일전에 수경선생 장원에 들었다가, 유황숙에 대한 함자를 듣고, 섬길 분인지를 가늠하기 위해 잠시 행위를 벌였던 것입니다. 부디 넓으신 마음으로 해량하여 주시기를 바랍니다."

서서의 남다른 풍모에 반해 있던 유비는 서서가 제갈량과 함께 수학했다는 말에 더욱 관심을 가지고 서서에게 바짝 다가시며 묻는다.

"지금 제갈량이라 하셨소? 와룡이라는 그 선비를 말하는 것이오?"

"네, 그러합니다."

유비는 점점 더 몸이 달아 서서에게 간청한다.

"내게 와룡선생을 만나게 해 줄 수 있겠소?"

"그는 좀처럼 만나기 쉽지 않을 것이지만, 설혹 만나게 되더라도 진영으로 끌어들이기는 쉽지 않을 것입니다."

"그래도 한번 꼭 만나고 싶으니, 부디 방법을 알려주시오."

"지금은 만날 수 없을 것입니다. 공명은 한번 집을 나서면 서너 달 동안은 천하를 주류(周流)하여 집을 비우게 됩니다. 지금이 바로 그 시기입니다."

유비와 서서는 만난 시간이 한나절 밖에 되지 않지만, 서로가 인품에 반하기는 마찬가지였다.

유비는 그날로 서서를 군사중랑장으로 삼아 모든 군사에 관한 사항과 인마를 조련하게 한다. 서서가 오기 이전까지 유비를 따르는 집단은 유랑 성향의 임협집단으로서, 제도적, 공개적 구조에 의하기보다는 폐쇄적 인간관계와 유협사회의 인맥에 의해 구성되어, 합법적 규율이나 체계적 제도보다는 의리라는 추상적 관념과 소아적 이념에 묶여 있었다.

이런 가운데 외부에서 서서라는 인물을 받아들임으로써, 유비는 탁현에서 유협생활을 시작한 이래 처음으로 인맥과 추상적 사고를 떠난 제대로의 군략을 갖춘 군사를 거느리게 된 것이다.

19.
인재를 향한 목마름- 삼고초려

19. 인재를 향한 목마름- 삼고초려

1) 조조, 형주정벌을 위한 탐색전으로 신야를 공략하다

조조는 하북을 평정한 이후, 총력을 기울여 천하를 통일하기 위한 발걸음을 내딛기로 하고, 대대적으로 형주를 정벌할 계획을 세운다. 조조는 우선적으로 형주의 경계태세를 시험하기 위해, 형주의 길목인 신야를 흔들어보기로 하고, 이전을 전령으로 삼아 남양에 주둔하고 있는 조인에게 보내 유비에 대한 탐색전을 펼치도록 지시한다.

조조의 명을 받은 조인은 우금과 이전에게 여상과 여광을 딸려 3만의 군사를 이끌고 신야로 쳐들어가게 한다. 신야에서 무료한 시간을 보내고 있던 유비는 이들이 호기롭게 공격해 들어오자 측근들을 소집하여 긴급히 대책을 세우는데, 이 자리에서 서서가 자신이 구상하는 군략을 밝힌다.

"우금이 대군을 이끌고 신야를 공략한다면, 이는 우금에 의한 단순한 국지전 양상이 아니고, 신야를 정탐하여 후일 형주에서 전면전을 구상하려는 조조의 의중일 것입니다. 아군은 우금이 신야로 진입할 때까지 대응하지 않고 기다렸다가 이일대로(以逸待勞)전략을 펼쳐, 피로에 찌든 군사들이 휴식을

취하기 위해 대기하는 시점을 기해서 3갈래 길로 급습을 한다면, 어렵지 않게 그들의 침략을 막을 수 있을 것입니다. 관우장군께서는 일단의 기병을 이끌고 신야성의 오른편 야산에 매복하도록 하십시오. 장비장군께서는 신야성 왼편 강변에 군사를 이끌고 대기하다가, 황숙께서 조운장군과 함께 강을 건너 군영을 구축하는 우금의 본진을 공격할 때를 신호로 적진의 강변 후미를 급습하도록 하십시오. 이와 때를 같이하여 관우장군께서 적군의 허리를 기병으로 신속히 들이친다면, 우금은 속수무책으로 붕괴될 것입니다."

유비는 서서의 기습작전에 신뢰를 보이며 장수들에게 서서의 군략대로 지시한다.

"군사의 계책이 나의 뜻이다. 장수들은 군사의 지시대로 군사행동을 신속히 이행하라."

우금이 번성을 떠나 강을 건너 신야로 진입한 후, 영채를 구축하고 잠시 군사들에게 휴식을 취하도록 지시할 때를 기하여, 유비는 조운에게 우금의 본진을 공격하도록 지시한다. 조운이 1만의 병사를 이끌고 우금의 군영 정면을 공략하자, 우금은 여광을 보내어 양군 간에 일대격전이 벌어진다.

조운의 무서운 기세에 여광의 군사들이 맥없이 밀리자, 우금은 여상에게 여광을 지원하도록 명한다. 후미의 여상이 여광의 선봉을 지원하려고 군을 이동시킬 때, 장비가 우금의 후미를 들이치면서 우금의 군사들은 일시에 혼란에 빠진다.

이때를 놓치지 않고 관우가 기병 3천을 이끌고 우금 군영의 중앙방어벽을 뚫고 들어가 본영을 휘젓자, 우금의 전군이 붕괴하면서 우금과 이전은 황급히 대피한다.

이때 우금 군사들의 후미를 공격하던 장비가 이들의 퇴로를 막아서며 고함을 지른다.

"연인 장비가 예 있도다. 적장은 목을 내어놓고 가거라."

장비의 대갈(大喝)에 깜짝 놀란 여상이 다른 생각을 할 겨를도 없이 몸이 굳어 버리는데, 이때를 놓치지 않고 장비의 장팔사모가 단숨에 여상의 가슴을 후빈다. 주변에 있던 여광이 장비에게 달려들어 창을 휘두르는데, 간단히 여광의 창을 피한 장비가 단 3합 만에 여광의 목을 찔러 말에서 떨어뜨린다. 여상과 여광의 최후를 가까이에서 본 우금은 병사들에게 퇴각명령을 내리고 남양의 조인에게로 돌아간다.

용장 우금과 이전이 대패하고 돌아오자, 조인은 직접 군사를 내몰아 신야로 향한다. 조인이 강을 건너 신야에 당도하여 일자진으로 진형을 구축하자, 조운이 기병을 이끌고 조인의 일자진을 향해 돌진한다. 조인은 일자진의 전면에 1만의 궁노수를 배치하여 어지럽게 화살을 날리자, 조운이 이끄는 기병은 조인의 일자진을 뚫지 못하고, 방법을 찾지 못한 조운은 기병을 이끌고 자신의 야전 군영으로 되돌아간다.

이튿날, 유비가 군을 수습한 후 조운 등과 함께 군사를 이끌고 다시 조인의 진형 앞으로 나아가자, 조인은 나각을 불고

꽹과리, 북을 요란하게 치며 새로운 진형을 구축한다. 조인이 방진과 일자진을 융합한 새로운 진형을 선보이며 유비의 공격을 무력화하자, 유비는 서서와 함께 관우, 장비, 조운에게 진형을 침투할 새로운 전술을 구상하면서 장기전에 돌입한다.

조조 최고의 명장 조인이 유비의 신야를 쉽게 공략하지 못하고 장기간 대치를 이루자, 조조는 곧바로 조인을 업성으로 불러들이고 새로운 전략을 세우기로 한다.

"천하의 자효가 쥐꼬리보다도 못한 신야 하나를 쉽게 정벌하지 못하다니....."

조조는 반쯤은 우스개로 조인을 놀린다.

"유비의 수하에 특출한 책사가 하나 들어온 듯합니다. 기존의 전략과 전술에 비해 상당히 전투수준이 높아졌습니다."

조조가 궁금하다는 듯이 묻는다.

"특출한 책사가 유비에게 들어오다니, 그가 누구인지는 알아보았는가?"

이때 정욱이 조조에게 새로운 정보를 올린다.

"최근에 서서라는 인사가 유비에게 새로이 발탁되었다고 합니다."라며 서서에 대한 상세한 사항을 조조에게 보고한다.

조조는 정욱에게 서서에 대해 다시 묻는다.

"그대와 비교하면 서서라는 인물은 어떠한가?"

"소신이 어떻게 비교할 수는 없으나, 서서는 행동력에서 소신보다 신속하고, 담력에서 소신보다 다소 부족할 뿐입니다."

조조는 자신을 오늘이 있게 만든 책사 중의 하나인 정욱이 서서를 높이 평가하자, 서서에 대한 관심이 깊어지게 되어 후일, 장판파에서 피난길에 오른 서서의 모친을 생포했을 때, 이를 활용하여 서서를 자신의 수하로 끌어들이기 위해 온정성을 기울이는 계기가 된다.

조인이 형주공략을 위한 탐색전에서 패배하여 조조에게 사죄를 구하고 남양으로 돌아간 후, 유비는 주변에게 조조가 반드시 대군을 이끌고 친정에 나설 것임을 주지시키고, 이에 대한 대비책을 철저히 강구하도록 지시한다.

"조조 최고의 명장 조인이 형주를 공략하기 위한 탐색전에서 맥없이 무너진 것을 본 조조는 형주를 공략하는 것이 만만치 않음을 인지하고, 친히 대군을 이끌어 조만간 신야 공략에 나설 것이오. 이에 비해 신야는 조조의 대군을 상대하기에는 군사, 군수물자에서 어림없이 부족하오. 어떤 획기적인 대안이 있어야 할 것으로 생각되오."

유비가 깊은 시름에 빠지자, 서서가 유비를 위무한다.

"전투는 군사의 숫자와 군수물자의 다소에 의해서만 결정되는 것은 아닙니다. 전략과 전술의 적절한 운용으로 적은 병사로도 얼마든지 대군을 상대할 수 있습니다."

유비가 큰 귀를 '쫑긋' 세우며 서서에게 관심을 기울이자, 서서는 자신이 구상하고 있던 의견을 제시한다.

"병사를 확충하는 일이나 군량 등 군수품 확충은 단기간에는 불가능하지만, 병법과 정세의 판단에 뛰어난 명사를 영입하여 전략과 전술을 제대로 활용한다면, 얼마든지 대군을 상대할 수 있을 것입니다."

"그럴 만한 명사를 천거할 수 있겠소?"

"형주에는 학식과 책략이 뛰어난 선비들이 많이 은둔해 있습니다. 당장 양양성 10여 리 떨어진 융중(隆中)에 뛰어난 명사가 은둔해 있습니다. 황숙께서 그를 직접 찾아가서 도움을 청한다면, 황숙께 힘이 되어줄지도 모를 일입니다. 그가 황숙의 뜻을 받들기만 한다면, 조조의 대군이 쳐들어와도 능히 대적할 수 있을 것입니다."

"오래전 군사가 언급했던 와룡이라는 선비가 바로 그 선비가 아니오?"

군사가 한번 찾아가서 나의 뜻을 전해주도록 하시오."

"공명은 소인이 가서 초빙해 올 수 있는 인사가 아닙니다. 그는 오직 황숙께서 직접 가셔서 도움을 청해야 움직일 수도 있을 것입니다. 만약 그를 얻을 수만 있다면, 춘추전국시대 주(周)무왕이 강태공을 얻은 것이나, 한(漢)고조가 장량을 얻은 것과 크게 다르지 않을 것입니다."

"공명이 어떤 사람이기에 군사가 그리도 높이 평가하고 있는 것이오. 군사와 비교하면 어느 정도나 됩니까?"

"공명은 원래 낭야군 양도 사람으로 성은 제갈이요 이름을

량이라 합니다. 한나라 사례교위 제갈풍의 후손으로 부친 규는 태산군 군승을 지내다가 일찍 타계하여 숙부 제갈현을 따라 양양에서 살게 되었습니다. 숙부 제갈현이 죽고 나서 융중에서 아우 제갈균과 밭을 갈며 살고 있는데, 그가 사는 곳에 와룡강(臥龍岡)이라는 언덕이 있어 호를 와룡선생이라 지었다고 합니다. 황숙께서 굳이 소인과 공명을 비교하고자 하신다면, 감히 말씀을 드리건대 소인이 단순한 말이라고 한다면, 공명은 사자를 눕힐 수 있는 기린이라고 할 수 있으며, 소인이 겨울의 까마귀라고 한다면, 공명은 사철의 봉황이라 할 수 있습니다. 공명은 스스로를 관중이나 악의에 비기고 있으나, 소인이 보기에는 관중이나 악의가 공명에 미치지를 못하리라 여겨집니다. 공명은 하늘을 부리고, 땅을 휘감는 재주를 지닌 천하의 둘도 없는 인재라고 볼 수 있습니다."

"그와 같은 대붕이 바로 지척에 은둔해 있었다는 것을 아직까지도 모르고 있었다니, 내가 얼마나 몽매한지를 이제야 겨우 알 것 같구려."

서서가 개입한 첫 전투에서 대승한 유비는 한층 책사의 가치를 중시하게 되어, 적극적으로 인재를 영입하는 일에 박차를 가하고자 한다.

"지난번에는 내가 그를 만나려 했으나, 군사중랑장은 아직 때가 아니라 했는데, 그러면 언제쯤 내가 와룡선생을 만나볼 수 있겠소?"

2) 유비, 현사를 얻고자 제갈량의 초가를 3번 찾아가다

유비가 관우, 장비 등과 함께 조조의 공격에 대비하여 군사 훈련에 여념이 없는 어느 날, 서서가 유비에게 와서 고한다.

"소장의 생각으로는 지금쯤이면, 천하를 주류하던 공명이 융중으로 돌아왔을 것으로 보입니다."

유비는 서서의 말을 듣자마자 곧바로 제갈량을 만나러 갈 채비를 끝내고, 관우와 장비를 이끌어 융중으로 향한다. 유비가 융중이 가까운 곳에 이르렀을 때, 산 아래의 벌판에서 의미심장한 노래를 부르며 벼를 베는 농부들을 발견하고는 그들에게 묻는다.

"지금 여러분이 부르는 노래를 다시 들려줄 수 있겠소?"

농부들은 지엄한 품격을 지닌 인사가 정중히 부탁을 하자, 흥겹게 다시 노래를 부르기 시작한다.

蒼天如圓蓋
맑고 푸른 하늘은 둥근 거개처럼 펼쳐있는데
陸地似棋局
하늘 아래의 땅은 바둑판 형세로다
世人黑白分
세상 사람들은 흑백으로 나뉘어
往來爭榮辱

서로 영욕을 다투는데

　榮者自安安

영화를 아는 자는 스스로 평안하고

　辱者定碌碌

치욕스러움을 택하는 자는 보잘 것이 없도다

　南陽有隱居

남양에 은둔하여 사는 자가 있는데

　高眠臥不足

마음 편히 잠을 이루지 못하도다.

유비가 농부들이 부르는 노래를 다 듣고 평하여 묻는다.

"지금 부른 이 노래는 참 깊은 뜻을 품고 있는데 누가 지었소?"

농부들이 합창하듯이 유비에게 대답한다.

"저기 앞의 와룡강 언덕의 초려에 살고 있는 와룡이라는 은사가 지은 노래입니다."

유비와 일행은 농부들에게 감사의 인사를 하고 즉시 말을 달려 와룡강으로 질주한다.

초려에 다다른 유비가 즉시 사립문을 들어서자, 집 안에 마당을 쓸고 있던 초동이 나와서 일행을 맞으며 묻는다.

"어른들은 뉘신지요?"

초동이 유비를 알아보지 못하자, 유비가 신상을 밝힌다.

"나는 한나라 좌장군 겸 예주목, 의성정후 유비라는 사람일세. 와룡선생을 만나러 왔네."

"선생님께서는 이미 오래전에 출타하시어 안에 계시지 않습니다."

"언제쯤 오시겠는가?"

"선생님께서는 어디를 가신다는 말씀이 없이 나가시어, 한번 나가시면 사나흘 후에 돌아오시는 경우도 있고, 경우에 따라서는 열흘 이상 걸리는 때도 있어 감히 말씀을 올리기 어렵습니다."

유비는 한참 동안 초려에서 기다리다가 해가 질 무렵이 되어도 제갈량이 돌아오지 않자, 초동에게 전언을 남기고 융중을 떠난다.

"와룡선생이 초려로 돌아오면, 의성정후 좌장군 유비라는 사람이 다녀갔다고 여쭈어주게."

유비가 융중을 떠나 4,5리쯤 말을 달리다가 아쉬운 마음에 융중을 다시 돌아보는데, 산은 높지 않으나 수려하고 벌은 넓지 않으나 평온했고, 숲은 울창하지 않으나 아늑했다. 그뿐만 아니라 융중 주변의 물길은 깊지 않으나 맑고 운치가 있었다.

유비가 돌아가는 길에 추수를 마친 일단의 농부들이 정자에 모여 담소하며, 시문을 노래로 삼아 부르는 장면을 목격하고 그 자리에서 경청한다.

丈夫功名尙未成

장부가 공명을 아직 이루지 못했는데

嗚呼久不遇陽春

오호! 따뜻한 봄이 오려면 아직 멀었구나

君不見

군은 보지 못했는가

東海老叟辭荊榛

동해에 은거하던 노옹 강태공이 숲을 버리고

後車遂與文王親

주문왕(周文王)과 함께 수레 뒤에 타니

八百諸侯不期會

팔백 제후가 불시에 모여

白魚入舟涉孟津

흰 물고기들이 배에 오르듯이 맹진을 건넜도다

牧野一戰血流杵

주무왕이 목야에서 한번 싸워 은주왕(殷紂王)을 토벌하여

70만 군사의 피가 내를 이루니

鷹揚偉烈冠武臣

매처럼 위대한 공적을 드높여 최고의 무신이 되었도다.

又不見

또 그대는 보지 못했는가

高陽酒徒起草中

고양의 술꾼 역이기가 고양의 초야에서 일어나서

長揖芒碭隆準公

망탕산에서 漢고조에게 깊이 읍하고 뜻을 높이 세워

高談王覇驚人耳

패업의 높은 담론을 펼쳐 사람의 귀를 놀라게 하니

輟洗延座欽英風

한고조(漢高祖)가 발을 씻다가 말고 영웅의 풍모를 흠모하여 그를 모셔 와서

東下齊城七十二

동쪽으로 齊나라 72성을 얻었으니

天下無人能繼踪

천하에 그를 능가할 사람이 아무도 없도다

二人功迹尚如此

강태공과 역이기 두 사람의 공적이 이와 같으니

至今誰肯論英雄

지금 누가 감히 영웅을 논할 수 있으리

한 측에서 시문이 끝나자, 다른 쪽에서 응대하며 시문을 노래로 이어 부른다.

吾皇堤劍淸寰海

우리 한고조(漢高祖) 칼을 뽑아들고 천하를 평정하여

創業垂基四百年

나라를 세우고 터를 닦은 지 4백년이 되었으나

桓靈季業火德衰

환제, 영제에 이르러 화덕이 쇠해지니

奸臣賊子調鼎鼐

간신적자들이 재상의 자리를 탐 하도다

靑蛇飛下御座傍

푸른 뱀이 황제의 옥좌 위에 떨어지고

又見妖虹降玉堂

또한 요기서린 무지개가 대궐 옥당에 걸친 것을 보았도다

群盜四方如蟻聚

도적들은 도처에서 개미떼처럼 일어나고

奸雄百輩皆鷹揚

간웅의 무리들은 매가 하늘로 날아오르듯이 기세를 펼치도다

吾儕長句公拍手

우리는 손뼉을 치고 노래나 부르며

渴來村店飮村酒

답답하면 주점에서 술이나 마시면서

獨善基身盡日安

이 한몸을 고결히 지키면 나날이 편안한 것을

何須千古名不朽

천고에 이름을 전하여 무엇을 하겠는가

유비는 노래가 심상치 않아 귀를 기울여 듣다가 호기심이 생기는 바람에, 농부들이 술판을 벌이는 정자로 다가가더니, 정자에서 시문을 노래로 부르는 농부들을 본 유비는 깜짝 놀란다. 정자에서 술판을 벌이는 사람들이 분명 농부는 맞는 것 같은데 자태와 틀이 예사롭지 않아 혹여 이 중에 제갈량이 있는지 궁금해져 묻는다.

"좌중에 계신 분들은 예사 농부와는 전혀 다른 분들인 것 같군요. 혹여 융중에 거하시는 은둔지사들이 아니시오?"

정자에서 함께 시문을 노래하던 농부들은 귀인의 특이한 용모를 보고 단번에 유비임을 알아차리지만, 이들은 짐짓 모르는 체하며 딴청을 부린다.

"우리는 단지 농부에 불과한 사람들입니다. 거창하게 은둔지사라는 말은 우리에게 어울리지 않고, 그냥 동문수학하는 사람들끼리 어울려 농사를 짓다가 흥이 나면 시문을 짓고, 더 흥이 나면 노래를 부르고 그러다가 반주가 생각나면 모여서 음식을 먹으며, 인생을 즐기면서 시문을 곁들이는 삶을 살아가고 있을 뿐입니다."

유비가 동문수학하는 사람들이라는 말을 듣고 제갈량에 대한 정보를 얻을 수 있으리라는 생각에 이들과 함께 좌정하고자 청한다.

"실례가 되지 않는다면 함께 자리를 해도 되겠습니까?"

이들은 흔쾌히 유비를 자리에 합석시킨다.

"저는 유비라는 사람으로 나의 왼편에 시립해 있는 사람은 관우로서 자를 운장이라 하며, 오른편에 시립해 있는 사람은 장비로 자를 익덕이라 합니다. 오늘 융중에 와룡선생을 만나러 왔다가 보지 못하고 돌아가던 중, 여러분의 노래가 너무 의미가 깊어 넋을 놓고 듣다가, 같이 통성명이나 하고자 하여 자리에 합석하게 되었습니다."

무리 중에서 한사람이 유비에게 무리를 한명씩 소개한다.

"이 사람은 최균이며 子를 주평이라 합니다. 옆의 이 사람은 석도라 하며 子를 광원이라 하고, 저 사람은 맹건으로 子를 공위, 그 옆의 사람은 한숭으로 子를 덕고라고 하며, 우리는 와룡과 함께 동문수학한 사람들입니다. 오늘 벼를 수확하다가 서로 의기가 맞아 시문을 읊던 중, 유황숙을 뵙게 된 것인데 어찌 되었든 만나 뵙게 되어 기쁘게 생각합니다."

최주평이 무리를 차례차례 유비에게 소개하자, 유비는 이들에게 감사하며 무리들에게 덕담을 펼친다.

"아! 여러분의 함자는 일찍이 수경선생에게 들어 익히 알고 있었습니다. 정자에서 펼치는 시문이 너무 뜻이 깊어 크게 감명을 받았습니다. 오늘 와룡선생을 만나기 위해 융중에 들렀으나 만나지 못하고 돌아가던 중, 이렇게 훌륭한 분들을 만나게 되어 한없이 기쁩니다. 혹여 가능하시다면, 소장과 함께 힘을 합하여 나라와 백성을 구해 보시지 않겠습니까?"

석광원이 무리를 대신하여 대답한다.

"좌장군께서 조금 전에 노래에서 들으셨듯이 우리 모두는 안분지족의 현인으로 살려고 합니다. 장군께서는 우리를 출사시키려 하지 마시고, 공명을 잘 설득하시어 나라와 백성을 구하는데 함께 하도록 하십시오."

유비는 이들과 함께 장시간 동안 현재의 시국에 대한 담론을 펼치며 동참하기를 청했으나, 이들의 뜻이 너무 확고하여 더 이상 설득하기를 포기하고 신야로 돌아간다.

유비가 신야로 돌아와서 달포 정도 지나고도 융중에서 별다른 소식이 없자, 유비는 전령을 보내 제갈량이 초려에 있는지를 확인한다.

"와룡선생은 한동안 타지를 여행했다가, 지금 초려에 다시 돌아와 있다고 합니다."

유비는 전령을 통해 제갈량이 초려에 돌아왔다는 말을 듣고, 곧바로 관우와 장비에게 융중으로 갈 채비를 갖추도록 한다. 이때 냉정한 성품의 자존심 강한 장비가 곧바로 유비에게 이의를 제기한다.

"형님, 우리가 이미 연락을 바란다고 통보를 했음에도 연락조차 보내지 않는 서생을 굳이 바쁜 일정을 돌려놓고 모시러 가야 하겠습니까?"

유비는 관우와 장비가 달갑지 않은 기색을 보이자, 이들을 이해시키려고 차분히 설명한다.

"지금 우리에게는 인재가 너무도 부족하네. 전장에 임하여서는 그대들과 같은 용장이 있으나, 전쟁 이전에 전략과 전술을 세우고, 전쟁이 발발하면 후방에서 군수품을 차질 없이 수송하고 본부에서 행정을 집행할 인재들이 어림없이 부족하다는 말이네. 이것이 우리가 아직까지도 기업을 크게 세우지 못하는 근본적 이유일세."

며칠 후, 바쁜 공무를 정리한 유비는 다시 제갈량을 만나기 위해, 관우, 장비와 함께 기병 수십 기를 이끌고 융중으로 향한다. 겨울의 중간에 들어 날씨가 제법 차가운데, 엎친 데 덮친 격으로 삭풍이 불기 시작하더니, 갑자기 폭설이 쏟아지기 시작한다. 신야를 출발하고 얼마 지나지 않아, 산이며 들이며 길들이 모두 폭설로 뒤 덥혀 한 치의 앞이 보이지 않는다.

그러나 유비는 부족한 인재를 얻고자 하는 일념으로 달리던 말이 미끄러지는 등 곤혹스러운 일을 당하면서도 난관을 파헤쳐나가며 우여곡절 끝에 초려에 당도한다. 유비의 일행이 사립문을 열고 들어가니 안에서 시문을 읊는 소리가 낭랑하게 울려 퍼진다.

鳳翱翔於千仞兮

봉황은 천길을 날아오르는데

非梧不樓非梧不

오동이 아니면 깃들지 않으며

士伏處於一方兮

선비는 한곳에 처박혀 있을지라도

非主不依非梧不

주인이 아니면 의지하지 않는도다

樂躬耕於隴畝兮

시골에서 밭이랑을 가는 일이 즐거우니

吾愛吾廬非梧不

나는 초려를 사랑하여 루(樓)에 깃들지 않고

聊奇傲於琴書兮

 교만하게 거문고를 켜고 책을 읽으며 마음을 붙이니

以待天時非梧不

이로써 천시가 오기를 기다리노라

유비는 이 시문을 읽는 사람이 제갈량이리라는 생각에 시문낭독이 끝나자, 곧바로 초당으로 올라가서 그에게 정중히 예를 갖추며 묻는다.

"시문의 의미가 너무도 의미심장하여, 이 사람도 한참을 같이 즐겼소이다. 그대가 혹여 융중 일대에서 이르는 와룡선생이 아니시오?"

시문을 읽던 젊은이가 정색을 하며 되묻는다.

"장군께서는 좌장군 유비 예주목이 아니십니까? 저는 와룡선생의 동생이 되는 사람으로 제갈균이라 하옵니다."

유비는 다소 실망하여 말한다.

"아! 와룡선생이 아니시오? 그러면 와룡선생은 지금 집에 아니 계시오?"

"봇짐을 지고 나가신 지 이틀이 되옵니다. 형님은 집을 나가시면, 어떤 때는 배를 타고 강호에서 노닐기도 하고, 어떤 때는 명승대처를 찾아 고승과 담론을 펼치기도 하고, 어떤 때는 도반들과 만나 바둑도 두고, 거문고도 타고 시문을 읊기도 하여, 언제 돌아온다는 기약을 하기에 어려움이 있습니다."

유비는 제갈균의 말에 한숨을 쉬며 자신의 간곡한 뜻을 적어 제갈균에게 전하고자 한다.

"이 사람 유비, 아직은 와룡선생과 연이 되지 못하여, 두 차례 초려에 들었으나 만나보지 못하고 다시 신야로 돌아갑니다. 지금 한실은 썩고 기울어진데다가, 간신 조조는 천명을 노략질하려 하고 있습니다. 이에 미력하나마 충심을 지닌 이 현덕이 스스로 일어서서, 천하의 대의와 명분을 살리고자 혼신의 노력을 기울이고 있으나, 워낙 재주가 얕고 지략이 모자라 한실의 부흥에 전혀 힘이 되지 못하고 있습니다. 와룡선생께서 이와 같은 사람의 부족함을 메워주시어, 이로써 천하에 화평과 부흥을 이끌어주신다면 이보다 더한 홍복이 없으리라 여겨집니다. 다시 만날 때를 기약하며, 그때 선생의 높은 이상을 이 부족한 사람에게 채워 주시기를 간청하오니, 부디 부족한 현덕의 뜻을 헤아려 주시기 바랍니다."

유비가 두 차례의 방문에서도 제갈량을 만나지 못하고 돌아가는 길은 찾아올 때보다 훨씬 춥고 고달팠다. 찬바람은 더욱 거세지고 눈발도 심해 더욱 을씨년스러운 분위기를 더한다. 아무런 소득도 없이 돌아서는 길이라 그런지, 와룡강이 멀어질수록 언덕과 하천이 더욱 눈에 아른거리고, 몸과 마음이 갈피를 잡지 못해 억장이 무너져 내리는 듯했다.

 신야에서 한겨울을 보내고 새봄이 찾아오자, 유비는 관청에 '신춘대길 국태민안'이라는 대련을 써 붙이고 새로운 마음으로 다시 시작하기 위해 제갈량의 초려를 찾아가기로 한다. 유비가 관우와 장비를 불러 수십의 기병을 이끌고 융중으로 갈 준비를 하도록 지시할 때, 그동안 쌓였던 불만이 마치 봇물 터지듯이 터진 관우와 장비는 유비에게 퉁명스럽게 말한다.
 "나이도 어린 은둔거사 한사람 때문에 황숙께서 이렇게까지 권위를 망그러뜨려도 되는지요? 그 은사는 황숙께서 두 차례나 찾아가서 만나기를 청했으면, 자신이 황숙을 찾아오는 것이 도리가 아니겠습니까? 그런데도 그는 일언반구도 없이 겨울을 나고, 이제 다시 황숙께서 그를 찾아가도록 하는 것은 순리가 아니라고 생각합니다."
 유비는 다시 관우와 장비를 설득한다.
 "아무리 나이가 어리더라도 인재라면, 우리가 먼저 예를 갖추고 모셔 오는 것이 천하를 편안케 하려는 사람이 행할 순리일 것이야. 그리고 인재라면 스스로를 자중하기 때문에, 한

두 번이 아니라 열 번이라도 성심을 다한다는 것을 보여야 마음을 얻을 수 있는 법이네. 춘추에서 이르기를, 제나라 경공(景公)은 동곽의 야인을 만나기 위해 다섯 번을 찾아갔으며, 주문왕(周文王)은 강태공을 만나러 위수로 가서 강자아의 낚시를 방해하지 않으려고, 해가 질 무렵까지 기다린 것이 주(周)나라 8백년의 기초를 닦을 수 있는 기반이 되었다네."

유비는 관우, 장비를 다독거리어 이들을 이끌고 다시 융중으로 향한다. 이른 봄의 거리는 초겨울과 마찬가지로 아직도 한적했다. 별다른 사연 없이 융중에 당도한 유비는 와룡강의 초려를 찾아 사립문을 들어서자, 초동이 나와서 유비 일행을 반갑게 맞이한다.

"오늘은 와룡선생께서 자택에 계시느냐?"

"네, 안에 계시오나, 지금은 초당에서 낮잠을 주무시고 계십니다. 유황숙께서 오셨다고 말씀을 올려드릴까요?"

"아니 되었도다. 낮잠을 깨우지 말고 스스로 일어날 때까지 그대로 두어라."

유비는 관우와 장비, 그리고 기병들에게 문밖에서 기다리도록 하고, 자신은 두 손을 모두어 잡고 초당 앞에서 서서 기다린다. 반나절이 지나도록 제갈량은 일어나지 않고, 그렇게 한 식경이 지나서야 일어날 듯이 몸을 비틀더니, 다시 벽을 향해 머리를 돌려 눕는다. 동자가 안타깝다는 듯이 제갈량을 깨우려 하자, 유비가 조심스럽게 동자를 제지한다.

"잠을 푹 주무시도록 그대로 놓아두어라."

이후 다시 한 식경이 지나고 제갈량은 기지개를 켜며 일어난다. 이때 동자가 큰 목소리로 제갈량에게 전한다.

"선생님, 좌장군 겸 예주목, 의성정후 유황숙께서 낮부터 여태까지 기다리고 계십니다."

제갈량은 깜짝 놀라 일어나며 동자에게 질책을 가한다.

"왜 진즉에 나를 깨우지 않았느냐?"

제갈량은 급히 의관을 정제하고 유비를 맞아 후당으로 모신다. 관옥과 같은 흰 얼굴의 머리에는 윤건을 쓰고, 학창의를 걸친 8척의 키에서는 신선의 기상을 풍긴다. 유비가 제갈량의 풍모에 이끌리어 간단히 예를 표하며 입을 연다.

"나는 한황실 중산정왕의 후예로서 좌장군 겸 예주목으로 유비라는 사람이외다. 오래전부터 선생을 흠모하여 초려를 두 차례 방문하였으나 만나지 못하다가, 비로소 오늘에야 만나게 되어 감회가 새롭소이다. 나와 함께 신야로 가서 천하를 구원할 웅대한 꿈을 펼쳐보지 않으시렵니까?"

"한낱 논과 밭을 가는 필부에게는 감당할 수 없는 말씀입니다. 저는 백면서생으로 아직 세상 물정을 모르고 재주도 없어, 장군의 웅대한 포부를 실현시켜 드릴 능력이 부족하오니 다른 인재를 찾아보심이 옳다고 여겨집니다."

"선생과 같은 영걸이 세상을 구제할 능력을 갖추고도, 스스로 겸양하여 재야에 은거해 있음은 위태로운 나라와 굶주리는 백성에게는 죄악입니다. 부디 선생은 과감히 비상하여 천하를 구원할 비책을 이 사람에게 가르쳐 주시기 바라오."

유비가 제갈량의 완곡한 거절을 겸양의 미덕으로 받아들이자, 제갈량은 유비에게 마음의 문을 활짝 열고 묻는다.

"유황숙께서는 어떤 구상을 가지고 계십니까?"

"나는 한황실의 후손으로서, 오직 혼신을 다 바쳐 무너져가는 한실을 구하고 도탄에 빠진 백성을 구제하기 위해, 어떤 작은 일이라도 마다하지 않고 힘을 바쳐 봉사할 것입니다. 그러나 나에게는 능력과 지혜가 모자라 소박한 꿈을 이루지 못하고 있습니다. 이에 선생과 같은 현인을 만나고 나의 부족함을 메우려 하니, 부디 선생께서 이 부족한 사람을 도와 함께 하여 주시면 더 이상 고마울 것이 없겠습니다."

제갈량이 유비의 진지하면서도 겸손한 자세에 반하여 옷깃을 바로잡고 조심스럽게 말한다.

"작금의 정세를 보면 동탁이 한실을 능욕한 이래, 천하에서 간웅들이 벌떼처럼 일어나서 혼란이 가중되던 가운데 원소가 천하를 호령하더니, 형세가 원소보다 못한 조조가 최고의 군웅으로 등극한 것은 천시(天時)의 부름도 있지만, 오직 인재를 품는 인화(人和)의 덕이라고 보아야 할 것입니다. 강동의 손권은 지방의 보잘것없는 상인으로 시작하여 3대에 걸쳐 이제는 그 세력이 하늘을 찌를 정도가 되었습니다. 형주는 북으로 한수, 면수를 의지하여 남해까지 모두 장악하고, 동으로는 동오의 오군과 회계와 닿아있고, 서로는 익주의 파군과 초군과 연결되어, 지금 남아있는 영지 중에서 군사를 일으키고 천하를 다스리기 가장 유리한 지형입니다. 그런데 이곳을 지키는 유표는 대업을 이루기에 한계가 있는 인물입니다. 또한, 익주는 천하에서 보기 드문 험준한 요새를 끼고 있어 외적으로부터 철저히 보호를 받을 수 있는 지역으로서, 기름진 옥토가 천리에 걸쳐 있고 천연적 요새는 군사를 양성하기에도 아주 적합한 덕에, 한고조께서도 이 땅에서 천하의 제업을 이룩할 수 있었습니다. 그러나 이 땅에는 백성이 많고 국가의 재물이 풍부함에도 이 땅을 지키고 있는 유장이 혜안이 없을 뿐만 아니라, 정세에 눈이 어둡고 결단력이 부족해서 백성들은 미래를 보장받을 수 없다는 두려움으로 새로이 명군이 나타나기를 기다리고 있습니다. 이런 현실을 직시하시어 황숙께서는 한실 종친이라는 기치를 높이 세우시고, 신의를 사해에 두루 전하시어 영웅호걸을 끌어들이신다면, 형주와 익주를 얻을 수 있고 이를 발판으로 서쪽 오랑캐 융족의 마음을 사고, 남쪽 오랑캐 만족과 월족, 북쪽 오랑캐 저족을 위무할 수 있을 것입니다. 그 이후, 동오의 손권과 굳게 화의를 맺어 한동안 안으로는 백성의 마음을 잘 다스리다가 밖으로 천하에 변고가 일어나게 되면, 두 가지의 진로로 출병하여 한쪽에서는 형주에서 완성과 낙양으로 가게 하시고, 한쪽에서는 익주에서 진천을 통해 삼진으로 들어가신다면 가히 대업을 이룰 수 있을 것이며 한실을 다시 세울 수도 있을 것입니다."

이른바 제갈공명의 '융중대 구상'이었다. 유비가 크게 고무되어 있을 때, 제갈량은 벽에 걸린 그림을 한 폭 내리더니 한 폭의 그림을 보이며 말을 잇는다.

"이것은 천하의 지도입니다. 황숙께서는 일단 북쪽은 천시(天時)를 얻은 조조에게 넘기고, 남쪽은 지리(地理)의 이점을 끼고 있는 손권에게 관할하게 하고, 서쪽을 위해서는 가장 중요한 인화(人和)를 꾀하십시오. 이를 실행하는 행동강령으로 먼저 형주를 취하시고 이를 바탕으로 서천을 취하시게 되면, 조조와 손권과 함께 천하를 삼분하여 뜻을 이루시게 될 것입니다. 이것이 확실히 정립된 연후에 중원을 도모하시게 되면, 황숙께서 구상하시는 천하의 위업이 달성될 수도 있습니다."

유비는 제갈량의 융중대 구상인 '천하삼분지대계(天下三分之大計)'를 듣고 크게 감격하여 말한다.

"선생의 고견을 듣고 나니 막힌 가슴이 뻥 뚫리면서, 안개 속에서 헤매던 자아가 저 높은 창공을 나는 듯하오."

유비는 곧이어 제갈량에게 은둔에서 벗어나 세상의 억조창생을 구원하자고 간청한다. 제갈량이 거듭 완곡한 사양을 표함에도 유비가 삼고초려하며 끈질기게 간청하여, 마침내 제갈량은 28세의 나이에 동생 제갈균과 함께 주변을 정리하고 유비를 찾아오면서, 비로소 유비는 서서의 천거로 천하의 영걸 제갈량을 얻어 천하에 이름을 올리는 계기를 만나게 된다.

부　록

후한의 병마 조직도

1. 군(軍)을 지휘하는 동시에 정무에도 참여하는 군 지휘관
    1) 대장군: 전(全) 군을 통솔하는 최상위 장군
    2) 표기장군: 대장군과 같이 조정의 일에도 참여하며, 대장군이 없을 때 군을 통솔하는 장군. 정동장군, 정서장군, 정남장군, 정북장군을 지휘함
    3) 거기장군: 대장군과 같이 조정의 일에도 참여하며, 전차부대와 기병부대를 총괄 지휘하고, 진동장군, 진서장군, 진남장군, 진북장군 등 2품 장군을 지휘함
    4) 위장군: 황제의 경호 및 궁궐 수비의 총괄 책임자. 안동장군, 안서장군, 안남장군, 안북장군 등 2품 장군을 지휘함
2. 전투에 임하는 야전군 지휘관: 사방장군(3품 장군)
    1) 전(前)장군: 평동장군, 평서장군, 평남, 평북장군을 지휘함
    2) 우(右)장군: 호분장군, 호아장군, 도료, 보한장군을 지휘함

3) 좌(左)장군: 정로장군, 안원, 평구장군, 보국장군을 지휘함
   4) 후(後)장군: 파동, 파서, 파남, 파북장군을 지휘함
   5) 그 외의 장군: 3품 이하 평난장군, 양렬장군, 양무장군, 양우ㅣ장군, 어림장군, 편장군, 비장군
3. 부(部)를 지휘하는 군사 지휘관: 대장(大將)
   　　　　　　　　　　　　　　　사마(司馬)
   　　　　　　　　　　　　　　　교위(校尉)
4. 곡(曲)을 지휘하는 군사 지휘관: 군후(軍候)
5. 둔(屯)을 지휘하는 군사 지휘관: 둔장(屯長)
6. 부장(副將), 비장(裨將), 아장(亞將): 각 군, 부, 곡, 둔 등의 지휘관을 보좌하는 장수
7. 중랑장 - 오관중랑장(五官中郎將), 좌중랑장(左中郎將), 우중랑장(右中郎將), 호분중랑장(虎賁中郎將), 우림중랑장(羽林中郎將)
8. 기도위: 중랑장과 같이 황제의 시위를 관장. 근위기병 연대장 격

수도를 경비하는 부대의 편제

1. 남군(南軍): 황궁을 경비하는 부대로서 지휘관의 수장으로 위위(衛尉)가 임명됨
2. 위랑(衛郎): 황궁 내부의 각 전각을 경비하는 부대로서 지휘관의 수장으로 광록훈(光祿勳)이 임명됨
3. 북군(北軍): 도성(都城)을 경비하며 도성의 치안을 유지하는 부대로서 지휘관의 수장은 북교위(北) 또는 집금오(執金吾)가 임명됨
4. 북군 각 부대:오교위(五校尉)-월기교위(기병 여단장 격), 보병교위(보병 여단장 격), 장수교위(상비군 여단장 격), 둔기교위(기사를 관장한 여단장 격), 사성교위(군악 여단장): 각 부대의 지휘관
5. 사례교위(司禮校尉): 후한 13주 중 도성(都城) 근교의 사례주 7군을 관리하며, 군사 및 사법권까지 관장함
6. 서원팔교위(西園八校尉): 후한 말 이민족의 침입을 우려하여 세운 황실 경비부대
7. 성문교위: 도성(都城) 낙양의 12대문을 지키는 위병
8. 교위- 제1교위: 대장군 예하의 제 3등관으로 연대장 격
　　　　제2교위: 도성 밖에 주둔하는 군대를 지휘하는 여단장 격의 지위

발 행 일	2021년 10월 30일
저 자	강 영 원
발 행 처	도서출판 생각하는 사람
발 행 인	강 영 원
출 판 등 록	2007년 3월 19일
주 소	서울시 서대문구 홍연8길 32-15(연희동)
전 화	010-5873-9139

값 12,000원

ISBN 979-11-976209-3-5
ISBN 979-11-976209-0-4 (세트)

ⓒ 강영원 2021

본 책 내용의 전부 또는 일부를 재사용하려면
반드시 저작권자의 동의를 받으셔야 합니다.